MAXIME CHATTAM

Né en 1976 à Herblay, dans le Val-d'Oise, Maxime Chattam fait au cours de son enfance de fréquents séjours aux États-Unis, à New York, à Denver, et surtout à Portland (Oregon), qui devient le cadre de *L'âme du mal*. Après avoir écrit deux ouvrages (qu'il ne soumet à aucun éditeur), il s'inscrit à 23 ans aux cours de criminologie dispensés par l'université Saint-Denis. Maxime Chattam vit aujourd'hui de sa plume. Après *L'âme du mal* et *In tenebris, Maléfices,* le dernier volet de sa trilogie, est paru en 2004 aux éditions Michel Lafon.
Retrouvez toute l'actualité de Maxime Chattam sur www.maximechattam.com

IN TENEBRIS

DU MÊME AUTEUR
CHEZ POCKET

L'ÂME DU MAL
MALÉFICES

MAXIME CHATTAM

IN TENEBRIS

MICHEL LAFON

ISBN : 2-266-13808-1

Si je peux vous donner un petit conseil : attendez qu'il fasse nuit, allumez une simple lampe de chevet, et ouvrez la première page.

Maxime Chattam,
Edgecombe, janvier 2002.

« Le diable peut citer l'Écriture pour ses besoins. »

SHAKESPEARE, *Le Marchand de Venise*

par s'allonger) jusqu'à ce que la dernière ait livré ses secrets et ses conclusions. Elle resta là de longues minutes à réfléchir en admirant à travers la baie vitrée la *skyline* désormais amputée de Manhattan. Au pied des buildings, l'Hudson et l'East River ne faisaient plus qu'un, mêlant leurs fluides dans une gigantesque tache noire.

Annabel sursauta. Le téléphone venait de sonner à côté de son oreille.

Elle n'avait pas l'habitude de recevoir des appels chez elle à cette heure-ci. Lorsqu'elle était en service, on utilisait son biper ou son téléphone cellulaire pour la joindre. Elle tendit la main vers l'étagère sur laquelle était posé l'appareil et décrocha.

— Annabel, c'est moi, Jack, fit-on aussitôt.

— Jack ?

Jack Thayer était son équipier. Et comme tout équipier, il était devenu un peu plus que cela, un ami, un confident. Mais il n'appelait qu'à de très rares occasions sur la ligne personnelle des O'Donnel, et toujours à des heures décentes.

— Je te réveille ? demanda-t-il sans paraître s'excuser.

Il y avait un ton impérieux dans sa voix, l'urgence d'une situation grave.

— Non, mais je ne suis plus de service. Plus ce soir et encore moins cette nuit. Et toi non plus d'ailleurs, commenta-t-elle, devinant un motif professionnel.

— Écoute, je suis resté un peu pour tenir compagnie aux gars et... on... Je viens de tomber sur quelque chose d'important. J'ai besoin de toi.

— Quoi ? Comme ça, maintenant ? T'es gonflé, Jack ! Je...

— On vient de retrouver une femme dans Prospect Park, la coupa-t-il, elle était nue et...

Annabel attendit la suite, présageant le pire.

— Faut que tu viennes, elle a besoin d'une présence féminine, esquiva-t-il. Elle est sous le choc.

— Jack, il y a d'autres détectives ce soir dans notre zone, pourquoi moi ?

Jack hésita à l'autre bout du fil. Le détective Thayer, réputé pour ne jamais perdre de temps et être d'un aplomb inébranlable, flottait dans son élan.

— Il se pourrait qu'elle ait été enlevée, conclut-il.

Le cœur d'Annabel se serra. Elle ferma les yeux. Les mots magiques : *enlèvement et disparition.* Les mots que tous au 78e precinct avaient appris à ne pas prononcer à la légère en présence de la jeune femme. Deux situations qu'elle n'avait jamais vécues elle-même, mais qui éveillaient une douleur sourde à chaque fois.

Elle balaya tout cela de son esprit avant que le malaise ne se fasse trop pesant et demanda :

— Quelles sont les circonstances ?

Jack Thayer prit une profonde inspiration, comme pour se donner du courage avant de se lancer.

— Un des gardiens du parc faisait une ronde vers le lac quand il a reçu un appel radio. Un carambolage a été provoqué en début de soirée par... Selon les témoins, par « une femme nue, courant comme une hystérique ». Elle a disparu dans le sud du parc, à la Pergola sur Parkside Avenue. Les collègues du type lui ont demandé d'aller jeter un coup d'œil, sans vraiment y croire. Le fait est qu'il l'a retrouvée, à moitié délirante.

De nouveau, il marqua une pause forcée, cherchant comment s'exprimer.

— Je pense que tu devrais venir, finit-il par lâcher. Le gardien qui l'a trouvée pense qu'elle s'est fait ça elle-même, que c'est une dingue. Mais ça me paraît impossible ; quelqu'un l'a touchée.

— Fait quoi ? Jack, on lui a fait quoi ?

De nouveau, il sembla hésiter.

— Pas au téléphone. Il faut que tu le voies de tes propres yeux, rejoins-moi, je suis à la villa Litchfield, chez les gardes forestiers.

Dans la minute suivante, Annabel récupéra son arme, enfila un pull plus chaud encore et elle prit sa veste pour foncer vers l'extérieur. Électrisée par le contraste entre sa torpeur première et la rapidité de la conversation téléphonique, la tête lui tournait quand elle rejoignit sa voiture.

Elle s'accorda deux minutes pour souffler, les mains sur le volant, puis tourna la clé.

Annabel traversa la forteresse sauvage de l'urbanisme sous l'œil morose de la lune qui ne quittait pas Brooklyn.

3

Située en retrait de Prospect Park West, la villa Litchfield semblait un navire perdu dans la nuit. Ses hautes fenêtres brillaient au milieu des chênes et des érables, dominant une route étroite qui sinuait pour atteindre un minuscule parking. Les tours à coiffe blanche de ce manoir brun se hissaient par-dessus le paysage forestier, veillant scrupuleusement sur les deux cent dix hectares du domaine qui formaient une tache démesurée au milieu des immeubles de Brooklyn.

Annabel connaissait le bâtiment. Prospect Park étant rattaché à la juridiction du 78e precinct depuis 1993, elle y avait souvent été appelée pour des affaires d'agressions. Cependant, elle n'y avait jamais pénétré de nuit, et ce qui était de jour une somptueuse demeure prenait à cet instant les apparences d'un castel lugubre.

Elle ferma la portière de son 4 × 4 BMW et prit la direction de l'entrée. Des drapeaux masqués par l'obscurité frémissaient en haut d'un mât. Annabel songea aux battements d'ailes de chauves-souris géantes. « C'est malin, se dit-elle. Tu n'as rien de mieux à te fourrer dans le crâne ? »

Elle grimpa les marches du perron et comprit la gravité de la situation en voyant l'agitation dans le hall d'accueil.

La villa, qui abritait des bureaux, était en général vide du crépuscule à l'aube. Mais ce soir-là, à minuit et demi, une demi-douzaine d'hommes en tenue de gardes forestiers faisaient les cent pas en discutant nerveusement. La plupart se réchauffaient les mains avec un gobelet de café fumant. Lorsque Annabel entra, l'un d'eux, un grand blond avec une moustache finement taillée, s'approcha en lui tendant la main.

— Détective... euh, O'Donnel ?

Annabel hocha la tête.

— Je suis Stanley Briggs, c'est moi qui ai trouvé la femme, expliqua-t-il, un peu trop fièrement. Venez, suivez-moi, votre collègue est au premier.

Il l'entraîna vers un escalier abrupt et mal éclairé.

— Ne le prenez pas mal, fit la jeune femme d'un ton qu'elle voulait amical, mais depuis quand le parc dispose-t-il de gardiens comme vous ? Il y a une brigade spéciale qui lui est affectée, et à ma connaissance ils ne patrouillent pas la nuit.

— C'est justement pour cette raison que nous sommes là, mademoiselle.

— Madame.

— Ah, pardon. Nous faisons partie de l'Alliance de Prospect Park, c'est nous qui veillons à l'entretien du site. Et depuis quelques mois, des bandes de jeunes viennent tout dégrader la nuit et saper notre boulot, alors nous formons des groupes de bénévoles pour surveiller un peu, en plus de notre travail sur l'environnement. Notez bien qu'on n'en veut pas à la police, vous pouvez pas patrouiller partout, je sais bien que la 3e Avenue la nuit ça vous occupe déjà pas mal, c'est pour ça qu'on s'active entre nous.

Annabel haussa les sourcils dans le dos de Briggs. La bonne volonté était un atout indiscutable, mais elle était parfois source de problèmes, surtout pour la police.

— Voilà, nous y sommes, dit le garde en poussant une porte.

Avant d'entrer, Annabel lui tendit la main et le remercia, l'engageant à les laisser sans plus de formalités et d'explications. Elle referma la porte derrière elle.

Jack Thayer était assis sur une chaise, la fatigue de la journée accentuant ses rides déjà passablement marquées en temps normal. C'était un petit quadragénaire nerveux, aux cheveux courts, poivre et sel, toujours vêtu du même costume froissé. La ressemblance avec l'archétype du détective de police s'arrêtait là. Il ne fumait pas, ne buvait pas de café, n'était pas grossier non plus. C'était un battant, un dynamique, mais aussi un penseur. Féru de poésie et de théâtre, il roulait toujours un livret dans l'une des poches de sa veste pour tuer le temps dans ses moments d'ennui. Il « gribouillait » de temps à autre quelques pensées dans un carnet ou au dos des photocopies de mandat, et dispensait modestement des conseils philosophiques à ses confrères. Il était l'épaule consolatrice et celui qui passait la serpillière sur les larmes. Jack était pour Annabel une sorte d'adaptation ménagère de Marc-Aurèle, la carrure de l'empereur en moins. À cela il répondait que la « discipline hellénique » avait, chez lui, une fâcheuse complaisance à rompre l'équilibre du côté de l'esprit au détriment du corps, bien qu'il fût en bonne santé. C'était le genre de remarque qui avait plu à Annabel dès les premiers moments de leur collaboration. Durant les quatre dernières années, les huit heures par jour en compagnie de Jack Thayer avaient passé aussi vite qu'une conversation passionnante. Ils se confiaient parfois ce qu'ils n'osaient pas dire à leurs proches, ou cherchaient ensemble les solutions des problèmes de chacun.

Le gris de ses yeux se posa sur Annabel, elle crut y lire du soulagement. Il se leva et enfonça dans sa veste un livre de Tennessee Williams.

— Je suis désolé de t'avoir fait venir ainsi. Quand j'ai entendu l'appel au central, j'ai foncé. C'est seulement en voyant cette femme ici que j'ai pensé à toi.

Il avait récité cela comme s'il s'y était préparé. Il désigna du menton le fond de la pièce, derrière Annabel.

Allongé sur un lit, un corps humain était emmitouflé dans une couverture et recroquevillé le dos contre le mur. Les paupières fermées, son front se plissait régulièrement, à mesure que le traumatisme peuplait son inconscience de cauchemars. Il était impossible d'en dire plus sans examen minutieux car ses traits étaient ceux d'un individu exténué, au bord de la rupture, et son crâne rouge le dépersonnifiait.

D'épaisses croûtes couvraient la surface où auraient dû se trouver les cheveux, tels des continents à la dérive sur un océan de feu. La boîte crânienne contenant son précieux trésor palpitait de vie dans l'air sec de la pièce.

On l'avait scalpée.

Annabel se tourna brusquement vers son partenaire.

— Jack ! Qu'est-ce qu'elle fout là ? s'indigna-t-elle en baissant sa voix du mieux qu'elle put malgré la colère subite. Elle devrait être à l'hôpital !

Thayer leva les mains en signe d'apaisement.

— Je sais, ce sont les gardiens qui l'ont amenée ici. Quand j'ai entendu leur appel, je suis venu aussitôt et j'ai demandé une ambulance. Elle est en bas, derrière le bâtiment pour le cas où un journaliste traînerait dans le coin. On vient d'examiner la fille et ils vont la transférer d'un moment à l'autre à l'Hôpital méthodiste. Alors détends-toi. Dans moins de dix minutes elle sera entre les mains d'un médecin compétent.

Le regard d'Annabel en disait long sur ce qu'elle pensait. La fille devait être ici depuis quasiment une heure !

— A-t-elle repris connaissance depuis son arrivée ? demanda la jeune détective.

— Pas vraiment, elle délirait comme une junkie quand le gardien l'a trouvée. Elle rampait dans la terre.

Annabel se passa la main sur la bouche, n'osant imaginer quelle sorte d'enfer cette femme avait vécu. Elle s'approcha jusqu'à pouvoir toucher son visage, des gestes lents, maternels. Au contact de la peau, l'inconnue crispa les lèvres et émit un gémissement étouffé ; Annabel s'empressa de la rassurer en lui caressant les joues. La femme au crâne rouge retrouva son calme et son sommeil sembla plus serein. Pour autant qu'elle pouvait voir, la détective n'estima pas la blessure dangereuse, mais son état lui faisait craindre un début d'infection. L'incision qu'on lui avait faite n'était pas très nette. À plusieurs reprises, la lame — probablement un scalpel — avait fait fausse route, s'écartant en autant de petites ravines pourpres. Puis on avait dû lui rabattre le cuir chevelu depuis la nuque jusqu'au front, afin de détacher le scalp avec la peau.

— Comment ces abrutis ont-ils pu croire qu'elle s'était mutilée toute seule ? s'étonna Annabel. C'est bien ce que tu m'as dit, le gardien pense que c'est une dingue ?

Jack approuva et ses joues se creusèrent. Il se tourna pour prendre un objet sur la table et le tendit à sa collègue.

— Tiens, voilà pourquoi. Elle tenait ça à la main.

Annabel s'empara du sachet de plastique et ne parvint pas à réprimer une grimace de dégoût en découvrant des cheveux noirs mi-longs rattachés par un lambeau de peau. Le sang à l'intérieur était parfaitement sec, le travail n'était pas récent, mais on devinait qu'il avait été fait maladroitement, arrachant plus que nécessaire par endroits.

— Mon Dieu !

— Comme tu dis. De plus, elle porte les traces de nombreux coups. Rien qu'elle n'aurait pu se faire elle-même, mais je ne crois pas qu'elle se soit évadée de Dartmoor. Stanley Briggs, qui l'a trouvée, dit qu'elle roulait les yeux comme une droguée avant de s'effondrer.

— Pourquoi es-tu si sûr que ça n'est pas une démente ? demanda Annabel sans vraiment y croire.

— Regarde son crâne. La blessure date d'hier ou avant-hier, ça a séché. C'est pas en institut psychiatrique qu'elle se l'est faite. Et je doute qu'une femme nue avec une tête dans cet état puisse passer inaperçue en plein milieu de Brooklyn pendant vingt-quatre heures.

Il y eut un long silence pendant lequel ils s'observèrent, partageant implicitement les mêmes déductions.

Lorsque la porte s'ouvrit sur deux hommes portant un brancard, Annabel recula et rendit le sachet à Thayer.

— O.K. Préviens le capitaine ou l'officier de permanence qu'on est dessus. J'accompagne la fille à l'hôpital pendant que tu emportes les cheveux au labo.

Jack acquiesça, un sourire cynique au visage. Il aimait qu'Annabel prenne les choses en main, elle brillait alors avec la détermination d'une amante florentine au seuil du dernier acte d'un drame. « Dommage que cela soit toujours dans un cadre aussi grave », se dit-il.

Il allait disparaître quand Annabel lui posa la main sur le bras.

— Merci, Jack.

Elle savait qu'il n'avait pas répondu à cet appel par hasard. Il s'était trouvé là quand on avait annoncé la situation et avait bondi sur l'occasion, pour elle.

Il posa sur sa partenaire un sourire sincère et s'en alla.

Il était le seul dans toute la division du 78e precinct à vouloir nourrir l'obsession de la jeune femme. Il était le seul à penser que cela lui faisait plus de bien que de mal, et que c'était pour elle un besoin, que chaque enquête d'enlèvement ou de disparition sur laquelle elle travaillait (si rares fussent-elles) lui apportait de l'espoir.

Un espoir qui la faisait tenir depuis un an.

4

Elle s'était mariée en juin et Brady avait disparu dix-huit mois plus tard. Un matin elle était partie travailler, et le soir il n'était plus là. Pas un mot, pas une lettre. Il n'était simplement plus là. Il ne manquait que son portefeuille et sa veste, toutes ses affaires étaient intactes. Brady était grand reporter, travaillant essentiellement à l'étranger, souvent pour le National Geographic. Mais en ce 17 décembre 2000 il n'avait aucun départ prévu avant deux mois. Ils devaient passer Noël ensemble, loin de l'industrialisation outrancière de l'Amérique, ayant arrêté leur choix sur les Maldives et ses côtes sauvages. Annabel avait détesté prendre une décision à l'aide de brochures touristiques, qui lui renvoyaient au visage l'indécence de leur argent. Les vacances lui apparaissaient tout à coup comme l'os que l'on jette à un chien pour avoir la paix et s'assurer qu'il reviendra obéir. Elle partirait et reviendrait travailler longuement pour pouvoir s'offrir un jour un nouveau voyage. Vivre n'était pas gratuit, la naissance devenait alors la première facture, et il faudrait payer les suivantes pour pouvoir repousser au plus loin l'échéance finale. Nul ne disposait de soi en cette Terre des Hommes libres. C'était avec ce genre de pensée qu'Annabel refusait l'idée d'avoir un enfant. Elle aimait son mari et son travail, le reste n'était plus que littérature. Depuis son adolescence elle gardait en mémoire la formule de Chesterton : « La littérature est un luxe, la fiction une nécessité. » Elle l'avait transposée à sa propre existence, catégorisant en deux choix : ce qui relevait du luxe, et ce qui était fiction — sa source d'énergie. Ainsi, elle refusait le concret d'un enfant, *son luxe à elle,* de la responsabilité de le lancer dans cette jungle, pour s'entourer des rêves de l'amour, et de rares moments de divertissement. Luxe et fiction. Le reste était plongé dans un quotidien professionnel enivrant.

C'était là tout le paradoxe Annabel. Détective par passion, révoltée contre un système par conviction, par besoin de liberté. Elle prenait conscience qu'elle pleurait surtout sur la misère des autres, sur toutes ces larmes dont elle ne pouvait qu'imaginer le goût.

Puis ce fut son tour.

Tout bascula en une journée. En un baiser fugace, qui deviendrait dans les semaines suivantes lourd de nostalgie, un souvenir constellé de regrets.

Ce jour-là, Brady devait passer chercher quelques pellicules photo, faire un tirage papier d'un cliché de son dernier reportage sur l'architecture de Gaudí en Espagne, et il avait prévu d'acheter de quoi dîner, rien de bien risqué. Pourtant, le soir, Annabel avait ouvert la porte de leur appartement sur l'incroyable démesure d'un vide, de l'absence sans motif. Et de l'inquiétude qui se mue en angoisse.

Il avait disparu sans une seule trace.

Dans les semaines suivantes, puis les mois, toutes

les questions possibles la harcelèrent. Elle ne cessait de se répéter qu'il avait été enlevé, tout en se demandant s'il n'avait pas simplement choisi de fuir leur vie commune. Certains hommes agissent ainsi, avec une lâcheté romantique digne des siècles anciens, à moins qu'il ne s'agisse d'un égoïsme moderne. Lorsqu'elle en vint à hésiter sur ce qu'elle eût préféré, entre l'enlèvement et la désertion du nid conjugal, elle entama une psychothérapie qui dura huit mois.

Un an plus tard, Brady n'avait pas été retrouvé, aucun mouvement d'argent sur ses comptes personnels, ses parents et sa sœur n'avaient jamais eu de nouvelles non plus. Annabel continua seule son existence, avec le doute et ses cohortes d'interrogations chaque fois qu'elle posait le regard sur le deuxième oreiller. De là était née son obsession de travailler sur toutes les affaires d'enlèvement ou de disparition dans son district, bien qu'elles fussent rarissimes et en général liées à des problèmes de garde d'enfant. Elle espérait secrètement découvrir un jour le nom de son mari quelque part, ou au moins la preuve de son passage et enfin savoir. Connaître la vérité.

Ne plus porter en elle le goût des larmes...

L'Hôpital méthodiste prit en charge l'inconnue au crâne rouge, et Annabel s'installa dans le hall à côté d'un téléphone. Malgré l'heure tardive elle entreprit d'appeler tous les centres psychiatriques de New York en commençant par ceux de Kingsboro, Ward Island et Dartmoor pour savoir si une patiente ne s'était pas enfuie. Comme elle s'y attendait, il ne manquait personne à l'appel, jusqu'à plus ample informé. Vers deux heures du matin, un médecin en tenue verte s'approcha d'elle en ôtant ses lunettes et en massant ses yeux rendus douloureux par le manque de sommeil.

— Vous n'avez toujours pas d'identité ? demanda-t-il, sceptique. (Annabel répondit d'un geste par la négative.) Bon. On vient de finir les examens, elle est sous le choc et se remet d'une hypothermie, mais ça va. Elle est inconsciente pour le moment.

Il paraissait soucieux malgré tout, deux ridules creusaient de part et d'autre de son nez un stigmate d'embarras.

— Elle a ingurgité une substance en dose massive, ajouta-t-il, et pour l'instant la prise de sang ne me permet pas de définir laquelle exactement. Je doute qu'elle soit en danger, mais je préférerais la certitude. On en saura plus demain matin.

La jeune femme acquiesça et fourra les mains dans ses poches, le froid de la fatigue commençait à l'envahir.

— Je m'interroge sur ce qu'elle est, docteur. Quand j'ai découvert cette... blessure à la tête, j'ai presque espéré pour elle que c'était une folle en cavale, pour ce que ça impliquait...

Le médecin la dévisagea puis il regarda ses pieds avant de répondre :

— Très peu probable, détective. Je ne crois pas qu'elle se soit fait ça elle-même, je veux parler de ses... (il désigna son propre crâne) la peau de sa tête.

Il laissa s'installer le malaise en cherchant ses mots, avant de reprendre :

— Elle a été violée. À plusieurs reprises. Les

lésions sont marquées et certaines remontent à plusieurs jours. Il y avait même du sperme.

Annabel passa sa main dans ses cheveux. Cette fois il n'y avait plus aucun doute sur la nature criminelle de l'affaire.

— On a fait un prélèvement pour vos fichiers d'ADN. Elle porte les marques de nombreux coups, son corps est parsemé d'ecchymoses et de quelques hématomes...

Il se pinça le nez, réfléchissant.

— Eh bien quoi ? s'impatienta la jeune détective. Il y a autre chose ?

— Elle... Elle porte une marque sur l'épaule gauche, une sorte de tatouage.

— Bien. Ça nous servira peut-être pour connaître son identité. On fera une photo demain.

— Non, ce n'est pas exactement ça. C'est un tatouage très récent, même pas cicatrisé, juste une croûte de sang. Je crois que c'est artisanal, on dirait de l'encre de Chine injectée avec une aiguille à la manière de certains prisonniers.

L'expression d'Annabel s'assombrit soudainement.

— Qu'est-ce que ça représente ?

— On lui a fait ça au cours des dernières heures, c'est ce que je voulais dire. Et ça n'est pas un dessin, mais des nombres, un truc très bizarre, attendez, je vais vous l'écrire, ça sera plus clair.

Il prit un tract d'une compagnie d'assurances qui traînait sur la table, y inscrivit au dos une courte suite de chiffres qu'il tendit à la jeune femme :

67 — (3)

La rumeur diffuse de l'hôpital sembla gagner d'un coup en intensité, des murmures, des frottements de pas sur le linoléum, et des batteries de sons électroniques.

Annabel relut à deux reprises, n'en croyant pas ses yeux.

— Quand pourrai-je lui parler ?

— Ça ne dépend pas de moi. Demain, probablement.

Elle hocha la tête.

— Installez-moi une chaise à son chevet pour le reste de la nuit.

Tranchant, son ton ne souffrait aucune remarque. Le médecin haussa les épaules et s'en retourna dans les méandres des salles de soins.

Les stores étaient constitués de fines lattes de plastique qui avaient été tordues maintes et maintes fois, transformant l'ensemble en un squelette désarticulé. Le soleil d'hiver passait au travers, caressant les draps du lit de ses pétales dorés.

La tête bandée, la femme avait ouvert les yeux la première fois vers six heures du matin avant de sombrer de nouveau dans le sommeil. Elle fit de même à huit heures et à neuf heures encore pour finalement s'éveiller en milieu de matinée. Annabel somnola entre chaque sursaut et lui prit la main quand leurs regards se rencontrèrent. La jeune inconnue ne dit pas un mot, elle pleura avant de se replonger dans le mutisme. Annabel vit défiler un autre médecin, deux infirmières et un psychologue qui lui demanda gentiment mais fermement de sortir.

Elle s'adossa sur la machine à café pendant les heures suivantes et grignota un sandwich sous cellophane à midi. Pendant tout ce temps, elle ressassa les informations fragmentaires dont elle disposait. Les agressions sexuelles dans Prospect Park étaient rares, et jamais associées à autant de barbarie. Un frisson lui donna la chair de poule. Elle devait parler au plus vite avec cette femme, lui poser des questions sur son ou ses agresseurs.

Et ce tatouage sibyllin.

Peut-être que sans cet élément elle se serait sentie moins tendue, mais quelque chose dans ce chiffre la titillait. C'est sinistre, songea-t-elle. On ne fait pas ça à sa victime quand on veut la violer. *Oui, mais on ne lui arrache pas toute la tignasse non plus !*

La majeure partie des viols dont le 78e precinct s'était occupé concernait des agressions domestiques ou commises par un inconnu. Dans le premier cas, un mari soûl ou violent s'imaginait pouvoir abuser de sa femme, parfois de sa fille, comme il le concevait : à loisir. Dans le second, une femme était attaquée par un homme qu'elle n'avait jamais vu, parfois par un groupe de jeunes, qui se sauvait une fois le délit accompli. On pense souvent que les violeurs recherchent le plaisir sexuel dans l'acte alors qu'il s'agit en général d'une motivation secondaire. La plupart d'entre eux s'intéressent surtout à la maîtrise qu'ils exercent, à la terreur et à l'humiliation qu'ils inspirent à leur victime, c'est ce pouvoir-là qui les obsède. À de rares occasions, cela va jusqu'au meurtre.

Les dossiers qu'Annabel connaissait étaient simples, une agression éclair et la fuite du coupable. Mais jamais le violeur ne séquestrait sa proie aussi longtemps, pour la torturer, *et lui écrire dessus pour le reste de sa vie* !

— Un taré, murmura Annabel. Une putain de saloperie de taré.

Vers treize heures, après que le capitaine Woodbine l'eut appelée sur son téléphone portable pour faire le point et manifester son peu d'enthousiasme à l'idée qu'Annabel traite cette affaire, un troisième médecin la rejoignit dans la salle d'attente où elle avait fini par s'asseoir. Il avait une cinquantaine d'années, l'air plus frais que les deux autres.

— Je suis le Dr Darton, vous êtes le détective O'Donnel, n'est-ce pas ?

— Comment va-t-elle ? interrogea Annabel sans autre préambule.

— Physiquement elle tient le choc, elle ne court plus aucun danger. Elle est encore un peu groggy à cause des drogues qu'elle a avalées, et nous avons pansé la blessure de sa tête. Par contre elle reste aphasique pour le moment.

Annabel se leva de sa chaise.

— Quoi, elle ne parle plus, c'est ça ?

— Oui, pour le moment du moins. C'est certainement l'effet du choc, de ce qu'elle a subi. Un psychologue est auprès d'elle, il a travaillé sur les effets du PTSD [1] il y a quelques années, c'est un type bien,

1. *Post Traumatic Stress Disorder* : syndrome de confusion post-traumatique.

nous avons de la chance. Mais ne vous faites pas d'illusions, ça peut prendre énormément de temps. Je suppose que vous vouliez l'interroger, savoir ce qui lui est arrivé ?

— Exact. Le plus vite possible.

Le médecin fit la grimace.

— Hélas, ça ne...

— Laissez-moi lui poser des questions, peut-être qu'elle pourra acquiescer au moins. J'ai sur les bras une femme qu'on a retrouvée droguée, nue et violée. Non content de lui en faire voir de toutes les couleurs, son agresseur lui a charcuté le crâne pour lui arracher les cheveux et le cuir qui va avec. À cela, on ajoute un tatouage dans le style cabalistique et autres trucs de dingue que le violeur pourrait lui avoir fait... Vous voyez où je veux en venir ?

Le Dr Darton cligna les paupières.

— Je ne veux pas me montrer pessimiste, continua Annabel, mais tout ça ressemble beaucoup à un individu dangereux. Vous me comprenez ? Il est possible qu'un taré se balade dans les rues de Brooklyn au moment même où nous parlons. Je suis probablement excessive, mais je ne peux pas attendre.

Elle laissa s'écouler un temps, plongeant son regard dans celui de son vis-à-vis avant d'ajouter : « C'est important. »

Confus, le médecin se mit à tripoter un trousseau de clés.

— Je comprends. Mais il est encore trop tôt pour la voir. Attendez un peu, dès que j'ai le feu vert du psychologue je vous appelle, d'accord ?

Elle allait ouvrir la bouche lorsque son portable se

mit à sonner. Elle fit signe au Dr Darton qu'elle acceptait, faute de mieux, et décrocha.

— C'est Jack, où es-tu ?

— Toujours à l'hôpital. La fille s'en remettra physiquement, mais elle n'a pas ouvert la bouche. Elle est sacrément secouée. Sur un autre registre, Woodbine m'a appelée, ça l'emmerde que je sois sur ce coup-là, il pense que mon affect personnel peut nuire à l'enquête, tu connais le discours. Il attend nos premières conclusions et veut ensuite mettre Fremont et Lenhart sur l'affaire. Tu te rends compte ? Gloria va tout faire foirer, elle a autant de tact qu'un Panzer !

— Laisse tomber Gloria, j'ai vu Woodbine dans son bureau, il vient de nous donner le feu vert. Toi et moi.

Pour que le capitaine revienne sur sa décision, Jack avait dû y aller fort, usant de tous ses atouts. « Jack, t'es le meilleur », pensa Annabel. Elle lui devait beaucoup, surtout depuis la disparition de Brady, il avait toujours été présent, attentionné, à toute heure du jour comme de la nuit.

— Bon, écoute-moi bien, reprit-il. J'ai contacté la division des personnes disparues à Manhattan, je leur ai transmis le signalement de notre demoiselle, j'attends la pléthore de fax qu'ils doivent me renvoyer pour les femmes pouvant correspondre. Je vais faire un premier tri avec les habitants de Brooklyn, on verra bien. Mais ce n'est pas pour ça que je t'appelle.

Annabel fit quelques pas pour avoir une meilleure réception. Par la fenêtre, elle aperçut une ambulance qui déchargeait un sac mortuaire dans la petite cour en contrebas.

— Je viens d'avoir le labo au téléphone, dit-il.

C'était Harry DeKalb, il voulait avoir confirmation de ce que je lui avais dit ce matin. Anna, dis-moi, la femme qu'on a trouvée, elle est un peu typée hispanique, n'est-ce pas ?

— Oui, la peau sombre, les sourcils bruns. On peut dire ça en effet, où veux-tu en venir ?

La réponse se fit attendre, il n'y avait plus que la respiration de Jack Thayer et son hésitation.

— Jack ?

— DeKalb voulait être sûr que je ne m'étais pas planté dans la description que je lui ai faite de la fille.

— Pourquoi ? Qu'est-ce que ça peut lui faire ?

— Les cheveux, Anna. Le scalp que je lui ai apporté. DeKalb dit qu'ils sont bruns parce qu'on les a teintés, mais qu'ils sont originellement roux, un roux clair.

Il y eut un nouveau silence avant que Thayer ajoute : « Ce sont les cheveux d'une autre femme. »

5

New York n'avait connu depuis le début de l'hiver qu'une seule semaine sous la neige, puis tout avait sombré dans une mélasse d'un brun transparent douteux avant de s'effacer. Lorsque Annabel remonta Prospect Park West, les premiers flocons se mirent à flotter devant son pare-brise, saupoudrant les trottoirs de neige fondue. De jour, la villa Litchfield conservait sa singularité, mais gagnait en chaleur. Annabel se gara à proximité. Il ne lui fallut pas plus de cinq minutes pour retrouver Stanley Briggs qui revenait à peine d'une sieste improvisée afin de récupérer de sa longue nuit d'émotions.

— Briggs, vous avez deux minutes à m'accorder ? demanda-t-elle en lui adressant un sourire amical, la meilleure arme qu'elle connaissait pour obtenir un service.

Devant la mine endormie du gardien, Annabel poursuivit :

— J'aurais besoin que vous m'indiquiez très précisément le lieu où vous avez trouvé cette femme.

— C'est que c'est pas évident, c'est grand là-bas, et si je vous indique un sentier, vous pourriez tout à fait le prendre pour un autre. Je vais vous y conduire. Vous cherchez quelque chose de spécial ?

Ne souhaitant pas entrer dans les détails, Annabel secoua la tête.

— Juste pour voir.

Briggs haussa les épaules et endossa son blouson portant l'insigne des gardiens du parc.

— Venez, on va prendre ma voiture, ça sera plus pratique.

Le petit pick-up vert leur fit traverser d'ouest en est la zone boisée, empruntant deux grandes routes bitumées. Remarquant l'absence de tout autre véhicule, Annabel interrogea Briggs.

— Y a personne, expliqua celui-ci, parce que ces deux axes sont fermés au public pour plusieurs mois. Le parc est en plein réaménagement, un projet de réhabilitation de certains sites, alors évidemment, la fermeture de ces axes oblige les automobilistes à faire tout le tour, je vous laisse imaginer les plaintes qu'on enregistre !

— J'ai entendu parler de ce projet, je ne savais pas qu'il était devenu réalité. Ça comprend la rénovation de la Boat-house si je me souviens bien, une bonne chose.

Annabel, comme bon nombre de ses collègues, avait souvent traité des affaires d'agressions, de drogue ou d'overdose dans le bâtiment décrépit qui bordait l'étang Lullwater, un endroit désolé. Elle y avait eu affaire à son premier dossier en tant que détective, le cadavre d'un jeune garçon noir. Elle revoyait encore parfaitement la lueur des gyrophares baignant son visage de bleu et rouge, entre le clapotis des canards curieux et le vent qui faisait claquer une porte battante de la Boathouse. L'endroit était lugubre, se remémora-t-elle en frissonnant.

Leur voiture passa sur un pont qui dominait le lac d'une dizaine de mètres.

— On arrive sur la colline Breeze, c'est là qu'était la fille, annonça Briggs, très solennel subitement, comme s'il se prenait au jeu de l'inspecteur.

Il se gara entre deux hauts noyers blancs, et entraîna Annabel vers un sentier qu'ouvrait une série de marches en rondins de bois.

Autour d'eux, la ville s'était évanouie, seule persistait la rumeur du trafic d'East Lake Drive, étouffée par la végétation. Le ciel plombé continuait de déverser mollement des flocons de neige qui disparaissaient aussitôt sur le sol en petites taches d'eau.

Ils suivirent la pente, serpentant entre les troncs puissants, écoutant les craquements des écorces qui se frottaient les unes contres les autres. Briggs s'arrêta à mi-hauteur, ils surplombaient une partie du lac que les arbres dénudés leur laissaient distinguer. Sa surface était maussade, couverte de vaguelettes grises, sans teint. Tout ce paysage était celui de l'hiver, la stase de la vie, une gigantesque mise en berne de l'optimisme.

— Voilà, fit Briggs, elle était en bas.

Il montra un bouquet de joncs et de roseaux, au bord du lac.

— Elle rampait hors de ce tas, s'approchant de la partie plus dégagée que l'on voit, juste au-dessous de nous. C'est un ancien sentier que l'on a fermé pour l'hiver, afin de préserver les plantes aquatiques.

— Vous avez inspecté la zone ensuite ?

Briggs l'observa comme si elle venait de lui parler russe.

— Ben... non. C'est pas comme si on cherchait une preuve, y avait pas de crime, enfin je veux dire qu'elle était vivante, j'ai juste pensé qu'il fallait la ramener au chaud le plus vite possible.

Annabel hocha la tête sans quitter les roseaux des yeux.

— C'était le plus important, en effet.

Elle enjamba le minuscule parapet et entreprit de descendre la pente en s'accrochant aux buissons quand la main de Briggs l'empoigna.

— Hey, non ! Vous allez vous esquinter par là. Y a un chemin par en bas, suivez-moi.

La détective s'exécuta sans rechigner, bien qu'il lui semblât plus court de couper à travers pente. Elle profita du parcours pour sortir de sa poche une baguette chinoise et renouer ses tresses en bouquet sur sa nuque. Quand ils furent sur la berge du lac, elle s'enfonça dans sa veste bombardier, touchée par la langue froide du vent.

— Elle devait être par ici quand je suis arrivé.

Le gardien pointa son doigt entre deux massifs rabougris. Annabel fit le tour, se pencha au-dessus des traces dans la terre humide et essaya d'en comprendre l'origine. On pouvait voir plusieurs sillons frais, parallèles. La jeune détective se mit à explorer les environs, scrutant les troncs, fouillant les bosquets, elle y passa un quart d'heure pendant lequel Briggs la regarda faire, attentif sans toutefois que l'idée de l'aider lui vînt à l'esprit, à chacun son boulot. Bredouille, Annabel remonta la piste depuis les marques dans le sol, là où la femme avait rampé, jusqu'aux roseaux. Ici la terre était spongieuse, des débris de végétation en décomposition en recouvraient une partie.

« C'est un miracle qu'elle s'en soit sortie, remarqua Annabel. Nue, par une nuit d'hiver et allongée là-dessus en plus, elle peut remercier Briggs de l'avoir trouvée rapidement. »

Là aussi, elle entreprit de tout passer en revue, une vision d'ensemble tout d'abord, puis le nez rivé à ses pieds, à se casser le dos.

Stanley Briggs se tenait à l'écart, il avait choisi un rocher et s'était assis dessus, prenant son mal en patience. Les minutes s'égrenaient, et la détective continuait son cinéma, il s'attendait presque à la voir sortir une loupe géante de sa poche... Il se tourna vers le lac, ce miroir terne du ciel, et se demanda si ça n'était pas là le véritable réflecteur du monde, qui faisait jaillir sur terre le gris du paradis. Et si c'était ça la vérité ? Si avec le temps, la blancheur immaculée de l'au-delà s'était corrompue et que la pureté originelle eût disparu ? Rien n'est éternel, pas même l'innocence, nous apprend la Bible... Briggs hocha vigoureusement la tête.

Loin de ces petits moments de doute, Annabel poursuivait sa tâche depuis une demi-heure désormais. Elle ramassa un roseau cassé avec lequel elle fouilla le sol, cherchant une trace quelconque sans y croire. *Il faut le faire ma vieille, parce que tu n'as rien pour le moment.* Elle était venue pour cela.

Aussitôt elle repensa au scalp, celui d'une deuxième femme. C'était un indice en soi. La première était de type hispanique, peau mate, pilosité sombre, l'autre rousse. Et puis il y avait le sperme de l'agresseur, mais s'il n'était pas fiché dans leur banque de données, ils en étaient quittes pour tout reprendre de zéro, et le scalp d'une rousse inconnue ne constituait pas aux yeux d'Annabel le début d'une piste. À bien y réfléchir, ça ne constituait absolument rien si ce n'était une abomination. Comment un taré pouvait-il en arriver à décoller la peau du crân...

Annabel s'immobilisa. Quelque chose bougeait dans les roseaux à ses pieds. Elle se courba et découvrit le corps visqueux d'une grenouille.

Ma pauvre fille, tu te fais des films avec les grenouilles maintenant !

Elle allait se redresser quand son regard accrocha ce qu'elle avait pris d'abord pour une touffe d'herbe jaune comme les roseaux. La grenouille avait le nez dedans.

Du bout de son bâton, Annabel s'empara de la touffe d'herbe et la souleva. Des croûtes rouges apparurent au-dessous.

Son ventre se creusa tandis qu'elle serrait les lèvres, ne sachant plus s'il s'agissait de dégoût ou de colère.

Elle tenait un scalp au sang séché, un scalp de cheveux blonds.

— Aucun doute. C'est une troisième personne.

Annabel se tenait derrière son bureau, les bras croisés sur la poitrine, elle fixait le géant noir qui s'appuyait contre la colonne de plâtre au milieu de la pièce. Jack Thayer était également présent, lui était assis *sur* son bureau, comme à son habitude.

— Vous vous rendez compte de ce que ça veut

dire ? insista le capitaine Woodbine. Je ne veux pas d'une histoire pareille sur mon district ! Les tueurs en série et tout le toutim c'est bon pour les cow-boys du FBI, ici c'est le capitaine de division qui va me tomber dessus, puis le chef de la police, et enfin peut-être même le maire ! (Soudain, comme s'il se souvenait d'un détail, il se tourna vers Thayer.) Et d'abord on n'a aucune certitude, peut-être que les filles à qui appartiennent ces scalps sont encore vivantes, non ?

— Je n'en sais rien, Michael.

Thayer levait les mains, paumes tournées vers le plafond.

— Comment pourrais-je savoir ? Mais mon petit doigt me dit que si nous n'avons pas entendu parler de nanas se promenant dans Brooklyn le crâne à vif, c'est qu'elles sont enfermées quelque part, vous ne croyez pas ?

— On attend les résultats du labo, compléta Annabel. Ils nous font passer en priorité. L'examen devrait nous en apprendre un peu plus sur ces... scalps. Quel mot horrible !

Annabel se mit à imaginer cette femme courant nue dans la rue, deux scalps à la main, deux trophées qu'elle avait eu le temps d'emporter dans sa folle tentative de fuite, comme les preuves du cauchemar.

Woodbine prit une Chesterfield dans la poche de sa chemise.

— Je suis désolé de contrarier cette pulsion d'autodestruction, c'est un bureau non-fumeurs ici, capitaine, fit remarquer Thayer en désignant le petit écriteau qu'il avait lui-même disposé sur son sous-main.

C'était peut-être la millième fois qu'il le lui disait,

depuis le temps qu'ils se connaissaient. Woodbine ne réagit pas, il alluma sa cigarette en réfléchissant.

— Putain, vous imaginez deux secondes la presse sur un coup pareil ? s'exclama-t-il en recrachant la fumée.

Thayer hocha la tête.

— Oh, oui. « Le tueur indien sévit à New York. » « Il tue des femmes d'origine néerlandaise, pour 24 dollars l'âme[1] ! » Ah, non ! J'oubliais que notre inconnue de Prospect Park est sûrement d'origine hispanique. Ça flanque les manchettes en l'air, ça.

Annabel avait appris à ne plus prêter attention aux plaisanteries de son équipier, il dédramatisait souvent par un « trait d'esprit ».

— Et ce tatouage, c'est quoi au juste, on a une idée ? interrogea Woodbine.

— Rien de parlant. Ça peut être n'importe quoi, à commencer par un délire sans aucun sens, rapporta Annabel.

— Pourquoi pas un message, une sorte de charade, comme pour nous mettre au défi ? Comme le faisait le tueur du Zodiaque.

Le capitaine Woodbine avait dit cela avec une candeur qui amusa Annabel. « Il veut être rassuré, pensa-t-elle. Il veut croire que nous avons réponse à tout, que nous maîtrisons la situation. » Woodbine n'était pas le genre d'homme à souhaiter une affaire comme celle-ci dans l'espoir que son dénouement heureux puisse le mettre sur le devant de la scène ; son ambi-

1. Les Hollandais achetèrent l'île de Manhattan aux Indiens pour 24 dollars.

tion se limitait à la gestion de son équipe, pas à briguer une place à trop haute responsabilité. Pourtant, la politique du résultat immédiat mise en place quelques années plus tôt l'incitait à régler l'affaire lui-même, pour améliorer leurs propres chiffres et pas ceux d'un autre district.

— Non, répliqua Thayer. C'est pas une énigme romanesque. L'inconnue n'était pas destinée à ce qu'on la découvre, je pense sincèrement qu'elle s'est enfuie.

— Bon, mettons la main sur le type qui fait ça, et nous trouverons l'explication du tatouage, conclut Woodbine comme si c'était un jeu d'enfant.

Thayer leva l'index en signe de protestation mais Annabel le coupa dans son élan :

— Jack, si tu nous disais plutôt ce que les témoins de Parkside Avenue t'ont raconté.

— Rien de bien utilisable. Ils confirment tous qu'elle courait comme une folle, traversant à l'angle d'Ocean Avenue pour entrer dans le parc. Personne ne semble en mesure de dire d'où elle arrivait. J'ai un commerçant, un type qui tient une épicerie à une dizaine de mètres du carrefour, il dit l'avoir vue aussi, elle fonçait sur le trottoir, à poil. Chronologiquement c'est le premier à l'avoir remarquée. On n'en sait pas plus. Flatbush n'est pas d'une activité débordante en soirée, mais ça n'est pas non plus désert, on peut donc en déduire qu'elle s'est échappée d'un périmètre limité autour de la jonction Parkside et Ocean Avenue.

Le capitaine Woodbine se frictionna les mains, la cigarette entre les lèvres, il conclut :

— Bien, je vais vous envoyer Collins, Attwel, Fremont et Lenhart en renfort, vous me quadrillez le secteur, interrogez tout ce qui est en âge de parler, trouvez d'où peut venir cette fille. De quelle maison elle est sortie, ou si c'est d'un véhicule, où était-il, quelle marque, sa couleur, je veux tout savoir.

Thayer soupira.

— Une vraie partie de plaisir.

Woodbine, du haut de ses deux mètres, toisa Thayer et Annabel, il hésita en tirant sur sa cigarette puis commanda :

— Avant tout, allez me prendre du repos, les autres peuvent commencer sans vous.

Il était six heures du soir, les deux partenaires avaient les yeux marqués par la fatigue mais aucun des deux n'aurait songé à rentrer. Leur quotidien était constitué d'enquêtes mineures, de vols à l'étalage, de cambriolages, de quelques agressions, et ils traitaient en moyenne quatre ou cinq homicides annuels, en s'estimant heureux d'avoir esquivé le service des fraudes à l'assurance. Une enquête comme celle-ci, aucun flic du NYPD[1] ne l'aurait laissée passer. Elle représentait tout ce qu'un inspecteur souhaitait combattre, si paradoxal que cela pût paraître.

— Rien n'est plus friable que la mémoire d'un témoin, capitaine. Le temps fait des ravages là-dessus, autant y aller tout de suite, dit Annabel en désignant sa montre. L'heure est encore décente.

Elle et Thayer se levèrent tandis que Woodbine marmonnait pour la forme. Le lieutenant Roy Salvo

1. *New York Police Department* : service de police de la ville de New York.

entra dans la pièce sans frapper, tenant à la main une feuille qu'il posa sur le bureau d'Annabel.

— Un fax de l'Hôpital méthodiste. Je crois qu'un toubib a le béguin pour toi, il t'envoie une recette médicamenteuse, commenta-t-il avec le sourire.

Annabel le parcourut en vitesse, c'étaient les résultats des analyses. Le Dr Darton pensait avoir identifié la substance que l'inconnue avait avalée, de l'Ativan. Prescrit contre l'anxiété et l'insomnie, c'était un médicament relativement puissant s'il était utilisé à trop forte dose, expliquait le docteur. À base de lorazepam, jusqu'à 1 milligramme était conseillé pour un effet actif. L'inconnue en avait absorbé environ 4 milligrammes, de quoi faire dormir n'importe qui pendant huit heures, voire de provoquer un coma.

— Voilà un bon début ! clama Woodbine. O'Donnel, vous me creusez ça. Trouvez-moi la liste des médecins qui ont prescrit cet Ativan, et leurs patients, tout ce qu'il y a dans le secteur de Prospect Park, à commencer par le quartier de Flatbush. Et qu'ils ne vous emmerdent pas avec le secret médical ! Expliquez-leur la situation, adoptez la stratégie qui vous convient. Voyez ce que ça donne, si vous avez besoin d'aide, on peut toujours demander aux 70e et 71e precincts, c'est leur domaine.

— Capitaine, vous êtes trop bon, répliqua Annabel.

— Ouais. Vous feriez bien de vous dépêcher, je veux pas qu'on trouve un autre scalp dans la nuit, alors foncez, je vous envoie les quatre autres immédiatement. Thayer, c'est toi qui diriges cette enquête.

Il écrasa sa cigarette dans une canette à moitié vide

et sortit en se penchant pour passer sous le chambranle de la porte.

Annabel et Jack Thayer dévalaient les étroites marches pour rejoindre le rez-de-chaussée du 78e precinct.

— Je ne suis pas sûr que l'Ativan soit une piste fiable, dit Jack. Le type peut se l'être fait prescrire il y a longtemps, chez n'importe quel médecin de cette foutue ville, peut-être même dans un hôpital, ou dans le New Jersey. Pour peu que tu obtiennes leur coopération, ça va te prendre des jours voire des semaines pour dégager un résultat, si c'est possible. C'est une impasse. Laisse tomber pour l'instant et viens avec moi.

Annabel avait l'habitude de la façon de procéder de Jack, il approuvait toujours le capitaine pour ne pas perdre de temps, mais lorsqu'il avait une idée en tête, il n'en démordait pas. Il menait son enquête comme il l'entendait, seuls la célérité et le résultat entraient en ligne de compte.

— J'ai une meilleure idée, Jack, répondit-elle. Comme tu le dis, passer par les médecins c'est une perte de temps. Je vais tenter ma chance autrement.

Elle lui adressa un clin d'œil espiègle et ferma sa veste, s'enfonçant dans la doublure fourrée de son cuir épais.

Dehors, la neige continuait de tomber en bouquets blancs que le vent portait selon son bon vouloir.

6

Une boue transparente se constituait de part et d'autre de Flatbush Avenue, transformant les trottoirs en patinoire et réfléchissant les néons des boutiques en éclats poisseux.

Annabel marchait d'un pas décidé, se faufilant dans la foule de cette fin de journée. Les échoppes bon marché se succédaient, une longue enfilade de vendeurs de montres, de fripiers, de *delis* et de snacks dont la graisse maculait les fenêtres d'une couche brunâtre. Dans un quartier où la majeure partie de la population était noire, elle savait qu'elle aurait dû accompagner Jack : bien que diluées dans le sang de ses parents, ses origines afro-américaines étaient tout de même décelables, cela aurait délié plus de langues qu'un flic blanc à la mine tirée et aux yeux vifs. Malgré cela, fidèle à sa réputation de solitaire, elle arpentait une zone hors de son district habituel, tenaillée par une intuition.

Tout était allé très vite, en moins de vingt-quatre heures. L'accumulation d'indices macabres, les premières pistes, et les extrapolations. Annabel était sûre de détenir en l'Ativan une piste jouable.

Elle partait d'un postulat simple : l'agresseur de l'inconnue — l'homme aux scalps — vivait dans le quartier. Puisque sa victime avait couru nue dans la rue et qu'elle n'avait été aperçue qu'aux alentours de la Pergola de Prospect Park, on pouvait légitimement supposer qu'elle s'était enfuie d'un coin très proche, sans quoi elle aurait été vue par d'autres. Et si son bourreau habitait là, alors Annabel avait toutes les chances qu'il se fournît en médicaments à proximité. Partant de cette idée, la détective avait relevé dans les pages jaunes tous les drugstores du quartier, et avait déjà rendu visite à deux Duane Reade sans résultat concluant. Le premier n'avait pas vendu d'Ativan depuis plus de six mois, et ses clients étaient des habitués d'un âge trop élevé pour être suspectés. Le second n'en avait pas délivré depuis plus d'un an : le Kings County Hospital étant à proximité, les patients se fournissaient plutôt là-bas. Il lui restait trois adresses de ce côté-ci du parc, mais compte tenu de l'heure tardive, Annabel craignait de ne pouvoir terminer avant la fin de la journée.

Elle entra dans le CVS qui était le suivant sur sa liste. Quelques consommateurs erraient en quête de mieux-être, défilant devant les alignements de vitamines en tubes. Deux touristes mal équipés passèrent en trombe devant elle à la recherche de baume à lèvres contre les gerçures.

Annabel se dirigea vers le fond du magasin, au comptoir des ordonnances. Le slogan de la chaîne brillait en lettres blanches sur fond rouge : NOUS AIDONS LES GENS À VIVRE PLUS LONGTEMPS, EN MEILLEURE SANTÉ, ET PLUS HEUREUX. Juste au-dessous, un rack en acier exposait une quantité folle de friandises, Twix,

Baby Ruth, Hershey's, tout y était, comme pour souligner l'incroyable paradoxe américain. Annabel ne put contenir un sourire, elle ne s'y habituait pas, se demandant à chaque fois s'il s'agissait de provocation ou de bêtise humaine.

— Je suis désolé, madame, c'est fermé, le comptoir est ouvert de neuf heures à dix-huit heures, revenez demain, chanta une voix à son attention.

Annabel se tourna et montra sa plaque au vendeur en blouse blanche qui se tenait derrière son ordinateur.

— C'est urgent, fit-elle.

— Dans ce cas, que puis-je faire pour vous ?

— Avez-vous vendu de l'Ativan ces derniers temps ?

Le pharmacien inclina la tête, surpris de cette question.

— Euh... Oui, un peu.

Devinant sa réticence, Annabel s'empressa d'ajouter :

— C'est très important, il peut s'agir de la vie de plusieurs femmes. S'il vous plaît, j'ai besoin de ces informations.

— Oui, je comprends. Hum. Euh... Le fait est que j'ai deux clients pour ce produit, la première est une femme qui travaille dans la rue, elle n'arrive plus à dormir, elle fait des crises d'angoisse depuis le 11 septembre, son frère était parmi les pompiers qui sont intervenus. Il s'en est tiré, Dieu soit loué. Le second client est... comment dire, un peu plus spécial. Il en prend depuis longtemps, il vient régulièrement avec son ordonnance pour se réapprovisionner. Un type nerveux. Notez bien que c'est un médicament assez peu vendu ici, c'est pour ça que je m'en souviens. Je vais vérifier s'il n'y a pas eu d'autres ventes d'enregistrées, un instant.

Il se mit à pianoter sur un clavier et secoua la tête en lisant les données qui s'affichaient.

— Non, c'est tout ce que j'ai de récent.

— Et le type un peu nerveux, comment est-il ?

— Oh, euh, plutôt maigre, un homme de couleur. Pour tout vous dire, il m'est assez antipathique, jamais bonjour, ni au revoir. (Il tapota quelques touches de plus.) Ah, voilà, il s'appelle Spencer Lynch. L-Y-N-C-H.

— Comme le réalisateur ? (Devant la moue renfrognée de l'employé, Annabel lui fit signe d'oublier.) Vous avez son adresse ?

L'homme hocha vigoureusement la tête et inscrivit quelques mots sur un papier qu'il lui tendit.

— Par contre, j'aimerais ne pas avoir d'ennuis avec lui, si vous pouviez...

Annabel posa son index sur ses lèvres en reculant, et jeta un coup d'œil rapide au badge sur la blouse.

— Je serai muette, merci Vince, lui souffla-t-elle avant de retrouver le froid du début de soirée.

Son téléphone portable dans une main, l'adresse de Spencer Lynch dans l'autre, Annabel esquivait les passants, remontant le courant humain aussi vite que ses jambes le lui permettaient sans pour autant courir.

— Jack, l'adresse de ce type correspond, c'est juste à côté du carrefour de Parkside et Ocean Avenue, sur le même trottoir que ton épicier qui a vu la femme s'enfuir ce soir-là. Ça pourrait être lui, il s'appelle Spencer Lynch.

— Pas de précipitation, on va aller voir tout ça, poser quelques questions au gus, et on avisera. Il y a sûrement d'autres amateurs d'Ativan dans la région, pas de stress démesuré, d'accord ?

— Mais s'il a toujours ces filles avec lui ? S'il se sent repéré par la police, il pourrait les tuer.

— Pour le moment tu vas là-bas, et tu m'attends dans un bar. Tiens, il y a un McDo à l'angle, vas-y et décompresse un peu. J'ai encore plusieurs personnes à voir, j'y serai dans deux heures.

Annabel chercha à accélérer les choses mais Thayer insista, sur quoi ils raccrochèrent. Elle se sentait surexcitée, l'adrénaline se diffusait en elle, la maintenant sur la brèche. Elle rejoignit l'adresse en peu de temps et alla se placer sur le trottoir d'en face, devant un téléphone public. Elle fit semblant de composer un numéro et sortit un calepin sur lequel elle nota n'importe quoi. Toujours préserver les apparences, se dit-elle, même quand on pense ne pas être observé, on ne sait jamais. Elle tourna la tête pour regarder le bâtiment qui faisait l'angle de Parkside Court, où habitait Lynch. Il avait trois étages, en pierres ocre, une large corniche formait une saillie au sommet et un escalier de secours rouillé parcourait toute sa hauteur pour s'arrêter au-dessus d'un restaurant jamaïcain abandonné. Toutes les fenêtres de l'immeuble étaient recouvertes de bâches en plastique ou de planches en bois, et une palissade délimitant une zone de travaux interdisait son accès. Apparemment plus personne ne l'occupait depuis plusieurs semaines.

— Merde, c'était trop beau, murmura Annabel.

Le panneau « Voie sans issue » qui poussait au pied

de la palissade arracha un sourire amer à la jeune femme.

Elle resta en faction sans bouger, devant le flot lumineux des véhicules, à réfléchir. Jack ne serait pas là avant deux heures, il pourrait l'aider à interroger les commerçants du voisinage une fois encore, au moins ceux qui n'auraient pas encore fermé, car il serait tard. Elle jura en faisant claquer sa langue, puis s'engouffra dans le snack d'à côté. Elle prit un cheese-cake, et tua les heures qui suivirent à force de cafés.

Les bras croisés sur la poitrine, elle examinait les passants depuis la chaleur réconfortante de son abri, guettant la présence de son équipier qui n'allait plus tarder.

À travers la foule, le regard d'Annabel revint sur un homme portant un sac en papier kraft ; immobile devant la maison inhabitée, il tournait nerveusement la tête à droite et à gauche. Le type était noir, relativement grand et, pour autant qu'Annabel pouvait en juger de là où elle se trouvait, il semblait plutôt maigre. Cela faisait un bon moment qu'elle l'observait, s'interrogeant sur son manège. Son attitude n'était pas normale, il préparait quelque chose. *C'est pas vrai, qu'est-ce qu'il va nous faire celui-là ?* L'homme pressa son sac contre lui et se glissa entre les panneaux dans la zone la moins éclairée par les lampadaires.

L'alarme intérieure d'Annabel se déclencha.

Il correspondait. Apparence, race, attitude louche de surcroît, et surtout il venait d'entrer discrètement dans un bâtiment désaffecté qui était l'adresse présumée d'un suspect ! Que lui fallait-il de plus ? Annabel ne croyait pas à la multitude de coïncidences fortuites.

Bon sang ! C'est ma chance.

Gavée d'histoires étranges que son mari ramenait des quatre coins du monde, Annabel avait fini par se persuader que chacun disposait d'un potentiel de bonne fortune qui se déclenchait au gré de l'existence. Le sien venait tout juste d'entrer en action.

« La chance de ma vie, se dit-elle. Le coup à ne pas rater. »

Elle vérifia sa montre, Jack ne devait plus être très loin. Elle composa son numéro sur son portable. Messagerie. Il n'avait sûrement pas terminé tous ses entretiens, à moins qu'il ne fût dans le métro. Elle hésita. « Mais si le type passe par-derrière, je le perds. » Elle se mordilla la lèvre, dansant d'un pied sur l'autre.

Annabel ferma les yeux un court instant.

« Et merde, je suis folle. »

Elle se lança.

Elle déposa un billet de dix dollars sur la table et fonça, elle traversa la rue et se faufila à son tour derrière la barrière de bois. À l'abri du regard des passants, elle éteignit son téléphone et sortit son Beretta. L'entrée de la maison était fermée par une lourde chaîne dont le cadenas gisait par terre dans la poussière. « Ça commence bien, songea Annabel, si je touche à cette chaîne, il faudra un miracle pour qu'il ne m'entende pas. » Elle n'avait pas le temps de manipuler l'objet avec précaution pour ne pas faire de bruit. Elle chercha rapidement un autre moyen d'accès et repéra une fenêtre accessible au premier étage, le plastique qui la fermait en temps normal flottait dans le vent, ne tenant plus que d'un côté.

« Allez, montre donc ce que tu as dans le ventre ! »

Elle rangea son arme et entreprit de grimper, prenant appui sur la devanture d'une boutique fermée et se tractant depuis une jointure du mur. En quelques mouvements hésitants, elle rejoignit la bordure de la fenêtre, dépassant ainsi de la palissade et surplombant la rue. *Au moins, peut-être que quelqu'un va appeler les flics.* Elle se tranquillisa à cette idée. Mais le sentiment que le type pouvait lui échapper d'un instant à l'autre la tenaillait.

Elle tourna sur elle-même et pénétra dans le premier étage, l'arme de nouveau en main. Son poids était rassurant. Annabel se savait capable de repousser un assaut physique, elle était parmi les meilleurs dans les cours d'auto-défense de la police et pratiquait la boxe thaïlandaise en club. Elle n'avait pas la masse musculaire des hommes, néanmoins sa maîtrise technique lui permettait d'en défier quelques-uns et de les battre parfois. En revanche, investir un bâtiment était une chose nouvelle pour elle. Contrairement à ce qu'on voit dans les films, le quotidien d'un détective se limite à des enquêtes relativement statiques, où l'action est exceptionnelle.

Elle traversa une pièce vide et rejoignit un couloir étroit d'où grimpait une volée de marches. La luminosité de l'extérieur n'allait pas plus loin, laissant le reste des lieux dans une intimité humide. Un murmure discontinu provenait de plus haut, et le plancher se mit à gémir, on tirait un objet lourd au-dessus.

Il faisait trop sombre, certains recoins étaient plongés dans le noir. Annabel tâta sa poche de veste et pesta. Elle se maudit de ne pas avoir emporté sa lampe torche. *À quoi ça te sert maintenant, dans le coffre de ta bagnole!*

Elle s'en voulut terriblement. Rien n'était préparé, elle n'avait pas le matériel adéquat et elle savait que ce qu'elle faisait était pure folie, on ne se lance pas seule à la poursuite d'un homme que l'on suppose dangereux.

Pourtant ses pas continuaient d'avancer, le couloir, les marches, lentement, en posant les pieds sur les côtés pour ne pas les faire grincer, tout doucement, voilà, comme ça...

Elle gardait une main sur la paroi la plus proche, pour se guider dans la pénombre.

Ses doigts entrèrent en contact avec un liquide froid. Une rigole d'eau coulait depuis le plafond, l'eau croupie du réservoir ou une flaque sur le toit vétuste, présuma Annabel.

La rumeur grave se rapprochait, elle venait du troisième. Annabel longea les murs, toutes les portes avaient été retirées, laissant partout des rectangles noirs. Dans chacun d'eux pouvait se cacher un homme avec son arme. La jeune détective avançait avec prudence, de profil, collant son dos au plâtre cireux. À chaque ouverture, une sueur froide l'envahissait, elle imagina l'homme tapi de l'autre côté du mur, séparé d'elle par cinq centimètres seulement, leurs visages à tous deux au bord du chambranle, prêts à se faire face d'un instant à l'autre. Lui avec son bistouri, nourrissant d'obscènes désirs à l'idée d'ôter le scalp d'une femme policier, elle, terrorisée par la subite apparition de ces yeux de folie, paralysée par la peur, incapable de faire usage de son Beretta.

« Ne pense pas à ça ! se maudit-elle. Reste concentrée sur le présent. »

D'un bond agile, elle passa devant le trou béant qui donnait sur une pièce aveugle.

Des reflets ambrés apparurent en bas des marches. Des flammes vacillaient au sommet. Répétant la manœuvre, Annabel gravit l'escalier avec discrétion, prêtant une attention tout aussi vigilante à ses déplacements sur les marches qu'au moindre bruit devant elle. Un voile de sueur se tissa sur son front. Elle s'immobilisa sur le seuil du dernier étage. Toutes les fenêtres étaient ici barricadées avec des planches, ne laissant filtrer aucune lumière extérieure. Les murs étaient couverts d'inscriptions à la peinture noire. « ÉLÉVATION », « ESPRIT », « FORCE », et beaucoup d'autres. Annabel reconnut des phrases d'hommes politiques, Martin Luther King notamment. Des dizaines de bougies brûlaient sur le sol. D'autres avaient épuisé leurs réserves, laissant un petit paquet de cire durcie, et quelques-unes étaient intactes, pas encore allumées. Le vrombissement était tout proche désormais, de l'autre côté du mur.

Serrant son Beretta à deux mains, Annabel s'approcha du passage, elle se surprit à ne pas avoir les jambes tremblantes ou les mains trop moites. Une fois son imagination apprivoisée, elle était partagée entre peur et excitation. L'instant présent, se répéta-t-elle, l'instant présent.

Dans le clair-obscur orangé, elle distingua une tapette à rat à cinq centimètres de son pied. Une autre attendait un peu plus loin, puis une troisième. Il y en avait une demi-douzaine, dont une abritant encore son sinistre occupant. Un rat étrange, aux oreilles pointues... En arrivant à son niveau, Annabel comprit que c'était un chaton. Son petit corps poilu était tordu sous la pression de la barre de métal. Il était mort depuis longtemps.

Bon sang, concentre-toi sur l'instant présent! Pas sur tes sentiments!

Une latte de plancher grinça sous son pied.

Bruyante pour bruyante, Annabel parcourut les derniers mètres dans la foulée, et entra dans la pièce, la balayant d'un même geste de tous côtés pour s'assurer qu'elle était seule. Aussitôt, elle se plaqua contre le mur pour ne pas être surprise par-derrière. Son cœur venait de quadrupler sa vitesse en dix secondes, et elle se força à respirer profondément pour retrouver un rythme plus calme.

Le bourdonnement provenait de cinq ventilateurs. Ils étaient posés sur le sol, le papier tue-mouches accroché à leur grille battait dans leur souffle comme des dizaines de manches à air entortillées. Le courant n'avait pas été coupé, peut-être pour le début des travaux, songea Annabel, à moins que l'occupant des lieux ne fût un bricoleur adroit. Une planche d'aggloméré sur deux tréteaux faisait office de table, couverte d'instruments semblables à des pinceaux, un buste humain en plastique y était fixé par un socle à vis et de longues mèches de cheveux étaient posées avec soin à côté d'un morceau de peau déshydratée. En y regardant de plus près, Annabel constata que les cheveux étaient accrochés à une tige de bois, ils séchaient entre les ventilateurs et les bougies.

Sa respiration était à présent plus haletante, elle ne la contrôlait plus. Un filet d'eau dégoulinait du plafond, émettant de petits *ploc* incessants.

Le plancher grinça de nouveau, mais ça n'était pas la détective cette fois. Une ombre passa devant l'issue du fond.

Annabel braqua son arme devant elle, ôta le cran de sûreté et glissa dans l'obscurité. Elle était incapable de dire si l'autre l'avait vue. Elle passa sous l'eau qui lui éclaboussa les yeux, projetant ses gouttelettes froides dans son cou et son dos, et continua à pas lents.

Il entra dans la pièce, d'une démarche nonchalante, la tête enfoncée dans les épaules, la fente ridicule de ses yeux guettant avec méfiance. Le chrome brillant de son revolver luisait sous les flammes dansantes de son repaire. Annabel vit toute la scène avec la netteté d'un ralenti cinématographique. Les moindres mouvements furent décomposés avec soin, même sa propre voix sonna comme un long cri distordu quand elle hurla :

— POLICE ! NE BOUGEZ PLUS !

Elle vit l'élégance des muscles du cou quand la tête se tourna vers elle, et le sourire tordre cette bouche quand il remarqua qu'il s'agissait d'une femme. Le ralenti n'altéra pas la fluidité de son geste. Le chrome dévastateur s'éleva dans les airs, la gueule chargée de mort, parée à cracher son fiel létal. Curieusement, seul le bruit de l'eau coulant du plafond resta le même, celui d'une cascade énervante.

Alors Annabel fit feu.

Une seule fois.

L'épaule de Spencer Lynch explosa, des centaines de taches noires apparurent instantanément sur les murs.

Avec la brutalité d'un choc physique, la scène

s'accéléra, retrouvant toute sa vitesse. Le garçon s'effondra sur le sol, son arme hurla à son tour et dans le même mouvement il roula vers la pièce d'où il venait. Annabel ne put réagir.

Elle vit la gerbe de feu en même temps que le plâtre lui heurtait le visage avec violence. Déséquilibrée, elle se laissa tomber mais la rage lui fit braquer son Beretta vers le mur derrière lequel Spencer Lynch venait de disparaître. Elle vida son chargeur. Les quatorze balles restantes.

Un nuage écœurant de poussière et de poudre s'éleva tandis que les derniers morceaux blancs roulaient sur le plancher.

Annabel éjecta son chargeur et le remplaça par un autre, elle pointa de nouveau le canon vers son adversaire invisible. Elle resta ainsi pendant un long moment, insensible à la douleur qui se propageait dans les muscles de ses bras.

Doucement, le Beretta retomba quand les premières gouttes de sang apparurent dans les trous et coulèrent le long du mur.

7

Jack Thayer était accroupi au-dessus d'Annabel. Après l'anxiété, la colère et la compassion, la curiosité se manifestait enfin. Autour d'eux, plusieurs officiers de police inspectaient l'appartement.

— Tu as su que c'était notre homme en voyant les cheveux sur la table ?

Annabel, qui maintenait une compresse sur sa joue blessée par les éclats de plâtre, reporta son regard sur les longues mèches.

— Non. Dès que je l'ai aperçu dans la rue, j'ai su que c'était lui. Sa façon de vérifier qu'on ne le suivait pas, et il correspondait à la description que le pharmacien m'avait faite. Quand il est entré dans la maison en question, je n'ai plus eu de doutes. Tu te rappelles ce que Woodbine dit toujours, « chaque flic a un coup de bol dans sa carrière, à lui de ne pas le laisser passer ». J'ai senti que c'était ma chance.

Thayer observa les coulées de sang sur le mur du fond. La chance n'y était pour rien, Annabel avait fait son boulot, sans rien laisser passer.

Spencer Lynch venait d'être évacué d'urgence par

une ambulance, son état était jugé critique, deux balles l'ayant touché à l'abdomen.

— La prochaine fois, tu m'attends, petite idiote, c'est un miracle que tu sois en vie.

— Il n'y aura pas de prochaine fois, une affaire comme celle-là, ça ne se produit pas deux fois dans la même carrière, Jack.

— C'est bien ce qui emmerde mon ego ! Bon, et ta tête, ça va mieux ?

Elle fit signe que tout allait bien. Un technicien du laboratoire se pencha vers eux, exhibant des tiges de plastique et des tampons.

— Désolé, mais coup de feu oblige, je dois faire le prélèvement de poudre.

Annabel soupira et tendit ses deux mains, découvrant ses blessures bénignes au visage. Quand il eut terminé, le technicien la remercia et s'en retourna vers sa mallette.

— Je viens d'avoir Woodbine, dit Thayer, il a manqué l'apoplexie quand je lui ai dit ce qui s'était passé, il est sur la route. Autant te dire qu'il ne va pas apprécier ton initiative. S'il décide de la jouer médiatique, il va faire porter le mérite de l'arrestation sur ton courage, mais officieusement, tu vas prendre un savon, il faut t'y attendre. Je sais qu'il fera tout pour que les Affaires internes ne fourrent pas leur grain de sable, ils pourraient te reprocher de ne pas avoir suivi la procédure de sécurité. Ils pourraient même insinuer que si tu l'avais respectée, Lynch n'aurait peut-être pas fait usage de son arme et ne serait pas à l'hôpital. Encore heureux s'il ne meurt pas.

— T'as autre chose d'encourageant pour moi ?

— Je suis désolé. Tu n'as jamais eu les Affaires

internes dans les pattes, je tenais simplement à te mettre en garde. Sois franche et si Woodbine t'appuie — ce dont je ne doute pas —, ça se passera bien. Mais il ne faut pas que Spencer Lynch nous lâche, ça compliquerait les choses. Côté positif, on a retrouvé un autre revolver dans la... la chambre de Spencer, et un fusil à pompe, il est tout à fait possible que ce soit ce qu'il allait chercher quand tu l'as eu. Ça, c'est un bon point pour toi.

Un officier en uniforme s'approcha d'eux.

— Excusez-moi, détective Thayer, vous devriez venir voir.

— Quoi ? Pas de mauvaise surprise, hein ? s'inquiéta Jack subitement.

L'immeuble avait été fouillé dès l'arrivée des renforts pour tenter de retrouver la trace des femmes scalpées, sans résultat.

L'officier, Brian Raglin, était mal à l'aise, se passant la langue sur les lèvres sans arrêt. Annabel se demanda s'il n'allait pas vomir.

— On a retrouvé les filles, monsieur... Je crois, lâcha-t-il enfin.

Comprenant aussitôt, Thayer se couvrit les yeux de sa main.

— Oh, merde, jura-t-il.

Il échangea un bref regard avec sa partenaire avant d'ajouter à l'attention de Raglin :

— Montre-nous.

Raglin les emmena derrière le mur où Spencer Lynch avait roulé, ils enjambèrent la mare de sang à l'endroit où il avait été abattu, et continuèrent jusqu'à la chambre. Un vieux lit, une grosse armoire et une télé constituaient le seul mobilier. L'officier s'approcha de l'armoire et ouvrit la porte, quelques rares vêtements pendaient à des cintres.

— C'est là-dedans ? s'étonna Thayer.

— Non, c'est...

Tout à coup, l'idée vint à Thayer :

— Ne me dites pas que ce salopard a aménagé un passage secret ?

— Exactement. Il a bouché l'entrée de la pièce voisine avec ce meuble dont il a rendu le fond amovible, expliqua Raglin.

Le jeune policier tira sur le panneau et celui-ci lui tomba dans les mains.

— C'est tout simple et il y en a pour dix secondes, fallait y penser. Par contre, je vous préviens, c'est... c'est sinistre là-derrière.

L'odeur se propagea en une seconde. Un mélange d'encens, de désodorisant chimique et de cadavre en décomposition, relent reconnaissable entre tous, surtout par un flic comme Thayer. Celui-ci sortit un mouchoir en tissu de sa poche et se l'appliqua sur le nez, bientôt imité par Annabel. Ils se penchèrent pour passer dans l'armoire et débouchèrent de l'autre côté. Ce faisant, Thayer eut le sentiment qu'il franchissait le portique des Enfers, se préparant à sentir la morsure douloureuse du Cerbère. Au lieu de quoi, il découvrit l'antre de la Folie, la demeure terrestre du Mal.

C'était exigu, sans fenêtre, une ampoule rouge éclairait la tanière nauséabonde de son halo inquiétant. On avait construit un bureau de travail dans un coin, sur lequel traînaient quelques feuilles. Par terre, plusieurs bombes de parfum pour toilettes étaient couchées, vides. En face, une baignoire crasseuse était pleine d'un liquide opaque, et trois membres en dépassaient, tous humains.

Thayer se rapprocha, tenant fermement son mouchoir. Annabel le vit fermer les yeux quand il fut au-dessus du macabre bain. Elle le rejoignit et réprima un haut-le-cœur.

Un visage déformé par les coups et par l'eau flottait juste sous la surface, la bouche étirée en une horrible supplique finale. Un crâne sans cheveux, que la nappe grasse faisait paraître noir. Il semblait qu'elle était coincée de l'autre côté, prisonnière du liquide, implorant qu'on la libère, la main ouverte affleurant la tête, comme pour frapper la surface.

Annabel vit le second visage et se plia en deux.

Elle rendit tout ce qu'elle pouvait sur le carrelage sale, encore et encore, dans l'air vicié de ce cauchemar.

Quand elle se redressa enfin, Thayer était face à elle, la bouche ouverte, il regardait par-dessus son épaule, ses yeux réclamaient de se réveiller sans plus attendre, menaçant de ne pouvoir en supporter davantage. La jeune femme se tourna, se préparant au pire.

Elle resta là plusieurs minutes sans rien pouvoir dire.

Sur le mur où s'ouvrait le passage secret, on avait accroché plusieurs douzaines de photos, de formats variés. Sur chacune d'elles se trouvait une femme, un homme ou un enfant différent. Tous les âges, toutes les races étaient représentés dans cette mosaïque de souffrance. Car tous paraissaient terrorisés.

Ils étaient à moitié nus, certains portaient les traces de violences, et tous regardaient vers l'appareil photo en suppliant. Pour quelques-uns c'étaient les mains jointes, d'autres se tenaient droits, farouches, mais tous avaient dans les yeux la même lueur. Ils imploraient que tout cela cesse. D'une manière ou d'une autre.

Après une éternité, la voix d'Annabel monta dans sa gorge avec difficulté, elle-même ne la reconnut pas :

— Jack, où a-t-on mis les pieds ?

Il secoua la tête et effleura du bout des doigts les visages.

— Combien y en a-t-il ? Quatre-vingts ? Cent ? Mon Dieu, mais qu'est-ce que c'est ?

Sa voix tremblait, lui, le flic philosophe, perdait son raisonnement.

— C'est Spencer Lynch qui a fait tout ça ? demanda Annabel, incrédule.

— Je ne sais pas. Regarde, les photos n'ont pas le même support, et le même fond, il y a...

Un lumière blanche et aveuglante se braqua sur eux.

— J'ai pensé qu'une torche serait utile, fit Brian Raglin en posant le pied dans ce qui avait été autrefois une salle de bains.

Il leur tendit la lampe et se protégea le nez de son autre bras.

— Ce que ça pue !

— Stop ! cria Annabel. Revenez là. Éclairez cette partie-ci.

Elle lui indiqua le mur au-dessus du petit bureau, que le faisceau avait balayé par inadvertance en entrant.

— Il y a quelque chose sur la paroi, je l'ai vu.

Raglin obtempéra et posa l'éventail de lumière blanche à l'endroit voulu.

Ils ne l'avaient pas distingué plus tôt, et pour cause, car c'était écrit en rouge. L'ampoule de labo photo qui était la seule source de lumière jusqu'à cet instant absorbait la couleur.

L'encre n'était pas fraîche, mais elle avait coulé le jour où l'on avait peint en grandes lettres ces quelques mots :

Caliban Dominus noster
In nobis vita
Quia caro in tenebris lucet

— Qu'est-ce que c'est ? De l'espagnol ? interrogea Raglin.

— C'est du latin, intervint Thayer, le visage fermé.

— Vous comprenez ce qui est écrit ?

Le détective tourna la tête vers les photos et ses mâchoires se serrèrent. Il y en avait beaucoup trop. Partout, des visages terrifiés.

— Il est écrit : « Caliban est notre Seigneur, en nous est la vie, car la chair luit dans les ténèbres. »

S'adressant à Annabel, il ajouta :

— Spencer Lynch n'est pas seul. Ils sont plusieurs.

Il souffla longuement, et ses rides se creusèrent quand il murmura en songeant aux paroles de la Bible :

— Ils sont légion.

DEUXIÈME PARTIE

« Je reconnais que j'ai moi-même ressenti cette vilaine envie, l'envie de détruire, de donner libre cours à la frustration... »

Donald WESTLAKE, *Le Couperet*

8

L'air conditionné tournait encore à plein régime bien que l'avion fût au sol. Les passagers de l'appareil se dirigeaient docilement vers la porte de sortie en une procession piétinante. Un peu à l'écart, encore assis, l'un d'entre eux contempla pour la énième fois la une du *New York Post* qu'il tenait sur les genoux. On y voyait huit visages, huit photos différentes, huit personnes effrayées dont le journaliste avait pris soin de masquer les yeux par un rectangle noir dans une volonté risible de « préserver » leur anonymat. Au-dessus, le quotidien titrait : L'HORREUR DE BROOKLYN. Le passager relut les quelques lignes suivantes :

L'ombre de David « Sam » Berkowitz plane-t-elle sur New York ? C'est ce que laisse présager la macabre découverte survenue vendredi soir lors de l'arrestation musclée d'un criminel, intervention au cours de laquelle plusieurs coups de feu ont été échangés, touchant gravement ce qui pourrait être le nouveau fils de Sam. L'homme dissimulait dans son appartement deux cadavres de femmes ainsi que plusieurs photos de visages épouvantés, presque insoute-

nables, qui laissent augurer le pire. Ces huit individus sont-ils les victimes d'un tueur en série ? Bien que la police se refuse pour le moment à tout commentaire, une source non officielle nous précise qu'aucun nouveau corps n'a pour le moment été retrouvé. *Suite p. 2-3.*

Il reposa le journal sans lire la suite. C'était là le produit d'une fuite, le scoop d'un reporter bien informé, mais le texte était trop superficiel, on parlait de l'arrestation d'un *criminel* pour masquer l'ignorance concernant la nature exacte des délits, aucun nom n'était cité, et la *source non officielle* en disait long à elle seule. Un flic avait parlé, refilant en douce quelques photos de victimes, des copies, en échange de cash.

L'homme se leva, la file des passagers s'était quasiment réduite à néant. Il prit sa sacoche dans le porte-bagages et se dirigea vers l'avant du Bœing.

« *Je vous en supplie, faites que ma fille n'ait rien !* »

Il s'immobilisa, ferma les yeux et chassa de son esprit cette femme en larmes. Il devait être entièrement à ce qu'il faisait maintenant. Le journal, son contenu.

Le papier était un peu maigre, pas assez d'éléments, et l'homme ne cessait de se demander ce que la police savait exactement. Évidemment, il avait aussi suivi la conférence de presse, ce qui lui en avait appris un peu plus, mais tout cela manquait de substance.

Probablement pressé par l'article, le NYPD avait fait une déclaration officielle dans l'après-midi du samedi, expliquant qu'une enquête était en cours mais que rien jusqu'à présent n'autorisait à dire que les personnes sur les photos étaient décédées. L'officier chargé du communiqué précisa qu'un homme du nom de Spencer Lynch avait été arrêté, et qu'il se trouvait à l'hôpital. L'état de santé de l'homme en question était stabilisé mais restait préoccupant d'après les médecins. Le porte-parole n'entra pas dans les détails, sous prétexte que l'enquête était en cours et qu'une déclaration plus complète serait faite ultérieurement. Concernant les huit photos, la police était en train d'identifier les personnes et une enquête suivait son cours, ce fut le dernier commentaire. Autant dire que le NYPD cachait son jeu pour le moment, ce qui ne manqua pas d'alarmer encore plus la presse. On parlait à présent de tueur en série à tout va, le Harvey Glattman newyorkais, le Boucher de Brooklyn, tout y passait depuis deux jours.

L'homme au journal quitta l'avion et récupéra sa valise, puis se dirigea vers le comptoir des bagages. Après qu'il eut décliné son identité on lui remit un autre sac, plus petit, sur lequel brillait un autocollant rouge : « CONTIENT UNE ARME À FEU » qu'il arracha. Plus rien n'était pareil depuis le 11 septembre, ce qui pouvait voyager dans la soute sans trop de problème auparavant faisait l'objet d'un maximum de contrôle à présent.

« *Si elle est morte, je ne le supporterai pas ! Je ne pourrai plus vivre après ça !* »

Non, bon sang, tu ne peux pas te permettre ces pensées, fous-les dans un coin de ton crâne et sois sur le coup, laisse les émotions de côté. Oublie cette mère qui pleure sur sa fille. Allez, essaie, fais-le !

Le passager traversa l'aérogare en se focalisant sur le but de son voyage.

Le froid de la côte est ne lui parut pas si redoutable, il était lui-même habitué à des hivers rudes, et il se contenta d'enfiler ses gants en cuir lorsqu'il sortit en quête d'un taxi.

Celui-ci quitta LaGuardia pour rejoindre le centre-ville de Brooklyn en quarante minutes. Là, l'homme trouva l'hôtel qu'il avait réservé, déposa ses affaires et, sans prendre plus de repos, s'engouffra avec un frisson d'émotion dans ce métro qu'il n'avait pas pris depuis dix ans.

À l'angle de la 6e Avenue et de Bergen Street, il trouva ce pour quoi il avait fait un si long chemin. Un bâtiment blanc de quatre étages avec de hautes fenêtres et deux lanternes vertes de part et d'autre de la porte d'entrée : le 78e precinct.

Annabel repoussa son assiette vide sur le comptoir. Sa joue droite était zébrée de petites croûtes bordeaux, souvenir des éclats de plâtre chez Spencer Lynch.

— Tu m'en remets un morceau, Tanner.

— Ce que tu bouffes, toi, pour une femme !

Le barman s'activa à la confection d'un autre sandwich sous le rire d'un policier en uniforme. L'atmosphère était conviviale, les plaisanteries fusaient à travers la pièce, il fallait être sacrément discret pour ne pas en récolter une pleine moisson au passage. La plupart des clients étaient en tenue du NYPD, les autres étant des policiers en civil.

Un homme en costume beige, cravate fantaisie et fine moustache rousse, s'approcha d'Annabel. Son visage allongé vers l'avant lui donnait un air de fouine.

— Fais pas cette tronche, O'Donnel, t'es pas hors du coup ! dit-il.

— Ferme-la, Lenhart.

Oubliant son ton goguenard, Louis Lenhart s'assit sur le tabouret proche d'Annabel.

— Sans déconner, dit-il, Jack Thayer dirige la suite de l'enquête, et t'es dans son groupe, qu'est-ce que tu demandes de plus ?

— C'est à moi de coordonner ce dossier, c'est moi qui me suis risquée dans cette affaire, Woodbine aurait dû me nommer en tête !

— Hey, relax ! Jack est détective premier grade, c'est le plus expérimenté de tous, c'est un coup à ne pas foirer, sans parler de la pression médiatique !

— C'est pas seulement ça. Jack le mérite et je suis contente pour lui, mais Woodbine n'avait pas à nous coller Bo Attwel dans les pattes, tu sais bien comment ça finit avec ce connard, il veut toujours tirer toute la couverture à lui. Woodbine a mal choisi son groupe, c'est tout, et ça me fout en rogne.

— De toute manière t'es de la partie, alors qu'est-ce que ça peut faire ? C'est l'enquête de votre vie !

— Justement, Lou, justement. On n'a peut-être pas les meilleurs éléments avec nous. Tiens, toi par exemple, je n'aime pas ton style et tu le sais, mais tu es bon à ce que tu fais, le capitaine a merdé en ne te nommant pas dans la cellule principale.

Lenhart eut l'air de trouver l'argument valable, il haussa les sourcils avant de commenter :

— Bon, disons que le capitaine joue la prudence et qu'il se garde sous le coude un ou...

Le brouhaha des conversations était soudainement tombé, la plupart des visages s'étaient tournés vers la porte d'entrée. La musique un peu rock diffusée par la chaîne devint tout à coup audible. Le Tanner's Bar était un bar à flics, tenu par un ex-flic et fréquenté uniquement par des flics, et il en allait ainsi depuis quatorze ans avec une simplicité que rien ni personne ne remettait en question. Et comme tout territoire, il était défendu, donnant lieu à des scènes stéréotypées que l'on aurait crues tout droit sorties d'un film.

L'homme sur le seuil dévisagea à son tour l'assemblée avant de s'arrêter sur Annabel et de venir vers elle. Il tenait un journal sous le bras.

— Vous êtes la détective O'Donnel ? demanda-t-il.

— Vous êtes de la presse ? répliqua-t-elle en désignant le *New York Post.*

Le nouveau venu exhiba sa carte de détective privé.

— Non, j'aimerais vous parler à propos de l'affaire sur laquelle vous enquêtez.

Annabel le jaugea. Taille moyenne, athlétique, plutôt mignon, avec des mèches châtaines devant les yeux ; le look mal rasé, jean et veste en cuir élimée, lui donnait un côté « star du cinéma ». Il avait la trentaine bien entamée, supposa-t-elle.

— Je suis spécialisé dans les affaires de disparitions, ajouta-t-il.

Cette fois l'intensité dans le regard de la jeune femme se transforma, étincelant avec une vigueur nouvelle.

Il ne manquait pas d'aplomb. Annabel reconnut le journal qu'il tenait, c'était celui qui dévoilait les huit photos.

— O.K., suivez-moi, on va aller à mon bureau, monsieur...

Il lui tendit la main.

— Brolin. Joshua Brolin.

9

Les deux fenêtres rendaient la pièce moins exiguë, malgré l'entassement des bureaux, armoires à dossiers, coin café, et l'immense tableau des affaires en cours. Des piles de pochettes cartonnées d'où dépassaient quantité de documents peuplaient tous les espaces disponibles. Annabel invita Brolin à s'asseoir entre ces tours de Pise et fit de même.

— Votre carte mentionne que vous êtes de l'Oregon, qu'est-ce qui vous amène ici qu'un coup de téléphone n'aurait pu régler ? demanda-t-elle en jetant sa veste sur un portemanteau qui menaçait de s'effondrer lui aussi.

Joshua Brolin posa son journal sur le bureau et montra de l'index une des huit photos.

— Elle. Rachel Faulet. Ses parents m'ont engagé pour la retrouver. C'est une famille de Portland, où je travaille.

Annabel s'enfonça dans son fauteuil et fixa le détective privé. Celui-ci expliqua :

— Rachel a vingt ans, c'est une jeune fille pleine de vie, très ambitieuse. En décembre dernier, elle s'effondre moralement et quitte l'université. Elle vient d'apprendre qu'elle est enceinte de son petit ami. Pour elle c'est une tragédie. Juste après Noël, elle décide de rejoindre sa grande sœur, par ici, à Phillipsburg dans le New Jersey. Elle y est venue pour trouver un réconfort autre que celui des parents. Les deux filles sont proches, alors Rachel s'installe. Elle doit prendre sans plus traîner sa décision de garder l'enfant ou d'avorter et elle compte sur sa sœur pour l'aider dans son choix. Puis il y a huit jours, dimanche 13 janvier, Rachel est partie à cheval pour une balade en forêt, c'était devenu une petite habitude depuis deux semaines. Le cheval est rentré quelques heures plus tard, mais pas la fille. La police du coin est sur l'affaire mais ils n'ont encore rien trouvé. Les Faulet m'ont contacté vendredi dernier. Je rassemblais des éléments biographiques sur Rachel ce week-end quand j'ai découvert sa photo dans le *New York Post*. Je suis arrivé de Portland ce matin même.

Annabel prit note du nom, elle ne savait pas où en était l'identification des personnes qui figuraient sur toutes les photos retrouvées chez Lynch.

— J'ai besoin de votre aide, détective. J'ai promis à ses parents de tout faire pour savoir où elle se trouvait, et si le pire est arrivé, leur apporter des éléments de compréhension.

— La fille est enceinte, vous dites ? Ça ne se voit pas encore, je suppose ?

— Non. Si elle ne le dit pas, celui qui l'a enlevé ne peut pas le savoir.

Annabel se couvrit la bouche d'une main, pensive. Ils s'observèrent pendant une longue minute sans parler.

— Spécialisé dans les disparitions, vous m'avez

dit ? Vous n'avez pas choisi le plus simple dans le métier de privé.

Annabel regretta aussitôt sa remarque en voyant l'ombre passer dans le regard de l'homme assis en face d'elle. Elle avait voulu briser le silence et se sentait très bête tout à coup.

— Bon... écoutez, balbutia-t-elle, il s'agit d'une enquête très délicate, je ne suis pas autorisée à vous transmettre des informations pour le moment. Cependant, à titre amical, je peux simplement vous orienter un peu. Mais n'attendez pas de moi des miracles, la confidentialité est de mise. (Elle montra le journal du menton.) Même s'il y a eu des fuites au départ, nous gérons à présent la situation.

À son tour, Brolin sortit de sa veste un carnet de notes ainsi qu'une paire de lunettes qu'il posa sur son nez, ce qui lui donna un air faussement intellectuel, se dit Annabel.

— Le type que vous voyez là, sur le mur, c'est Spencer Lynch. Il vient d'être arrêté pour homicide, vous avez suivi la conférence de presse, j'imagine ?

— Oui, il serait possible d'avoir une copie de sa photo ?

— Ne poussez pas le bouchon trop loin. Le fait est qu'il est dans le coma pour le moment mais que chez lui, nous avons trouvé un certain nombre de photos, toutes dans ce genre-là.

Une fois encore, elle désigna le journal.

— Un certain nombre ? releva Brolin. Il n'y en avait pas seulement huit ?

La phrase résonna plus comme une constatation sinistre que comme une question.

Annabel le fixa.

— Pas exactement, mais vous n'en saurez pas plus pour le moment. À propos de... Rachel, c'est bien ça ? on ne sait pas grand-chose, elle est une des « victimes » en photo, on creuse de ce côté-là aussi, ça prendra du temps. Cependant — ou heureusement — deux corps seulement ont été retrouvés chez Lynch. Et... nous supposons qu'il n'était pas seul dans cette histoire.

— Un duo de tueurs ?

Une fois encore, Annabel eut un instant de flottement, jaugeant ce qu'elle pouvait dire et ce qui devait être tu absolument.

— C'est probable. Peut-être même trois, mais c'est une simple hypothèse. Monsieur Brolin, que les choses soient claires, tout ce qui se dit ici doit rester entre nous, d'accord ? Si jamais je découvre que vous partagez avec quelqu'un d'autre les infos que je vous donne, c'est terminé. Je me fais bien comprendre ?

— Parfaitement. Si ça peut vous rassurer, j'ai été flic avant.

Annabel surprit dans son attitude une sincérité troublante, un voile délicat d'émotion qu'il ne maîtrisait pas, elle en fut intriguée.

Devant le silence d'Annabel, Brolin fronça les sourcils.

— Qu'y a-t-il ?

Elle ouvrit la bouche, n'osant se lancer, elle dépassait le cadre professionnel par sa curiosité. Elle avoua enfin :

— Je ne sais pas pourquoi, il me semble vous connaître.

Cette fois, ce fut à Brolin de rester muet un temps avant d'expliquer :

— Il y a un peu plus de deux ans, j'ai participé à l'arrestation de celui que la presse nationale a rebaptisé le Fantôme de Portland[1], le tueur en série, c'est probablement ça, les médias en ont beaucoup parlé.

Annabel se souvint. L'affaire avait fait grand bruit, un meurtrier redoutable avait joué au chat et à la souris avec la police, semant des cadavres derrière lui en même temps que des messages cabalistiques. Elle ne parvenait pas à se souvenir avec exactitude, il lui semblait que Brolin était l'inspecteur chargé de l'enquête à l'époque et qu'après celle-ci, il avait démissionné, se sentant coupable pour la mort d'une des victimes du tueur, il se reprochait de ne pas avoir été assez rapide.

Elle sentit naître un courant de sympathie pour l'homme qui se tenait en face d'elle, en un instant elle comprenait les tensions qui s'animaient sur ce visage, cette énergie étrange qui lui donnait autant de charisme, une force inquiétante mais fascinante, d'une intensité telle qu'aucun comédien ne pouvait la feindre.

Ce fut lui qui rompit le silence le premier :

— Tout ça est une vieille histoire que j'essaie d'oublier.

— Je comprends. Est-ce que je peux vous proposer un café ?

— Non, merci. Concernant Rachel Faulet, est-ce que vous avez quelque chose d'autre ?

Toi, tu es du genre à ne pas lâcher prise tant que tu

1. Voir *L'Âme du Mal,* du même auteur, aux éditions Michel Lafon ; Pocket nº 11757.

n'as pas eu ce que tu voulais! Elle ne l'en apprécia que plus.

— Rien, navrée. Voici ce que je peux vous dire pour l'instant : Spencer Lynch avait chez lui deux cadavres, et il a tenté de tuer une troisième femme qui s'est enfuie, c'est grâce à elle que nous l'avons arrêté. Il conservait chez lui beaucoup de photos d'hommes, de femmes ou d'enfants visiblement terrorisés. Nous avons tout lieu de croire qu'il s'agit d'un groupe, une sorte de clan à la Charles Manson, mais c'est une pure supposition.

— Basée sur quoi ? interrogea Brolin.

— Je suis désolée, je ne peux pas vous le dire. Mais rien ne nous indique que ces gens sont morts, on n'en sait rien, cependant...

— Cependant ?

Leurs regards se croisèrent.

— Chaque photo porte une date. Nous avons commencé à identifier certaines personnes sur ces clichés, et pour deux d'entre elles, entre trois et sept semaines séparent la date de la disparition de celle qui se trouve sur la photo.

— Ils seraient retenus prisonniers si longtemps ?

— Là encore, on n'est sûr de rien, l'enquête en est à ses premiers pas, il y avait chez Lynch tellement de documentation que pour l'instant on en est à trier. Quatre détectives travaillent en même temps. Au fait, pourquoi moi ?

— Votre nom est le seul qui a été donné lors de la conférence de presse. Quand je suis arrivé ici tout à l'heure, vos collègues m'ont indiqué le bar en face où je pouvais vous trouver.

Elle claqua des doigts comme si la réponse était évidente.

— Que pouvez-vous me dire sur les victimes de Spencer Lynch ? demanda Brolin en tournant la tête vers la photo de l'assassin.

— L'autopsie a été pratiquée hier après-midi. Elles sont mortes noyées toutes les deux. Il les scalpait d'abord, les ligotait puis les plongeait dans la baignoire, d'après ce que nous pouvons supposer.

— Il les scalpait ?

— Oui, nous creusons la piste, mais il semblerait qu'il confectionnait des perruques avec leurs cheveux, des perruques qu'il revendait une fortune à un spécialiste. Ce type a été interrogé, il n'a pas l'air de savoir grand-chose.

Elle feuilleta en vitesse son calepin avant de préciser :

— Il s'appelle Walter Sudmak, il ne posait aucune question à Lynch, payant en liquide à chaque fois. Sudmak a des clients prêts à dépenser un paquet de fric pour que leur perruque paraisse aussi vraie que nature.

— Le mobile des crimes était uniquement crapuleux ? s'étonna Brolin.

— Pas seulement. Les cheveux, c'était « juste » pour se faire du fric, j'en ai bien peur. Toutes les filles portent ou portaient des lésions vaginales profondes, ce dingue les violait plusieurs fois avant de les tuer. La troisième, celle qui a survécu, retrouve la parole petit à petit, elle nous raconte ce qu'elle a enduré, ça n'est pas très beau à entendre.

— Si je comprends bien, vous pensez que Spencer Lynch a commis deux meurtres mais que les personnes sur les photos ça n'est pas de son fait, je veux dire qu'il a des complices ou quelque chose dans ce genre ? Donc que Rachel Faulet pourrait être entre les mains d'un autre dingue, et peut-être encore en vie ?

— Je n'en sais rien, je vous l'ai dit. Il y a beaucoup d'éventualités. Disons que jusqu'ici nous avons tout lieu de penser que Spencer Lynch n'est qu'un élément parmi d'autres. Pour Rachel, tout est possible, je vous le répète, il y a plusieurs semaines de décalage entre la date de l'enlèvement et celle indiquée sur la photo. Nous avons énormément d'informations à traiter, et notre priorité est pour le moment l'identification de tous ces individus. L'enquête n'est lancée que depuis deux jours, je crains que, même avec la meilleure volonté du monde, il ne nous faille un peu plus que ça pour obtenir des résultats.

Brolin fit signe qu'il comprenait. Il pointa son stylo sur le bureau d'Annabel.

— Je suppose que je ne peux pas avoir non plus une copie du rapport d'autopsie ? demanda-t-il.

Annabel le dévisagea, perplexe. Puis elle se leva.

— Attendez-moi ici.

Elle revint après cinq minutes et lui tendit des photocopies.

— Rapport d'autopsie, photo de Spencer Lynch, et ce que l'on sait pour l'instant des deux victimes.

Ils tenaient chacun une extrémité des documents lorsqu'elle ajouta :

— Vous avez ma confiance parce que je sais qui vous êtes et ce que vous avez accompli. Faites-moi un enfant dans le dos et je vous démolis votre petite gueule d'amour.

Elle lâcha les feuilles et lui tendit sa carte.

10

Le métro tanguait, bercé de crissements stridents et de gerbes fascinantes dont l'aura bleue venait électriser les visages collés contre les fenêtres. Fantômes hagards, emprisonnés dans la routine du quotidien, tous ces yeux fixaient le néant des couloirs sans fin, corridors sentant le caoutchouc brûlé et l'acier chauffé, captivés par le défilement d'un paysage qu'ils appréhendaient mieux que le fil de leurs existences. Parmi ceux-là, un regard noir barré d'une mèche : Joshua Brolin.

Les rares ampoules jaunes qui habitaient les tunnels rappelaient à Brolin les pointes intenses de sa vie, comme autant de souvenirs lumineux dans le chaos de la mémoire.

Il rejoignit son hôtel en début d'après-midi, et profita de ce qu'il était le seul client dans la salle pour s'installer au bar afin de consulter les documents fournis par la détective O'Donnel.

Il posa sur un tabouret sa vieille veste en cuir usée jusqu'aux coudes et se massa le visage. En le voyant ainsi, perdu dans un pull noir aux mailles larges, les cheveux un peu trop longs, nul n'aurait pu deviner que cet individu en jeans et chaussures de marche avait autrefois été formé par le FBI.

À seulement trente-quatre ans, le détective privé cumulait une expérience hors du commun.

— Pas le temps de méditer, murmura-t-il pour lui-même.

Il repensa à Rachel Faulet, à la photo de cette jeune femme que ses parents lui avaient montrée. Il la fit apparaître de son portefeuille. On l'y voyait joyeuse, dévoilant un sourire blanc et sincère, la canine gauche était cassée, et curieusement cela lui donnait un certain charme, la rendant plus vulnérable, plus touchante. Brolin se remémora la photo de la même Rachel en une du *New York Post,* et son cœur se souleva. Où étaient passés ce beau regard marron, la joie sur ses pommettes rebondies, et cette insouciance, qu'en avait-on fait ? Il ne restait plus que la peur, presque une résignation. Elle demandait pitié, que tout s'achève ainsi, que la vie n'aille pas plus loin pour elle, elle n'en voulait plus. Comment ses parents avaient-ils pu supporter cette vision ?

Brolin grogna et serra les poings jusqu'à ce qu'ils craquent.

Il se redressa pour s'étirer, sortit une cigarette de sa veste et l'alluma. Il n'y avait personne pour lui faire remarquer qu'il était interdit de fumer dans ce lieu.

Ce type de réflexion sur la victime n'amenait nulle part, si ce n'est dans des territoires arides d'espoir. Il resta là à passer en revue les bouteilles d'alcool alignées sur les étagères, se vidant la tête à coups de rasades imaginaires.

Après plusieurs minutes, il prit son carnet de notes et redevint concret. Il entoura le nom de Walter Sudmak, le perruquier à qui Spencer Lynch avait vendu les cheveux de ses victimes. Ce type n'était probablement rien de plus qu'un pauvre hère sans scrupule, aucun lien avec l'affaire, mais il ne fallait pas le négliger. Puis il écrivit « shérif Murdoch, Phillipsburg », la ville où vivait la sœur de Rachel, une certaine Megan. C'était dans les environs que Rachel avait disparu, il faudrait rencontrer le shérif Murdoch, formalité d'usage.

Brolin ouvrit les dossiers biographiques des deux femmes tuées par Spencer Lynch, quelques pages essentiellement extraites des enquêtes de police menées lors de leur disparition. Il devait remonter de ce Spencer à Rachel, même s'il ne savait pas encore comment s'y prendre. Si Spencer n'était pas le ravisseur de Rachel, il existait cependant un lien pour qu'il ait chez lui une photo de la jeune fille, le regard vide de peur face à l'objectif.

Brolin vérifia qu'il était toujours seul au bar et disposa les différents documents en éventail devant lui.

Deux visages lui faisaient face. Les deux victimes de Spencer.

Meredith Powner, dix-neuf ans, avait disparu le 17 août 2001 et Illiana Tarpov, vingt-sept ans, le 4 janvier de cette année. La dernière, celle qui s'était enfuie et était à présent à l'hôpital, s'appelait Julía Claudio ; d'après son témoignage, elle avait été enlevée la semaine précédente, le 15 janvier.

Brolin ouvrit le rapport d'autopsie et commença à croiser les informations. Toutes avaient été scalpées, et les deux premières noyées dans la baignoire. Le corps de Meredith n'était plus qu'une infâme bouillie, et celui d'Illiana, déjà bien putréfié, entamait sa desquamation. Le squat de Spencer n'avait pas été chauffé depuis le début de l'hiver, aussi l'eau de la macabre baignoire avait été glaciale pendant plusieurs semaines, conservant plus longuement les cadavres dans un état « humain », bien que leurs visages fussent devenus une atroce fleur sombre. Après autant de temps passé dans le liquide, la peau glissait sur la substance humaine comme la queue d'une crevette que l'on ôte pour laisser apparaître la chair. Il avait fallu être très méticuleux pour les sortir de là, ne surtout pas les tirer par les bras sous peine de se retrouver avec des gants de peau humaine dans les mains.

Les deux filles avaient été identifiées grâce à leurs papiers, Spencer Lynch conservait leurs affaires chez lui, portefeuilles, sacs à main et même vêtements. C'était ses trophées. Le rapport préliminaire du labo indiquait que les dessous féminins retrouvés dans le lit de Spencer étaient couverts de taches jaunâtres, très probablement du sperme séché. Il était impossible de dire s'il y avait eu nécrophilie, mais lorsque les corps étaient devenus trop putréfiés, Lynch avait dû jouir sur ces petites culottes, revivant par procuration les fantasmes qui l'avaient habité au moment de la mise à mort. Masturbation compulsive, conclut Brolin, comme chez beaucoup de tueurs de ce genre.

Le processus de compréhension du meurtrier était en route.

Avec le départ de Brolin, le FBI d'abord, la police de Portland ensuite avaient perdu un élément brillant, chez lequel l'empathie se mêlait au savoir dans une alchimie déroutante, parfois effrayante. La pensée criminelle l'envahissait, il sentait tout d'abord le tueur, puis peu à peu, il pouvait l'expliquer, sa nature, ses désirs et leurs sources : ses peurs.

Sans poursuivre au-delà sa réflexion, le détective privé écarta la psychologie de Spencer Lynch, il ne disposait pas d'assez d'éléments pour l'appréhender.

Ce qui intéressait Brolin pour le moment, c'était le profil des victimes ; à elles seules, elles en disaient long sur leur meurtrier. La première, Meredith, était noire, c'était une adolescente pleine de vie, très impliquée dans les projets de l'église qu'elle fréquentait, elle chantait dans le chœur, se rendait dans les hôpitaux avec ses amies pour parler avec les enfants malades, et elle avait des résultats scolaires corrects. Bref, elle avait tout d'une jeune fille admirable. La seconde était d'origine russe, sa famille était venue s'installer aux États-Unis après la chute du mur. Elle vivait dans Little Odessa sur Coney Island. Illiana travaillait dans un salon de manucure, elle n'avait pas de petit ami connu, vivait seule. Il avait fallu plus de maîtrise pour s'attaquer à elle, elle était plus âgée, plus indépendante et sûrement plus farouche que Meredith.

Tu as fait un sacré bond, hein, Spence ? Meredith était plus vulnérable, ça ne t'a pas plu ? Elle ne s'est pas assez défendue, c'était trop simple ? Qu'est-ce qui te fait monter, Spence, c'est quand elles te résistent ? C'est ça ? Quant elles se débattent ? Tu aimes lire la panique dans leurs yeux, lorsque finalement tu parviens à leur en imposer, c'est ça ta jouissance à toi, cette petite victoire ?

Brolin prit la photo de Spencer Lynch et les quelques notes qui l'accompagnaient. Il était fiché au

NITRO[1], une base de données regroupant les délinquants récidivistes recherchés pour infraction à la législation sur les stupéfiants ; il avait fait de la prison pour trafic d'héroïne et de médicaments, et pour tentative d'agression sexuelle, bien qu'il ne fût pas fiché dans la banque ADN. À vingt-huit ans, Spencer en avait déjà passé neuf derrière les barreaux. Mais avant d'être relâché en juin 2001, il n'avait jamais tué. Les fantasmes avaient mûri en lui, se développant encore plus en prison, où il purgeait une peine pour tentative de viol, et où il avait eu tout le loisir de se repasser le film de son agression. Si bien qu'en sortant, son désir était gonflé à bloc, hurlant à la mort qu'on le satisfasse. Néanmoins passer à l'acte était autrement plus difficile que d'y rêver.

Brolin secoua la tête, il se perdait en conjectures, rien ne permettait d'en arriver là avec certitude, même si c'était un schéma courant. Il savait au fond de lui que Spencer avait évolué ainsi, à peu de chose près.

Pour son premier crime — Meredith —, il avait attaqué une femme de la même race que lui, cela l'avait rassuré, elle était jeune, ouverte aux autres et généreuse, donc plus vulnérable et susceptible d'être manipulée. Beaucoup de tueurs en série retournent les qualités de leurs victimes contre elles. *Ce monde nous incite à devenir des paranos individualistes, par prudence...,* railla Brolin avec cynisme.

Ensuite, il s'était écoulé un délai assez long avant que Spencer ne repasse à l'acte. Pour la troisième victime, il avait agi beaucoup plus vite, il y prenait goût

1. *Narcotics Investigative Tracking of Recidivist Offenders.*

et surtout acquérait de l'assurance et de la confiance en lui.

Ce qui frappait Brolin, c'était la diversité ethnique des victimes. Afro-américaine, russe, hispanique. *Eh bien, tu ne sais pas ce que tu veux, Spence ? Tu te cherches ?* Il avait commencé par quelqu'un de la même appartenance que lui, et Brolin en aurait mis sa main à couper : Spencer avait procédé dans un environnement qui lui était familier, pour se motiver, pour se sentir plus en sécurité. Il en avait eu besoin pour passer à l'acte, *sa première fois,* il avait dû s'encourager de maintes manières, se donner confiance pour concrétiser en *réel* ce dont il rêvait depuis longtemps.

D'après le rapport de police de l'époque, Meredith avait disparu un après-midi où elle devait être à l'église, pas loin du Navy Yard de Brooklyn. Illiana était de Coney Island, ce qui faisait une sacrée distance depuis chez Spencer, sans parler de Julía qui vivait dans le Queens à Corona, bien loin de chez son agresseur. Avec le temps, il s'éloignait de son domicile, ce qui confortait la thèse d'un premier crime dans un lieu rassurant, donc qu'il fréquentait.

Il fallait commencer par la première victime, c'est elle qui en dirait le plus sur Spencer.

Et trouver le lien entre Spencer Lynch et Rachel Faulet. Pourquoi avait-il sa photo chez lui ?

« *Je vous en supplie, faites que ma fille n'ait rien ! Faites qu'on ne lui ait pas fait de mal, retrouvez-la...* »

Brolin ferma les yeux.

C'était M. Faulet qui l'avait appelé pour le rencontrer. Sa femme était dans tous ses états, mais elle avait réussi à se maîtriser, du moins jusqu'à ce qu'il soit sur le seuil, à ce moment-là elle avait éclaté en sanglots, ces pleurs de la chair que Brolin ne connaissait désormais que trop bien. Elle l'avait supplié de retrouver sa fille saine et sauve, comme s'il était lui-même le ravisseur et qu'il eût tout pouvoir sur elle. En fait, ils ne savaient même pas si elle avait été enlevée, et jusqu'à la parution du *Post* et de la photo de Rachel, ils avaient espéré qu'elle était simplement égarée dans les bois, ayant perdu la mémoire à la suite d'un accident, ou plus probablement s'agissait-il d'une fugue. Toute hypothèse, même folle, plutôt que d'imaginer le pire.

Après un an et demi de ce boulot, Brolin ne parvenait pas à passer outre la souffrance des familles, il se sentait trop proche d'elles, de par sa propre expérience.

Il écrasa son mégot dans une soucoupe qui traînait sur le bar.

Il faudrait également se procurer la liste des codétenus de Spencer, la prison était le meilleur club de rencontres intercriminels. L'amertume lui écorcha le visage à cette pensée.

— Ça va, monsieur ?

Brolin tourna la tête, le barman était apparu, il observait son client avec inquiétude.

— Oui, tout va bien, merci.

Le détective privé s'empressa de ranger les papiers étalés sur le bar. Le perruquier était son premier objectif, puis il passerait voir les parents de Meredith Powner, il savait que la compassion lui ferait un mal de chien, mais il pouvait y avoir une piste à la clé. Et cette clé ouvrait la porte de l'oubliette conduisant de Meredith à Rachel.

Il ne disposait de rien de plus, de toute manière.

Il s'approcha d'une fenêtre et observa le ciel gris, sans relief, qui couvrait la crête des buildings.

Il ne devait pas perdre plus de temps. Quelque part, à cette seconde précise, Rachel Faulet, vingt ans, était peut-être en train de hurler de peur...

Dans la plus optimiste des éventualités.

11

À la fin du XIe siècle, la ville d'Antioche fut assiégée pendant huit mois par les chrétiens de la première croisade. Les musulmans défendirent leurs biens, aussi longtemps que possible. Lorsque les croisés faisaient des prisonniers, ils les décapitaient puis lançaient les têtes par-dessus le mur d'enceinte, autant pour impressionner que pour répandre les maladies. Fermons les yeux un court instant de notre existence et réveillons-nous entre ces murs tremblants sous l'impact des pierres ennemies. Il y a ces hommes, ces femmes et ces enfants qui voient l'armée occidentale s'approcher dans la nuit. Entre les torches vacillantes, les armures sans visage, les machines de guerre, et les paniers pleins de têtes coupées. Les fortifications d'Antioche sont sur le point de céder, rien n'arrêtera plus les chrétiens à présent. Ils vont déferler dans les rues, traînant la mort sous leurs capes et dans le reflet inique de leurs lames. Les hommes sentent leurs poitrines se creuser à l'approche du massacre, les femmes ont le sang qui tourne dans leur ventre et les enfants pleurent silencieusement. Ils savent qu'ils vont mourir, et la peur rend à présent leurs larmes plus acides que la haine. Des milliers de regards chancellent alors, tandis que le bélier enfonce la grande porte. Ça y est, tout est fini. La mort est entrée.

Mille ans plus tard, à travers les vapeurs épaisses qui couvent Brooklyn, cette même intensité dans les yeux, une résignation sourde baignée de terreur, se retrouve fixée à jamais sur papier glacé.

Icônes de souffrance, les photos viennent d'être punaisées sur le mur d'où elles renvoient la lumière des néons en zébrures immaculées. Au-dessus des clichés les plus hauts, la peinture se décolle en une succession de boursouflures, et l'on retrouve souvent de petites plaques blanches sur le sol, parfois dans son café, surtout lorsque la porte claque dans un courant d'air.

Entre ce mur de regards et les quatre fenêtres sont installés plusieurs bureaux, des chaises et même un sofa constellé de brûlures de cigarettes et de taches diverses. La vue donne sur la rue Bergen, trois étages plus bas, et sur des voitures de police garées là. Au 78e precinct de New York, on appelle cette pièce le bocal à cause du manque d'air lorsque tout le monde fume, c'est là que se tiennent les réunions, ou que, occasionnellement, on installe les groupes d'urgence lors d'une crise grave, ce qui ne s'est produit qu'une dizaine de fois en un quart de siècle.

Ce jour-là, la cellule d'investigation qui avait établi son antre dans le bocal regroupait Bo Attwel, Annabel O'Donnel et Fabrizio Collins, le travail étant coordonné par Jack Thayer. La pièce était décorée de leurs dossiers, de leurs vestes et de leurs déodorants bon marché.

Un caricaturiste s'en serait donné à cœur joie s'il

avait croqué la scène. Il aurait commencé avec un homme au visage strié de rides, jusqu'à le faire ressembler à un vieux fruit séché pour Thayer. Pour Annabel, il aurait accentué ses origines, dessinant une métisse, il aurait aussi souligné sa musculature, faisant de sa silhouette athlétique un body-builder sous amphétamines. Fabrizio n'aurait pas échappé à la caricature de l'Italien : costume soigné, cheveux gominés, lunettes noires et l'immanquable borsalino, tout le contraire de ce qu'il était. Enfin, le lieutenant Bo Attwel, le plus difficile à représenter. S'il avait fallu le dessiner, seul *Le Fils de l'homme* de Magritte avec son chapeau melon et sa pomme à la place du visage aurait convenu, respectant la part de mystère, donnant à un individu commun un intérêt singulier.

Bo Attwel remercia son interlocuteur et raccrocha le téléphone. Il prit un morceau de papier sur lequel il venait d'inscrire un nom et alla l'épingler sous l'une des photos.

— Trente-quatrième identification, commenta-t-il d'un ton étrange, empreint de fierté et de tristesse à la fois.

Le lieutenant Attwel mordait dans la cinquantaine, son physique faisait de lui une ombre, celle de l'Américain moyen, un peu de ventre, des traits marqués par le stress ; des costumes achetés en promotion, deux par deux, achevaient de le fondre dans le décor newyorkais. Sa bouche n'avait pas d'expression au repos, elle restait droite, il en allait de même avec ses yeux, très posés, ils évoluaient dans leurs cavités avec une réelle économie de moyens. Si ce n'est une mâchoire prognathe et des sourcils noirs qui juraient sous ses cheveux gris, il était impossible de se souvenir de lui à moins de le côtoyer régulièrement. À sa mauvaise humeur, il était évident qu'il n'appréciait guère de ne pas être le numéro 1 sur ce coup.

Il recula d'un pas et croisa les bras sur sa poitrine.

Le spectacle était saisissant. Un frisson commun glissa le long des échines.

Soixante-sept photos représentant autant d'êtres humains se succédaient en de longues files funestes. Annabel scruta ces regards, ces peurs, et l'image d'un effroyable holocauste s'imposa ; elle crut un instant qu'elle contemplait les interminables lignes humaines qui attendaient devant l'entrée d'Auschwitz-Birkenau. Tant de visages innocents, de désillusions.

La porte s'ouvrit sur le brouhaha du couloir et le capitaine Woodbine se joignit au groupe. Le géant noir avait l'air soucieux.

Jack Thayer frappa dans ses mains.

— On s'installe et on fait le point complet. Depuis le début.

Ils s'assirent tous autour d'une longue table, sous la lumière de petites lampes en cuivre. En quelques minutes, les mots qui jaillirent firent germer les ombres en bouquets étouffants ; la fumée des cigarettes s'éleva en cercles de plus en plus larges comme une mitre éthérée sur la pièce, donnant toute sa valeur au surnom de « bocal ».

Dehors, la clarté du jour se plomba sous les nuages et le soleil disparut complètement.

Attwel parlait de sa voix de baryton :

— Vendredi 18 janvier, soit il y a trois jours, Spencer Lynch est arrêté pour les raisons que l'on vient d'évoquer. À l'heure actuelle, il est toujours dans le coma, les médecins pensent qu'il est hors de danger, mais ne sont pas optimistes quant à son état s'il se réveille, ils ne savent pas non plus quand cela se produira. Bon, chez ce Lynch, on trouve les photos de soixante-sept personnes, enfants, femmes et hommes de tous âges.

Woodbine avait l'air sonné, il observait ces alignements de visages avec incompréhension.

— Aussi loin que l'on a prospecté, tous ces gens sont portés disparus dans leurs familles respectives, continua Attwel comme s'il était le chef de la cellule. Les photos étaient disposées avec un certain ordre. Rassemblées en trois « paquets » différents. Trois polaroïds représentant les victimes de Spencer Lynch se démarquaient de l'ensemble. Les deux autres groupes étaient séparés par un trait de peinture sur le mur. L'un comprenait quinze photos, des tirages amateur, et l'autre, le plus terrible, était constitué de quarante-neuf photos. Celles-ci sont réalisées avec un appareil photo numérique, puis imprimées sur papier spécial avec du bon matériel. Dans tous les cas de figure, c'est prudent et sans risque pour les photographes. A priori aucun moyen de remonter jusqu'à eux par là.

— Vous êtes en train de m'assurer que soixante-sept personnes ont été enlevées, puis photographiées, sans raison apparente ? demanda le capitaine Woodbine qui n'attendait qu'une simple confirmation de ce qu'il savait déjà mais n'osait croire.

— J'ai bien peur que le cauchemar ne fasse que commencer. Jack ?

Attwel se tourna vers Jack Thayer qui enchaîna en

se levant vers un tableau sur lequel étaient écrites trois phrases en latin.

— *Caliban Dominus noster, In nobis vita, Quia caro in tenebris lucet,* lut-il. « Caliban est notre seigneur, en nous est la vie, car la chair luit dans les ténèbres. » Là encore, ça fonctionne par trois. Nous enquêtons afin de savoir si Spencer parlait le latin, mais c'est peu probable. Sans être médisant, disons qu'il n'a pas le profil. Nous n'avons trouvé aucun dictionnaire de ce genre chez lui, et nous nous efforçons d'éplucher les livres qu'il possédait pour être certain qu'il ne l'a pas tiré de là.

— Tu penses qu'ils sont plusieurs, c'est ça ? interrogea Woodbine. Une secte, des sataniques ou je ne sais quoi ?

Thayer fixa les autres un instant avant de répondre :

— Pour le moment, nous pensons qu'ils sont trois. Tout fonctionne en trio, les supports photographiques, la disposition des photos sur le mur de Spencer, et même la citation, découpée en trois phrases. C'est peut-être un peu gros, mais Spencer n'est pas tout seul, c'est une certitude. On a autre chose.

Ce fut au tour d'Annabel de se lever pour prendre une pochette sur son nouveau bureau improvisé.

— Dans son antre, Spencer recevait de la correspondance, expliqua la détective. En fait, nous supposons qu'on la lui apportait, ou bien qu'il allait la chercher, la seule enveloppe retrouvée ne portait ni adresse, ni nom. Dedans, se trouvait une carte postale, dont nous essayons de trouver l'origine exacte. En attendant, le texte au dos est significatif.

Elle s'empara de la carte — un village en noir et

blanc traversé d'une rivière étroite — et la lut, s'employant à conserver un ton neutre :

Tu progresses. Tu fais moins de conneries. Maintenant tu dois apprendre à devenir comme nous. Invisible. Franchis le pas, montre-toi malin : dans la famille John Wilkes, tu trouveras JC 115. Petit indice, cette famille-là a charrié sur son dos les entrailles de la terre ! Elle vit au-dessus du Delaware... Sois digne et à bientôt mon petit S.

Dans le cendrier posé devant lui, Woodbine vit sa cigarette s'éteindre toute seule.

— C'est signé : *Bob,* compléta Annabel. Apparemment, Spencer brûlait ses lettres ou ses cartes, on a trouvé pas mal de papier calciné dans sa poubelle. Celle-ci était sûrement plus récente, il n'a pas eu le temps.

— Aucun indice sur la provenance de l'enveloppe ? demanda Woodbine.

Annabel allait répondre mais Attwel fut le plus prompt, ce qui énerva la jeune femme, il recommençait à vouloir être le seul sous le feu des projecteurs.

— Si, il y avait de la poussière un peu brillante. C'est parti au labo, on attend les résultats. Il y a des marques de ruban adhésif au dos de l'enveloppe, nous pensons que les lettres étaient scotchées sous un objet par quelqu'un et Spencer venait les récupérer plus tard. Qui ? Où ? Comment ? C'est ce sur quoi nous travaillons en ce moment.

Fabrizio Collins était resté silencieux jusqu'à présent. Ses longs cheveux châtains étaient noués en catogan dans son cou, et ses joues parfaitement rasées reflétaient la lumière des lampes. C'était un bel homme, dont la séduction se voyait gâchée par une dentition affreusement désordonnée qui ne l'autorisait pas à sourire. Il caressa ses cheveux avant de se lancer.

— Enfin, il y a l'identification de tous... de tous ces visages-là. (Il désigna d'un geste maladroit le mur de photos.) Ça va prendre du temps, mais on a déjà bien avancé, ça a été notre priorité. On a pu poser trente-quatre noms sur les soixante-sept. La plupart étaient dans le fichier des personnes disparues, jusqu'à maintenant.

Comme s'il prenait subitement conscience du nombre, Woodbine ferma le poing et le posa devant sa bouche.

— Seigneur...

Collins continua, tout en tripotant le col de son polo bon marché :

— Avec les dates de disparition fournies par les familles, on peut remonter à juillet 1999 pour l'enlèvement le plus ancien. Et ça ne comprend que la moitié des victimes, sous réserve d'identification de toutes les autres. Soit deux ans et demi. C'est carrément dingue ! Ces mecs opèrent discrètement depuis deux ans et demi ! Vous imaginez ?

Annabel détacha une feuille de son bloc-notes et la fit glisser sur la table jusqu'au capitaine.

— Enfin, dit-elle, il y a le tatouage que Spencer Lynch a gravé sur Julía Claudio : 67 — (3). À présent, on en comprend toute la macabre portée, commenta la jeune femme. 67 pour le nombre total, 3 pour son « score » personnel. C'est une interprétation simple, mais la plus logique.

— Quelqu'un peut-il m'expliquer à quoi on a affaire ? tonna Woodbine.

Le malaise flotta au-dessus de la table, tel un spectre glacial.

— Je crois que nous avons découvert un secret terrible que plusieurs personnes se sont évertuées à dissimuler pendant longtemps, résuma Attwel. Même en étant malin, on n'enlève pas soixante-sept citoyens de ce pays sans se faire repérer un jour ou l'autre. Ils sont... très organisés.

— C'est un euphémisme, railla Thayer sans joie.

— Mais qui, « ils » ? Quel genre de taré peut bien former une secte pour aller enlever ces pauvres gens ? gronda Woodbine.

La voix d'Annabel claqua.

— Justement, ce sont des fous. C'est bien là qu'est le problème, pourquoi le font-ils ? Regardez tous ces visages, il y a de tout. Aucune logique, merde, il y a même des enfants !

Les quatre détectives avaient passé le week-end dans cette pièce, à organiser l'enquête, à récolter les premières conclusions et à chercher les pistes les plus apparentes, pourtant ils se sentaient encore débordés. Il y avait tellement d'hommes et de femmes sur ces photos que cela semblait une montagne de renseignements impossible à gravir. À chaque brainstorming, de nouvelles pistes jaillissaient. Comme pour souligner cet effet, Fabrizio Collins se redressa sur sa chaise et objecta :

— Hey ! Une minute ! En fait, il n'y a pas exactement de tout.

La petite assemblée porta son regard du jeune

homme aux cheveux longs au mur de toutes les souffrances.

— Il y a des femmes : de très jeunes à matures, et pareil pour les hommes. Il y a de tous les groupes ethniques, avec une large préférence pour les Blancs. Mais si vous observez bien, il n'y a aucune personne âgée. Je dirais que le plus vieux est ce type-là, une cinquantaine d'années. La plupart ont la vingtaine, peut-être trente.

— Exact, approuva Thayer. Le plus jeune pour l'instant c'est celui-ci. (Il se leva et posa son index sur le front d'un garçon dont toute larme avait quitté le corps tant elles avaient coulé.) Tommy Hickory, il a huit ans, et elle aussi, Carly Marlow, même âge.

Tout le monde, excepté Woodbine, prit quelques notes. Puis Attwel, toujours aussi impassible, fixa l'équipe avant de résumer :

— Concrètement, nous disposons de ces soixante-sept photos, d'une sorte de prière en latin, et d'une énigme sur carte postale. Plus une pléthore de pistes secondaires, inventaire des possessions de Spencer, analyse de la poussière sur l'enveloppe, liste des codétenus de Spencer en prison...

Woodbine hocha la tête.

— Demain arrivent trois détectives du Central de Brooklyn Nord pour vous appuyer, et vous avez priorité sur tout. (Le capitaine pointa son index vers les cieux.) Ordre du chef de la police. Les médias ne doivent rien savoir des soixante-sept photos, je ne veux pas d'une pression supplémentaire. Les types du Central vous aideront à gérer les informations avec la presse. Vous lâchez toutes les enquêtes sur lesquelles vous étiez auparavant, elles seront redistribuées, je vous veux à plein temps sur cette affaire. Il faut faire vite. Le FBI met son laboratoire à notre service, et la police d'État est prête à nous aider si nécessaire.

— Les fédéraux ne vont pas s'ingérer dans l'enquête ? s'inquiéta Attwel.

— Non, ce cauchemar est parvenu aux oreilles du maire, et même du gouverneur, ils veulent que ça soit traité avec discrétion. Vous restez sur le coup, mais il nous faut des résultats, rapidement.

Woodbine décocha un nouveau regard vers le mur et ces multiples yeux déroutants.

— J'ai espoir que ces gens ne sont pas tous morts à l'heure qu'il est, ajouta-t-il plus bas.

Jack Thayer posa sa main sur l'épaule du capitaine. Les deux hommes se connaissaient depuis de nombreuses années.

— Je... Je ne serais pas aussi optimiste à ta place. Il y a autre chose que nous n'avons pas encore abordé.

Les narines de Woodbine se contractèrent, la nervosité le crispait de plus en plus.

— La prière en latin que nous avons trouvée chez Spencer, elle était écrite avec du sang. Le labo nous a envoyé un fax ce matin. C'était du sang humain.

Woodbine ferma les yeux et acquiesça, il n'était même pas surpris. Il le fut nettement plus lorsque Attwel ajouta :

— C'est un mélange du sang de plusieurs personnes en fait. Il y en a tellement que le laboratoire est incapable d'en définir le nombre exact.

Le capitaine, pourtant chevronné et ayant eu son quota d'histoires folles en vingt-trois ans de police, eut soudain l'impression que les soixante-sept regards sur le mur se braquaient sur lui.

Leur intensité lui pressa la poitrine jusqu'à lui tirer des larmes de rage.

Pourquoi faites-vous ça ? Qui êtes-vous ?

Mais ce qui le rongeait encore plus, c'était la question de savoir comment plusieurs êtres humains pouvaient s'associer dans une sauvagerie pareille, une démence froide et si calculée, et dans quel but ?

Un appareil de chauffage crépita dans le fond du bureau. Tous demeurèrent silencieux.

12

La plaque étanche de civilisation qu'est New York et ses banlieues couvre la terre jusqu'à s'épandre sur les bords de l'océan. Vue du ciel, alors que la nuit termine d'étendre son décor, l'immense tache palpite d'une vie scintillante.

Par endroits, on distingue les tornades de mauvais augure que sont les gyrophares de la police, tournoyant en bleu et rouge contre les façades. Ils rythment de leur lumière ces rues maussades. S'il fallait une musique pour accompagner ce spectacle, ce serait un chœur lent, mélancolique et lugubre à la fois, un hymne à l'incroyable anonymat de ces millions d'existences, paradoxalement si seules parmi les fantômes de la mégalopole.

Au fond d'un de ces canyons étroits, la silhouette d'une femme progresse en sens inverse du flot humain. Un sacré morceau de femme, pourrait-on dire ; plutôt mignonne, la peau tendue sur ses muscles fins et durs, la démarche ferme.

Annabel remontait Clinton Street contre le vent, un sac plein de courses sur les bras, l'esprit porté par des conjectures. Elle traversa Joralemon, et au milieu de la rue, pendant une courte pause, elle disparut dans l'épaisse fumée exhalée par une plaque d'égout. Lorsque son pied toucha le trottoir, son téléphone portable se mit à vibrer, puis à sonner.

Merde. Oh, ça va, donnez-moi une seconde, pesta-t-elle silencieusement.

Elle trouva un rebord de fenêtre devant une banque et y posa son sac à provisions.

— O'Donnel, j'écoute, fit-elle en décrochant.

— Bonsoir. C'est Joshua Brolin, je peux vous parler un instant ?

Annabel observa son sac en équilibre.

— Allez-y.

Le détective privé se lança d'entrée dans le vif du sujet.

— J'ai rencontré cet après-midi le perruquier à qui Spencer Lynch revendait les cheveux de ses victimes. Le mec est bizarre, mais il a l'air sincère, tout se tient. Il doit faire quelques petits trafics, et je pense que la police le met mal à l'aise, rien de grave. Vous avez tout de même vérifié s'il avait un casier, j'imagine ?

— C'est fait, et non, il n'a rien à se reprocher.

— Mmm... (Il y eut un souffle, comme s'il crachait la fumée d'une cigarette.) Ça ne m'étonne pas. Ensuite, j'ai vu les parents de la petite Powner, celle que Spencer Lynch a enlevée en premier, de ce côté-là non plus, rien d'extraordinaire. J'ai plus creusé sur son enlèvement en fait. À ce sujet...

— Brolin ? Écoutez, vous en avez pour longtemps ?

— Je tiens simplement à être réglo avec vous, échange de bons procédés. Vous m'avez filé de la doc, je vous tiens au courant de mes progrès.

Annabel redressa la tête. C'était très fair-play, inattendu et agréable. Tout autant que malin, ainsi le détective privé s'assurait son aide. Elle ne put s'empêcher de s'interroger sur la fiabilité de cette franchise avec le temps. Annabel vit les passants s'écarter pour ne pas la bousculer, en prenant bien soin de ne pas la regarder.

— Vous êtes à quel hôtel ? se décida-t-elle à demander.

— Cajo Mansion, sur Atlantic Avenue, pourquoi ?

— Je passe vous rejoindre, soupira-t-elle, ça sera plus simple.

Elle raccrocha, prit ses courses et fit demi-tour entre les phares des véhicules et les claquements de talons pressés.

Le bar de l'hôtel s'était rempli, un groupe d'hommes en costume discutait un peu fort, et plusieurs couples dînaient sur des tables en verre où brûlaient des bougies. La radio diffusait doucement une chanson d'Edie Brickell que personne n'écoutait, sauf peut-être l'homme voûté au-dessus d'un Martini. Il finissait par ne plus se rendre compte qu'il se tassait au fil des minutes pour finir par ressembler à un vieillard rongé par le poids des années. Brolin termina son verre en feuilletant le journal du jour. À le regarder ainsi, il était difficile de croire qu'il avait été un bon sportif, non pas qu'il se fût empâté, mais la rigueur de l'exercice avait fondu en même temps que le maintien de son buste.

La porte donnant sur le hall s'ouvrit et Annabel apparut. Joshua Brolin se redressa, réalisant alors à quel point il était avachi. Il désigna le tabouret à ses côtés.

— Je vous en prie. Je tombais mal avec mon coup de fil, non ? sonda-t-il en montrant du doigt le sac en kraft qu'elle tenait dans ses bras.

— Non, vous me privez d'un bol de soupe et d'une heure de CNN, le drame de ma journée.

— Le fast-food de l'information, quel programme !

Elle s'installa et commanda un soda.

— Que vouliez-vous me dire au juste ? C'est à propos de l'enlèvement de Meredith Powner, c'est ça ?

Brolin hocha la tête, il était entièrement à son enquête et sans lui laisser plus de temps pour souffler, il enchaîna :

— En épluchant le dossier, je me suis fait mes petites conclusions. Meredith était partie pour passer l'après-midi à l'église le jour où elle a été enlevée. Elle a dit à ses parents qu'elle proposerait au prêtre de la paroisse de l'aider, elle voulait faire du bénévolat. D'après le rapport de police, le père qui officiait à St Edwards ne l'a pas vue de la journée, cependant il avoue qu'il a passé une grande partie de son temps dans le presbytère et non dans la nef. La police n'a pas trouvé de témoin, tous ceux qui étaient allés à St Edwards dans l'après-midi n'ont rien vu d'anormal. Personne ne se souvient d'une adolescente correspondant à Meredith, mais il n'y a pas eu beaucoup de monde ce jour-là. Les flics ont supposé qu'elle avait disparu sur le trajet.

« Si on observe les victimes de Spencer Lynch, on remarque qu'elles sont toutes d'ethnies différentes, ce qui est rare chez les *serial killers,* ils s'attaquent habituellement aux personnes de la même race qu'eux.

Comme si Spencer cherchait, ne sachant pas encore exactement de quoi il avait besoin pour ses fantasmes. Je pense que pour son premier meurtre, il a eu besoin de se rassurer, c'est pourquoi il a choisi Meredith, elle est noire tout comme lui, elle est relativement jeune, elle parle volontiers aux gens, aime aider autrui et n'est pas de nature méfiante. Il la connaissait, au moins de vue. D'autre part, l'église St Edwards est dans le Heights, ça n'est pas juste à côté de sa planque mais ça n'est pas non plus à l'autre bout de la ville, et ça aussi ça le sécurisait.

Annabel interrompit son geste alors qu'elle allait boire le verre qu'on venait de lui servir.

— D'accord, je suis votre logique et elle tourne bien, pourtant de là à affirmer que Spencer connaissait Meredith, c'est peut-être un peu prématuré, vous ne croyez pas ?

— Non, au contraire. Spencer a un casier judiciaire bien rempli mais surtout pour des délits mineurs, il n'a pas multiplié les atteintes à la pudeur ou le harcèlement sexuel ; en fait, il n'a fait qu'« une » tentative d'agression. C'est peu pour quelqu'un qui s'apprête à commettre trois crimes sexuels dans les mois qui suivent sa libération. Il n'y a pas de palier intermédiaire ou presque, et on n'en vient pas à tuer aussi facilement que ça, en claquant des doigts, n'en déplaise à la télé.

— O.K., je sais tout ça. Peut-être que Spencer a commis d'autres choses et qu'il ne s'est pas fait pincer !

Brolin haussa les épaules, peu convaincu.

— Ça m'étonnerait, c'est pas un malin, il s'est fait prendre bêtement pour la drogue, et encore plus idiotement pour l'agression, j'ai lu les rapports. S'il s'était rendu coupable d'autre chose, il aurait été arrêté. Je pense que la fibre pulsionnelle qui l'a amené à tuer était en lui bien avant sa tentative d'agression sexuelle, mais son tempérament d'homme peu sûr de lui l'a empêché d'agir. Il fantasme avant tout, il s'imagine les choses, sa sexualité est dans son esprit, pas dans la réalité. Tenez, je suis sûr que vous avez trouvé chez lui beaucoup de matériel pornographique.

— En effet, des piles de magazines.

— C'est sans surprise, ce sont ses supports. Enfermé en prison, il a eu tout le temps de réfléchir à la maîtrise totale, au contrôle, à la domination, l'*autre* en objet sexuel, rien qu'à soi. Il a pu en rêver, se préparer, peut-être sans vraiment se dire qu'il passerait *réellement* à l'acte. Mais c'était trop tard, il ressentait ce besoin. Peu de temps après sa libération, il agit, il tue. C'est très rapide, même un peu trop, je trouve. Il y a un déclencheur. Vous connaissez la psychologie des tueurs en série, détective O'Donnel ?

— Euh, non, c'est pas ma tasse de thé, comme on dit.

— Chez tous ces criminels, pour leur premier meurtre, il y a un facteur déclencheur. Souvent, c'est un stress qui ne semble pas insurmontable à quelqu'un de « normal », comme des problèmes d'argent, un licenciement, une rupture sentimentale ou même une paternité imminente. Cependant, pour ces gens-là c'est un stress supplémentaire qui fait trop monter la pression, ils explosent et ils passent à l'acte. Ensuite, pour leurs crimes suivants, ce vecteur n'est plus nécessaire, ils ont franchi le pas. Je vous épargne les précisions, disons simplement que dans le cas de Spencer Lynch, je trouve que le délai entre sa sortie de prison et son premier crime est beaucoup trop court. Trop peu de temps pour accumuler toute cette pression. D'un type comme lui, je me serais attendu à ce qu'il retente une ou deux agressions sexuelles au minimum avant d'aller jusqu'au meurtre. Une évolution graduelle. Tout à l'heure vous m'avez parlé d'un groupe de tueurs, n'est-ce pas ?

— Hey là, minute ! Je n'ai pas dit *tueurs* ! Jusqu'à preuve du contraire, il n'y a que les victimes de Spencer Lynch ! Nous pensons à des hommes qui organiseraient ensemble des enlèvements, mais il n'y a pas de cadavre.

Leurs regards se croisèrent. Brolin fixait Annabel avec l'expression de celui qui se sent sous-estimé.

— Nous savons tous les deux qu'il va y en avoir d'autres, prophétisa-t-il cyniquement. Je voulais en venir à ces hommes-là parce que je ne serais pas étonné que Spencer ait été poussé à commettre son premier crime par l'un de ces types. Quelqu'un qui le connaissait, un individu de la même nature que lui, qui a su repérer en lui ce besoin et qui l'a incité à l'assouvir. Le déclencheur de Spencer. Ce qui expliquerait qu'il ait tué si rapidement après sa libération. Pour sa première fois, Lynch a tué quelqu'un qu'il connaissait, au moins de vue. Demain j'irai à St Edwards pour parler avec le prêtre. Si vous n'y voyez pas d'inconvénient, je voudrais lui montrer la photo de Spencer, peut-être qu'il l'a déjà vu à ses messes, ou traîner dans l'édifice. Compte tenu de la confidentialité de cette enquête, je voulais votre accord avant d'utiliser la photo que vous m'avez fournie.

À présent, Annabel observait son interlocuteur avec curiosité. Elle but son verre et glissa sur son tabouret pour être un peu plus face à lui.

— Pourquoi êtes-vous devenu un privé ? Vous êtes bon dans ce que vous faites, c'est même déroutant. Pourquoi un détective privé alors, « spécialisé dans les disparitions » ? le cita-t-elle sans moquerie.

Le voile douloureux du doute passa sur le visage du privé.

— C'est une histoire... compliquée, se força-t-il à dire sans émotion apparente.

Soudain, la clameur des conversations leur sembla plus forte, la gêne venait de dissiper l'accointance naissante.

— Et vous ? reprit Brolin. Quelle est votre histoire ? Qu'est-ce qui vous a fait entrer dans la police ?

Annabel laissa échapper un sourire d'amusement, la dérobade manquait de finesse, pourtant sa sincérité lui plaisait. Rien à voir avec de l'attirance sexuelle, simplement un contact agréable, et une personnalité si étrange et polymorphe qu'elle en devenait intrigante. À vrai dire, elle n'avait pas ressenti de désir depuis la disparition de Brady. Elle n'avait pas cherché à en ressentir. Entre la tombe et l'espoir sur l'oreiller, Annabel avait fait son choix depuis longtemps, et ne revenait pas dessus. Elle espérait, parfois avec l'amertume des vaincus, mais elle espérait tout de même.

— Rien d'insolite, finit-elle par répondre d'une voix tremblante qui la surprit au moins autant que Brolin.

Elle toussa légèrement pour se reprendre, sur un ton plus enjoué cette fois :

— Désolée, je suis navrante, je n'ai rien de plus original que la plupart des habitantes de ce pays !

Brolin esquissa un sourire à son tour, ce qui encouragea Annabel à poursuivre.

— Banlieusarde élevée au maïs dans les années 1970-1980 et à la peur d'une guerre nucléaire avec l'URSS, le traumatisme de la jeunesse américaine, quoi ! Pour le reste, disons que j'éprouve une forte attirance pour les relations humaines quand celles-ci sont dans un contexte atypique, que j'aime bouger, et j'ai le goût du risque, je suis donc entrée dans la police.

— Pas de médaille ? Pas de célébrité historique dans la famille ? Pas d'arrachement hollywoodien ?

À cette dernière mention, l'expression sur le visage d'Annabel se figea un court instant avant de laisser place à la sincérité. Ils se considérèrent, un peu embarrassés, jusqu'à ce que la jeune femme reporte son attention sur son sac de provisions. Avec une douceur quasi désabusée, elle finit par se tourner vers Brolin et lui demander :

— Une longue balade, ça vous dit ?

Brolin cligna lentement les paupières en hochant la tête. Annabel s'empara de deux BudLight qu'elle fourra dans les poches de sa veste bombardier et elle abandonna le reste du sac sur le bar.

Ils prirent le métro et descendirent Brooklyn jusqu'à Coney Island. Assis dans le wagon, ils ne parlèrent pas, observant le paysage lorsque la rame sortit de terre pour aller se jucher sur une lame d'acier à quinze mètres du sol. Parfois, leurs regards se croisaient et un sourire complice se dessinait sur leurs lèvres, comme deux enfants découvrant une fierté à faire l'école buissonnière. Après quinze kilomètres de ligne, le métro aérien commença à ralentir. Brolin observa les hautes tours brunes qui se succédaient, bunkers titanesques éclairés de centaines de fenêtres en ce début de soirée, et il se fit la remarque que c'était la première fois qu'il voyait des barres de HLM avec vue sur la mer. Ici plus qu'ailleurs, l'ironie du monde moderne était criante, on parquait les gens dans des cages en prenant soin de leur donner un balcon avec vue sur une liberté inexhaustible qui leur échappait.

La station Coney Island était déserte, rien que des corridors sentant l'urine. Pendant l'hiver, la fréquentation de la plage était réduite à néant, mis à part quelques personnes âgées vivant dans le quartier. Pas de touriste non plus, on abandonnait les environs à la morosité, jusqu'au nettoyage de printemps.

Annabel entraîna Brolin sur un chemin piéton, jalonné de cabanes à frites fermées, sous le regard indifférent d'une des tours. Dans un coin, une demi-douzaine de jeunes discutaient, emmitouflés dans leur doudoune The North Face, un poste de radio déversant un rap lancinant. Trop occupés à discourir et à partager un joint, ils ne s'intéressèrent pas au couple.

Les deux silhouettes dépassèrent le parc d'attractions qui hibernait également, monstre marin échoué là depuis longtemps, laissant entrevoir dans la nuit le dos squelettique de ses montagnes russes.

Annabel désigna une volée de marches.

— Par ici, la promenade est sympa. Vous ne connaissiez pas New York ?

— Je suis venu il y a quelques années, en touriste. Jamais mis les pieds dans Brooklyn, par contre.

— Bien que ça en fasse partie, nous ne sommes pas vraiment dans Brooklyn ici, c'est un monde à part. L'été c'est l'éden de la classe moyenne, mais l'hiver... ça n'est plus qu'une carcasse vide. C'est là que je le préfère.

Ils gravirent les marches et Riegelmann Boardwalk apparut sous leurs pieds : un interminable ruban de planches bordant la plage. Le vent s'engouffra dans les cheveux d'Annabel et souleva ses tresses ; elle s'enfonça dans sa veste. Brolin resta planté là, à contempler le sable gris sous la lune et ce rideau obscur que l'on devinait être la mer grâce au bruit des vagues.

— La plupart des personnes qui viennent à New York pour la première fois ne s'attendent pas à ce spectacle, la plupart le manquent d'ailleurs ! commenta la jeune femme.

— Ça ne m'étonne pas.

Le vent avait l'haleine saline, expirant sans relâche depuis la cime des flots. Annabel fit quelques pas sur la promenade puis sauta sur la plage, aussitôt imitée par Brolin. Ils marchèrent lentement, se rapprochant peu à peu du rivage. Un peu mal à l'aise, Annabel chercha ses mots avant de briser le silence entre eux :

— Tout à l'heure, quand je vous ai demandé pourquoi vous aviez choisi ce métier de détective privé, je ne voulais pas me montrer indiscrète, j'espère que vous ne l'avez pas mal pris...

— Ne vous en faites pas pour ça. Après le coup de main de ce midi, je vous dois bien une explication. Et pour tout vous dire, j'avais à l'université un professeur qui disait : « C'est en satisfaisant la curiosité des inconnus qu'on s'en fait des alliés », j'aime assez cette idée.

— Vous espérez me rallier à votre cause en touchant une corde sensible ? demanda-t-elle, amusée.

— Je ne crois pas en avoir besoin. C'est déjà fait.

La première réaction d'Annabel fut de virer à l'indignation pour aussitôt se rendre compte que d'une certaine manière il disait vrai. La douceur du détective privé l'avait touchée dès les premières minutes, tout autant que la cause qu'il plaidait. C'est pour cette raison qu'elle lui avait passé des documents confidentiels. Mais il ne manquait pas d'un certain culot pour être aussi direct. Annabel fut contrainte de s'avouer qu'elle appréciait cela également.

Elle désigna une anfractuosité sur la plage et ils s'y assirent. Elle sortit les deux bières de ses poches et en tendit une à son compagnon.

— J'ai été inspecteur dans la police de Portland pendant quelques années, commença celui-ci. Au départ, je m'étais fixé comme objectif d'entrer au FBI et de devenir profileur. J'ai fait l'université, puis les sélections du Bureau. J'ai suivi la formation à Quantico, jusqu'à devenir agent fédéral, et au bout du compte j'ai laissé tomber. Je m'étais construit un rêve autour de ce métier, et la pratique sur place m'en a donné une tout autre image. J'ai eu peur de passer le restant de mes jours à exercer un boulot dans des conditions qui ne me correspondaient pas. Quitte à passer pour un enfant gâté qui ne sait pas ce qu'il veut, je suis parti : deux années de FBI et un retour simple pour l'Oregon. J'ai rejoint la police de Portland et l'enquête de terrain. Disons qu'ensuite, ma formation de profileur m'a permis de travailler sur des dossiers importants.

Il avala une gorgée de BudLight que le froid de janvier avait gardée fraîche.

— Jusqu'à l'affaire Leland Beaumont, le tueur en série. Et ensuite le Fantôme de Leland. Quand la presse nationale s'est emparée de l'affaire elle l'a rebaptisé le Fantôme de Portland, c'est moins intime j'imagine, plus accessible.

— Si je me souviens bien, ils étaient plusieurs, c'est ça ?

Brolin médita devant les rouleaux de l'Atlantique qui écumaient sans relâche à une trentaine de mètres.

— Pas tout à fait, c'est difficile à résumer. Il y avait plusieurs surnoms, Le Corbeau, le Fantôme... Mais au final un seul être tirait les ficelles de tout ça. Quand je songe à lui, je l'appelle Dante.

Chaque souvenir de cette époque lui arrachait des bouffées de tristesse, des orages de souffrance s'écrasaient sur sa poitrine, lui meurtrissaient le cœur et l'âme de leurs foudres. La mémoire de ses années d'inspecteur revenait sans cesse au Fantôme de Portland, à « Dante » et comment il avait fait basculer sa vie. Cette enquête lui avait tout apporté, reconnaissance professionnelle tout autant que déception, stimulation, action, et même l'amour. Et l'avait amené au déchirement ultime, aux pertes humaines dont il n'avait pu se remettre car il y était trop impliqué, et finalement à sa démission.

— Pourquoi Dante et pas son vrai nom ?

Brolin sortit de ses rêveries en portant la bouteille à ses lèvres.

— Parce qu'il lui ressemble, dit-il après une gorgée, il a traversé les cercles de l'Enfer. Peut-être aussi parce que je refuse son identité, avoua-t-il après un temps.

Annabel fronça les sourcils mais n'osa poser la question, la réponse devait venir de Brolin.

— Il ne mérite pas qu'on le connaisse, finit-il par expliquer. Partout, on a parlé de lui, des livres ont été écrits à son sujet. Ses victimes, elles, resteront oubliées, des visages sans nom. (Brolin tourna la tête vers la détective.) C'est ma manière à moi de le dépersonnaliser.

La compassion qu'affichait Annabel n'avait rien d'affecté ou d'emprunté, elle était sincère. Depuis le début, quelque chose chez cet homme l'avait mise en confiance. Il semblait parfaitement détaché de l'opinion des gens, il vivait dans la société, mais son esprit n'était pas asservi ; Brolin était auréolé de la marque de la vraie liberté, et de la souffrance qu'il avait fallu payer pour ça.

Elle posa sur son bras une main qu'elle souhaitait réconfortante, sans ambiguïté, tout en se demandant comment une telle haine avait pu naître envers ce Dante. Bien au-delà de ses crimes, il y avait quelque chose de personnel.

. — Quand Dante a été arrêté, je suis parti loin de tout. Puis j'ai démissionné de la police. J'ai voyagé pendant plusieurs mois, sans savoir ce que je ferais ensuite.

— Qu'est-ce qui vous a fait rentrer ?

La voix était douce, portée par le vent, comme une caresse.

— La pierre.

Il but une autre gorgée face à l'océan.

— En partant, je ne fuyais pas, je répondais à un appel, celui du grand Pourquoi. Du sens de nos vies. La vieille Europe m'a semblé idéale, je partais en quête d'une raison de continuer à travers le berceau de notre histoire. La France d'abord, puis l'Italie. J'ai traversé une ex-Yougoslavie dévastée par la désinformation dont elle est la victime plus que de la guerre elle-même avant de découvrir la Grèce... Mais rien ne résonnait en moi. J'ai vu le soleil se coucher depuis les remparts de Carcassonne, la mer ressasser les exploits d'Hercule dans son pays d'origine, rien de tout cela ne me parlait. L'Égypte fut ma destination suivante, j'y suis resté six mois. Je pourrais vous raconter tant de merveilles sur ce pays, sur ses habitants, Le Caire et le Khân el-Khalili, le Nil, tant de richesses. Là-bas, je me suis oublié, j'ai vidé mon esprit des images atroces qui me hantaient, je n'étais plus moi. Un matin, après une nuit de discussion chez un nouvel ami, je suis parti pour Gizeh. J'ai assisté au spectacle de l'aube sur les pyramides, et l'infatigable ballet du soleil sur ces quatre mille cinq cents ans de survivance m'a ouvert les yeux. Un vestige de vent soulevait une nappe de sable qui courait au-dessus des dunes, c'était magnifique. Trois reines géométriques se dressaient là, issues de la main même des hommes, défiant l'éternité tronquée des astres, à travers le temps, à travers l'histoire, les hommes me parlaient. Le courage des morts filtrait dans le sable de ce désert, et j'ai revu Athènes et l'Acropole, Carcassonne et ses tours, les bâtisseurs et leurs contemporains, la pierre me parlait. Je suis rentré au Caire, j'ai longuement réfléchi à tout ça entre les piliers d'Ibn

Touloun pour finalement dire adieu aux chants des minarets.

Ses yeux tremblaient de souvenirs. Il ajouta, la voix moins assurée :

— Voilà. C'est très cinématographique tout ça.

Il se savait inapte à exprimer tout ce qu'il avait vécu, ces transformations. La perception de la Roue du Temps, il l'avait lue dans la pierre. Tous ces lambeaux d'existences portaient en eux les sourires et les pleurs d'êtres anonymes, et toute cette poussière marquait à présent sa gorge si âprement que ses propres sanglots devenaient amers en comparaison. Lui vivait aujourd'hui, il ne pouvait s'autoriser à gâcher ce droit unique.

L'Oregon l'avait repris dans sa grande valse des saisons, et Brolin — bien que vieilli, blessé dans sa candeur — s'était jeté à nouveau dans les lacs et rivières froides de chez lui. Il n'était pas guéri de ses peines, simplement fortifié par le vent du désert, et la sagesse de l'histoire. Il avait fait la paix, et trouvé sa réponse : accepter qu'il n'y en ait aucune.

— Je suis devenu détective privé parce que mener une enquête est ce que je sais faire de mieux, assez curieusement j'ai un don pour comprendre la nature criminelle. J'ai décidé de ne pas laisser cette compétence inexploitée, et je la mets au service de ceux qui en ont besoin. Je crois qu'il n'y a rien de pire que de ne pas savoir ce qui est arrivé à quelqu'un que l'on aime s'il disparaît un jour. C'est pourquoi je ne travaille que sur des affaires de disparition. Beaucoup de fugues, parfois des affaires criminelles. J'apporte aux familles des réponses, même les pires, mais je ne les laisse jamais dans l'inconnu.

Quand il eut vidé sa bouteille, il observa Annabel. Elle dardait sur lui un regard étrange, la bouche entrouverte. Elle battit plusieurs fois des paupières et sembla se rappeler soudain où elle était et ce qu'elle y faisait.

— Que dire ? Je...

Les mots moururent sur ses lèvres. Elle aurait voulu lui dévoiler tant et tant de choses, lui confier ses douleurs, nourrir cette proximité qu'elle sentait possible, cette amitié. Parler de Brady, son mari disparu, de ses sursauts chaque fois qu'une porte claquait, le fol espoir que ce soit lui, ses solitudes nocturnes si difficiles à supporter, cette vie que l'attente rendait invivable, fermant la porte à toute autre chose. Il y avait dans les paroles de Brolin et dans ses attitudes tous les germes d'une compréhension probable, mais elle se savait incapable de s'ouvrir.

Il ne la quittait pas des yeux, mais elle ne percevait toujours aucune attirance, pas de désir, comme s'il était détaché de tout cela, simplement de la gentillesse.

— Ça va ? interrogea-t-il.

Annabel serra le goulot de sa bouteille et murmura un « oui » discret. L'océan continuait de s'effondrer à leurs pieds, infatigable révérence à la nature.

— Je ne pensais pas qu'on pouvait voir les étoiles d'ici, remarqua Brolin. Pas beaucoup, mais c'est déjà beau.

Elle enfonça sa tête dans la fourrure de son propre col et resta silencieuse. Ils passèrent encore une heure sur la plage à parler, de tout et de rien, mais surtout pas de ce qui pesait sur son cœur à elle, ce goût des larmes, elle y prit grand soin. New York était la ville de dix millions de solitudes, et bien qu'exceptionnelle en maints points, Annabel ne dérogea pas à la règle.

Au loin, les feux d'un cargo clignotèrent tandis qu'il amorçait son approche vers la grande Babylone.

13

Le pire en Enfer, ce sont les sons.

Rachel l'apprenait à chaque minute, chaque heure, chaque jour qu'elle passait ici, parmi les damnés. L'endroit devait être vaste, les cris des autres lui parvenaient étouffés, assez rares, à vrai dire.

À cet instant précis, Rachel Faulet, vingt ans, se tenait recroquevillée contre la paroi rocheuse de ce qui ressemblait à une grotte minuscule. Le ruissellement continu de l'eau ne la berçait plus comme lors de ses premiers sommeils, après l'épuisement de la panique. Non, à cette heure, il la rendait folle. On aurait dit une petite fontaine sourdant de la roche au milieu de la forêt, au début du moins. Maintenant cela évoquait plus les torrents de bave dégoulinant de la gueule acérée du monstre d'*Alien.* Plus sournois encore, il était impossible d'en définir la provenance. Cela venait de derrière la porte, d'au-dessus, ou même des « murs ». Rachel se sentait plongée dans le liquide en permanence. L'humidité suintait de partout.

Rachel avait perdu depuis longtemps toute notion du temps.

Bien sûr, il n'y avait ni soleil, ni lune ici.

Pourtant, elle était persuadée que le chien gémissait depuis des heures. Elle n'en pouvait plus de l'entendre ainsi geindre. La bête laissait échapper des jappements sans discontinuer, de petits cris stridents de douleur. Il suppliait qu'on l'achève, oui c'était cela, *le chien lui-même demandait à être tué* ! Il n'était pas très loin, derrière la porte, dans le couloir. L'écho de sa souffrance se répercutait jusqu'à Rachel sans perdre de son intensité. Plusieurs fois, il avait fouetté les murs de ses pattes griffues, le raclement était reconnaissable, il avait dû s'épuiser car on ne l'entendait plus que couiner.

Rachel rampa vers son grabat. La pièce était étroite, elle contenait le minimum pour survivre : bassine d'eau, lit poussiéreux et rouillé dont le sommier grinçait horriblement. Et les bougies pour tout éclairage.

Comment en était-elle arrivée là ? Elle l'ignorait. Elle avait pris le cheval de sa sœur, comme elle le faisait plusieurs fois par semaine depuis qu'elle s'était installée chez Megan. Une heure de promenade, sans trot, sans galop — elle pensait déjà au bébé —, rien que la sensation de puissance et d'harmonie entre elle, le cheval et les bois. Lorsque le temps avait commencé à se gâter, elle avait rebroussé chemin, et, comme elle sortait du sentier de terre pour gagner le champ, à cent mètres de la route, il avait surgi.

C'était lui qui s'occupait d'elle ici. Il lui apportait ses repas. Dans les premiers temps, elle était terrorisée à l'idée qu'il ne la viole. Il n'en avait rien fait.

Pour l'instant.

Elle avait pleuré, jusqu'à ne plus pouvoir dormir tant la douleur dans sa gorge était violente. Maintenant, elle frissonnait au moindre bruit. Il venait la voir de temps en temps, il ouvrait la porte et s'asseyait pour la regarder. Il ne disait rien. Il n'y avait aucune expression sur son visage. Tout était dans ses yeux.

Ils brillaient.

Après, il se levait et s'en allait. Une fois, il venait à peine de refermer la porte derrière lui, quand Rachel avait perçu un hurlement, assez lointain. Celui d'une femme. Cela s'était tu aussitôt. Il lui avait semblé entendre les pleurs d'une enfant mais cela non plus n'avait pas duré. Et avec le ruissellement de l'eau, c'était difficile d'être précise.

Elle devait être là depuis peu lorsqu'il était venu avec un appareil numérique. Il l'avait prise en photo, une seule fois. En partant, il lui avait parlé. Rachel ne s'était pas attendue à ce timbre-là. Il était doux, presque amical.

— T'auras droit à une autre photo plus tard, avait-il dit. Dans quelques mois...

Rachel avait hurlé. Elle s'était précipitée sur l'individu. Il était vif, habitué à ce genre de mouvements, semblait-il, car il l'immobilisa aussi sec. Il lui avait frappé le visage une fois, très fort, et Rachel avait senti son nez craquer. Il avait recommencé encore, un coup de poing lourd. Sauvage. Rachel avait vu des gouttelettes de son propre sang s'envoler dans les airs. Et un autre coup de poing. Et encore... Jusqu'à ce qu'elle se mette à couiner comme le chien en ce moment, et qu'elle ne tombe inconsciente. Elle était partie dans le néant avec le souvenir des dents grises de l'individu, dévoilées par son sourire.

Rachel était exténuée. Elle tremblait sans arrêt désormais.

Sa décision était prise.

Elle devait le faire. C'était sa dernière chance. Elle devait le lui dire. Ce type était humain après tout, peut-être que cela provoquerait une réaction chez lui.

Du fond de son cachot sordide, Rachel s'agrippait à son dernier espoir, avec la naïveté de son désespoir.

Elle se répéta pendant longtemps ce qu'elle allait lui confier. Elle le fit jusqu'à ce que le ruissellement et les gémissements du chien disparaissent de son esprit.

Quand la trappe dans le bas de la porte s'ouvrit pour laisser apparaître son repas, Rachel, les yeux perdus dans le vague, faillit ne pas le remarquer.

Elle se redressa avec difficulté et parvint à émettre un faible « Attendez ! » d'une voix rauque.

Elle vit les deux pieds s'immobiliser derrière la trappe ouverte. Les lueurs ambrées projetaient des formes dansantes sur le sol du couloir.

— Attendez... répéta-t-elle.

Elle remarqua alors que le chien s'était tu.

Ne te déconcentre pas !

— Je veux vous parler, formula Rachel avec peine. Sa voix était rocailleuse.

Toujours aucune réaction derrière la porte. Il était là, Rachel distinguait l'ombre de ses pieds. Il attendait.

— Écoutez-moi, souffla-t-elle. Je veux vous dire quelque chose... Je vous jure que je ne dirai rien à la police, j'inventerai une histoire, de toute manière il fait trop noir ici, je n'ai pas vu votre visage, je ne pourrais pas vous reconnaître... Il faut me laisser partir... Monsieur... Je... Je suis enceinte... J'attends un bébé...

Il y eut un choc sourd contre la porte lorsque

14

Les deux iris gris de Jack Thayer étaient braqués sur Annabel.

— C'est pas trop tôt, j'ai failli attendre, la taquina-t-il.

Ils se trouvaient dans leur bureau à tous deux, une pièce étroite avec deux fenêtres donnant sur la grisaille de ce mardi matin.

— J'ai mis Attwel et Collins sur l'identification des photos, nous on s'occupe de la charade, enchaîna Thayer.

— L'espèce de psaume en latin ?

— Non, la carte postale et son message. Tu devrais pas t'enfiler de la merde comme ça, ajouta-t-il en désignant le gobelet de café qu'elle tenait, ça ronge ton estomac.

Annabel avait veillé tard, après sa soirée en compagnie de Brolin, elle avait ressenti le besoin irrépressible de sortir des cartons quelques photos d'elle et de Brady. Elle y avait pensé longuement, jusqu'à ce que les larmes tachent les clichés et les lettres de leurs débuts, elle s'était alors endormie au milieu de ce monde de souvenirs fabriqué par Kodak, sans les bras de son mari pour la réconforter. La sincérité de Brolin et ses paroles lui avaient rappelé à quel point Brady lui manquait.

— Ah, j'allais oublier : les mecs du Central de Brooklyn Nord arrivent ce matin, ils viennent nous épauler, il y en a un pour nous.

Annabel haussa les sourcils en installant ses affaires. Thayer s'empara d'un sachet plastique avec la fameuse carte postale à l'intérieur.

— Il y a les empreintes de Spencer Lynch dessus, aucune autre. Ce Bob, le type qui a signé le texte, il est prudent.

— Répète-moi ce qu'il a écrit, demanda la jeune femme.

Thayer prit une craie et recopia sur le tableau qui couvrait un pan du mur de leur bureau :

« *Tu progresses. Tu fais moins de conneries. Maintenant tu dois apprendre à devenir comme nous. Invisible. Franchis le pas, montre-toi malin : dans la famille John Wilkes, tu trouveras JC 115. Petit indice, cette famille-là a charrié sur son dos les entrailles de la terre ! Elle vit au-dessus du Delaware... Sois digne et à bientôt mon petit S. Bob.* »

À côté, il inscrivit également la prière peinte avec le sang de plusieurs personnes chez Spencer Lynch :

« *Caliban Dominus noster, In nobis vita, Quia caro in tenebris lucet.* Caliban est notre seigneur, en nous est la vie, car la chair luit dans les ténèbres. »

— Une idée d'où peut venir le nom Caliban lui-même, Jack ?

— Non, j'ai regardé dans un dictionnaire mythologique hier soir, rien du tout. Ça peut être n'importe quoi, dans un livre ou un film. Ou une simple lubie.

— Et la signature de la carte, ce Bob ?

Jack Thayer plissa les paupières.

— À mon avis, il signe Bob pour l'anonymat, un nom usuel, probablement pas le sien de toute manière.

— Bon, on laisse tomber le nom pour le moment. Voyons la carte postale, origine éventuelle, époque.

Thayer prit le document et le leva jusqu'à hauteur de son visage. Au travers du plastique, ses rides devenaient des gouffres de fatigue.

— La carte est récente mais la photo remonte au début du XXe siècle, je dirais. Il y a le nom du fabricant au dos, suffira de le contacter. Et cette charade, qu'en dis-tu ?

Annabel se mit à mordiller son stylo Bic en relisant les phrases obscures.

— Visiblement Spencer venait d'entrer dans la famille. Ce Bob lui parle comme à un bleu, un petit nouveau, presque un gamin. Je suppose qu'en lui ordonnant de devenir invisible il lui dit de se faire plus discret.

Elle repensa aussitôt aux mots de Brolin, la veille. Le privé pensait que Spencer connaissait sa première victime.

Et Bob demande à Spencer d'être plus prudent, comme un conseil, « Tu fais moins de conneries ». Spencer a compris, il ne s'attaque plus qu'à des inconnues maintenant.

Brolin avait certainement raison. Elle repensa à l'église où le détective privé devait se trouver ce matin-là. Elle fut bien forcée de lui reconnaître un sacré flair. S'il y avait une piste intéressante, il saurait la débusquer. C'était un ancien flic, il n'hésiterait pas à contacter la police, à la joindre elle s'il trouvait quelque chose. Elle venait de se trouver un allié précieux, du moins l'espérait-elle.

— Mmm. C'est cette histoire de famille à dénicher qui m'inquiète, fit Thayer.

— À quoi tu penses ?

Il reporta son attention sur son équipière.

— Bob lui demande de franchir le pas et lui donne une famille *à trouver.* John Wilkes et ce JC 115. Sous ce code se cache peut-être l'identité des prochaines victimes de ces tarés.

— Avec l'arrestation de Spencer, je suppose qu'on bénéficie d'un peu de temps. Si Bob, ou quelle que soit sa véritable identité, donne des indices aussi laconiques à son petit nouveau, c'est que c'est pas sorcier...

— C'est là toute la question. Il s'agit peut-être d'une épreuve d'intelligence pour entrer dans la Secte. La Secte sans nom, sans visage. Tu sais, un truc dans le genre : « Si tu es malin et que tu trouves et massacres cette famille, bravo ! Tu entres dans notre club très sélect ! » Tu vois l'idée.

— Allons-y, procédons dans l'ordre : « Dans la famille John Wilkes tu trouveras JC 115. » On a une liste des John Wilkes de la côte est ? interrogea Annabel.

Jack s'empara d'une pochette cartonnée.

— On a déjà bien déblayé, et voilà le travail : dix-sept John Wilkes, dont deux dans l'État de New York.

— Jack, pourquoi je connais ce nom ? Je suis sûr de l'avoir entendu quelque part, mais je suis incapable de me souvenir...

— J'y arrive. Moi aussi ça m'a fait cette impression, en fait c'est l'autre possibilité : John Wilkes

Booth, l'assassin de Lincoln. Bob veut peut-être que l'on cherche parmi les assassins de président, ou les assassins tout court.

— Et ce JC 115, tu vois un rapport avec des assassins ? Tout ce que ça évoque c'est quoi, le Christ ?

— Je ne sais pas, ça ne me dit rien de précis. J'ai tenté ma chance avec Internet, le premier renvoie systématiquement à l'assassin de Lincoln, le second ne donne rien, hormis un site pornographique, *Jane's Cunt 115,* très spirituel.

Annabel se tapota les lèvres du bout des doigts, elle cherchait où cela les menait. Elle relut la suite de l'énigme : « *Petit indice, cette famille-là a charrié sur son dos les entrailles de la terre ! Elle vit au-dessus du Delaware.* » Elle décortiqua chaque mot, imaginant tous les sens possibles, une symbolique éventuelle.

Tu donnes beaucoup trop de crédit à ce Bob, ma vieille, c'est peut-être un rusé mais certainement pas un génie !

Il y avait pourtant une subtilité là-dedans, un détail qu'il fallait relier avec le reste.

... au-dessus du Delaware...

Elle relut encore une fois la phrase, une idée se taillait un chemin dans son esprit.

... cette famille-là a charrié sur son dos les entrailles de la terre...

Elle fit claquer son pouce contre son majeur plusieurs fois en se mordillant l'intérieur des joues, puis elle fixa Thayer.

— Au-dessus du Delaware, c'est la Pennsylvanie et le New Jersey, des États avec un lourd passif d'exploitation minière, fit-elle remarquer. On a des John Wilkes dans ces deux États ?

— Bien vu. (Thayer consulta sa liste.) Oui, un dans le New Jersey et deux autres en Pennsylvanie. Je vais les contacter, savoir s'ils ont un J.C. dans leur famille, un Jeremy C. ou un James C.

Annabel continuait à méditer, l'index sur la bouche. Thayer la fixa, perplexe.

— Eh bien quoi ? C'est un bon début, tu as autre chose à proposer ?

— Je trouve ça bizarre, Jack. Je ne sais pas l'expliquer, c'est juste que... Je n'ai pas l'impression que ça colle avec ce personnage de Bob. Une intuition ou ce que tu veux.

Trois coups secs contre la porte les interrompirent. Un homme d'une trentaine d'années entra, cheveux en brosse, sentant l'after-shave à plein nez, il portait un costume soigné de chez Armani.

— Désolé de vous interrompre, je suis Brett Cahill, du Central des détectives de la zone nord.

— Entrez, c'est vous qu'on va avoir sur le dos ? railla Thayer sans méchanceté. Et moi qui m'attendais à un vieux de la vieille. (Il passa de Brett Cahill à Annabel, un peu désappointé.) On dirait que la jeunesse est en majorité. Je me sens comme Priam, perdu au milieu de tous ses enfants !

— Ne faites pas attention à lui, inspecteur Cahill, installez-vous.

Cahill tenait une sacoche en cuir et un pardessus qu'il accrocha au portemanteau. C'était un bel homme, aux traits fins sur un visage ovale à la peau rosée. « Il doit faire des ravages parmi les femmes », pensa Annabel avec amusement. Elle remarqua aussitôt l'alliance à sa main gauche.

— Le capitaine Woodbine nous a fait un briefing sur la situation, et il m'a demandé de vous assister, prévint le nouveau venu. À partir de maintenant je vous colle comme de la glu.

Il émanait de lui une assurance surprenante mais sans aucune prétention, ce que Thayer n'aurait pas supporté. Brett Cahill devait avoir un bon diplôme, de très bonnes notes à son concours d'entrée dans la police, et probablement un sacré talent pour être arrivé si jeune au Central de Wilson Avenue. Quand il s'approcha pour serrer les mains, Thayer découvrit d'abord une poigne énergique puis une chemise tendue sur des pectoraux puissants.

Et en plus il cultive la doctrine de l'Antiquité, un esprit sain dans un corps sain. La tête et le physique.

Les jeunes ne respectaient plus rien, ils se montraient parfois sous une apparence plus parfaite que décente.

— Alors, par quoi commence-t-on ? demanda Cahill avec enthousiasme.

Jack Thayer lui tendit la carte postale. Il savait que le jeune inspecteur tenterait progressivement de prendre le contrôle des opérations, probablement sans malice, mais c'était dans la logique de ses fonctions. Et Thayer ne l'entendait pas de cette oreille.

— Vous, vous commencez par individualiser cette carte, origine, date de parution, points de vente, *et caetera*...

Si Cahill fut surpris par cette autorité, il n'en laissa rien paraître. Annabel dissimula un sourire derrière son poing. Thayer prit son téléphone et s'adressa à son équipière :

— Toi et moi, on va tenter de trouver ce JC 115.

15

Le vent repoussait en arrière les longues mèches châtaines qui couvraient habituellement la moitié du visage de Brolin. Avec des traits doux, un menton carré et les pommettes volontaires, il aurait pu être très séduisant s'il n'avait pas été détaché à ce point de sa personne. Dans le froid matinal de la rue, il ressemblait à un fantôme.

Il s'engagea dans Flatbush Avenue où le souffle glacial qui courait depuis l'océan se fit encore plus puissant. L'artère principale était large comme un fleuve et aussi droite qu'une piste d'atterrissage. Au loin, la circulation se densifiait aux abords du Manhattan Bridge.

Brolin avait quitté l'hôtel quelques minutes plus tôt, se décidant pour un peu de marche jusqu'à l'église St Edwards, cela le réveillerait. En chemin, il prit son téléphone portable et composa le numéro personnel de Larry Salhindro, un flic de Portland qui était son ami depuis plusieurs années. Le décalage horaire sortit Salhindro de son lit.

— Merci pour cette délicate attention, commenta

celui-ci d'une voix rocailleuse. Comment ça se passe à la Grosse Pomme ?

— Ça avance. Larry, j'aurais besoin d'un service.

— Vas-y, je t'écoute.

Bien que leurs relations se soient distendues, Larry Salhindro continuait d'alimenter Brolin en informations avec la plus grande sollicitude. Les déchirements du passé ont parfois cet avantage qu'ils dispensent de mots et de gestes ceux qui ont souffert ensemble et soudent leurs cœurs, même après une longue absence.

— Il me faudrait la liste de tous les détenus avec qui Spencer Lynch a été en prison, tous ses « camarades de chambre ».

— Attends, je prends de quoi écrire. Comment tu dis qu'il s'appelle ?

— Spencer Lynch, né à Rochester dans l'État de New York. Il était en prison sur Riker's Island.

Larry Salhindro soupira dans le combiné.

— C'est la côte est, ça va être chiant à obtenir.

— Je sais, Larry. Merci.

— Ouais, je te faxe ça dès que possible.

Brolin lui donna le numéro de fax de son hôtel. Salhindro enchaîna :

— Et toi, comment ça va ?

— Bien. La ville est sympa, mieux que dans mon souvenir.

— Ça ne m'étonne pas.

Au fond de lui, Salhindro pensait que Brolin n'était plus qu'un homme entre deux mondes, et qu'une ville comme celle-ci lui correspondait bien désormais, mais il n'en dit rien. Il éprouva soudain une grande peine pour son ami, et ce dès le réveil, ce qui augurait une journée de merde sans aucun doute.

— Je dois filer, je te rappellerai un peu plus tard, Larry. Encore merci.

Ils se quittèrent là-dessus et Brolin se demanda pourquoi il avait eu envie de parler d'Annabel à Salhindro.

Parce qu'elle porte le même regard que toi sur l'existence, et qu'elle te ressemble ! Tu l'aimes bien, avoue-le !

Force était de reconnaître que c'était vrai. S'il avait vécu dans la région, il aurait apprécié sa compagnie, les discussions avec elle, ils auraient pu devenir de très bons amis, il en était sûr.

Le vent l'aida à chasser ces pensées et il reprit son chemin. Il tourna finalement sur la droite et se mit à marcher sous le pont de la Brooklyn-Queens Express qui recouvrait Park Avenue, la plongeant dans l'obscurité sur un bon kilomètre. Il marcha sur le trottoir cabossé, dominé par la fureur du trafic juste au-dessus de lui. Quand il aborda la rue St Edwards, il découvrit toute une série d'immeubles bruns, un peu vétustes. Des tags décoraient chaque surface plane au pied du complexe, comme un immense mémorial, à moins qu'il ne s'agît d'avertissements. Bien qu'il eût laissé son arme dans le coffre de l'hôtel, Brolin ne se sentait pas en danger, il faisait jour et ça n'était pas non plus Cabrini Green.

Il longea ce patchwork d'identités, remarquant quelques personnes âgées entre les allées de la cité. Un peu plus loin devant lui, deux jeunes écoutaient de la musique dans une vieille Pontiac à l'arrêt. Ils l'observaient, et malgré leurs lunettes de soleil, Brolin savait qu'ils le surveillaient. « Probablement des guetteurs, s'ils supposent que je suis flic, ils vont donner le signal et le dealer du coin va filer en douce, où qu'il soit, songea-t-il. Mais s'ils me prennent pour un fouineur, ça va se corser. »

Plus il s'y enfonçait plus il trouvait que le quartier n'avait rien d'un lieu de promenade idyllique. Le froid tombait sur le décor en figeant tout : l'air était devenu immobile et les très rares personnes qu'on pouvait distinguer faisaient montre d'une totale apathie. La rumeur de l'autoroute BQ-E parvenait jusqu'ici, dominée en saccades par les basses puissantes qui s'échappaient de la Pontiac. Côté discrétion, les guetteurs n'étaient pas au point.

Elle apparut dans l'angle d'un parterre desséché planté d'érables.

St Edwards et ses deux clochers se détachant sur le ciel blanc.

Elle semblait minuscule au milieu de ces immeubles sombres, malgré ses clochetons, sa nef rehaussée d'une tour octogonale avec ses petites flèches qui jaillissaient de tous les angles possibles.

Brolin s'approcha et remarqua une statue blanche de Marie dressée sur le devant du porche, avec la porte noire dans son dos, comme la bouche d'un monstre ancestral.

Le presbytère flanquait l'église de sa masse recroquevillée, avec des grilles sur les fenêtres. Le détective privé opta d'abord pour une approche douce. Il entra dans l'édifice religieux où régnaient le calme et l'humidité. On n'y voyait pas très bien, s'étonna Brolin, les bougies ne palliaient pas le manque de soleil, et les vitraux aux couleurs opaques ne laissaient filtrer que de pâles rayons bleus, rouges ou verts. Il ne vit pas la moindre âme qui vive, il était seul dans cette odeur de renfermé qui se mêlait à celle de la cire pour former un bouquet étrange, comme le parfum d'une vieille cave à vin.

Brolin contourna un échafaudage contre l'un des murs, pour venir au pied des marches du chœur. Il n'y avait pas trace de prêtre là non plus. Il poussa vers le fond de l'église et découvrit une porte derrière un rideau qui portait la mention « ACCÈS PRIVÉ ».

— Il y a quelqu'un ? questionna Brolin un peu faiblement avant de recommencer plus fort.

En l'absence de réponse, il poussa la porte et s'avança dans le couloir obscur qui conduisait au presbytère. Il reposa sa question, toujours sans écho. Il atteignait l'angle d'une pièce quand un visage surgit face à lui. Brolin sursauta et l'autre cria sous la peur. C'était un homme gras, aux cheveux dressés en épis et dont le faciès était couvert d'eczéma. On lui donnait la quarantaine.

— Que faites-vous là ? demanda-t-il avec une certaine crainte dans la voix.

— Bonjour, je suis détective privé. (Brolin montra sa carte.) Je suis désolé, j'étais dans l'église et je n'ai vu personne alors... Je souhaiterais parler au père Dewey si c'est possible.

Le petit bonhomme scruta Brolin de la tête aux pieds avant de réclamer sur un ton méfiant :

— C'est à quel sujet ?

— À propos de la disparition d'une femme.

Brolin esquissa un sourire amical et parla avec douceur mais fermeté.

— C'est très important. Il se peut que le père

Dewey puisse m'aider à la retrouver. Elle est en danger.

Il parlait lentement, laissant à son interlocuteur le temps de digérer chaque mot. Le prêtre eut soudain l'air gêné.

— C'est que... le père Dewey n'est plus ici, monsieur. Il est parti pour Philadelphie, il y a un mois.

Ça ne se présentait pas bien. Brolin enfouit ses mains dans ses poches, il avait envie d'une cigarette.

— Et vous-même, vous êtes ici depuis longtemps ?

Le visage rubicond acquiesça fièrement.

— Trois ans. Je suis le père Franklin-Lewitt.

— Dans ce cas, vous pourriez peut-être m'aider. Mais tout ceci doit rester entre nous, c'est confidentiel. Je peux vous faire confiance ?

L'autre eut l'air indigné.

— Je suis un homme de secret, mon fils, dit-il en désignant tout ce qui les entourait comme gage de sa fidélité à son engagement.

— Bien. Vous connaissez Meredith Powner ?

— Oh, oui, c'est la petite qui a disparu l'année dernière. Elle venait souvent ici, une âme très chrétienne ! C'est à son sujet ?

— En quelque sorte. Je suppose que la police vous l'a déjà demandé, mais l'avez-vous vue traîner avec un homme par ici, je veux dire, discuter ?

— Non... en fait, elle parlait avec tout le monde.

Brolin hocha la tête, il ne s'attendait pas à mieux. Il prit la photo de Spencer Lynch qu'Annabel lui avait confiée et la montra au père Franklin-Lewitt.

— Et cet homme ? Vous l'avez déjà vu ici ?

Le prêtre prit la photo et l'observa de plus près.

— Euh... Oui, je crois. Enfin, c'est pas évident,

parce que... (Il montra son propre visage, embarrassé.) Les hommes de couleur, j'ai un peu de mal à les reconnaître, mais celui-là, je crois bien savoir qui c'est, enfin pas son nom, mais je l'ai déjà vu. Les mêmes yeux un peu globuleux. Il vient souvent. Il ne parle pas, il s'assoit au fond, toujours du même côté.

Brolin tiqua. Il récupéra la photo.

— Il s'assoit toujours au fond ? insista-t-il. Y a-t-il un autre homme à ses côtés ou est-il seul ?

— Non, il est seul, à ce que je sache en tout cas. Sur le dernier ou l'avant-dernier banc sur la gauche, je ne sais pas bien. Dites, vous êtes détective privé, c'est bien ça ?

— Exactement.

Le prêtre sembla hésiter, cherchant un moyen de se lancer en se passant la langue sur les lèvres.

— Il y a un problème ? interrogea Brolin.

La poitrine de l'homme de foi se relâcha et il finit par secouer la tête.

— Non, non. Je me demandais juste pourquoi un privé et pas la police, c'est tout.

Brolin sonda l'attitude nerveuse du prêtre, pas entièrement convaincu.

— Je travaille pour une famille.

Le père Franklin-Lewitt fit celui qui s'intéressait, bien qu'il semblât évident qu'il était ailleurs en pensée. Il raccompagna ensuite Brolin vers l'église à travers l'étroit couloir. Deux femmes étaient entrées, elles priaient silencieusement au premier rang. Brolin remercia vivement le prêtre qui en parut gêné, il lui laissa le numéro de son téléphone portable pour le cas où quelque chose lui reviendrait et ils se séparèrent. Le prêtre s'affaira à mettre un peu d'ordre sur l'autel pendant que Brolin se dirigeait vers le fond, vers les derniers bancs.

Du côté gauche, près des échafaudages, le détective s'accroupit et étudia avec minutie le sol. Il trouvait étrange que Spencer vienne s'asseoir à chaque fois au même endroit ; s'il n'y voyait personne c'est qu'il y prenait quelque chose.

Du calme, ne t'emballe pas ! Si ça se trouve, c'est simplement une habitude, il reste dans l'ombre, à l'arrière. Il vient juste pour méditer ou prier...

Oui, mais dans ce cas-là, pourquoi toujours sur le même banc, du même côté ?

Une intuition le tenaillait. C'était trop gros pour n'être que du vent.

Ne trouvant rien où il était, il passa au rang suivant, les genoux sur la pierre froide. Ses doigts glissaient sur le sol, récoltant des moutons de poussière.

On n'y voit rien là-dedans ! Et tu comptes trouver quoi, Sherlock ? Un indice phosphorescent ?

Il fit jaillir de sa poche un crayon lumineux qu'il gardait pour ce genre d'occasion et balaya devant lui, centimètre après centimètre.

Lorsqu'une des deux fidèles descendit l'allée jusqu'à lui, elle le fixa avec un air de colère teintée d'inquiétude et elle sortit sans perdre de temps.

Brolin se pencha un peu plus pour examiner *sous* le banc. Il inspecta tout, sans se presser. Rien. Alors il retourna au banc du fond, la rangée qu'il avait explorée en premier, un peu vite et sans lumière, et il recommença. Il termina en position quasi allongée pour voir par en dessous. Quelque chose attira son regard. À un mètre de lui un carré de Scotch pendait du banc. Brolin se rapprocha en glissant sur le dos et découvrit deux lambeaux de ruban adhésif et les traces d'autres morceaux qui avaient été décollés. Certaines marques devaient dater d'assez longtemps mais d'autres paraissaient relativement fraîches. Le privé exulta.

Je te tiens, Spence. Voilà comment tu communiques avec les autres de ton clan, c'est ça, hein ? Vous vous collez des petits mots là-dessous, comme ça, ni vu, ni connu, votre confrérie échange ses idées ou ses ordres et personne n'y voit quoi que ce soit.

Il prit la pochette en cuir qui ne quittait pas son manteau et en sortit un sachet plastique ainsi qu'une pince avec laquelle il préleva le ruban adhésif. Il se redressa, victorieux, avec l'un de ces vertiges qu'il ressentait à chaque fois qu'il progressait dans une enquête, à chaque découverte.

Sur l'estrade, le père Franklin-Lewitt l'observait entre deux chandeliers, perdu dans la fumée d'un encensoir qu'il venait à peine d'allumer, l'air de plus en plus soucieux.

16

Jusqu'en début d'après-midi, Jack Thayer, Brett Cahill et Annabel O'Donnel travaillèrent ensemble à recouper toutes les pistes possibles concernant l'énigme sur la carte postale. Thayer n'était parvenu à joindre qu'un seul des trois John Wilkes qui les intéressaient, un habitant de Philadelphie dont aucun parent ou connaissance n'avait pour initiale J.C. Il avait promis d'y réfléchir encore mais il était évident à sa voix qu'il ne comptait pas perdre de temps pour la police.

Brett Cahill, le nouveau venu, avait un style bien à lui : tout en politesse tant qu'on l'aidait, il passait à la vitesse supérieure dès qu'un de ses interlocuteurs se montrait un peu réticent, jouant avec une colère feinte. Dans la matinée, il avait appelé la société éditrice de la carte postale. Devant le manque évident d'entrain de l'employée qui lui avait répondu, Brett Cahill avait commencé à l'asticoter sur son manque de célérité puis sur son accent asiatique qui la rendait difficile à comprendre ; sans jamais être incorrect, il préférait se montrer insidieux. Lorsqu'il eut fini par obtenir ce qu'il voulait, il la rappela deux fois coup sur coup sous des prétextes fallacieux, « juste pour la chatouiller » avait-il dit, afin qu'elle soit plus coopérative à l'avenir. Sous ses apparences souriantes, se dissimulait un homme incisif et déterminé que Thayer et Annabel apprenaient doucement à connaître.

Woodbine, que l'ampleur de cette affaire rendait de plus en plus nerveux, leur donna rendez-vous dans le bocal vers treize heures. Ils s'y installèrent avec des sandwichs achetés en vitesse chez Tanner's et entreprirent de faire le point avec le capitaine. Ils lui expliquèrent leurs déductions quant à l'énigme, les États miniers au-dessus du Delaware, les trois John Wilkes qui y vivaient et les tentatives pour les contacter. Annabel avait rassemblé des informations sur ces trois hommes, adresse, profession, casier judiciaire.

— Ne pouvant pas joindre deux des personnes qui nous intéressent, j'ai fait appel à la police locale, continua Thayer. Ils se sont rendus sur place. Le deuxième John Wilkes de Pennsylvanie est en ce moment en vacances au Canada, je devrais obtenir dans les vingt-quatre heures un numéro de téléphone où le joindre. Enfin le dernier, celui du New Jersey, il est bien chez lui mais il ne décroche pas le téléphone, par humeur d'après le shérif de Clinton. Ce type a été prévenu de notre visite, je vais aller à sa rencontre puisqu'un petit voyage s'impose, fit-il en donnant la parole à Brett Cahill.

— C'est au sujet de la carte postale trouvée chez Spencer Lynch, la photo représente la ville de Boonton dans le New Jersey, une photo datant des années 1890, on y voit la petite ville donc, et le canal qui la traverse. Ce modèle de carte postale peut avoir circulé dans tout le New Jersey bien sûr, néanmoins il est peu probable que des magasins la vendent encore ailleurs qu'à Boonton même. Le fabricant lui-même admet qu'il n'en vend quasiment plus, il a arrêté de l'imprimer. Nous préparons une visite aux revendeurs de Boonton.

— Bon boulot, les félicita le capitaine. Si j'ai tout suivi, Attwel, Collins et les deux détectives du Central sont tous sur l'identification des victimes et ils rassemblent les données, ils tentent de trouver des recoupements parmi les victimes, un lien éventuel ?

Thayer approuva.

— Pour une fois, continua Woodbine, notre problème c'est qu'on croule sous les pistes à explorer. À ce sujet, je voulais vous voir pour ça. (Il exhiba des feuilles à l'en-tête du FBI.) On vient tout juste de recevoir les résultats du labo concernant la poussière sur l'enveloppe.

— Quelle enveloppe ? voulut savoir Cahill.

— Celle qui contenait la carte postale trouvée chez Spencer.

Cahill approuva, se souvenant des faits qu'on lui avait exposés le matin même.

— Cette poussière, poursuivit Woodbine en lisant ses notes, est un véritable amalgame constitué de sable siliceux, de potasse, c'est-à-dire des cendres de végétaux, ainsi que de particules de plomb, de nitrate de soude, de résine, et des oxydes de fer et de cobalt. C'est le FBI qui nous a épaulés sur ce coup-là ; d'après eux, une large partie de cette poussière est faite de verre, alors ils ont étudié la densité et l'indice de réfraction. Avec l'aide de leur banque de données et d'un de leurs analystes, ils ont rassemblé les éléments par groupes, ainsi le sable, la potasse et la soude forment du verre, les deux oxydes ont servi à le teinter en bleu et en vert. Tout cela pourrait correspondre à du vitrail, comme dans les églises. (Il se plongea de nouveau dans les feuilles devant lui.) Il apparaît qu'on utilisait jadis le plomb pour le sertissage des vitraux, mais qu'on le remplace progressivement par de la résine. L'enveloppe a donc séjourné près d'une fenêtre où l'on rénovait des vitraux, les travaux ont dégagé de la poussière qui s'est déposée dessus. Voilà, je vous passe le détail des composants exacts, c'était un vrai puzzle, je leur tire mon chapeau.

Dès le mot « vitrail » prononcé, tout s'était assemblé dans la tête d'Annabel, elle avait compris.

— J'ai mis trois patrouilles là-dessus, continua Woodbine, ils passent rapidement dans les églises de notre district pour commencer et demandent si les vitraux ont été restaurés ces derniers mois. Qu'en penses-tu, Jack ?

— Inutile, capitaine, coupa Annabel. Je vais vérifier, mais je pense savoir de quelle église il s'agit.

Woodbine fronça les sourcils en se tournant vers la jeune femme qui répliqua d'un geste de la main et d'un expéditif :

— Faites-moi confiance, j'aurai le résultat aujourd'hui.

Le géant afro-américain n'hésita pas longtemps.

— Très bien, à vous de jouer. D'autre part, il va falloir préparer l'interrogatoire des codétenus de Spencer Lynch, l'un est en prison, l'autre en est sorti il y a deux ans. On réglera ça dans la semaine, je veux qu'on creuse de ce côté-là aussi. Si vous pouviez me rassembler tout ce qu'on peut apprendre sur ces deux énergumènes...

Le capitaine Woodbine déplia ses deux mètres et salua les trois détectives avant de retourner à ses responsabilités.

Brett Cahill s'était levé pour regarder les soixante-sept photos exposées. Tous ces corps à moitié nus.

— Le relevé d'empreintes a donné quoi, au fait ? interrogea-t-il.

— Rien, répondit Annabel, on a uniquement trouvé celles de Spencer Lynch, ses complices sont très prudents.

— Peut-être qu'ils ne sont que deux, Lynch et ce Bob, pourquoi plus ?

— À commencer par le fait qu'il y a trop de personnes disparues pour seulement un homme, vous vous rendez compte ? Lynch en avait trois à son actif, il reste donc soixante-quatre personnes enlevées sans témoin en moins de trois ans. Il faut une sacrée organisation pour ça. En plus il y a trois supports différents pour les photos : l'un utilise des polaroïds — c'est Lynch —, le deuxième tire lui-même ses photos, et toutes les autres sont réalisées à partir de numérique. Les dates se chevauchent, c'est pas le même type qui change sans cesse de méthode, ce sont au moins deux individus différents en plus de Lynch. Enfin il y a cette phrase de Bob sur la carte : « Tu dois apprendre à devenir comme *nous.* »

— C'est tout de même dingue cette affaire ! s'exclama Brett Cahill. C'est quoi au juste ce Bob ? Le gourou d'une secte ?

— Quelque chose dans ce genre, oui, répondit Thayer.

— Et l'espèce de prière en latin ? Le Caliban dont il s'agit, c'est qui ? renchérit Cahill.

Annabel ouvrit les mains en signe d'impuissance.

— On n'en sait rien, avoua-t-elle. C'est une sorte de devise, on dirait. Caliban représente un concept, une divinité qu'ils se sont inventée. À moins qu'il ne s'agisse du surnom de Bob. « Caliban est notre seigneur, en nous est la vie, car la chair luit dans les ténèbres. »

L'incantation les plongea dans le silence. Brett Cahill se retourna vers les photos.

— Il est impressionnant, ce mur, hein ? intervint Thayer.

Cahill ne répondit pas.

— Moi, je l'appelle le mur de géhenne, continua Thayer. Ça fait trois jours qu'il est là, et j'avoue qu'il me terrorise toujours autant.

Cahill touchait presque les clichés du nez tant il en était proche.

— Vous croyez qu'ils enlèvent ces gens avec un but précis ou c'est de la démence ? dit-il. Je ne comprends pas à quoi ça leur sert, pas de demande de rançon, on n'a retrouvé que deux cadavres, qu'est-ce qu'ils peuvent bien en foutre, bordel ?

— Telle est la question, lança Thayer dans un élan théâtral que le cynisme brisait.

Cahill posa un doigt sur la date qui accompagnait le nom d'une femme, sous son portrait apeuré.

— Mon Dieu, ça fait huit mois qu'elle a disparu.

Son index passait et repassait sur le visage, comme s'il cherchait à la réconforter.

— Imaginez deux secondes, et si tous ces gens

étaient encore en vie ? Si cette femme était quelque part, enfermée depuis huit mois ?

Annabel expira avec difficulté. *Je ne crois pas. Je n'espère pas, pour elle.*

Personne ne rebondit sur cette idée et ils se mirent au travail.

Brett Cahill passa une grande partie de l'après-midi à consulter les fiches des victimes identifiées, il lisait les informations que l'on avait commencé à assembler, puis se postait devant le « mur de géhenne » pour examiner longuement le visage de l'être humain en question. Il associait le texte au visage et retournait à la table, passait à un autre et ainsi de suite, il s'imprégnait de leur personnalité. Tous ceux que l'on avait pu identifier.

Annabel et Thayer constituèrent des dossiers aussi documentés que possible sur les deux codétenus de Spencer Lynch. De la paperasse, des croisements informatiques, de longues minutes pendus au téléphone, tout ce qu'Annabel aimait le moins dans son métier. Elle était cependant toujours la première à répondre aux appels qui parvenaient au bocal, espérant entendre la voix de Brolin. C'était à présent une certitude, le détective privé avait vu juste sur l'église et sur Spencer Lynch. Allait-il être intègre avec elle jusqu'au bout ? Au fond d'elle, Annabel n'en doutait pas, il était trop *différent.* S'il trouvait quelque chose à l'église, il lui en ferait part.

— C'est bizarre, commenta Cahill à voix haute. Ça, c'est vraiment bizarre.

Il se tenait devant les photos, un dossier à la main.

— Quoi donc ? demanda la jeune femme.

— Eh bien, c'est très curieux, j'étais en train de

lire les renseignements qu'on a glanés sur ce gamin-là, et en observant sa photo j'ai remarqué cette petite tache-là, sur le haut de son bras. De près on voit que c'est pas un bleu mais un tatouage, et j'ai vérifié sur la fiche qu'on a de lui, aucune mention de ce type.

— On en est au début, laisse le temps aux autres d'interroger les familles, nos fiches vont s'étayer avec le temps. On ne peut pas tout savoir sur tout le monde en trois jours.

— Ça n'est pas le problème. Ce gamin n'a que douze ans, c'est pas un peu tôt pour un tatouage ?

Annabel ouvrit la bouche mais Cahill enchaîna :

— En fait, ça m'a sauté aux yeux parce que c'est la troisième personne sur qui je note ça. Voyez, ce mec-là, un tatouage au même endroit, pour lui non plus il n'est nulle part fait mention d'un tatouage, et sa fiche a été établie hier par le lieutenant Attwel en personne, il a interrogé son épouse. À la case « mention particulière (tatouage, signes distinctifs sur le corps...) », il n'y a rien. J'ai cru à un oubli de sa femme, le choc ou je ne sais quoi, mais ça commence à faire beaucoup. Et là aussi, sur cette adolescente. J'ai pensé à une tache de vin sur son cou, je n'en suis plus tout à fait sûr à présent. Vous avez une loupe quelque part ?

Cette fois Thayer avait relevé la tête de son clavier d'ordinateur. Il apporta lui-même la loupe et inspecta le cou de l'adolescente, une certaine Genna Fitzgerald.

— C'est bien un tatouage qu'elle a.

Il passa au garçon de douze ans puis à l'homme.

— Merde.

— Quoi ? s'inquiéta Annabel.

— C'est trois fois le même motif.

Ils se mirent tous les trois à examiner les soixante-quatre clichés restants à la recherche du motif obscur. En moins de cinq minutes ils en avaient repéré seize autres. Puis plus d'une vingtaine.

— C'est pas vrai, ils sont tous tatoués ! murmura Cahill, atterré.

Annabel prit un bloc-notes et tenta de reproduire le symbole qui revenait sans cesse. Elle punaisa son croquis en haut du panneau de liège.

— Dites-moi que je rêve, c'est bien ce que je crois ? souffla Thayer.

— Un code-barres, fit Annabel.

— C'est complètement fou ça, pourquoi tatoueraient-ils leurs victimes d'un code-barres ? s'indigna Cahill.

Annabel désigna les trois polaroïds que Spencer avait pris :

— On sait que Spencer Lynch en faisait autant. Il utilisait une aiguille et de l'encre noire. Ça n'était pas aussi abouti, il écrivait juste des chiffres, il imitait ses maîtres, peut-être en attendant d'obtenir le modèle du code. Mais je trouve la symbolique évidente : ils prennent leurs victimes pour un simple produit de consommation.

Jack Thayer s'empara du croquis d'Annabel.

— Je vais immédiatement faxer ça à tous les bureaux de police de la région, tous les États limitrophes pour commencer et on élargira à la côte est. Annabel, il est possible de faire rentrer ce motif dans le VICAP[1] du FBI en peu de temps ?

1. *Violent Criminal Apprehension Program*, programme d'aide aux enquêtes.

— Je présume que oui, il faut prendre contact avec eux.

Ils s'attelèrent à faire diffuser immédiatement le tatouage à toutes les forces de l'ordre en demandant si ce dessin avait déjà été remarqué sur des cadavres ou ailleurs. Tous les membres de la cellule d'investigation furent prévenus, Attwel, Collins et les deux nouveaux détectives.

En fin d'après-midi, la fatigue planait sur le bocal lorsque l'accueil du rez-de-chaussée annonça à Annabel que Joshua Brolin était là et demandait à la voir. Elle descendit sans attendre, laissant son équipier avec Cahill.

— Je n'arrive pas à croire à ça, fit ce dernier en supportant les regards des soixante-sept personnes suppliantes.

Thayer posa une main sur son épaule.

— Personne ne le peut.

— Non mais regardez un peu, il y des gosses ! Ces enfoirés ont pris des gosses ! Alicia Ronald, dix ans, Philip Chapuisat, onze ans, Carly Marlow, huit ans ! Cette gamine n'a que huit ans !

Thayer serra d'une poigne d'acier l'épaule du jeune détective jusqu'à ce que Cahill se calme. Il ne pouvait pas le lui formuler, mais Thayer pensait à ces enfants en espérant qu'ils étaient à présent dans un monde meilleur ; si injuste que cela fût, ils souffraient moins ainsi. C'était son moyen à lui de tenir.

Alicia, Philip, Carly, et tous les autres...

17

Carly Marlow n'avait que huit ans quand elle s'était endormie. En se réveillant, elle n'avait plus d'âge. En une nuit le monde changea entièrement, le cocon ouaté d'innocence qu'elle connaissait se transforma en abomination. Cette nouvelle existence lui avait fait perdre le goût de vivre.

À présent elle a découvert une vie sans espoir, sans envie. En cédant ses espérances, elle a préservé en échange un peu de temps avec toute sa tête mais à quel prix ? Ici il n'y a pas de jour, pas vraiment de nuit non plus en fait. La flamme d'une bougie pour tout soleil, la petite fille a appris à s'inventer de nouvelles étoiles dans les gouttes d'humidité qui scintillent au plafond. Dans ce ciel sombre qu'est le sien.

Maintenant il n'y a plus de crise de nerfs, de bouffée d'angoisse qui lui écrase la poitrine, elle n'arrive même plus à pleurer et pour une fillette de son âge, ne plus pleurer depuis des semaines, voire des mois — qui peut dire ? — c'est insupportable.

Au tout début il y a eu la vraie terreur, si dense qu'elle vous étouffe comme une épaisse flaque visqueuse qui vous tombe sur tout le corps. Carly cria énormément, elle voulait sa mère. Quand le Monstre arriva, elle hurla en appelant son père. C'était un vrai monstre, pas comme ceux qu'on voit dans les films, un peu faux, non, lui était tout ce qu'il y a de plus réel, affreux. Pas du tout humain.

Ensuite, il y eut une femme. Comme elle, on lui avait pris sa vie, elle était ici, en enfer. Carly ne savait pas ce qu'elle avait fait de mal pour aller en enfer, pourtant elle s'y trouvait bel et bien, et le Monstre en était une vraie preuve ! Cette femme lui parlait au loin, quelque part dans l'humidité de cette pierre froide. Elle n'avait pas de visage, ce n'était rien qu'une voix avec un peu d'écho. Elle lui disait des choses réconfortantes, et souvent Carly arrêtait de pleurer grâce à cette femme. Peu à peu, la fillette découvrit que les mots se transformaient en caresse, elle pouvait presque les sentir dans ses cheveux, il lui arriva même de s'endormir dans ces moments-là. Quand le Monstre venait, la femme l'insultait, elle hurlait pour qu'il laisse Carly tranquille.

Et puis un jour, il n'y eut plus de mots réconfortants.

La femme avait disparu.

Comme tout le reste.

Carly, derrière ses petites mèches brunes, dut affronter le Monstre toute seule. Quand elle cessa de manger, il la força à avaler un bouillon dégoûtant. Parfois il apportait une bassine d'eau tiède et du savon et lui ordonnait de se laver. Elle n'en faisait rien. Le Monstre reprenait le tout et s'en allait, une fois il lui lança l'eau au visage, une fois seulement.

Fin janvier approche, dehors la neige tombe mais

Carly n'en sait rien, ici il n'y a ni calendrier, ni lumière du jour, jamais.

Soudain un frottement dans le couloir. Carly ne se redresse même pas, elle est allongée sous les trois couvertures qu'on lui a données depuis qu'il fait froid. Ça fait longtemps qu'elle ne réagit plus au moindre bruit, il y en a tellement. La plupart du temps c'est un peu de vent, parfois un animal — sûrement un démon, pense-t-elle —, c'est exceptionnellement le Monstre.

Il y a peu, il lui a souri, pour la première fois. Il lui a dit que c'était bientôt fini.

Mais du fond de sa pièce rocheuse, Carly sait bien que ça n'est pas vrai. Depuis qu'elle est ici, elle a beaucoup réfléchi à ce que sa maman lui avait dit sur la mort quand grand-père était parti. Maintenant Carly a vraiment compris, elle est morte, elle est en enfer, et l'enfer n'a pas de fin.

On ne peut pas mourir une deuxième fois, ça elle le sait bien.

18

La neige nappait ses épaules et fondait dans ses cheveux et ses sourcils quand Annabel le rejoignit. Brolin se tenait droit dans le hall, assez curieusement personne ne l'approchait. Un groupe de jeunes parlaient à l'officier de l'accueil mais malgré leur agitation manifeste tous restaient à distance du détective privé. Celui-ci semblait entouré d'un magnétisme étrange, comme un avertissement qui influait sur l'instinct d'autrui. La neige fondue maintenait ses cheveux en arrière sauf une mèche qui tombait de son front sur sa joue, comme une griffe. Aucune émotion n'habitait ce visage puissant, et Annabel lui trouva une beauté quasi effrayante. Lorsqu'il l'aperçut, une étincelle apparut dans son regard, puis ses lèvres se mirent à trembler légèrement. Annabel prit cela pour un sourire, elle commençait à se faire à son langage bien personnel.

— J'ai quelque chose pour vous, se contenta-t-il de dire.

— Trouvé dans l'église ?

Il ne parut pas surpris qu'elle sache. Il lui montra le

morceau de ruban adhésif prélevé sous le banc de St Edwards et lui confia le sachet plastique.

— Félicitations, nous ne l'aurions peut-être pas trouvé avant des jours, le temps de tout exploiter, le remercia-t-elle. Je peux vous offrir quelque chose à boire ? Je crois qu'on a des choses à se dire.

Ils traversèrent la rue et entrèrent chez Tanner's ; cette fois il n'y eut pas une haie de silence et de regards inquisiteurs, Annabel devenant pour l'occasion un sauf-conduit respecté. Ils commandèrent de la bière sans alcool et Brolin narra comment il avait trouvé l'indice sous le banc de l'église.

— Avez-vous remarqué des travaux récents sur les vitraux ? lui demanda Annabel.

— Il y avait un petit échafaudage juste à côté de la rangée où je l'ai trouvé.

Ce qui expliquait la poussière de verre. Annabel décida qu'il était temps de partager, il avait scellé le pacte de confiance lui-même en venant, elle lui raconta donc comment le labo du FBI avait analysé les débris et lui exposa leurs conclusions.

— Brolin, il y a autre chose.

Le trouble brillait dans les iris de la jeune femme, elle serrait les deux mains autour de son verre.

— À présent c'est moi qui vous suis redevable. (Elle s'attendait à ce qu'il proteste pour la forme, il n'en fit rien.) Écoutez, je vais vous faire part de nos informations actuelles, encore une fois : pas d'impair, je risque mon boulot là-dessus, O.K. ?

Brolin hocha la tête.

Ma pauvre fille, tu es malade, tu crois le connaître, mais c'est un inconnu, hier matin encore tu ne l'avais jamais vu !

— Tout d'abord, concernant les photos que nous avons trouvées chez Spencer Lynch, comme vous vous en doutez à présent, il y en a plus que les huit du *New York Post.* En fait, il s'agit de soixante-sept personnes et clichés.

Brolin n'ouvrit pas la bouche mais son visage se contracta sous l'intensité de la surprise.

— Nous avons identifié une moitié d'entre eux, ils ont tous disparu, plus aucune trace depuis. Nous pensons qu'une sorte de secte occulte est derrière tout cela, dont le leader serait un certain Bob, bien que ce dernier point soit à vérifier. Plus récemment, nous avons découvert qu'ils tatouaient leurs victimes. Les motivations, les buts, tout ça nous échappe pour le moment. Nous avons une réunion ce soir avec toute l'équipe, ça devrait s'éterniser dans la nuit, mais j'ai bien peur qu'aucun élément nouveau ne puisse s'en dégager.

Elle avala une longue gorgée de sa bière avant de reprendre :

— Il y a aussi une sorte de psaume, ou de prière rituelle. Elle était écrite chez Lynch, avec du sang humain. Ça dit :

« Caliban est notre seigneur, en nous est la vie, car la chair luit dans les ténèbres. » Enfin c'est en latin, « *Caliban Dominus noster...* », etc.

— Ce Bob, il a pris contact avec vous ? demanda Brolin en la fixant.

Il y avait tant de dureté dans son expression qu'Annabel ne trouva pas ses mots tout de suite.

— Non... euh, enfin nous disposons d'un texte qu'il a écrit mais il ne s'adresse pas à nous.

— Si je peux me permettre, faites reposer

l'enquête sur un nom bien précis, que les conférences de presse en soient le relais, comme ça si Bob souhaite s'adresser à vous il saura à qui parler. S'il dirige un groupe d'hommes et qu'il se sent le pouvoir d'enlever n'importe qui comme bon lui semble, il va sûrement prendre cette enquête comme un outrage, un défi contre lui. Dans son univers, il est Dieu, personne ne peut se hisser face à lui. Ça peut le stimuler et lui faire commettre des erreurs, en jouant au chat et à la souris avec vous par exemple, mais ça peut également l'énerver et le rendre encore plus sanglant.

Ses traits s'adoucirent ensuite, ils redevinrent ceux d'un homme grave et mélancolique. Annabel hésita avant de demander :

— C'est un truc de profileur, c'est ça ? Comment pouvez-vous savoir ce qu'il est, ce qu'il pense ?

Brolin laissa transparaître l'ironie de sa situation dans une grimace amère.

— En ingurgitant des tonnes de dossiers criminels, plusieurs centaines, en étudiant leurs pathologies, leurs motivations, on finit par en faire ressortir des constantes. Après, chaque affaire est différente, pourtant on finit toujours par cerner un ou deux aspects déjà vus chez un autre. Mais tout ça c'est du flan si... si vous n'êtes pas capable de ressentir le tueur, ce qu'il est, d'étudier le dossier d'un crime et de comprendre la raison qui se cache derrière chaque coup de couteau. On se trompe, souvent, mais on essaie, et il y a toujours quelque chose à utiliser.

« Je vous fais peur, détective O'Donnel ? ajouta-t-il après une pause.

— Non, Grand Dieu, non. Je ne connais pas toutes ces ficelles psychologiques du crime, j'ai fait l'école de police, on n'a pas le temps de vous faire décortiquer trois cents affaires de tueurs en série. Ce qui distingue un bon flic d'un mauvais n'a rien à voir avec sa formation, c'est inné, c'est en lui, bien avant l'école. J'ai la passion et, j'espère, le talent. Si c'est bien le cas, alors nous nous ressemblons vous et moi. Nous ne sommes pas mauvais dans ce que nous faisons parce que nous l'avons en nous, cette fibre déviante.

Les lèvres de Brolin s'entrouvrirent et dévoilèrent ses dents blanches, amusé qu'il était par cette tirade sincère.

— Je crois qu'il y a de ça, en effet.

Il vida son verre, se leva et retrouva le cuir de sa vieille veste.

— Merci pour cette sincérité, dit-il, et pour les infos. Je vais rester à Brooklyn encore quelque temps, je vous tiens au courant de ce que je trouve.

Avant qu'elle n'ait le temps de formuler ses questions, Annabel le vit disparaître sous la neige de la 6e Avenue avec la fluidité d'un oiseau dans le vent.

Joshua Brolin rentra à son hôtel où un fax en provenance de Portland, Oregon, l'attendait. Larry Salhindro s'était démené brillamment pour obtenir la liste des détenus qui avaient côtoyé Spencer Lynch en prison. Brolin s'était attendu à plus de noms que cela, en fait, seulement deux personnes avaient partagé la cellule du tueur. On avait probablement jugé qu'il était dans un état psychologique instable, ou peut-être voulait-on le protéger, Brolin n'ignorait pas ce qui attendait les violeurs en prison. L'un des deux hommes avait lui aussi été condamné pour des agressions sexuelles, ce qui confirma la seconde hypothèse. Le premier, James Hooper, était encore enfermé pour de multiples attouchements sur des enfants. Il lui restait encore deux ans à accomplir, ce qui compliquait une entrevue avec Brolin. L'autre, un certain Lucas Shapiro, était sorti en mai 2000, après un an pour cambriolage. Mais il avait purgé une peine plus lourde auparavant : huit ans pour le viol d'une femme sur le parking d'une boîte de nuit. Lucas Shapiro avait passé les trois quarts des années 1990 derrière les barreaux, pas de quoi le rendre très sociable. Salhindro, comme à son habitude, avait fait du zèle en se procurant des renseignements complets sur Shapiro par le biais de son officier de probation. L'homme travaillait à présent à Manhattan, au marché aux viandes où il s'approvisionnait en bœuf pour le revendre au détail ensuite, et il vivait avec sa sœur à Brooklyn.

Brolin savait que la prison est le meilleur endroit au monde pour un criminel qui souhaite nouer des liens avec les individus de son genre, une véritable agence d'intérim qui a des « succès » retentissants à son actif. Spencer Lynch pouvait avoir rencontré les autres membres de la « Secte » pendant sa détention. Cela pouvait être un partenaire de cellule comme Shapiro ou Hooper, mais aussi un détenu qu'il croisait dans les couloirs, au réfectoire ou dans la cour, et alors, l'écheveau deviendrait impossible à démêler.

Ce Shapiro était cependant une piste à ne pas négliger. À défaut d'être celui qui avait initié Lynch au meurtre, il pourrait peut-être l'éclairer sur la personnalité du jeune tueur.

Brolin regarda sa montre, il était presque dix-neuf heures. Un peu tard pour une visite de courtoisie, il irait le voir à son boulot, le lendemain matin. Et puis il se sentait fatigué, psychologiquement, de tout cet environnement de crime, de démence.

Il ferma les yeux.

Soixante-sept personnes.

La mort et la souffrance rôdaient alentour.

D'un bond il se leva et chassa toutes ses pensées noires, il n'avait plus qu'une envie : trouver un bar bruyant et boire jusqu'à ce que son cerveau ne sache plus comment l'importuner avec des images douloureuses, ensuite il s'endormirait d'un trait, sans réfléchir à la solitude, à l'existence, aux autres et l'image qu'ils renvoient d'eux-mêmes.

Il voyagerait heureux, plongé dans le silence pénétrant de l'alcool.

19

À quelques centimètres de la surface de l'East River, le vent fusait avec une incroyable rage, il tourbillonnait et s'envolait en arrachant de l'eau pour la jeter à la face des cieux. Le voile de neige s'était peu à peu transformé en manteau étouffant, la tempête s'était gonflée d'orgueil pour cracher toute sa colère. Lorsque minuit passa, la cité tentaculaire avait disparu, plus un building n'était visible.

Nullement à l'abri derrière les tours de son église, le père Franklin-Lewitt ouvrit les yeux dans l'obscurité de sa chambre. Le chaos battait à sa fenêtre, carillonnant de ses souffles multiples. Le prêtre ne connaissait que trop bien la musique, il se tournait et se retournait dans son lit, ensuqué par le sommeil qu'il ne parvenait cependant pas à rattraper. Et cela pouvait durer jusqu'au petit matin.

Dépité, il se redressa et repoussa les couvertures. Il faisait sacrément frais, il se dépêcha de trouver ses chaussons en tâtonnant et descendit à la cuisine. La lumière du frigo dansa dans la pièce comme l'auréole des saints. William Franklin-Lewitt but un verre de lait d'une traite, espérant que cette promenade nocturne lui permettrait de se rendormir.

Il allait remonter quand une langue glaciale lui balaya les mollets. Cela cessa aussitôt.

Le prêtre se pencha, le courant d'air provenait de sous la porte conduisant à l'église. En y réfléchissant, il songea à l'aération dans la salle de bains, elle n'était jamais fermée, mais pour qu'il y eût un souffle pareil, il fallait une autre source. Quelqu'un avait ouvert une porte dans l'église.

Non ! Ça recommence ! Cette nuit, ça revient !

La chair de poule glissa sur son corps, la peur s'enracinait à nouveau en lui.

Mon Dieu, non ! Faites que ça ne soit pas ça.

Il s'approcha de la lucarne dans l'escalier, celle qui donnait sur la minuscule impasse où il déposait ses poubelles. À deux mètres en face, il voyait son église, et surtout une des fenêtres.

Et là, dans la tempête, il distingua clairement le vitrail en train de *bouger*.

Le prophète Zacharie, qui annonçait la venue du véritable Roi sur un âne, ondulait dans un nimbe de neige.

« Sainte Marie mère de Dieu », murmura le prêtre en se signant.

Adossé contre le mur, entre deux marches, et la bouche ouverte, le père Franklin-Lewitt comprit ce qui se passait, mais cela ne le rassura nullement. Le vitrail ne bougeait pas, on avait allumé des bougies.

Il s'arma de courage, le peu qu'il lui restait encore, et rejoignit la porte qui menant du presbytère au chœur. La main sur la poignée, il sentit la sueur couler sur ses joues comme des larmes. Il inspira fort et poussa la porte. Arrivé au bout du couloir il écarta d'un geste lent le rideau et entra dans ce monde autrefois sien, là où il s'était senti en harmonie avec son Seigneur, avant que l'horreur ne s'y réfugie.

Les flammes des bougies se réverbéraient dans le tabernacle sur l'autel. Il lui sembla qu'elles se trémoussaient sans pudeur, provocantes comme des succubes pervers.

On avait allumé des dizaines de cierges autour de lui. Quand il les découvrit son cœur s'emballa et sa mâchoire se crispa dans un bruit d'os. Ils étaient rassemblés sous le vitrail du prophète Zacharie et gouttaient tous sur le sol.

Les perles qui s'en échappaient n'était pas de cire.

Mais de sang.

Chaque petit *floc* résonnait dans tout l'édifice comme un cri, et le père Franklin-Lewitt leva les yeux vers le vitrail.

Du sang coulait sur le visage du prophète.

20

La ville s'éveilla sous un tapis blanc de trente centimètres d'épaisseur. La neige tombait encore, plus clairsemée, hésitante, elle donnait au ciel un mouvement perceptible, presque rassurant.

Le soleil se faisait attendre, hiver oblige, et Annabel ouvrit les yeux dans la frissonnante torpeur de l'obscurité; son réveil délivrait la voix grippée de Bruce Springsteen et affichait 6 :10. Elle émergea difficilement, la réunion de la veille s'était prolongée tard dans la nuit. La jeune femme avait donné à Thayer le morceau de Scotch et elle avait dû tout lui expliquer à propos de Brolin. Son équipier n'avait pas protesté, il s'était contenté de lui demander si elle était sûre de ce qu'elle faisait. Thayer craignait surtout que des informations ne filtrent vers la presse par le biais du détective privé. Il n'ajouta rien de plus.

Annabel plissa les paupières puis s'étira. Pieds nus, elle traversa le parquet froid du salon et se fit chauffer un café. Lorsqu'elle s'estima prête, la jeune femme fit quelques exercices matinaux : pompes, abdominaux, et tractions à la barre montée dans le chambranle de sa porte de salle de bains ; elle s'enfonça ensuite dans les vapeurs de la douche.

Après un événement tragique, certains gestes autrefois simples deviennent douloureux. Cela consistait en de petits riens qui se révélaient difficiles pour Annabel, comme de prendre le savon sur le reposoir. Elle voyait ses doigts se poser sur le carré rose dans la brume chaude et subitement, une main plus large couvrir la sienne. La peau de Brady, fraîche, se serrait contre son dos et il commençait doucement à la laver. C'était un jour ordinaire, sans fête, ni rien de particulier, juste une de ces journées banales pour tous. C'était un lundi, Annabel s'en souvenait, et ni Brady ni elle ne travaillaient. Il avait surgi dans la douche sans qu'elle s'y attende et cet instant s'était gravé dans sa mémoire avec le plaisir et l'auréole scintillante des beaux moments. Les fantômes les plus durs à supporter et à vaincre ne sont pas ceux que l'on croit, ce sont les fantômes de nos gestes familiers.

Annabel vérifia rapidement ses tresses dans le miroir et enfila un jean délavé. La journée serait longue, la jeune femme prévoyait de passer à l'hôpital pour prendre des nouvelles de Julía Claudio, lui parler un peu. Quant à Spencer Lynch il était sous surveillance policière, s'il sortait de son coma, toute l'équipe d'investigation serait prévenue immédiatement.

Le visage d'Annabel éclatait comme une fleur hors du col de son pull en cachemire noir, ses cheveux tombant en une corolle sombre. Elle accrocha son holster dans son dos, à la ceinture, et elle s'apprêtait à manger un morceau quand son téléphone portable sonna.

C'était Jack Thayer ; la voix déjà posée et assurée,

il semblait totalement réveillé si bien qu'Annabel se demanda s'il s'était couché.

— Je suis en bas de chez toi, annonça-t-il, descends vite.

Ne lui laissant pas le temps de protester, il enchaîna :

— Je vais t'expliquer, viens. Tu es réglée comme du papier à musique, tu te lèves tous les matins à six heures, alors ne me dis pas que tu n'es pas prête, je t'attends.

Il raccrocha aussitôt.

Lorsqu'elle claqua la portière de la Ford, Annabel découvrit un sac McDonald's sur le tableau de bord.

— C'est pour toi, dit Jack en accélérant, jus d'orange et cookie, ce qu'il te faut.

Annabel laissa la boisson et prit le gâteau.

— Merci p'pa, ironisa-t-elle. Si ça n'est pas trop demander, pourrais-je savoir ce qui se passe ?

Jack était fraîchement rasé et embaumait l'after-shave, il était concentré sur la route.

— On fonce à Larchmont, dans le comté de Westchester. Le shérif a appelé ce matin... (Jack jeta un rapide coup d'œil à sa montre) il y a vingt minutes. Ils ont trouvé un cadavre cette nuit, une femme. Meurtre sans aucun doute. Apparemment, c'est un livreur qui est tombé dessus, un jeune gars qui vit chez ses parents. Il se lève très tôt le matin, à cinq heures moins le quart il est sorti pour faire pisser son chien dans le parc. La bestiole a commencé à gratter la neige et le livreur a vu une main surgir. Pas joli à ce qu'il paraît.

L'imagination d'Annabel s'emballa et des images toutes plus horribles les unes que les autres l'assaillirent. Elle repensa à une affaire sordide sur laquelle on l'avait appelée un an plus tôt, une femme vivant seule que l'on avait retrouvée morte, le visage littéralement arraché. C'était son propre chien qui l'avait dévorée, laissant la peau pendre de part et d'autre de son crâne. Depuis qu'elle était dans la police, Annabel ne comptait plus les cas où les animaux domestiques avaient fait du cadavre de leur maître un repas orgiaque. Les chats en particulier, ils n'attendent pas que la viande refroidisse. Sachant cela, Annabel s'était toujours refusée à en avoir un. Cela fait partie des petits secrets comme en ont beaucoup de professions et que l'on n'ébruite pas trop, ces choses de la vie que la société n'est pas prête à accepter.

Thayer poursuivit :

— Les flics locaux ont fait leur boulot, le coroner est venu et ils allaient emporter le corps lorsqu'ils ont vu le tatouage sur sa nuque. Un code-barres comme le nôtre. Le shérif a reçu notre dépêche hier soir, c'était encore bien frais dans son esprit, il a aussitôt fait le rapprochement et a appelé chez nous. Le temps qu'on y soit, ça fera presque trois heures qu'ils ont découvert le cadavre, les médias sur place vont être hystériques.

Annabel resta muette, elle détestait les relations publiques, surtout face à la presse. Les journalistes se comportaient comme si tout leur était dû, suçant la moindre info par toutes les plaies des victimes, sans égard pour autrui. Elle avait tendance à vite sentir l'énervement monter, c'est pourquoi Jack s'occupait en général du relationnel, et elle du terrain.

— Les flics ont respecté les protocoles ? demanda-t-elle. Avec la scène de crime j'entends.

— Tu me demandes s'ils sont bons ? J'en sais fichtrement rien, je ne pense pas qu'ils aient souvent des meurtres sur les bras, en tout cas ils n'ont pas une grande expérience.

— Et Brett Cahill, notre super-détective, il est prévenu ?

— Il nous rejoint là-bas. Anna, c'est peut-être le petit coup de pouce dont on avait besoin, je veux dire ce corps tatoué, il ne faut rien manquer.

— Justement, ça me paraît trop beau pour être vrai.

— Pas tant que ça ! J'y ai pensé sur le chemin, au contraire, c'est dans la logique des choses. En quelques jours on a semé un sacré bordel dans les affaires de cette... secte ou peu importe ce que c'est. En peu de temps, on a découvert leur existence, arrêté l'un des leurs, mis la main sur un paquet de photos compromettantes et je passe sur le reste. Ils s'agitent, ils doivent sentir la pression monter, par prudence il serait logique qu'ils se débarrassent de preuves accablantes, au cas où... Et ils vont commettre des erreurs sous l'effet du stress, du moins pendant quelque temps, il faut mettre la main sur eux avant qu'ils ne se ressaisissent.

Annabel approuva mollement, la mort d'une femme ne la réjouissait jamais, indices ou pas.

— On laisse les flics locaux faire leur job, compléta Thayer. Mais cette enquête c'est notre priorité, s'il y a le moindre conflit de juridiction je m'en occupe. S'il le faut, on disposera d'appuis suffisamment importants pour avoir carte blanche, cela dit si on pouvait éviter d'en arriver là...

Annabel soupira et s'absorba dans la contemplation du paysage.

Le trafic était un peu perturbé par la neige bien que les véhicules de déblaiement eussent travaillé sans arrêt depuis la veille au soir, leurs gyrophares clignotaient encore sur les bas-côtés. La nuit ne voulait pas céder son tour, elle tenait farouchement son drap de ténèbres sur l'horizon, elle s'étirait sur la ville et sur les gens, sa morosité glissait sur les visages engourdis. À les regarder dans les voitures, sur les trottoirs, on pouvait se demander s'il valait la peine de vivre, de faire cette tête tous les matins pendant quarante ans de vie professionnelle. *Vie professionnelle...* Annabel réfléchit à cela pendant quelques minutes, au temps qu'il faut donner de sa vie pour « vivre ». Elle repensa aux drugstores, aux médicaments, aux soins de beauté, elle songea qu'on se battait quotidiennement pour rallonger sa vie, pour garder la jeunesse, que l'on pouvait rester belle jusqu'à soixante ans et plus, que l'on pouvait vivre jusqu'à cent ans, mais quel en était le prix réel à payer? Au nom de quelle perversion tacite? Pour qui et pour quoi?

Le temps devient palpable dans la solitude. Et la culture moderne nous apprend à craindre l'un et l'autre.

Annabel entrouvrit la fenêtre pour respirer et elle ne dit plus un mot jusqu'à ce qu'ils arrivent à Larchmont.

Les maisons de Mamaroneck et de Larchmont qui jalonnaient la côte reflétaient une certaine classe de la population : ceux qui travaillent énormément et qui gagnent tout autant. Quand la Ford s'engagea dans le quartier résidentiel où avait été retrouvé le cadavre, Thayer ne put retenir un sifflement d'admiration, plusieurs propriétés ici avaient la taille de tout son immeuble. Au bout d'une rue sinueuse, ils débouchèrent sur un parc bordant le Long Island Sound[1]. Des dizaines de voitures et camionnettes stationnaient un peu partout, la plupart portant les logos de chaînes de télé ou de radio. Le parc consistait en une bande herbeuse qui s'étendait sur un petit kilomètre, hérissée de chênes et de hickorys desséchés par l'hiver. La neige tapissait le tout en ce matin de janvier.

Thayer et Annabel trouvèrent à se garer et prirent la direction de l'attroupement. En franchissant un muret qui délimitait le parc de la route, Thayer donna un coup de coude à son équipière et désigna du menton un écriteau cloué à un arbre : « LE PARC EST INTERDIT DU CRÉPUSCULE À L'AUBE ». La jeune femme douta que l'avis fût respecté scrupuleusement, mais la fréquentation devait nettement baisser en soirée pour être nulle la nuit.

Annabel observa l'aspect général des lieux : une petite butte au milieu qui cachait le bord de l'eau, l'obscurité et les troncs empêchaient de voir à plus d'une vingtaine de mètres. Aucun éclairage, releva-t-elle, et impossible de faire venir un véhicule depuis la route.

Le troupeau médiatique crépitait sur leur gauche, en partie masqué par un bosquet de chênes. La lumière synthétique de la scène dégageait un halo avide d'indiscrétion.

Les deux détectives se frayèrent un chemin parmi

1. Bras de mer entre Long Island et les États de New York et du Connecticut.

les journalistes, mais aussi parmi les badauds qui commençaient à affluer à mesure que la nouvelle se propageait dans le quartier. Un meurtre est toujours un spectacle que beaucoup ne rateraient pour rien au monde.

Avant de les laisser franchir le cordon du périmètre de sécurité, un officier de police leur fit signer une feuille d'entrée et sortie, avec identité, numéro de badge et heure d'arrivée. Jusqu'à présent la police de Larchmont faisait preuve de maîtrise.

Le respect des procédures se dégradait une fois le cordon passé. Au milieu du parterre de neige, deux policiers en uniforme assis sur un banc public sirotaient une boisson chaude dans des gobelets. En tout, Annabel compta une douzaine d'uniformes et presque autant de costumes-cravate. Le sol avait été piétiné et toute trace éventuelle avait disparu depuis bien longtemps. Pour la conforter dans sa colère, Annabel vit un deputy sherif jeter son mégot au loin, vers le bord de l'eau. Ici, la préservation de la scène de crime aussi intacte que possible relevait de l'utopie. En théorie, le premier officier arrivé sur les lieux devait tracer un chemin aussi étroit qu'il le pouvait jusqu'à la victime et tous auraient ensuite pour tâche de suivre ce balisage et de n'en pas sortir afin d'éviter toute contamination. En théorie.

Le shérif Douglas Williamson s'approcha d'eux, la main tendue. C'était un homme maigre, le visage dissimulé sous une courte barbe, avec des yeux minuscules qu'un nez trop fin rendait bien rapprochés.

— Heureux que vous soyez là, c'est moi qui vous ai appelés.

Fidèle à son habitude, Annabel entra dans le vif du sujet sans formalités :

— Vous êtes arrivé en premier pour dresser le périmètre ?

Le shérif sembla se satisfaire de cette rapidité, il devait avoir hâte qu'on libère le parc et qu'on emporte le corps.

— Non, c'est Harry, venez.

Il les emmena au bout de la langue de terre d'où ils dominaient les brisants qui descendaient jusque dans le Sound. Plusieurs personnes se tenaient en équilibre sur l'arête des pierres devant de petits projecteurs sur trépieds. Williamson descendit quatre marches taillées, et rejoignit le groupe en écartant les bras pour trouver son équilibre. La neige avait rendu glissante la surface des rochers et tout le monde se déplaçait prudemment, parfois avec un ridicule pesant compte tenu des circonstances.

— Harry, appela le shérif, voici nos collègues de New York. Je vous présente Harrison Doubsky. Et voici notre coroner, Ed Foster.

Ils saluèrent tous deux. Doubsky ressemblait à un lycéen mais Foster, un homme d'une cinquantaine d'années, l'air vif, dégageait une présence plus rassurante.

Dans le lointain, le courant du Sound agitait une bouée et sa cloche. *Ding-Ding... Ding-Ding...* Le rythme était lent et funeste. Il résonnait sans fin sur l'immense surface grise, entrecoupé par une rafale subite de vent ou par le *floc-floc* de l'eau entre les rochers.

Les deux hommes s'écartèrent pour laisser apparaître le triste spectacle.

Annabel porta une main à sa bouche.

— Mon Dieu...

La mâchoire de Jack Thayer se crispa. Côtoyer des cadavres est une chose, mais on ne se vaccine jamais contre la souffrance.

La femme était étendue sur le dos, entièrement nue. La mort et la nuit glaciale ne lui avaient pas ôté sa teinte rosée, au contraire, des nuages d'un rouge pâle flottaient sur sa peau. Mais le plus étonnant était sa position : jambes en l'air, recroquevillées vers le torse, elles étaient pliées sans toucher le sol, et ses deux bras étaient dressés vers la lune couchante, raides et tendus. Il aurait suffi qu'on la tourne sur le ventre pour qu'elle se tienne à quatre pattes ou presque, comme un être vivant figé. C'était là l'effet combiné de la rigidité cadavérique et de sa position au moment du décès. La nature prise le grotesque, ce que les films et la littérature aiment à oublier, représentant la mort bien souvent avec délicatesse, harmonie et dignité. Trois antagonistes farouches de la mort violente.

Annabel s'approcha. Elle imagina cette femme se battant pour survivre, les bras tendus devant elle, les jambes repliées contre elle pour se protéger, tous les muscles tétanisés par la peur et la douleur.

La rigidité cadavérique était maintenue par la neige, peut-être était-elle était morte depuis beaucoup plus longtemps que les quinze à vingt-quatre heures supposées à ce stade de *rigor mortis*. La détective n'était plus qu'à un mètre à peine, elle s'accroupit à côté du corps.

Un haut-le-cœur la secoua violemment.

Ses doigts ! Ils sont comprimés contre la paume ! Et ils n'ont plus d'ongles !

Le coroner, Ed Foster, contourna le cadavre et manqua de tomber en dérapant sur la neige. Il se stabilisa et montra le rapport préliminaire qu'il tenait à la main.

— On lui a arraché les ongles, expliqua-t-il. Probablement avec une pince, c'est du travail de boucher, ça a été fait n'importe comment, avec beaucoup de brutalité.

Le coroner sembla hésiter en regardant Annabel. Il était plutôt petit, avec une large calvitie, et il portait des lunettes à montures très fines.

— Dites, vous avez l'estomac bien accroché ? Parce que le pire est là, avertit-il en montrant de son stylo l'entrejambe de la victime.

Annabel inspira un grand coup.

Ding-Ding... quelque part, la cloche battait le chant des âmes.

Sous la lumière crue des projecteurs halogènes, le regard d'Annabel glissa sur la jambe froide, jusqu'en haut de la cuisse, là où tout à coup la peau devenait très rouge, puis boursouflée, cloquée, et enfin absolument noire. Calcinée.

On lui avait brûlé les parties génitales, le pubis avait fondu et l'anus suintait encore légèrement.

Cette fois Annabel se détourna et rendit tout ce qu'elle pouvait dans la neige. Harrison Doubsky lui tendit un mouchoir en papier.

— Ça nous a fait ça à tous, lui confia-t-il timidement en espérant la rassurer.

Quand elle se redressa, Thayer rivait sur elle ses yeux brillants, il l'interrogeait. Elle inspira profondément et d'un imperceptible clignement de paupières elle le rassura. Tout allait bien.

Façon de parler ! Cette fille a été mutilée, on ne peut pas aller bien en travaillant là-dessus.

Elle s'essuya la bouche encore une fois, par nervosité.

Ne pense pas à l'individu, pas maintenant, concentre-toi sur les faits, uniquement les faits, pas de projection ou d'imagination, seulement le concret, trouve des indices, ou au moins des pistes, mais on ne donne pas dans l'émotion, ma grande, compris ?

Pendant un court instant elle songea à Brolin. Les profileurs faisaient tout le contraire, on leur donnait les faits, et ils se mettaient dans la peau des victimes puis du tueur, en totale empathie. Elle se demanda comment un homme pouvait tenir le coup ainsi, et elle comprit pourquoi les profileurs du FBI ne restaient pas à leur poste très longtemps avant de changer d'unité.

— Où est le garçon qui a trouvé le corps ? demanda Thayer.

Le shérif Williamson désigna les maisons au loin, par-delà le parc.

— Chez lui, avec deux de mes hommes, ils ont pris sa déposition et s'assurent qu'il va bien, ça a été un choc pour lui.

— Emmenez-moi le voir, nous allons parler de tout ça ensemble si vous le voulez bien, annonça Thayer en posant une main dans le dos du shérif.

En s'écartant, il jeta un bref regard à son équipière qui hocha la tête. Comme d'habitude, Jack s'occupait des relations humaines, des interrogatoires, et elles des indices, du terrain. Elle fit face à Doubsky qui tenait son paquet de mouchoirs à la main, un peu penaud.

— À quelle heure êtes-vous arrivé ici ? demanda-t-elle.

Une étincelle de fierté s'alluma dans les yeux du jeune homme et il s'empressa de sortir un calepin de sa poche.

— J'ai tenu une chronologie détaillée de tout, expliqua-t-il. Heure de mon arrivée, de celle du shérif, du coroner, enfin tout y est. J'ai dressé le périmètre aussitôt. Et j'ai pris quantité de notes, sur tout ce que j'ai vu en découvrant les lieux.

Annabel se félicita de cette initiative, la prise de notes obligeait les flics à prendre du temps, à se poser plutôt que de vouloir tout exécuter en vitesse et de bâcler la scène de crime. Dans beaucoup de cas, la priorité était d'enlever le corps au plus vite. Mais malgré sa bonne volonté, Harry Doubsky avait fait les choses à moitié. Le périmètre était beaucoup trop restreint, et il aurait dû interdire la zone à toute personne non indispensable à l'enquête. C'était le problème dans les petites villes, les meurtres étaient rares et souvent tous les flics accouraient pour jeter un coup d'œil, contaminant ainsi la scène de crime.

— Pour fouiller la scène, continua-t-elle, vous avez procédé avec quelle méthode, en roue ou en grille ? La deuxième est la plus adéquate sur un espace aussi vaste.

— Euh, c'est moi qui ai fait le tour des environs, avec ma lampe...

Annabel imagina tous les policiers présents, foulant le sol depuis près de trois heures maintenant, et elle comprit qu'il ne servirait à rien de tout reprendre à zéro. Empreintes de pas, mégots et autres indices seraient impossibles à identifier.

Elle se tourna de nouveau vers le corps. Cette fois, elle se concentra sur les détails, essayant autant que possible de ne pas penser à l'ensemble, à l'individu. Elle remarqua aussitôt qu'on avait déblayé la neige sous le corps et, pis, on avait tracé à la craie la silhouette de la victime sur la roche. « La fée de la craie », murmura-t-elle. C'est ainsi qu'on l'appelait lorsque personne ne pouvait dire qui l'avait tracée. On en retrouvait souvent sur les scènes de meurtre, un flic bien intentionné dessinait le contour du cadavre, comme une irrésistible pulsion induite par les films.

— Qui a fait ça ? demanda-t-elle en montrant la marque de craie.

— Moi, pourquoi ?

— C'est une erreur. Vous avez pris des photos du corps ?

— Oui, sous tous les angles.

— Avec la marque de craie en dessous ?

Doubsky acquiesça, mal à l'aise.

— Merde. S'il y a procès la défense pourrait arguer que les photographies ne sont pas une représentation exacte de la scène parce que la police y a placé des repères, et ça peut rendre toutes les photos irrecevables.

À présent, Doubsky se dandinait d'un pied sur l'autre.

— On ne trace la silhouette qu'en cas extrême, lorsqu'il faut déplacer le corps avant examen, sans autre alternative, continua-t-elle. Et surtout on prend les photos avant la craie.

— Je savais pas ça.

Annabel l'ignora et entreprit de faire un tour sur elle-même, en levant la tête. Elle fit signe à Harry Doubsky de s'approcher.

— Vous avez commencé à interroger le voisinage ?

Il secoua la tête, n'osant plus parler.

— Alors débutez avec cette maison, il y a de la lumière.

— Pourquoi celle-là ?

— C'est la seule qui donne directement là où nous nous trouvons, peut-être que quelqu'un aura vu quelque chose dans la nuit, ne négligez rien.

Doubsky pinça les lèvres, il semblait très ému de ses erreurs. Il allait partir quand Annabel l'appela :

— Harry. Vous avez de bonnes intentions, ce qu'il vous manque c'est un peu d'aide, trouvez un bon manuel de la scène de crime et vous deviendrez un flic redoutable, O.K. ?

Harry hocha la tête, il se sentit un peu mieux quand il grimpa vers les marches.

L'aube sourdait tout doucement par-delà l'horizon du Sound, une brume blanche se hissait sur la toile de l'obscurité.

— C'est bien que vous l'ayez rassuré, commenta Ed Foster. Harry est un type bien, il a juste besoin d'être guidé.

— Je n'aime pas faire de la peine, même lorsque c'est mérité.

Annabel sortit un élastique de son bombardier et noua ses tresses en queue-de-cheval avant d'étudier la position de la victime.

— De quoi est-elle morte ?

— Strangulation. Regardez.

Foster se pencha sur le visage de la femme. Elle était maigre, ses pommettes saillaient et ses yeux étaient enfoncés dans leurs orbites. Le masque de ses traits était abîmé par de violentes ecchymoses, d'un violet profond, le visage n'avait pas eu le temps de gonfler, elle était morte avant. Le coroner enfila des gants épais et souleva une paupière. L'œil était anormalement plat, desquamant, la pupille avait pris une forme ovale et surtout une longue traînée rouge sombre couvrait le blanc.

— Ecchymose conjonctivale qui témoigne de l'asphyxie, énonça le coroner. Et puis ici, voyez ces petites érosions arciformes sur le cou, ce sont des stigmates unguéaux — c'est la trace des ongles de son agresseur. Je serai plus précis après l'autopsie, en attendant, je pense qu'il se tenait derrière elle quand il l'a étranglée.

Annabel était à présent accroupie au-dessus du cadavre, elle remarqua les taches discrètes mais nombreuses qui marquaient le torse. De petites plaques sombres sous la peau.

— C'est quoi, ça ? fit-elle en tendant un doigt vers l'une d'elles.

Le médecin arrêta sa main aussitôt.

— Si vous souhaitez la toucher, il vaudrait mieux mettre des gants. Je pense que ces taches sont des sarcomes de Kaposi, en tout cas ça y ressemble beaucoup. (Il planta son regard dans celui d'Annabel.) En général, on rencontre ce genre de sarcomes chez les personnes infectées par le virus du sida, détective. Compte tenu des circonstances, je crois qu'il vaut mieux être prudent.

Il relâcha le poignet de la jeune femme.

— Vous avez votre idée sur le déroulement des faits ? demanda-t-elle.

Ed Foster haussa les épaules.

— Je ne sais pas bien. J'hésite. On dirait un crime sexuel, œuvre d'un détraqué, mais j'ai une autre hypothèse... Regardez là, les petites cicatrices de part et d'autre du torse.

En effet, Annabel vit une fine marque blanche courir de la hanche jusqu'à l'aisselle, et ce des deux côtés, on aurait dit la jointure collée d'un jouet ou d'un œuf en chocolat blanc.

— C'est en fait la pression de la couture qui s'est incrustée sur la peau après la mort, cette jeune femme portait un haut moulant. Et il y a ceci.

Il posa un index gainé de latex sur le sternum et descendit au nombril. La peau avait été coupée, très finement, laissant apparaître les bords blancs des couches successives. Bien que longue, la coupure était discrète, et aucune trace de sang n'était visible.

— Elle était morte depuis un bon moment quand on lui a fait ça, ça n'a pas saigné du tout, le cœur ne battait plus. Je pense que son agresseur a coupé son vêtement avec un cutter ou quelque chose dans ce genre. Il lui a entaillé la peau au passage.

Le coroner fit claquer sa langue pointue contre son palais.

— Voilà comment je vois les choses : le type coince cette femme, il la viole. Il lui a probablement enlevé son pantalon mais c'est tout. Puis, je ne sais pas pourquoi, sûrement en voulant toucher sa poitrine, l'agresseur découvre les taches sur le torse. Il se dit qu'il a affaire à quelqu'un de malade, et il enrage. Il la frappe au visage, elle tombe et il l'étrangle.

Ensuite, dans un délire de vengeance, il décide de lui brûler les organes génitaux. Peu de temps avant de l'abandonner, il coupe les vêtements qu'elle porte sur le torse et il vient la jeter ici dans la nuit. Voilà. Évidemment, sans l'autopsie tout ça relève de l'imagination pure, je vais peut-être vous affirmer tout le contraire dans quelques heures.

Annabel fit signe qu'elle comprenait, elle appréciait néanmoins l'idée, la plupart des légistes ou coroners se gardaient habituellement de la moindre suggestion tant qu'ils n'avaient pas toutes les données en main.

— Et le tatouage ?

— Ah, oui !

Il voulut soulever le cou de la victime et à cause de la rigidité il dut s'aider des deux mains pour la tourner entièrement sur le côté. À la base de la nuque, un code-barres était gravé. De multiples croûtes de sang le rendaient un peu confus.

— C'est assez bizarre, concéda Foster. C'est très récent, pas du tout cicatrisé, on lui a fait ça quelques heures avant son décès tout au plus. Il faudrait étudier la cytologie pour être plus précis.

— Vous comptez faire l'autopsie rapidement ?

— Cet après-midi. Je vous ferai parvenir une copie du rapport.

Ils se relevèrent. Le ciel blanchissait de plus en plus rapidement, les projecteurs allaient devenir inutiles.

— On peut l'enlever ? voulut savoir le coroner. Elle commence à être là depuis longtemps, ça serait bien que le jour se lève sur autre chose qu'un cadavre.

Annabel se hissa sur le sommet d'un rocher dominant les autres, elle scruta l'étendue plate et envoûtante du Sound. La bouée continuait de déverser son *ding-ding* avec lenteur.

— Demandez au shérif, pour moi c'est bon. Il doit être avec le détective Thayer.

Elle suivit du regard le coroner qui s'écartait et remontait vers le parc pour finalement distinguer la silhouette athlétique de Brett Cahill en pleine conversation avec les flics locaux. Il ne perdait pas de temps lui non plus.

Peu à peu, on vit une bordure noire s'élever sur la ligne d'horizon. L'autre rive. D'autres maisons, d'autres vies, très loin, indiscernables. Et quelque part, un tueur. Non, pas un mais plusieurs, corrigea Annabel. Une meute impitoyable.

Le tatouage était le même que celui des photos, sans aucun doute.

Annabel frissonna dans le vent. Tant de questions. Que faisait cette secte au juste ? Pourquoi tant de gens enlevés, dans quel but ? Et pourquoi n'avait-on pas trouvé de cadavre dans la nature jusqu'à la découverte de celui-ci ? Tout s'était enchaîné en quelques jours, peut-être que la secte avait décidé de changer de méthode, d'abandonner ses victimes ?

Elle en doutait. Non, il y avait autre chose. Mais pour le comprendre, il fallait percer le mystère de la secte elle-même.

Que font-ils exactement ?

Comme si elle venait d'être engloutie par un poisson énorme, la bouée se tut subitement.

21

Joshua Brolin marchait sur Atlantic Avenue sous les flocons de neige clairsemés, il s'engouffra dans la chaleur moite de la bouche de métro, direction le sud-ouest de Manhattan.

De sa première visite à New York, le garçon de la côte ouest avait gardé l'image d'une île hérissée de gratte-ciel ultra sophistiqués, un *borough* sans identité autre que les plaques réfléchissantes de ses structures de verre et d'acier. À l'évidence, le quartier qui séparait Chelsea de Lower West Side tranchait franchement avec cette vision. De la taille d'une petite ville de province et balayé sans relâche par les vents de l'Hudson River, ce coin de New York était essentiellement constitué de bâtiments trapus d'un ou deux étages, d'habitations usées en ciment brun, et çà et là d'un haut parking sinistre. En s'enfonçant plus à l'ouest Brolin parvint à une zone plus déserte encore, avec des entrepôts désaffectés gris, de huit voire dix étages avec des fenêtres poussiéreuses larges comme des cathédrales, donnant à l'ensemble un style qu'il s'amusa à qualifier de *nazi-revival.*

Il remonta sur la 14e rue ouest, passa devant des

galeries d'art qui juraient au milieu de ce paysage morne et industriel, et il se demanda s'il s'était déjà trouvé une seule personne pour en franchir le seuil. La neige volait en tourbillons sous l'action du vent, diminuant de plus en plus la visibilité. Ici les graffitis témoignaient d'une vie nocturne singulière, probablement agitée. Toutes les ouvertures étaient recouvertes de barreaux ou de rideaux en acier, les rares espaces inoccupés croulaient sous les affiches de concerts, de manifestations ou de publicités érotiques.

Brolin découvrit enfin le marché aux viandes à l'angle de Washington Street, ombre menaçante sourdant du froid. L'ensemble de bâtiments occupait un pâté de maisons entier, avec de rares fenêtres aux étages, laissant tout le reste aveugle, fermé au monde à l'aide de briques rouges noircies par les années. Brolin s'étonna encore de la présence d'un magasin de vêtements chics en face de cette sinistre construction, mais n'était-ce pas là tout le paradoxe newyorkais ?

Il traversa et enjamba les tas de glace qui couvraient la chaussée, glace qui n'avait rien à voir avec le climat, et dont la teinte rosée par endroits laissait imaginer le pire. Tout le trottoir était surplombé d'une étrange marquise sillonnée de poulies auxquelles pendaient des crochets coulissants. Les mouettes s'agglutinaient sur la marquise et sur les escaliers de secours rouillés. Un de ces ersatz de gargouille lança un cri strident au passage du détective et s'envola pour atterrir avec d'autres comparses sur l'arrière d'une benne à ordures. Quatre hommes en tablier blanc y déversaient le contenu de fûts en plastique : tout ce que les carcasses animales comportaient d'inexploitable. Plusieurs tonnes de déchets organiques prenaient l'air ici pour la plus grande joie des volatiles carnivores.

Brolin s'approcha d'un des bouchers en montrant sa carte de privé.

— Bonjour, je cherche Lucas Shapiro, vous savez où je peux le trouver?

L'homme lui jeta un regard peu aimable, visiblement l'effort de parler lui coûtait.

— Il est à l'intérieur, concéda-t-il. À la découpe.

Brolin ne prit pas la peine de le remercier et s'approcha d'une des entrées. En guise de porte, des lanières de plastique tombaient comme une chute d'eau fossilisée. Il pénétra dans un étroit corridor aux parois constituées de plaques de métal et au plafond anormalement bas, et dont l'unique éclairage consistait en une succession d'ampoules nues. Une puissante ventilation bourdonnait quelque part, pourtant l'odeur de viande froide assaillit aussitôt Brolin. Ça sentait la mort, les tripes et le sang; un parfum lourd, un peu piquant, qui se déposait sur les vêtements, se collait contre les muqueuses. Le défilement quotidien de ces carcasses avait fini par laisser derrière lui la rance signature de la chair gâtée.

Brolin s'efforça de respirer par la bouche et rejoignit une salle plus haute, où des dizaines de pièces de viande pendaient à des crochets. Là non plus, pas la moindre fenêtre, comme si on préférait cacher ce sanctuaire de l'alimentaire. En voyant cet espace immense, le nombre de machines à découper, les rigoles dans le sol formant un véritable labyrinthe et toutes ces tables assombries par le sang, Brolin se demanda combien de bêtes pouvaient défiler ici chaque jour. Il imagina soudain les salles d'abattage, là où l'on électrocutait ou égorgeait les animaux, et le goût de la viande, dont il était pourtant amateur, lui passa pour longtemps. Il vit un homme en train de pousser dans un fût rouge quantité de matières visqueuses ressemblant à des intestins et lui tapota l'épaule.

— Excusez-moi, serait-il possible de voir Lucas Shapiro ? Je suis détective privé.

Il perçut la réponse par-dessus le vrombissement d'une scie circulaire, on lui indiqua le fond de la salle, un individu de large carrure qui lavait des instruments métalliques dans un grand évier. Brolin le rejoignit. Shapiro était blond avec un début de calvitie, et le torse d'un joueur de football américain. Le privé remarqua alors ses semelles : de nombreux petits lambeaux roses y étaient accrochés et pendouillaient à chacun de ses pas. Peau, graisse et viande, tout y était. Brolin se força à regarder ailleurs et à se concentrer sur le but de sa visite.

— Lucas Shapiro ?

L'intéressé fit face à Brolin, découvrant un menton carré, mal rasé, et des sourcils broussailleux. L'homme avait dans les trente-cinq ans. Il était entouré de quartiers de bœuf qui tournaient doucement, dans une dernière danse macabre.

— Quoi ?

Brolin exhiba sa carte.

— Je suis privé, vous auriez quelques minutes à m'accorder ?

Shapiro s'essuya les mains sur son tablier.

— Un privé ? C'est quoi encore cette merde ?

Ses lèvres épaisses laissèrent apparaître une incisive et une canine brisée, en biseau.

— Je travaille sur la disparition d'une jeune femme. Cette affaire est connectée avec Spencer Lynch, vous connaissez, n'est-ce pas ?

Shapiro leva les yeux au ciel.

— Écoutez, j'ai fait des conneries et j'ai payé pour ça ; maintenant je suis un mec respectable, j'ai monté mon affaire et je bosse comme un chien pour que ça fonctionne, alors venez pas me casser les couilles avec tout ça, c'est fini pour moi, j'ai oublié toute cette merde.

Shapiro était dénué de charme, ses traits étaient grossiers et son nez cassé depuis longtemps virait trop sur la gauche.

— Je comprends, j'aimerais simplement vous poser quelques questions sur Spencer Lynch, c'est tout, il n'y en a pas pour plus de cinq minutes.

Shapiro imprima à ses joues un mouvement de colère en serrant les dents. Il avait le tempérament sanguin, remarqua Brolin, prompt à l'emportement.

— Hé, je crois que j'ai été clair, non ? C'est du passé et c'est dans le trou des chiottes pour moi, compris ? Tirez-vous.

En voyant le regard froid de Lucas Shapiro et les muscles puissants rouler sous le tablier, Brolin se souvint qu'il avait en face de lui un homme qui avait un casier judiciaire chargé, il avait autrefois immobilisé une femme par la force et l'avait violée. Une rage énorme habitait ce corps, mieux valait ne pas la provoquer. Lucas avait peut-être payé son dû comme il disait, il n'en demeurait pas moins un être dangereux s'il était énervé.

Brolin allait s'écarter, il fixa Shapiro dans les yeux et fit un pas en arrière, sur le point de partir. Il imprima à chacun de ses mots une lenteur bien pesée, il temporisa, laissant l'idée se frayer un chemin jusqu'au cerveau de Shapiro :

— La fille que je recherche n'a pas vingt ans, et elle va peut-être mourir.

C'était simple, c'était petit. Mais un type comme Shapiro avait des sentiments, même un individu comme lui.

Encerclant les deux hommes, les carcasses de bœuf luisaient, les chairs vermillon et les os renvoyaient la lumière des plafonniers.

Brolin fit un pas de plus en arrière. Il vit des centaines de lueurs s'allumer derrière le regard du gros costaud, qui réfléchissait à toute vitesse. Il inclina finalement la tête en fixant Brolin, et tout dans son visage disait : « *O.K., mec, je vais t'aider mais je le fais uniquement pour cette gamine, pas à cause de toi ni de tes stratégies à la con!* »

— Spencer était un connard.

À chacun ses entrées en matière, pensa Brolin.

— Est-ce qu'il fréquentait quelqu'un en particulier? interrogea-t-il en prenant soin de ne pas s'avancer. S'il respectait la distance, Shapiro conserverait son espace et donc son assurance.

— Pas que je sache. Mais je l'ai connu que derrière les barreaux, et là il parlait pas mal, avec un peu tout le monde.

Mauvais début. Trop général.

— Il voyait bien quelqu'un plus que les autres, un ami ou un type à qui il se confiait, non?

Shapiro secoua la tête.

— Non, je crois pas. Spencer c'est un drôle d'oiseau, un peu givré. (Il marqua un temps d'arrêt et émit un petit reniflement de mépris.) À la réflexion, il s'entendait pas mal avec Hooper.

— L'autre codétenu ?

— Ouais. On était trois dans la piaule, et Spencer causait pas mal avec Hooper, le soir, vous voyez le genre, à se murmurer des conneries et à se marrer comme des baleines.

— Quel genre de conversation ?

— Oh, je sais pas. Ils se marraient, quoi. Spencer se foutait de tout, il avait quelque chose d'étrange dans les yeux, à de rares moments, quand il parlait de sujets qui lui étaient chers, son regard devenait noir, là on savait qu'il ne jouait plus la comédie. J'ai suivi les infos, ça m'étonne pas qu'il ait recommencé en sortant. Si les *hacks*[1] et les juges demandaient un peu plus l'avis des taulards, des fois je vous jure qu'on alerterait les autorités sur des types louches et qu'on éviterait des drames.

Brolin ne releva pas, cette dernière remarque sonnait un peu trop démagogue pour un type comme Shapiro.

— Et ce Hooper, vous en pensez quoi ?

— Un con. Pervers de merde. D'accord je suis pas un saint, mais j'ai jamais touché aux gamines moi, ce mec est une ordure. De vous à moi, si j'avais pas eu de l'ambition en sortant, je l'aurais planté, cet enfoiré !

La colère était montée en un instant, les yeux de Lucas Shapiro s'étaient illuminés et son tablier s'était

1. Argot des prisonniers pour parler des gardiens qui font leur boulot sans s'y intéresser, sans vie.

gonflé sous la pression de ses pectoraux, faisant couler quelques gouttes roses sur le sol.

— Ordure, conclut-il.

Brolin repensa à James Hooper. Il était encore en prison, enfermé dans sa cellule. Malgré tout, il pouvait entretenir des contacts avec l'extérieur par courrier ou tout simplement par téléphone, dans bien des établissements, il suffisait d'une carte de crédit pour avoir accès à l'appareil dans le couloir central.

James Hooper.

Pourtant cela ne cadrait pas avec le reste. Les pédophiles sont des hommes timides en général, ou du moins des solitaires, et quand ils se regroupent, c'est entre eux ; or Spencer Lynch ne s'était attaqué qu'à des femmes et les photos retrouvées chez lui comportaient une large majorité d'adultes. La piste Hooper était cependant à ne pas négliger. Brolin reporta son attention sur Shapiro, dont le visage était encore rouge de rage.

— D'après vous, demanda le privé, Spencer aurait pu avoir de l'attirance pour les enfants ? En a-t-il parlé à Hooper ?

Shapiro prit le temps de réfléchir, sa main droite vint agripper le rebord de l'évier.

— Non, je crois pas, mais j'écoutais pas leurs messes basses, et si vous tenez absolument à entendre mon avis, Spencer était suffisamment malin pour voir que ça me plaisait pas, alors s'il en avait causé avec l'autre gros tas, il l'aurait fait dans mon dos.

Derrière eux, le bruit strident d'une scie circulaire mordit dans l'air avant d'entamer la viande dans un déchirement mou. Brolin termina avec quelques questions secondaires avant de remercier Shapiro en lui serrant la main. L'homme avait une poigne d'acier et dévoila ses dents cassées quand il esquissa un sourire :

— Désolé pour tout à l'heure, c'est un passé lourd à traîner, ça me rend un peu agressif. Et euh... bonne chance pour la gamine.

Il y eut un silence embarrassé.

— Merci, finit par dire Brolin.

— J'espère que vous la retrouverez. Les enfants c'est sacré.

Derrière ces vêtements maculés de sang se cachait apparemment un homme sensible à certaines causes. Brolin planta son regard dans celui de l'ex-prisonnier et prit un « instantané mémoriel ». C'est ainsi qu'il appelait sa méthode. Il faisait parler, il écoutait, se faisait un début d'avis sur la personnalité de son interlocuteur puis il attendait que quelque chose de vrai apparaisse chez l'autre, un regard, une expression, et alors, il figeait cet instant dans sa mémoire. Quand il repensait à l'individu, c'était cette image qu'il revoyait, un semblant de sincérité, une identité moins couverte de vernis.

Et cette fois, il eut une image particulièrement nette de Shapiro.

Il s'en félicita et quitta rapidement cette usine de mort. Il marcha dix minutes pour rattraper le métro sur la 7e Avenue et rejoignit Penn Station d'où il prit un bus pour Newark. Il était temps de s'enfoncer dans les terres et d'aller rendre visite à Megan Faulet, la sœur de Rachel, et au shérif Murdoch.

Louer une voiture dans le New Jersey présente deux avantages : les taxes sont moins élevées et on évite les problèmes de circulation en quittant Manhattan. Brolin se rendit à l'aéroport de Newark où les sociétés de location abondaient et il fit le trajet jusqu'à Phillipsburg en moins d'une heure.

Megan Faulet, vingt-cinq ans, portait une tache de vin sur le front qui lui barrait l'accès au titre de « beauté » qu'elle aurait pu revendiquer sans cela. Elle se trouvait dans un état nerveux extrême, et était suivie par un psychologue depuis la disparition de sa sœur. Elle ne put rien dire de particulier au détective privé. Rachel avait passé un peu moins de trois semaines chez elle pour prendre une décision à propos de l'enfant qu'elle portait. Un délai affreusement court pour des conséquences qui seraient infinies sur son existence. Megan l'avait emmenée voir beaucoup d'amis à elle, pour en parler : du médecin au professeur de philosophie, toute une batterie de conseillers aux paroles aussi variées que justes. Le week-end de son enlèvement, Rachel était en train de faire son choix.

Brolin insista pour voir le cheval sur lequel la jeune fille avait fait sa dernière promenade, il ne remarqua rien d'insolite.

La visite au shérif Murdoch ne lui apporta rien de plus. Le shérif était un homme impressionnant, autrefois bon joueur de football américain, confia-t-il à Brolin, et désormais, à l'approche de la quarantaine il avouait un penchant indéfectible pour les plaisirs de la bonne table, avec le surplus pondéral que cela lui avait procuré. Il avait dit cela en se tapant le ventre qui commençait à pendre par-dessus sa ceinture.

Il avait, bien sûr, ouvert une enquête dont il se chargeait personnellement, mais il n'y avait aucun témoin. Rachel se promenait à cheval dans les bois,

22

Un paravent laqué serti d'idéogrammes chinois surplombait deux détectives de Brooklyn. Brett Cahill fourra dans sa bouche une quantité incroyable de riz en quelques coups de baguettes sous le regard étonné d'Annabel.

— Ce que je pourrais avaler dans un resto asiatique, moi ! commenta-t-il après avoir dégluti. C'est depuis l'université. À midi j'allais bouffer chez un ami, sa mère tenait un petit bouge viet, putain ce que c'était bon !

Ils se trouvaient encore à Larchmont, dans un restaurant du centre-ville qui leur offrait une courte pause.

La porte s'ouvrit sur Jack Thayer qui les rejoignit.

— Je viens d'avoir Attwel, ils ont identifié presque toutes les victimes sur les photos, un exploit. Ils sont en train d'étudier les dossiers que les polices concernées avaient constitués à l'époque de chaque enlèvement.

Thayer commanda le même poulet à l'ananas que son vis-à-vis. Ils déjeunèrent presque en silence, rechargeant leurs batteries dans cette accalmie exotique.

Lorsque Brett Cahill se leva pour aller aux toilettes, Thayer se pencha vers son équipière.

— Le morceau de Scotch est parti au labo, ils viennent de confirmer : ce que ton ami a trouvé sous le banc est le même adhésif que celui qui était sur l'enveloppe ramassée chez Spencer Lynch. C'est bien par l'intermédiaire de l'église qu'ils dialoguaient. Maintenant, va falloir m'en dire un peu plus sur ton monsieur Providence, je veux bien vous couvrir pour le moment, mais dis-moi exactement d'où il sort.

— Je te l'ai dit, Jack, c'est un privé de l'Oregon. Je ne le connaissais pas avant, si ce n'est par les médias.

— Anna, tu confies à ce type des infos primordiales !

— J'ai confiance en lui, il sait ce qu'il fait et il est bon, la preuve : sans lui on n'aurait pas trouvé cette église avant des jours, et encore...

Les yeux gris de Thayer s'envolèrent dans la pièce avant de revenir se poser sur Annabel. Les deux rides profondes qui barraient ses joues verticalement se dilatèrent dans la grimace de scepticisme qu'il lui offrit.

— Anna, je te soutiens, tu le sais, je suis de ton côté. Pourtant cette fois, si ce type nous plante, toi et moi on est bons pour dresser des P.V. le restant de notre carrière.

Annabel posa une main douce sur le bras de son ami.

— Je m'en occupe, éluda-t-elle. Et pour l'église que comptes-tu faire ?

— Nous irons demain sur place, jusqu'ici je n'ai pas eu à justifier la provenance de ce morceau de Scotch...

— S'il te plaît, ne parle pas de Brolin, je pense qu'il préférerait rester dans l'ombre.

— Évidemment. Officiellement, c'est une de tes brillantes déductions qui nous aura permis de mettre la main sur...

Il se tut en voyant Cahill qui revenait vers eux. Annabel en avait encore la bouche ouverte de protestation.

— Je me trompe ou j'interromps une importante confession ? remarqua Cahill.

Thayer, en habile orateur, relança la conversation sur ce qu'ils possédaient comme éléments d'enquête jusqu'à présent.

Un peu plus tôt dans la journée, ils avaient échangé leurs informations. Il n'en retournait pas grand-chose de nouveau, les plus grands espoirs étaient placés dans les résultats d'autopsie, attendus en fin d'après-midi. Le garçon qui avait découvert le corps n'avait rien révélé de plus à Thayer, il ne se souvenait d'aucun véhicule et il n'avait croisé personne. Cahill n'avait pas eu plus de chance avec les flics locaux, il les avait presque tous interrogés, sans qu'un seul se souvînt du moindre détail anodin lorsqu'il était arrivé sur la scène de crime. Tout ce qu'on avait pour l'instant était le cadavre d'une jeune femme d'une vingtaine d'années, torturée puis assassinée. On l'avait abandonnée ici dans la nuit, d'après Doubsky il y avait pas mal de neige sur elle et très peu en dessous, donc on l'avait jetée en début de soirée, pendant la tempête de neige. Bien entendu, le voisinage n'avait rien remarqué. Le tueur savait utiliser les imprévus à son avantage. Peut-être avait-il songé à se débarrasser du cadavre plus tard, mais en voyant la tempête, il avait changé ses plans, pesant la juste opportunité de discrétion que lui offrait la neige.

Ils reprirent la route en début d'après-midi, sous un ciel uniformément blanc. La neige avait cessé de tomber, mais son empreinte recouvrait tout de plusieurs dizaines de centimètres. Quand ils furent de retour au 78e precinct, le soleil était réapparu et des trouées bleues jaillissaient progressivement dans le ciel.

Pendant que Thayer affrontait le capitaine Woodbine, Annabel s'installa à son bureau et se fit du café pour se dynamiser. Elle se sentait ankylosée par la route. En passant dans le couloir, Fabrizio Collins s'arrêta devant sa porte.

— On a posé des noms sur cinquante et une personnes, plus que seize ! s'exclama-t-il triomphalement.

Et il y avait de quoi. Ils avaient identifié tous ces gens en seulement cinq jours, ce qui devenait inquiétant si on y réfléchissait. On devait cette rapidité au fait que la plupart des victimes étaient enregistrées dans le fichier des personnes disparues. La secte ne s'attaquait pas à des SDF ou à des marginaux qu'il serait facile de sortir du circuit sans se faire remarquer, non, ils préféraient monsieur et madame Toutle-monde, ils frappaient partout. D'après les premiers rapports de police qui relataient les disparitions, il n'y avait jamais un témoin, ni un indice.

Leur organisation était effrayante.

Ils étaient capables de s'en prendre à qui bon leur semblait. À mesure que les zones d'ombre tombaient,

Annabel avait le sentiment de découvrir une pyramide de plus en plus grande, ce qu'ils avaient pris au départ pour un simple autel sacrificiel se révélait un temple gigantesque.

Brett Cahill s'attela à l'énorme tâche de décortiquer ces dossiers de disparitions. Un stylo à la main, il relevait tous les détails qui lui paraissaient importants, mais ils étaient peu nombreux jusqu'à présent.

Vers dix-sept heures, le coroner Ed Foster appela Annabel pour la prévenir qu'il lui envoyait par Internet toutes les conclusions de l'autopsie, il n'y avait pour l'instant rien en cytologie ni en toxicologie, ce serait aux labos concernés de faire suivre.

— Que pouvez-vous me dire de plus que ce matin ? demanda-t-elle.

La voix du coroner était rendue sifflante par la déformation du combiné :

— Tout d'abord concernant notre victime, pour aider l'identification j'ai mesuré le périmètre des deux bras et le diamètre articulaire des deux dernières phalanges des pouces droit et gauche, le plus grand est sans conteste le droit, elle est donc droitière, à 80 %. À cela pourrait s'ajouter qu'il s'agit certainement d'une junkie, sa rate était énorme, presque sept cents grammes, et il y avait des traces de piqûre aux bras, dermite argentée. Enfin vous verrez dans le rapport. Sa taille, son poids et tout le reste y sont aussi.

— Pour la chronologie des événements, vous en savez plus ?

Foster marqua une pause.

— Oui, lâcha-t-il enfin, sur un ton lugubre. Je n'avais pas tort en parlant d'une mort par strangulation, mais disons qu'elle était sur le point de mourir tout de même au moment où on l'a asphyxiée.

Annabel ne comprenait plus où il voulait en venir.

— Je m'explique, enchaîna-t-il. Elle a été *très violemment* torturée, cette pauvre fille. En fait, je crois qu'elle était vivante quand il lui a brûlé le vagin, probablement avec un chalumeau, rien que ça. J'ai trouvé un contenu gastrique intact et surtout des lésions de gastrite et d'ulcères duodénaux de stress qui m'amènent à ce diagnostic. Ces lésions ont entraîné une hémorragie digestive très importante, associée à une congestion viscérale diffuse, marque d'une agonie prolongée. En termes clairs, ça veut dire que la petite a eu tellement mal qu'elle s'en est bouffé l'intérieur, une hémorragie de stress, et qu'elle allait en mourir de toute façon.

— Elle était vivante quand on lui a fait ça, vous êtes sûr ?

— Elle s'est mordu la langue à onze reprises, jusqu'au sang.

Annabel s'enfonça dans son fauteuil.

— Le tueur a accéléré les choses sur la fin, il l'a étranglée à mains nues, par-derrière, bien qu'on n'ait trouvé aucune empreinte, le corps avait été nettoyé, de toute manière la peau les marque mal et pas longtemps. Il y a beaucoup d'éraflures et de dermabrasions, les ongles ont dérapé. Grâce aux lésions laryngées, aux traces d'ongles et aux ecchymoses en « formes », je peux vous dire deux choses : tout d'abord, celui qui l'a tuée a très peu de force, il a mis longtemps à obtenir l'asphyxie complète.

— Et deuxièmement ?

— Le tueur a de toutes petites mains. Des mains d'enfant.

Annabel resta sans voix. Qu'est-ce que c'était que ça encore ?

— La victime souffrait déjà le martyre quand on l'a étranglée. Elle ne se sera probablement pas vraiment débattue, ce qui explique qu'avec peu de force il ait pu la tuer. Dès l'application des mains sur la gorge, ça n'a pas pris plus de huit-dix minutes avant que tout soit fini.

La mort par asphyxie criminelle était atroce, Annabel l'avait toujours eue en horreur. Elle en avait étudié les trois phases avec un légiste lors d'une enquête et en avait gardé quelques cauchemars. Car on ne meurt pas vite dans ces moments-là, ce serait trop beau, ça prend du temps, c'est même très long. On se débat, l'agresseur lâche prise à un moment ou à un autre, sous l'effet de nos coups, ou bien parce qu'il ne parvient plus à appuyer sur cette gorge avec ses doigts endoloris, il a des crampes dans les mains, il est obligé de relâcher un peu l'étreinte, un instant, et l'air entre de nouveau dans le corps, l'agonie n'en est que prolongée d'autant. La première phase de l'étranglement provoque des sueurs intenses, des vertiges, elle survient très vite, en une minute à peine. La deuxième survient dans les deux minutes suivantes, avec de violentes convulsions, puis les pétéchies explosent dans les yeux comme un feu d'artifice. La troisième phase est la plus longue, entre cinq minutes et un quart d'heure, on vomit, on urine, parfois l'émission de sperme ou de fèces survient, et l'arrêt respiratoire est là, c'est fini, le cœur bat encore, pendant de longues minutes de plus en plus étouffantes, sans la moindre goulée d'air frais. Cette poitrine ne se soulève plus, elle reste inerte sur le cœur palpitant, avant que celui-ci panique et finisse par ne plus pouvoir pomper, les réserves de combustible vidées. Et c'est terminé...

Annabel fut prise d'un violent tremblement, elle s'efforça de se concentrer sur la voix du coroner.

— ... climatiques.

— Pardon, excusez-moi je n'ai pas suivi la fin, que disiez-vous ? demanda la détective.

— Qu'il était impossible pour l'instant de définir le moment de sa mort. Le fait qu'elle ait été dans la neige peut fausser les estimations. Quoi qu'il en soit c'est récent, probablement hier en fait. Je pense qu'elle a été torturée dans l'après-midi et tuée en début de soirée.

Ed Foster acheva son exposé en précisant qu'il avait adjoint au fichier Internet les photos qu'il avait prises au cours de l'autopsie, ce qui ne rassura pas Annabel.

Elle retourna au silence et à la solitude du bureau, avec tous les fantômes de l'imaginaire comme compagnons.

Des mains d'enfant.

Était-ce possible ? Comment le tueur pouvait-il maîtriser sa victime pour l'enlever s'il n'avait pas de force ? Trop de choses prenaient un tour anormal dans cette histoire.

Annabel reçut le fichier de l'autopsie et passa la fin de la journée à éplucher chaque remarque du coroner. Elle sentait pulser une barre lourde sous son front quand elle releva la tête pour écouter Thayer et Cahill qui discutaient dans le couloir sur les bienfaits du repos pour l'esprit d'un détective. Elle referma le dossier dans lequel elle avait disposé les feuilles fraîchement imprimées et se renversa dans son fauteuil. La nuit était déjà de retour, et bien installée avec ça. Annabel avait l'impression qu'elle ne vivait plus le jour, comme si elle était un vampire, sa vie s'égrenait au fil des couchers et levers de soleil.

Elle se leva et enfila son bombardier, bien décidée cette fois à rentrer chez elle pour s'abrutir devant la télé, en attendant le lendemain. Elle était trop fatiguée pour autre chose.

Mais elle aperçut le dossier portant l'inscription « AUTOPSIE CADAVRE X. LARCHMONT 23-01-02 ».

Et merde. C'est plus fort que toi, hein ?

Elle s'empara de la pochette, elle allait le compulser ce soir-là.

Une idée encore meilleure lui vint. Non, elle l'avait déjà lu attentivement, elle n'avait rien glané d'intéressant autre que ce qu'Ed Foster lui avait dit au téléphone.

Oui, elle avait une bien meilleure idée.

23

Ses pas dans la neige crissaient comme du coton froissé et se turent devant l'entrée de la Cajo Mansion sur Atlantic Avenue. Annabel entra dans le hall chaud à la décoration mexicaine, avec toutes ses plantes vertes et sa musique typique qui flottait au-dessus de l'accueil. À bien y penser c'était stupide ce qu'elle faisait, pour autant qu'elle en savait, elle pouvait fort bien se heurter à une porte fermée, à son absence. On lui indiqua la suite n° 31.

Rien que ça ! La suite, monsieur s'offre le luxe avec ça...

Elle prit l'ascenseur et frappa à la porte 31.

— Entrez, fit une voix étouffée, c'est ouvert.

Annabel s'exécuta et faillit murmurer un juron d'émerveillement en se figeant sur le seuil. Le salon était vaste, avec un carrelage mexicain couvert de tapis molletonneux, rehaussé ça et là de meubles en bois verni. Une baie vitrée courait sur toute la longueur de la pièce, donnant sur un balcon en pierres blanches qui dominait une cour intérieure fermée par un dôme de verre. La cour était habitée par toute une colonie de cactus, nichés sur des corniches ou dans des pots suspendus. D'une certaine manière, le décor ressemblait à l'appartement de la jeune femme, en beaucoup plus grand et plus exotique.

— Je vous en prie, fermez la porte et entrez, insista la voix tranquille de Brolin. Pour être honnête je ne m'attendais pas à votre visite.

Annabel se tourna pour le voir assis sur un canapé à l'armature en fer forgé couvert de coussins blancs. Brolin était pieds nus, dans un pantalon de lin noir et un haut assorti dont les boutons supérieurs étaient ouverts. Il tenait à la main un verre de vin. Ses cheveux, fraîchement lavés, étaient lissés en arrière mais plusieurs mèches rebelles s'étaient déjà laissées pendre de part et d'autre de ses joues et de ses lèvres qu'elles atteignaient presque. Au-dessus de sa tête, les tiges courbes du canapé dessinaient l'entrelacs d'un rosier. Les ombres épaisses du salon — dont la seule lumière provenait d'un abat-jour posé à l'opposé — soulignaient les angles purs de son visage.

Soudain, Annabel sé sentit mal à l'aise, pour la première fois depuis qu'elle avait rencontré cet homme. Un sentiment de gêne l'envahit, elle se demanda si elle avait bien fait de venir, de pénétrer son intimité, sans le prévenir, sans lui laisser le temps de se masquer de son fard de société.

Mais il n'en a pas! Tu le vois maintenant comme il est tous les jours...

Elle comprit alors que ce malaise provenait de son aura, dans une telle proximité, dans une atmosphère troublante comme celle-ci, Brolin dégageait un magnétisme trop singulier pour ne pas la perturber.

— Vous êtes étrange, lui dit-il d'un ton adouci par le vin.

Elle eut l'impression que la bouche du détective était toute proche de son oreille, qu'il avait parlé bas.

— Que vous veniez à l'improviste me rendre une visite ne me dérange pas, en revanche j'aimerais assez que vous ne restiez pas plantée au milieu de mon salon, à m'observer. Ça me met mal à l'aise.

Encore une fois, il avait parlé doucement, imprimant à chaque mot un élan distinctif pour qu'il atteigne Annabel avec une parfaite justesse, sans se perdre ailleurs dans le décor.

La jeune femme sentit le poids du dossier dans sa main et retoucha terre. *C'est l'effet de l'obscurité et de passer du froid au chaud, calme-toi. Souffle et tout va bien se passer. C'est rien, juste la proximité qui te perturbe, détends-toi, respire. Voilà, comme ça, tu y arrives.* Elle recouvra aussitôt une pleine maîtrise. Brolin se pencha pour allumer une petite lampe à côté de lui.

— Asseyez-vous, s'il vous plaît. Je peux vous offrir du vin ?

— Non, merci. Je suis venue pour demander votre aide, confia-t-elle en s'asseyant sur un fauteuil confortable.

Il ne broncha pas, ses yeux sombres brillaient en fixant la belle femme qu'était Annabel, sans désir, tout juste un soupçon de curiosité. Elle posa le dossier d'autopsie sur la table basse en verre fumé et fer forgé, harmonie des meubles.

— Nous venons de trouver un nouveau cadavre. Le premier, enfin, après ceux de Lynch.

— Comment avez-vous fait le lien ? l'interrompit-il, une main sur son verre, l'autre masquant son menton et une partie de sa bouche, le coude en appui sur le rebord du canapé.

— Par le tatouage qu'elle a sur la nuque, il est identique à celui qui apparaît sur les photos. C'est une femme d'une vingtaine d'années, une droguée. On attend la toxicologie, il est fort probable qu'elle était atteinte du virus du sida.

Brolin s'empara du dossier qu'il commença à étudier. Annabel reconnut les gestes du spécialiste : il lisait en diagonale, regardait les photos, et surtout savait quand s'attarder sur un passage et quand accélérer. Pendant ce temps, elle continua à énumérer ce qui s'était dit et fait dans la matinée avec la police de Larchmont. Brusquement, elle vit l'expression du privé s'altérer, elle eut le sentiment que les ombres glissaient sur sa peau, sur son visage. Un frisson glacial la secoua quand elle crut voir les yeux de l'ancien profileur s'obscurcir. Tout à coup, elle entendit toute la pesanteur du silence, la friction incessante de tous les atomes, semblable aux grésillements du statique dans une radio ; le calme fut balayé par un bourdonnement assourdissant.

Et les deux yeux entièrement noirs de Brolin se levèrent du dossier pour se braquer sur elle. Ils étaient lisses et sombres comme une boule de billard.

— Vous êtes sûre que vous allez bien ?

Tout fut aspiré en une seconde, bruit, yeux noirs, tout le malaise. Brolin la scrutait, cette fois ses sourcils trahissaient une certaine inquiétude.

Reprends-toi, bon sang, qu'est-ce que tu fais ? C'est le clair-obscur et ton imagination qui se foutent de toi !

— Oui, je suis désolée, balbutia Annabel. La fatigue.

Il la jaugea de haut en bas et hocha la tête docilement. Il lui tendit son propre verre.

— Buvez ça. Je vais vous faire couler un bain, ça vous réchauffera et vous détendra, ensuite, quand vous serez bien, nous parlerons de tout cela.

Elle secoua la tête et ouvrit la bouche, mais déjà il était debout et couvrit ses protestations de ses propres mots :

— C'est non négociable. C'est vous qui êtes venue me trouver, alors faites à ma manière. De plus, ça me laissera le temps d'étudier le dossier.

Il allait partir vers la salle de bains mais ajouta :

— Et je n'ai aucune tendance au harcèlement sexuel, si c'est ce qui vous fait peur.

Annabel le vit fondre derrière une porte, le son de l'eau dévalant en cascade lui parvint ensuite.

— Je suis navré, il vous faudra cependant remettre vos vêtements, je n'ai rien à vous prêter ! cria-t-il par-dessus le vacarme.

Elle ne trouva pas la force de répondre et se contenta d'entrer dans la salle de bains lorsqu'il en fut sorti. Il avait posé un verre de vin sur le rebord de la grande baignoire. Dessus était scotché un mot : « *Un demi-verre uniquement. Le travail nous attend. Bon bain.* »

24

Il n'avait pas bougé quand elle ressortit de la salle de bains : Brolin était dans le canapé, mais plus de vin cette fois. À la place, des photos imprimées en couleur d'un corps ouvert, les tripes déballées sans pudeur, le visage caché sous le scalp rabattu, et plusieurs pages de rapport. Sans dire un mot, Brolin montra la table d'une main, elle était ronde et spacieuse. Sur une nappe blanche était disposée une assiette avec salade composée et blanc de poulet.

— J'ai pensé qu'une collation avant cette séance de réflexion serait la bienvenue.

Annabel avala l'ensemble en peu de temps, elle était affamée. Il avait raison, elle se sentait nettement mieux à présent.

Brolin n'avait pas quitté sa place, mais il regardait vers la baie vitrée, vers le patio.

— Peut-être voulez-vous prévenir votre mari, lança-t-il. Nous n'en aurons pas pour longtemps je pense, une petite heure.

Annabel se leva et s'approcha.

— Qui vous a parlé de mon mari ? s'inquiéta-t-elle, sur la défensive.

— Votre alliance.

Bien sûr. *Et c'est toi la détective ? Ne plie pas sous la dictature des émotions, réfléchis !*

— Je m'avance sur un terrain qui ne me regarde pas, pardonnez-moi, je voulais juste me montrer prévoy...

— Non, c'est moi. C'est un sujet qui... sensible.

Sa poitrine se souleva plus qu'elle ne l'aurait souhaité et dans le même élan, les mots fusèrent :

— Pour tout vous dire, mon mari a disparu. Il y a un peu plus d'un an maintenant.

L'expression de Brolin se modifia, laissant affleurer un peu de sa surprise.

— Un jour je suis rentrée du boulot et il n'était plus là. Rien n'avait bougé, il n'avait rien pris, il n'était plus là, c'est tout. Pas de lettre, ni de demande de rançon ensuite, je n'ai rien trouvé. C'est pour ça aussi que je vous ai tout de suite aidé. Un privé qui bosse essentiellement sur des affaires de disparitions, ça... sonne juste, pour moi en tout cas.

Brolin hocha la tête. Après qu'ils se furent dévisagés, il prit la parole et demanda avec beaucoup de douceur et de sympathie dans la voix :

— Je peux vous poser une question personnelle ? Vous avez songé à m'engager ?

Ça n'était pas une proposition, au contraire.

Annabel laissa apparaître un sourire crispé.

— J'y songe tous les jours depuis que je vous ai parlé. Vous êtes bon. Je le sais, je le vois. Alors pourquoi pas pour moi ?

Il ferma la main et posa son poing devant sa bouche, l'air soucieux. Embarrassée, Annabel secoua la tête et ses tresses humides s'envolèrent.

— Laissez tomber, objecta-t-elle, c'était con, je...
— Non, bien sûr que non et vous le savez très bien. Le problème n'est pas là. J'aimerais vous aider, mais se disperser sur deux affaires d'autant plus qu'une d'entre elles vous est particuli...
— J'ai dit laissez tomber, insista-t-elle. Nous nous égarons.
— Il est pos...
— Stop, fin de cette conversation. Que pensez-vous de la victime ? fit-elle en montrant les photos sur la table basse.

Brolin se passa la langue sur les lèvres, il n'était plus temps de renchérir sur elle et son mari, elle venait de sceller toutes les écoutilles et restait braquée sur son enquête. Il décida d'abandonner le sujet, du moins pour le moment, et de poursuivre comme prévu.

— La chronologie est intéressante, affirma-t-il après un long silence. Elle est enlevée (il éprouvait désormais de la gêne à prononcer ce mot devant Annabel, mais essaya de n'en rien laisser paraître), et emmenée dans un endroit isolé. Le tueur a besoin de tranquillité, d'abord pour apporter sa proie sans être vu par des voisins, ensuite pour la torturer. Un appartement ne ferait pas l'affaire, à cause du risque que l'on entende les bruits de lutte. Il a donc une maison. Ensuite, ce type décide...
— C'est peut-être une femme, hasarda Annabel.

Un rictus apparut aux commissures des lèvres du détective privé.

— En effet. Disons pour l'instant qu'il s'agit d'un homme. Il est donc avec cette jeune junkie. Or ça, je pense qu'il ne le sait pas encore. Il lui ôte son pantalon et la viole. Ensuite, il découvre plusieurs taches sur sa peau, les sarcomes de Kaposi. Là, il enrage, il doit avoir un certain savoir médical pour connaître ce symptôme de la contamination par le virus du sida.

— Un médecin ?

Brolin leva l'index pour continuer son exposé.

— Donc, il enrage. Il frappe la victime au visage à plusieurs reprises. Puis, à moins qu'il ne l'ait fait avant de découvrir les sarcomes, il prend un chalumeau et l'enfonce dans le vagin de la fille. Il la brûle, même bâillonnée, elle a hurlé comme une démente, il doit donc disposer d'un local isolé pour cela. Peut-être fatigué d'entendre les cris ou les supplications, il décide de la mettre à mort peu de temps après. Elle est étranglée à mains nues.

— Il a des mains d'enfant, vous avez vu ? Comment est-ce possible ? Une deuxième personne ? C'est à ça que je pense depuis tout à l'heure, ils étaient deux pour la violer et la tuer.

Brolin hocha la tête.

— C'est aussi mon avis. Le premier est costaud, suffisamment pour maîtriser une femme, l'autre est de petite taille, fluet.

Il plongea ses yeux brillants dans ceux de la détective.

— Pourquoi a-t-il brûlé le vagin de sa victime d'après vous ?

C'était une question mais le ton qu'employait Brolin suggérait qu'il en avait déjà la réponse, qu'il faisait appel à l'intelligence de la jeune femme.

— Par cruauté, par sadisme.

— C'est une possibilité, mais avouez que la méthode est expéditive, s'il souhaitait la faire souffrir il aurait pu commencer par autre chose, pour en profiter plus longuement, en lui coupant les mamelons par exemple, en lui enfonçant des aiguilles dans les parties tendres du corps, des choses comme ça. C'est seulement en dernier recours qu'il aurait dû la brûler, il savait qu'après un tel traitement elle ne serait plus très vaillante. Pour un sadique, il ne fait pas durer le plaisir, c'est étrange, non ? Cruel, il l'est, mais dans ce cas-là, il n'a pas été vraiment sadique. Alors pourquoi la brûler ?

— Pour lui faire payer. Il l'a violée et il découvre qu'elle a le sida, du moins le croit-il comme nous, il devient fou de rage et pour se venger il lui brûle le vagin, par là même où le mal est passé, si je puis dire.

— S'il est si furieux que ça, il est étonnant qu'il ne l'ait pas tuée de ses propres mains.

— Comment savoir ? Peut-être que c'est l'individu aux petites mains qui a enragé...

— Et si on oublie la colère, pourquoi faire ça ? Réfléchissez, pour quelle raison pouvait-il calciner ses organes génitaux au chalumeau ?

Soudain le jour se fit dans l'esprit d'Annabel.

— Pour effacer toute trace de sperme.

— Exactement. Et pourquoi ?

— Parce qu'il sait qu'on l'identifiera par l'ADN. Il... Oh, merde ! Parce qu'il est fiché dans la banque de données. Il est quelque part dans nos fichiers !

Brolin approuva, il compléta :

— Et parce qu'il s'est déjà fait prendre comme ça, il a retenu la leçon. C'est un jouisseur, un pur, il fantasme sur ses crimes pendant des heures et des heures, et quand il passe à l'acte, il ne va pas polluer son fantasme en mettant un préservatif, il veut sentir la chair, sentir son pouvoir, son corps et celui de celle qu'il contrôle. Mais le prix à payer est élevé, et il s'en souvient. Il lui enfonce un chalumeau dans le vagin et lui brûle l'intérieur, y compris l'utérus. S'il s'était écoulé suffisamment de temps, quelques spermatozoïdes auraient pu remonter dans les trompes, et d'après le rapport d'autopsie celles-ci n'ont pas été entièrement touchées. Le légiste n'y a rien trouvé, c'est un coup de chance pour le tueur. Il ne savait pas ça, donc ce n'est pas un médecin. Si on y réfléchit, où est-ce qu'un violeur peut avoir côtoyé des personnes atteintes du sida, où est-ce qu'un tueur peut voir et apprendre ce que sont les sarcomes de Kaposi ?

Annabel se dandina d'un pied sur l'autre, impatiente. Elle releva la tête d'un coup.

— En prison ! L'hygiène y est de plus en plus déplorable et les malades ne sont pas toujours traités comme il se doit. C'est en prison.

— Donc, nous cherchons un homme qui a fait de la prison pour viol, et dont l'ADN est fiché.

— Ça représente un paquet de types, je ne voudrais pas me montrer pessimiste pour...

— Détective. Admettons que je vous livre son identité sur un plateau, laissez-moi jusqu'à demain midi avant d'intervenir.

Annabel fronça les sourcils.

— Quoi ? Qu'est-ce que ça veut dire ?

— Je sais qui c'est. Tout ça ne repose que sur un profil, je ne suis même pas sûr qu'un juge accepte de vous délivrer un mandat avec mes déductions. L'arrestation sur *cause probable* est même délicate. Mais que vous y alliez pour fouiller sa baraque et que vous ne trouviez rien ou que vous le mettiez sous surveillance jusqu'à ce qu'il fasse une erreur, s'il s'en tire, il préviendra ses amis et ils pourraient se débarrasser de toutes les preuves. Vous savez ce que je pense ? Je pense que nous sommes face à une organisation de psychopathes qui enlèvent des gens et qui les gardent pour je ne sais quoi. Si on commet une bourde, il se pourrait bien que toutes les victimes qui sont en ce moment entre leurs mains y passent. Et il y a peut-être Rachel Faulet parmi elles.

— Je suis navrée de dire ça, mais il y a peu de chances pour qu'elle soit en vie, et...

— S'il y en a une, je ne la négligerai pas. Écoutez, demain matin l'homme que je soupçonne sera absent de chez lui, je vais y entrer et fouiller discrètement, peut-être qu'il n'y a pas ce que je cherche, ça vaut néanmoins la peine d'essayer. Je vous demande de me faire confiance, vous fermez les yeux sur ma présence là-bas. Ensuite, à midi, vous recevrez un coup de fil anonyme qui justifiera votre intervention.

Leurs regards s'affrontaient, tout comme leur conception de leur métier.

— Annabel, vous et moi savons que ce qui compte c'est que ces fous soient arrêtés, peu importe les moyens ! Nous ne faisons de mal à personne, il s'agit de sauver des vies !

C'était la première fois qu'il l'appelait par son prénom, elle lui en voulut, c'était calculé, il cherchait à les rendre plus proches. Avait-elle le choix ? Son estomac se tordait, au fond elle partageait les idées de Brolin, tout ce qu'elle souhaitait c'était qu'on mette la main sur cette bande de détraqués.

— Son nom, finit-elle par dire. Je veux savoir qui

c'est et je vous promets que je ne ferai rien jusqu'à demain midi.

— Il s'appelle Lucas Shapiro. Il était dans la même cellule que Spencer Lynch, je pense que c'est là qu'il a « recruté » Lynch.

— Ne me dites pas que vous avez trouvé tout ça en consultant le rapport d'autopsie ?

— Non. Il n'a fait que renforcer mes déductions. Avant que vous arriviez, je songeais déjà aux moyens que j'allais employer pour pénétrer chez Shapiro. En fait, j'ai trouvé grâce au prêtre de l'église St Edwards, là où allait Spencer Lynch. Il m'a appelé aujourd'hui, il était effrayé. Il veut m'engager pour que je l'aide à découvrir pourquoi... pourquoi ses vitraux saignent.

— Ses vitraux ?

— Oui. C'est arrivé à six reprises. La nuit. Il découvrait ça le matin en se levant. Ça fait plusieurs mois que ça dure, il n'a pas osé en parler à quiconque, il a peur. Je crois qu'il hésite entre un plaisantin mal-intentionné et une explication démoniaque qui ne serait pas pour lui plaire. J'ai voulu refuser mais la notion du sang m'a paru intéressante finalement, en particulier dans une église que fréquentaient Spencer Lynch et une de ses victimes. Je m'y suis accordé l'après-midi pour vérifier s'il pouvait y avoir un lien avec notre affaire. J'ai demandé au prêtre une liste de toutes les personnes ayant les clés du bâtiment puisque ces événements se produisaient quand il était fermé et qu'il n'y avait aucun signe d'effraction. Une dizaine de noms. Et ça a fait *tilt*. Il y a une Janine Shapiro qui travaille pour l'entretien.

— La femme de Lucas ?

— Sa sœur. Je me suis renseigné, elle vit avec lui,

et je l'ai suivie. C'est une *toute petite* femme. Avec *des mains d'enfant*. Le rapport d'autopsie confirme ce que je pensais, vous voyez.

Annabel resta interdite. Joshua Brolin était tout simplement stupéfiant.

— J'ai rencontré Lucas ce matin, il m'a aiguillé sur la piste de James Hooper, un pédophile encore en taule. Il s'est foutu de moi.

Brolin avait beaucoup repensé à cette entrevue. En quittant Shapiro, l'instantané mémoriel qu'il avait fait de lui montrait un type complexe, plein de colère contenue, et un sourire trop affable pour être sincère au regard de son comportement premier. Shapiro avait senti le danger et avait finalement préféré le déporter vers quelqu'un d'autre. Brolin n'avait pas compris tout cela d'un coup, bien sûr, au début il avait pensé que Shapiro était bizarre, mais comment ne pas l'être quand on a passé huit ans en prison pour viol et un an pour cambriolage et qu'un détective privé vient vous poser des questions ? C'était quand il avait vu le nom de Janine Shapiro que tout s'était mis en place.

La voix d'Annabel le tira de ses pensées, elle semblait vexée :

— Si vous saviez tout ça, pourquoi avez-vous joué au jeu des devinettes avec moi ? s'indigna-t-elle.

— Parce que si j'avais sorti ma proposition d'un chapeau vous l'auriez prise de plein fouet. Mieux vaut toujours faire les choses par paliers. Ainsi vous avez gravi toute seule les marches, je n'étais là que pour vous tenir le coude.

Mon cul ! Tu t'es joué de moi, oui !

Annabel ravala sa colère, qui n'était absolument pas justifiée. Il avait tout partagé avec elle, elle se sentait amoindrie en fait, envieuse de son habileté. Ils étaient tout un groupe de pauvres flics formés à la va-vite à l'académie et c'est lui qui trouvait les infos. *Lui ne se bat pas sur le même plan que toi, ne l'oublie pas !*

Comme pour lui répondre, il expliqua :

— C'est grâce à votre travail, vous apportez les faits, et j'extrapole.

— Je vais vous dire ce que je pense : je suis dingue d'entrer dans votre jeu, mais si je le fais c'est parce que vous n'avez pas agi dans mon dos, vous êtes franc avec moi. Vous avez été flic alors vous connaissez les règles de prudence. Shapiro sera absent demain, bien, mais n'en faites pas trop, vous entrez, vous fouillez et, s'il n'y a rien qui vous intéresse, vous déguerpissez en vitesse pour qu'on s'en charge. Que comptez-vous trouver au juste ?

— Les tueurs de ce genre aiment se construire un abri secret, ils y enferment souvent leurs victimes.

Il tourna la tête et observa le patio.

— Pour être honnête, j'espère y trouver des gens. Vivants.

25

Les démons gardaient le sanctuaire.

Ils étaient là en permanence, tout près, nichés contre les murs des couloirs. Car l'Enfer est vaste, très vaste, il est peuplé, et pas seulement par les cris, mais aussi par des démons.

Rachel venait de le découvrir à ses dépens.

L'individu aux dents grises et aux yeux brillants était venu la chercher. Il avait ouvert la porte en grand.

— Viens, allez, dépêche-toi, lui avait-il dit comme s'il parlait à un chien.

Rachel n'avait pas protesté. Elle n'en avait plus le courage. Elle l'avait suivi...

... Le couloir était comme sa cellule, taillé dans la roche, loin, très loin sous la surface de la terre. L'homme tenait un chandelier d'une main, il alluma une torche encastrée dans une paroi. Les flammes s'élevèrent et Rachel découvrit qu'il s'agissait en fait d'un os. Un os long, à l'origine douteuse. *Il est humain, tu le sais très bien!* s'était dit la jeune fille rageusement.

Il l'avait poussée dans le couloir, une marche à descendre de temps à autre. Il s'arrêtait tous les cinq mètres environ pour allumer une nouvelle torche aussi infâme que la première.

Et ils apparurent.

Tous les démons.

Ils étaient cachés dans la pierre. Leurs crânes luisants saillaient de la roche, leurs cages thoraciques abritant des dizaines d'araignées velues. Ça n'était pas vraiment des squelettes, Rachel en était certaine, les crânes tournaient sur son passage, la guettant avec avidité de leurs orbites ténébreuses. C'étaient des démons.

Et puis il y avait le cliquetis des chaînes. Cela semblait éloigné, de nombreux maillons métalliques s'entrechoquant en tintant, et les râles d'hommes et de femmes. Lointains, suppliants. Un cri de temps à autre.

Provenant de derrière, dans un autre couloir, il y eut un grognement. Lourd et caverneux.

Pas un chien, quelque chose de plus gros. De plus vil.

L'homme poussa Rachel en avant, elle manqua de tomber. Ils arrivèrent dans une pièce circulaire, de plafond élevé, sept ou huit mètres de diamètre. Comme partout ici-bas, les murs étaient faits de roche taillée maladroitement, à moins que ce ne fût le lit d'une ancienne rivière souterraine. *Ne sois pas idiote! Ça n'est pas naturel ce lieu, c'est l'Enfer, pauvre sotte! Ce sont les créatures qui l'ont creusé!*

L'homme lui jeta une paire de gants au visage.

— Tu peux mettre ça si tu ne veux pas t'abîmer les mains.

Rachel l'observa. Il se pencha et ramassa une chaîne qu'il passa avec une sangle autour d'une des chevilles de la jeune fille. Elle se laissa faire. Que pouvait-elle faire d'autre ? La chaîne était reliée à une anse figée dans la pierre, lui donnant une liberté suffisante pour atteindre le mur opposé mais pas la porte.

L'homme prit une pioche et la lança vers Rachel.

— À partir de maintenant, tu creuseras. Ça va te faire du bien. Et ne t'inquiète pas pour ton enfant. Tu creuseras jusqu'à ce que ça ne soit plus sain, alors je m'occuperai de toi.

Il avait posé le chandelier sur une saillie et s'était reculé sur le seuil d'où il l'avait saluée avec une satisfaction morbide.

La porte s'était refermée sur Rachel.

Et avec elle, toute espérance...

... Pourquoi l'obligeait-il à faire ça ? Elle n'avançait pas, ces coups de pioche n'avaient arraché que quelques morceaux dérisoires. Elle l'avait fait jusqu'à ce que ses bras et ses épaules la brûlent, l'idée de désobéir ne lui avait même pas traversé l'esprit. Quand il était venu la rechercher, elle avait dû jeter la pioche au loin avant qu'il n'ouvre, il le lui avait ordonné à travers le judas. Il n'avait rien dit sur son travail ridicule. Comme s'il s'en fichait éperdument. Alors pourquoi la faire creuser ? À ce rythme-là, elle mettrait dix ans avant d'entamer la grotte sérieusement, était-ce ce qu'il voulait ?

Il n'avait rien dit. Il lui avait offert de l'eau fraîche et l'avait ramenée jusqu'à sa cellule.

Plus tard, elle entendit des bruits de pas dans le couloir. Elle s'agenouilla sous la porte, et distingua les ombres de jambes. Plusieurs.

tairement cherché le loueur de véhicules le plus miteux de Brooklyn pour disposer d'un engin passe-partout, vieux et cabossé. Pour être discrète, la voiture était discrète mais le chauffage ne fonctionnait plus. Brolin se souvenait d'une anecdote racontée par son grand-père concernant le siège de Stalingrad et ses hivers terribles pendant la Deuxième Guerre mondiale. Pour se réchauffer, les Allemands faisaient beaucoup d'exercices, s'agitant sans arrêt. De l'autre côté, les Russes restaient immobiles. Des quantités incroyables de soldats du Reich moururent de froid. Brolin se souvenait encore de son grand-père se penchant vers lui pour lui murmurer comme un secret : « Parce que les Russes savaient que s'ils restaient sans bouger, l'air entre leur peau et leurs vêtements se réchaufferait par la chaleur du corps et qu'il fallait préserver cette couche supplémentaire contre le froid. Les Allemands, eux, en s'activant sans cesse, ne faisaient que laisser entrer de l'air froid à cet endroit. »

Les bras plaqués contre le corps, Brolin travaillait à faire monter la température de la fameuse couche. Il se laissait aller à la contemplation de l'impasse. La maison des Shapiro était la dernière avant le terrain vague qu'une clôture interdisait. Un sentier coupait le dépotoir en deux, permettant aux piétons de rejoindre un supermarché de l'autre côté, largement caché par une butte et quelques arbres rabougris. Il n'y avait personne. Le terrain vague était jonché de débris, même l'épave d'un van y pourrissait. Brolin se demandait comment il avait pu y entrer quand on frappa à sa fenêtre. Son cœur s'emballa.

Un visage familier se pencha à son niveau.

Les tresses enfouies sous une casquette de base-ball, Annabel l'observait en souriant. Il ouvrit sa portière.

— Vous m'avez fichu une sacrée trouille ! Qu'est-ce que vous faites là ?

Il s'empressa de regarder tout autour d'eux, la peur au ventre de voir plusieurs dizaines de flics prêts à arrêter Lucas Shapiro.

— Du calme, je suis toute seule. Je n'ai pas pu dormir à l'idée de vous laisser faire cette connerie...

— On en a déjà parlé, je vous demande juste...

— ... tout seul. Je viens avec vous.

Brolin leva les mains vers le ciel.

— Quoi, comme ça ? Vous risquez votre job en faisant ça. Je m'en occupe. S'il se passe quoi que ce soit à l'intérieur et qu'on vous y trouve, vous...

— Je n'entre pas, je ferai le guet. Maintenant taisez-vous et écoutez-moi. J'ai réfléchi à tout ça et vous avez raison. La priorité est de sauver des vies, alors vous fouillez et si vous trouvez la moindre preuve qui accuse Shapiro vous m'en informez mais vous n'y touchez pas. En revanche s'il n'y a rien, je ne vais pas risquer de l'arrêter pour qu'il soit relâché ensuite sans nous avoir parlé un peu de ses amis. On le mettra sous surveillance. Je ne peux pas savoir s'il y a des indices ou des preuves chez lui tant qu'on n'y sera pas entrés... Ce que je ne peux pas faire légalement sans que Shapiro le sache. Disons que c'est un cas particulier, une loi de dernière minute. Juste vous et moi.

Elle lui fit un clin d'œil.

— Montez avant qu'il ne sorte et nous repère.

Annabel s'installa du côté passager et ouvrit son sac à dos.

— Mes collègues sont à l'église St Edwards ce

matin, ils vont questionner le prêtre que vous avez vu. Tenez, prenez ça.

Elle lui tendit une oreillette et un micro-épingle reliés à un talkie-walkie.

— Je les ai empruntés au precinct. Nous resterons en contact de cette manière.

Brolin approuva l'idée, cette femme était pleine de ressources, il devait bien avouer qu'il ne s'attendait absolument pas à un revirement de cette ampleur venant d'elle. Rien que d'être assise dans cette voiture à côté de chez Shapiro pouvait lui coûter cher, elle disposait d'informations capitales et n'avait pas prévenu ses équipiers.

Quelques minutes plus tard, une camionnette beige apparut dans la contre-allée menant derrière la maison, Lucas Shapiro au volant. Il s'engagea dans la rue et Brolin se coucha, le visage sur les cuisses d'Annabel lorsqu'il passa à leur hauteur.

— Je suis navré, s'excusa le privé en se redressant, il ne fallait pas qu'il me voie.

— C'est bon, n'en faites pas tout un plat. Soyez prudent.

— Il reste encore Janine, sa sœur. Elle doit travailler ce matin, j'ai pris mes renseignements, mais je ne sais pas quand exactement. Patience, la vie de flic...

Annabel haussa les sourcils.

Ils attendirent encore presque trois heures avant que Janine Shapiro sorte enfin. C'était une femme minuscule, toute frêle, avec des cheveux coupés à la garçonne, elle semblait nager dans son manteau. Elle descendit le trottoir d'un pas excessivement lent pour tourner à l'angle de la rue, en direction du métro.

— Pourquoi une femme ferait-elle ça ? s'interrogea

Annabel à voix haute. Lucas c'est un violeur cruel, mais sa sœur ? Qu'y gagne-t-elle ? Elle n'a pas de pulsions similaires, non ?

— Dans les tueurs opérant en tandem, il y a presque toujours un dominant et un dominé. Je présume que Lucas, de par son physique et son caractère, en impose à sa sœur depuis toujours. Il l'a sûrement malmenée quand ils étaient adolescents, pour la plier à sa volonté. Peut-être l'a-t-il même violée. Il n'y a qu'à la voir marcher pour comprendre qu'elle est fragile, elle n'a pas confiance en elle ; son frère a sûrement joué avec ça, lui répétant sans cesse qu'elle n'était bonne à rien, qu'heureusement il était là pour s'occuper d'elle. Il a tout fait pour se rendre indispensable dans la vie de sa sœur. Ils vivent ensemble, alors qu'ils ont la trentaine. Si bien que, même lorsqu'il était en prison, Lucas continuait d'avoir de l'influence sur elle. En fait, je ne sais rien de précis, tout ça n'est qu'une hypothèse. C'est ainsi que fonctionnent bon nombre de couples sanguinaires.

— De là à tuer ? C'est dingue tout de même !

— Rien ne m'étonne plus. Vous voulez un exemple ? Paul Bernardo et Karla Homolka dans les années 1990. Ils se sont mariés et Karla a accepté de livrer sa propre sœur à son mari pour qu'il la viole. C'est Karla elle-même qui l'a droguée et qui a filmé la scène, la fillette en est morte. Et leur manège s'est reproduit plusieurs fois avant qu'ils ne soient arrêtés et condamnés. Il y a des tonnes d'histoires similaires. Des tonnes...

Après un silence de réflexion, Annabel dit d'une voix douce où l'amertume pointait :

— Le monde ne tourne plus rond, j'ai parfois l'impression que c'est de pire en pire.

— Le monde n'y est pour rien, ce sont les hommes les coupables.

Ils échangèrent un regard entendu. Les flics sont les témoins quotidiens de la folie humaine, en cela ils sont terriblement seuls. Ces deux-là se comprenaient et cette idée les réchauffa.

Ils laissèrent encore une demi-heure se perdre pour s'assurer que Janine Shapiro n'avait rien oublié et Brolin sortit. Il se pencha vers sa partenaire inattendue :

— Il est bientôt midi, Lucas rentre souvent pour déjeuner, mais le temps qu'il traverse Manhattan et Brooklyn, il ne sera pas là avant un bon treize heures, s'il vient. À moins dix, vous me sonnez. Les clés sont sur le contact, s'il y a un problème vous dégagez, vous ne vous occupez pas de moi, d'accord ?

Annabel acquiesça.

— Fréquence 7, dit-elle en désignant le talkie qui dépassait de la poche de veste de Brolin.

— À tout de suite.

Il se fendit d'un sourire amical que la jeune femme apprécia à sa juste valeur, et il traversa la rue au pas de charge.

Le compte à rebours commençait.

27

Brolin avait déjà établi son plan d'attaque quand il s'approcha de la bâtisse qui semblait trapue vue de côté. Il enfila ses gants de cuir mais laissa l'oreillette dans sa poche, avec le talkie-walkie. Grâce au rideau de neige, il doutait qu'on pût le voir, mais il préférait ne pas attirer l'attention avec un détail anodin. Il dépassa la maison et s'engagea dans le sentier qui serpentait entre les clôtures du terrain vague. Après cinquante mètres, il s'arrêta dans ce désert d'épaves. La rumeur de la circulation lui parvenait étouffée, il régnait un calme déplaisant ici, un manque de bruit et de vie. Brolin vérifia qu'il n'était visible ni de la rue ni du parking du supermarché et se jeta sur la clôture de droite. Il tira sur les muscles de ses bras et de ses cuisses pour la franchir sans difficulté. Il marcha ensuite en sens inverse, prenant soin de regarder où il posait les pieds dans ce conglomérat nauséabond, sa crainte se trouva justifiée quand il remarqua une seringue plantée dans la terre. Il rejoignit le lieu de résidence des Shapiro, et monta sur un amas de caisses pourries pour repasser la grille. Il aurait économisé cinq minutes et des efforts en passant par la contre-allée sur le côté de l'habitation, mais cela l'aurait rendu visible de chez les voisins, problème à éviter pour le cas où la police serait amenée à intervenir plus tard : on pourrait se demander qui était le type que l'on avait aperçu dans la matinée.

L'arrière-cour était longue et encombrée de fûts rouges en plastique et de chaînes et crochets tous plus redoutables les uns que les autres. Brolin imaginait les manchettes : « Le tueur avait des crochets de boucher chez lui ! » Un petit hangar de construction récente fermait le fond de la cour, muni d'un énorme système de réfrigération qui ventilait sans répit. Sa lourde porte métallique était fermée par un cadenas. Un rictus pointa sur la bouche du privé. Lui qui n'excellait pas en effraction s'en sortait toujours bien avec les cadenas, c'était le plus facile. Il prit un kit de crochetage dans sa poche intérieure et n'eut aucun mal à l'ouvrir. Il entrebâilla l'ouverture et y glissa la tête.

Des quartiers de bœuf pendaient du plafond ; la pièce était de taille modeste, sans mobilier ou autre accès.

Brolin recula et posa le cadenas sur un jerrican. Il n'y avait rien à glaner ici. Par sûreté il inspecterait mieux le hangar après la maison, au cas où.

Il s'approcha de l'habitation par la porte de derrière et ouvrit la moustiquaire qui grinça affreusement. À l'aide de son kit de crochetage, il s'affaira sur la serrure. À l'image de tout le quartier, celle-ci était simple et passablement usée, elle s'ouvrit en un instant.

Brolin entra prestement pour éviter que la neige ne le suive.

Une fois la porte fermée, le silence lui tomba dessus comme un malaise, pesant.

Il se tenait dans une cuisine sombre. Un carrelage verni de crasse recouvrait une partie des murs, au-dessus de l'évier et sur les plans de travail. Brolin avança, l'humidité de ses semelles fit couiner ses pas sur le lino. *Ça commence bien.*

Le cœur battant la chamade, il sonda longuement la pièce du regard, les meubles en bois foncé, la table zébrée d'écorchures par les centaines de couteaux qui l'avaient caressée. Dans un coin, plusieurs livres de recettes. À côté, un petit entassement de fiches écrites à la main, d'autres recettes, personnelles. Le mur ouest était nu, avec un calendrier Pirelli accroché, ouvert sur le mois de janvier et la fabuleuse poitrine de son effigie. L'index ganté feuilleta les pages, à la recherche d'écriture. Il n'y avait que quelques mentions sans importance : « courses », « R.V. abattoir », « livraison viande »... Brolin passa dans le couloir.

Il ignora l'escalier conduisant au premier, et entra dans le salon. Son coude heurta le renflement de sa poche.

— Merde, Annabel.

Il s'empara du talkie, régla la fréquence 7 et disposa le micro et l'oreillette.

« Annabel, vous m'entendez ? »

Un chuintement désagréable, puis la voix de la jeune femme :

« Oui, qu'est-ce que vous faisiez ? »

« Rien, je suis entré. Je visite le rez-de-chaussée, tout va bien. »

Il s'enfonça un peu plus dans la pièce centrale de la maison. Là aussi la luminosité grise du dehors n'irradiait pas assez, d'autant que d'épais rideaux en absorbaient une partie. Il flottait une odeur capiteuse, moins pénétrante que de l'encens, plutôt quelque chose d'inhérent aux murs, un embrun de lavande songea Brolin, comme des sachets à linge qu'on dispose dans les armoires. Le lino avait cédé la place à une moquette bon marché, tant et tant écrasée qu'elle ressemblait au poil d'un chien malade. Du lambris rendu noir par l'absence de soleil enfermait la pièce du sol au plafond.

Brolin se munit de son crayon lumineux et arrosa les lieux, zone après zone. Le diamètre d'éclairage était trop petit et après une minute, il avait le nez rivé aux détails qu'il examinait. Le sofa était recouvert d'un drap bleu, tout froissé. La télécommande de la télé y était coincée entre deux plis. Une pile de magazines automobiles sous la table basse.

Dis-moi comment tu vis, Lucas, montre-moi ton quotidien. À quoi tu penses le soir après le boulot ? Aux bagnoles ? Va faire croire ça à d'autres. Aux filles ? C'est ça, hein ? Aux filles. Mais toi, tu n'y rêves pas comme les autres, pas vrai ? Pas comme le petit binoclard du voisin, tu ne te paluches pas dans les chiottes devant Penthouse, toi c'est les photos que tu as prises qui te font monter, c'est ça ? Celles où on voit tous ces gens crier, là où tu leur fais peur, c'est ce pouvoir qui te plaît, c'est la domination, la maîtrise absolue pour la jouissance totale, la vraie, l'unique parce que enfin entièrement tournée vers toi, 100 % égoïste. Ta *jouissance,* ton *pouvoir sur l'autre. Rien que toi et les cris de ton plaisir.*

Il continua, pas à pas, crevant les poches de ténèbres de son œil de lumière, les unes après les autres, sans relâche, infatigable. Il n'y avait aucune plante verte, elles n'auraient pas supporté la pénombre. Près du fond, entre une table à repasser, rangée contre une armoire, et un vaisselier, se trouvait une machine à coudre. Un modèle ancien qui devait encore fonctionner à en voir le tas de tissus dans une corbeille en plastique.

Lucas exploitait sa sœur autant que possible, il devait la faire travailler sans cesse, pour qu'elle soit asservie, qu'elle n'ait pas le temps de le remettre en question. Brolin réalisa alors qu'il n'avait pas vu la moindre photo depuis qu'il était là. Pas de décoration non plus, hormis le calendrier Pirelli, si on pouvait appeler cela de la décoration.

Il vérifia une dernière fois autour de lui et retourna dans le couloir. Les trois dernières portes conduisaient respectivement à l'escalier du sous-sol, à un débarras et à des toilettes. Brolin fouilla les deux derniers sans grand espoir et braqua sa lampe vers les marches et la bouche béante de la cave.

Si Shapiro se conduisait comme beaucoup de tueurs en série, il devait s'être aménagé un petit cachot personnel, pour y loger son harem d'esclaves sexuels. Et c'était à l'abri des fenêtres qu'il avait de grandes chances de se trouver. Brolin scruta le néant absolu qui l'attendait. Les premières marches étaient en bois, les suivantes invisibles dans la nuit du sous-sol.

Il devait descendre.

Annabel était nerveuse. Elle jouait des percussions

avec ses doigts sur le tableau de bord, sans harmonie, uniquement pour libérer son stress. De temps à autre elle donnait un coup d'essuie-glace pour évacuer la neige qui s'accumulait, et consacrait tout son temps à inspecter les trois rues d'où pouvait surgir le danger. A priori, ils ne craignaient rien avant un bon moment bien qu'il fût risqué de miser sur des habitudes. Il suffisait d'un petit imprévu pour que la camionnette de Lucas Shapiro surgisse dans le rétroviseur.

Annabel vérifia l'heure. 12 : 31. Il restait une demi-heure avant l'arrivée possible du tueur.

Tueur présumé, corrigea-t-elle.

Brolin ne donnait pas signe de vie mais elle décida de ne pas l'importuner, il se concentrait sûrement sur sa tâche.

Un mauvais pressentiment la taraudait depuis qu'il était parti. Le genre d'idioties qui vous dit que tout va foirer, qu'il faut fuir en vitesse, le genre de bêtises qu'il ne faut pas écouter, se répétait Annabel. *C'est ton esprit, tu as peur alors tu te construis des prétextes pour t'en aller plus vite. Et c'est tout sauf le moment d'écouter tes humeurs. Ah, et les rétros, surveille un peu plus les rétros.*

Elle batailla ferme pendant encore cinq minutes avant de capituler devant l'une de ses idées fixes. Elle passa du côté conducteur et mit le contact. Elle avait repéré une place parfaite, juste en face de chez Shapiro, comme ça, s'il y avait le moindre pépin, la voiture serait plus facile à atteindre pour Brolin.

Annabel déplaça la vieille Oldsmobile, elle la gara dans l'autre sens, prête à partir.

Elle regarda de nouveau sa montre.

12 : 40.

Le sous-sol était une décharge infecte, tout s'y entassait sans ordre, dans des sacs-poubelles poussiéreux, il aurait fallu un week-end entier pour les inspecter tous. Brolin avait fait le tour, frappant contre les murs à la recherche d'un son creux, déplaçant les rares meubles en s'attendant à trouver une trappe. Rien du tout. Près de la chaudière, on avait monté un mur en parpaings de placoplâtre, comme pour aménager un réduit. L'ouverture était bouchée par une toile cirée rouge que Brolin écarta dans un bruit de sparadrap que l'on décolle.

L'auréole jaune de sa petite lampe creusa un trou dans la viscosité impalpable du réduit.

À peine deux mètres sur deux, des étagères pleines de flacons en plastique, des boîtes en carton...

Quelque chose frôla son crâne.

Un froissement, à la manière d'un insecte qui déploie ses pattes entre les cheveux d'un homme.

Brolin s'écarta brusquement et braqua son faisceau sur une corde de nylon et sur la pince à linge qui l'avait chatouillé.

Il revit les noms sur les bouteilles et les boîtes. Kodak, Agfa, machine de développement Konica, évier, cuves pour révélateur. C'était un laboratoire artisanal pour développer des photos. Brolin actionna l'interrupteur et l'ampoule rouge du plafond projeta son halo sanguin. C'était bien ça. La frénésie électrique de ses synapses survoltées descendit dans tout son corps tandis qu'il ouvrait les pochettes et qu'il déballait leur contenu sur les carreaux de céramique. Le papier était encore vierge.

Il rangea tout et remonta avec un pincement au cœur. Il n'y avait aucune trace de séquestration, aucune preuve contre Lucas. Il avait compté là-dessus pour se rassurer, il était à présent inquiet. Si la piste Shapiro ne donnait rien, l'espoir d'apprendre ce qu'était devenue la petite Rachel Faulet deviendrait quasi nul. Il avait joué de chance tout autant que de talent jusqu'à présent, ne pas concrétiser ici reviendrait à n'avoir rien fait depuis le début.

Il fallait s'activer, l'heure tournait, la demie était passée.

Brolin monta au premier étage. De nouveau, moquette rongée jusqu'à la trame sur le sol et cette fois-ci tissu mauve sur les murs. Il longea la rambarde de l'escalier en s'étonnant de ne toujours pas trouver de décoration, un cadre ou un poster, surtout pour quelqu'un qui disposait de son propre labo de photo. La première porte donnait sur une chambre tout en longueur. L'unique fenêtre protégée par des barreaux était encombrée d'autocollants craquelés datant d'une dizaine d'années, représentant des stars du basket : Dominique Wilkins, Patrick Ewing ou encore Karl Malone. Brolin entra et fit un tour rapide. Difficile de dire s'il s'agissait de la chambre de Lucas ou de Janine. Pas de livres, pas de magazines, juste un lit, une armoire dont l'un des pieds était constitué de briques et une commode minuscule. À y regarder de plus près, le lit n'était même pas fait, rien qu'une couverture sur le matelas taché.

L'armoire était vide aussi. Le détective palpa les murs sans résultat.

Il passa cinq minutes supplémentaires dans la salle de bains sans rien découvrir d'original si ce n'est du spermicide. Il s'interrogea sur son usage, il doutait que Lucas laissât sa sœur fréquenter des hommes, il devait être l'unique référence masculine, sans concurrence possible. À moins qu'il ne se trompât complètement sur leur rapport de force.

Brolin entra dans la dernière pièce, la plus grande de l'étage. Des vêtements d'homme étaient entassés sur une chaise devant des planches clouées aux murs sur lesquelles étaient pliés d'autres habits, d'homme et de femme. En face : un lit double, draps défaits. L'unique lit utilisé de la maison à vrai dire.

Brolin secoua la tête doucement.

Ils dorment ensemble.

Plusieurs chaussettes traînaient par terre avec une paire de collants et des chaussures de femme.

Brolin sursauta lorsque les grésillements précédèrent les mots d'Annabel dans son oreillette : « Douze heures quarante-cinq. Ne traînez pas, le temps passe. Tout va bien ? »

« Oui, j'ai presque fini », chuchota-t-il.

Derrière la porte, il aperçut un bureau avec plusieurs chemises en carton, quelques ouvrages et beaucoup de feuilles volantes. Il entreprit de les parcourir en vitesse. L'ensemble concernait l'achat de quartiers de bœuf, des reventes, des livraisons dans la région. Des livres sur l'art du commerce ou comment faire progresser son entreprise. Caché sous un tas de papiers, Brolin trouva un agenda épais, le fermoir était sur le point de céder tant les publicités et les Post-it s'étaient accumulés dedans. Il le consulta, en commençant par la semaine en cours.

« Brolin, il est temps de sortir, il est une heure moins dix. Vous m'entendez ? »

Le privé ne répondit pas et tourna les pages. La semaine précédente. Il se dépêcha. Le mois de décembre. Novembre. Octobre.

« Brolin, il faut se tirer, Lucas ne va plus tarder. »

L'intéressé ignora le message bourdonnant et reposa l'agenda. Il mourait d'envie de le subtiliser, avec du temps il pourrait sûrement le décortiquer et y trouver des éléments importants. Mais Shapiro serait sur ses gardes, c'était mauvais.

Le détective privé pesta et se mit à genoux pour voir sous le lit. Il distingua une boîte à chaussures et une forme noire plus plate. Il les tira à la lumière grise de la pièce, c'était un magnétophone. Il secoua la boîte à chaussures et l'ouvrit. Des cassettes, numérotées de 1 à 10... 14... à 16. Il prit la première et l'enclencha dans le magnétophone puis pressa *play*.

Une femme gémissait.

Une montée en force graduelle, entrecoupée de spasmes, elle reprenait sa respiration en plusieurs fois, et de nouveau sa voix s'élevait vers un paroxysme imminent.

De douleur.

Ses gémissements étaient ceux du supplice. D'un coup, les cris crescendo moururent. Silence.

Les grésillements de l'enregistrement de mauvaise qualité.

Un tintement métallique.

Et la voix noyée de sanglots, de terreur et probablement d'un peu de sang, au bord de la rupture définitive :

« *Je vous en priiiiiiiiie... Non, non, non, ne faites pas ça, oh non, pitié, non, non, non...* »

Et un hurlement si puissant qu'il en devint inaudible satura la petite enceinte acoustique, un hurlement insupportable qui fit trembler les carreaux, rebondissant dans le couloir, dans les marches pour faire écho au rez-de-chaussée. Puis des cris entremêlés de pleurs et de spasmes. Tout en laissant la bande tourner, Brolin se redressa.

Pourquoi tu conserves ça sous ton lit, Lucas ? C'est risqué, tu crois pas ? Alors pourquoi, toi qui es si prudent ?

Un rictus amer tordit la bouche du privé face à l'évidence.

Tu gardes ça ici pour les avoir à portée de main à tout moment, quand tu es au lit, avec ta sœur... C'est ça, hein ? Tu mets les enregistrements quand tu es avec elle et que tu lui fais l'amour ?

Il contempla ces draps souillés sans dégoût, il avait dépassé ce stade depuis longtemps. Puis il s'en prit aux vêtements sur les étagères, les palpant pour s'assurer que rien n'y était dissimulé.

« Merde, Brolin, sortez immédiatement, il est une heure, vous entendez ? Lucas peut arriver d'un instant à l'autre ! »

Cette fois Brolin répondit, aussi bas que possible comme s'il avait peur d'être entendu dans une pièce voisine : « J'arrive, donnez-moi deux minutes. »

« Nous n'avons pas deux minutes, il pourrait surgir dans la seconde ! »

« Ça ne prendra pas longtemps. »

À peine avait-il fini sa phrase qu'un nouveau hurlement secoua le sol depuis le petit lecteur portatif. Par sécurité, il avait éteint son micro pour ne pas alarmer Annabel.

Il souleva le matelas pour vérifier qu'aucun dossier

ou photo n'y était glissé et termina en donnant de petits coups dans le mur avec le manche de son crayon lumineux. Après un tiers de la paroi, il rencontra un bruit anormal. Un son mou et tintant au lieu d'être dur et sec. Il recommença dessus puis à côté. Aucun doute. Il y avait quelque chose sous le tissu. Il palpa l'ensemble en descendant et sentit sous ses doigts une baguette métallique au niveau du sol. Il réitéra l'opération vers le haut et trouva la même chose au plafond, parallèle à la première.

Brolin recula d'un pas et examina ce qu'il avait sous les yeux pendant que les hurlements de souffrance se déversaient en flots discontinus.

Il remarqua alors les deux plis qui couraient verticalement sur toute la hauteur du tissu. Au premier abord, ça n'était pas aveuglant, le tissu n'était tendu nulle part et les plis saillaient de partout, faisant ressembler la chambre à une boîte veinée, à la différence près que ces deux plis-là était parfaitement droits et sur toute la hauteur depuis la moquette jusqu'au plafond. Brolin tira un peu dessus, dans un sens, puis dans l'autre.

Le pan de mur coulissa.

C'était comme un rideau recouvrant la paroi, qui se superposait au reste de la décoration murale, glissant sur un rail en cliquetant.

Telle une araignée avec les multiples facettes de ses yeux noirs, des regards insondables figèrent Brolin. L'abysse de leur terreur aspirait tout, il avalait goulûment l'imprudent curieux qui se hasardait à les contempler.

Les photos étaient scotchées au mur, plusieurs dizaines.

Brolin se força à respirer calmement pour faire descendre son rythme cardiaque.

L'horloge du tableau de bord indiquait 13 : 06.

Ils avaient largement dépassé leur marge de sécurité. Annabel se mordait à présent les lèvres. *Qu'est-ce que tu fous, Brolin ?*

Il ne parlait plus dans le talkie, elle l'imaginait trop concentré pour répondre. Elle reporta son attention sur le cadran à quartz, elle ne pouvait plus s'en détacher. Il y avait danger.

Merde, merde, merde.

Annabel mit ses gants, ferma son bombardier et d'un bond, elle ouvrit la portière pour se précipiter dehors. Ils ne pouvaient plus attendre, Shapiro allait arriver, c'était imminent.

Elle vissa sa casquette sur son crâne et courut à toute allure sur le trottoir d'en face puis s'enfonça dans la contre-allée. *Tant pis pour la discrétion.*

L'arrière-cour était aussi triste qu'un centre industriel abandonné, et aussi bien entretenue. La jeune femme vit la porte de derrière de la maison et surtout celle du hangar, entrouverte.

Logique. Brolin a commencé par la maison, le plus important, et il termine par là maintenant.

Elle remarqua le cadenas posé sur le jerrican, se conforta dans son idée et entra. Ses Timberland de randonnée résonnèrent sur les plaques de grosse tôle du sol.

— Brolin ? murmura-t-elle.

Plusieurs pièces de viande stagnaient dans l'atmosphère polaire, des crochets en acier inoxydable les perforant au sommet. Annabel avança mais la porte ne tenait pas en équilibre, elle se referma aux trois quarts et la luminosité baissa d'un coup. Il faisait presque noir même, un couloir blanc se profilant par l'entrebâillement.

— Brolin ? répéta Annabel un peu plus fort.

Pourquoi resterait-il dans le noir ? Elle allait faire demi-tour mais s'en garda instinctivement. Elle trouva un interrupteur et alluma le hangar. Les néons crépitèrent en émettant leurs flashs étincelants contre le plafond. Rivées aux poutrelles métalliques, les dents-de-loup se courbaient comme une succession de mâchoires redoutables. Quelques-unes étaient occupées à tenir la boucle d'un crochet, les autres affûtaient leurs pointes dans le froid. La température ne gelait pas l'odeur âcre qui régnait là, au contraire, elle la cristallisait, elle la distillait en parfait équilibre à travers toute la pièce. Ça sentait la chair morte, un parfum tenace, qui pique le nez.

Annabel marcha entre les énormes carcasses rouges et finit par s'accroupir pour voir par-dessous. Personne.

Sur sa gauche, le bourdonnement du système de réfrigération tournait à plein régime. Si une voiture arrivait dans la cour, elle ne l'entendrait même pas.

Où donc était-il ?

Elle saisit son col de veste et l'approcha de sa bouche pour parler dans le micro, murmurant presque.

— Brolin, vous m'entendez ? Où êtes-vous ? Il faut se tirer d'ici en vitesse. Je suis dans le hangar à votre recherche, si vous m'entendez, je retourne à la voiture, c'est compris ?

Le son d'une voix mangée par le statique la crispa. Les parasites rendaient la phrase incompréhensible. La structure du hangar, pensa-t-elle. Et le super matériel de la police de New York.

— Je sors, conclut-elle.

Elle se tourna pour faire face à la porte d'entrée.

Et s'arrêta dès le premier pas.

Prise d'un doute étrange, elle étudia la distance qui la séparait de la sortie et se tourna pour voir le mur du fond. Le hangar lui avait paru plus grand de dehors. Beaucoup plus grand.

Elle retourna vers la paroi opposée à la porte et la longea. Elle ne tarda pas à constater qu'il y avait des traces noires en arc de cercle sur la tôle du sol. Les panneaux métalliques qui couvraient les murs et maintenaient la température basse étaient longs de deux mètres, ce qui correspondait à l'amplitude de la marque sur le sol. Annabel trouva le mécanisme d'ouverture dans l'angle : une petite molette qu'elle actionna. Lucas Shapiro était bricoleur, mais ça n'était pas non plus un architecte de génie, il avait conçu son installation pour être discrète, pas introuvable.

Le panneau s'ouvrit silencieusement.

Derrière, l'obscurité flottait en seul maître.

Annabel entra tout en restant dans le nuage de lumière qui filtrait depuis le plafond dans son dos. Sur le côté, posés sur une étagère, se trouvaient des tubes lumineux Cyalume. Elle en prit un, déchira l'emballage en plastique et craqua le néon chimique qui se mit à briller d'une lueur parfaitement bleue. Ainsi parée, Annabel ressemblait à un chevalier Jedi équipé de son minuscule sabre laser. La comparaison lui arracha un sourire qui mourut aussitôt.

Elle leva le tube et nimba la pièce secrète d'une brume saphir.

Il jaillit soudain devant elle. Un visage horrible, déformé par un cri silencieux.

À seulement dix centimètres de ces yeux globuleux, elle hurla.

La mâchoire décrochée, le cadavre qui la fixait en fit autant.

***

Brolin compta soixante-sept photos.

Mais il manquait celle de Julía Claudio, la dernière victime de Spencer Lynch, la jeune femme qui était à l'hôpital. Or cette photo se trouvait chez le premier tueur. Il y en avait donc une de plus ici.

Le rideau coulissant dissimulait un bon mètre de mur dont la majeure partie disparaissait sous les clichés macabres. Au-dessus, on avait tenté d'effacer un schéma écrit à l'encre noire. Brolin monta sur la chaise du bureau pour pouvoir déchiffrer l'écriture qui transparaissait vaguement, comme sur une feuille immergée dans l'eau. Les premiers mots étaient :

CALIBAN

Dominus noster

Il n'eut pas besoin d'aller beaucoup plus loin pour reconnaître l'espèce de psaume dont lui avait parlé Annabel. *Caliban dominus noster...* Voilà ce qui était écrit. Rien de nouveau. En revanche, à côté, étaient punaisées deux feuilles de papier. La première contenait une liste de noms, tous féminins. Le chiffre seize était inscrit en gros, après un quinze barré, un quatorze barré et ainsi de suite depuis huit. *Le décompte de ses victimes. Il les compte, il cherche à accumuler.*

Dans son dos, la bande enregistrée continuait à injecter plus d'horreur dans l'atmosphère. À présent, la fille ne parvenait plus à respirer normalement tant la douleur était forte. C'était un mélange de cris d'agonie, d'inspirations noyées et de spasmes, par moments cela ressemblait à un accouchement qui tournerait mal, très mal.

Brolin avala sa salive et posa un index ganté sur l'autre feuille, la même écriture pattes de mouche que sur les feuilles du bureau, celle de Lucas. Le mot TEMPLE y figurait en capitales, suivi d'une flèche vers les initiales I.dW. et un point d'interrogation. Au-dessous la phrase : « 3 000 $/6 mois. Prévoir ensuite matériel. »

La secte s'était trouvé un lieu de culte.

En minuscules, avec ses lettres d'enfant, Lucas avait tracé un schéma au-dessous.

Lucas Spencer

BOB

Caliban

Car Caliban est notre philosophie

La confirmation qu'ils étaient trois membres en

tout, comme les photos le laissaient supposer. « La présence de Bob au milieu n'est pas aléatoire, songea Brolin, il est le leader. »

Il imagina à quel genre de cérémonie ils pouvaient bien se livrer et chassa aussi vite ces images écœurantes. Il n'avait plus le temps, il fallait faire vite.

Dans son oreille surgit un crépitement suivi d'un brouhaha inintelligible. Ce devait être Annabel mais il ne la captait pas.

— J'ai trouvé quelque chose, j'arrive tout de suite, prévint-il sans savoir si elle le recevait.

Il contempla une dernière fois le mur dissimulé.

I.dW.

Ça lui disait quelque chose, il l'avait déjà vu ailleurs.

L'agenda!

Il tourna les pages frénétiquement. Janvier. Non. Il dérapa sur sa montre. 13 :15. La *dead zone* était dépassée de beaucoup.

Rien non plus à décembre. Mais à la date du 20 novembre il y avait les initiales I.dW. entourées en rouge avec la mention : « 16 h, 451 Bond St. Discret, pose pas question si cash. »

Bingo!

Brolin sortit son carnet de notes et griffonna l'adresse en vitesse. Il fallait filer sans plus attendre, Lucas risquait de débarquer, s'il n'était pas déjà garé devant la maison.

C'est peut-être ça qu'Annabel a voulu te dire?

Une sueur froide lui coula sur le front puis le long de la colonne vertébrale. *Tire-toi!*

Tant pis pour le hangar, il ne pouvait plus se permettre, il devait courir loin et vite. Il se dépêcha d'éteindre le magnétophone et, avec le retour du silence, Brolin réalisa à quel point la bande le crispait. C'était plus fort que lui, il avait fallu qu'il écoute, qu'il s'immerge dans ce chaos pour pouvoir le comprendre un peu mieux. Il remit tout en place sous le lit avec des gestes méticuleux.

Ensuite il fit coulisser le rideau en sens inverse, remit la chaise à sa place et fonça vers l'escalier.

Ses dents luisaient faiblement dans la lumière bleue.

Annabel bondit en arrière. La fille qui la fixait était plantée sur un crochet, les pieds dans le vide. Son masque mortuaire était insoutenable, figé dans la douleur de son ultime souffle. L'espace d'une seconde, Annabel avait cru l'entendre hurler avec elle. Son imagination et la peur.

Annabel sentait son cœur battre si fort qu'il lui martelait les tempes, l'assourdissant complètement. « Cette fille est morte, se dit-elle, reprends-toi, c'est pas le premier cadavre que tu vois. »

Celui-ci était particulièrement effrayant.

La jeune détective parvint à surmonter son dégoût et approcha le tube lumineux du corps. La peau laiteuse surgit du néant.

Les différents liquides qui avaient coulé entre ses jambes depuis son sexe avaient gelé, laissant des cicatrices de cristal coloré. Annabel comprit aussitôt ce qu'était la plaque noire sur le sol, cette espèce de tache qui réfléchissait le halo céruléen de sa lumière. C'était le sang de la fille. Elle était morte comme ça, empalée par le dos sur un crochet, violée et abandonnée ici. Elle était morte de froid, ou en perdant trop de sang.

La détective se sermonna pour garder son sang-froid et contourna le cadavre. Le tube Cyalume n'éclairait pas beaucoup, et le bleu n'était pas très inquisiteur, elle devait être au plus près pour discerner quelque chose. Plusieurs lames tranchantes étaient disposées sur un atelier à côté de menottes, de tendeurs et de cordes. Comble du comble, Lucas Shapiro avait installé ici une caisse isolante pour ne pas contaminer son matériel par un froid trop intense. Dedans se trouvait un appareil servant à tatouer — l'équipement de base que l'on pouvait se procurer par correspondance dans n'importe quelle revue sur le tatouage —, un chalumeau avec sa réserve de gaz, du chloroforme et un Colt 45 avec une boîte de balles. Tout était là. De quoi expédier Shapiro sur la chaise électrique.

Annabel referma la caisse et fit demi-tour. Elle devait se tirer d'ici sans plus tarder et prévenir ses équipiers. Brolin passerait un coup de téléphone anonyme pour dire qu'il avait vu un type bizarre avec la fille que l'on montrait aux infos depuis hier soir. Il donnerait cette adresse et le tour serait joué.

La porte d'entrée du hangar claqua.

De là où elle se trouvait, Annabel ne pouvait pas la voir.

Pas de panique, c'est un courant d'air.

Sauf qu'il n'y avait pas d'autre ouverture.

Merde. Elle se contraint à souffler pour ne pas paniquer et prit son arme dans son holster. *C'est rien, il n'y a personne. Si ça se trouve c'est Brolin qui a refermé sans savoir que tu étais là.*

Les mots moururent dans son esprit lorsque la lumière se coupa.

Annabel fut plongée aussitôt dans le noir intense ou presque. Son tube lumineux projetait timidement une aura bleue.

Il montrait où elle se trouvait.

28

À travers le souffle bourdonnant de la réfrigération, Annabel n'entendait rien de distinct. Elle perçut le grincement après plusieurs secondes.

Celui de l'acier du crochet sur la viande froide.

C'était loin, près de la porte. Puis un peu sur sa droite, plus près.

Nouveau grincement d'un quartier de bœuf. Ça se rapprochait.

Elle braqua son Beretta devant son visage avec sa main droite et jeta le tube lumineux au loin. Il y avait quelqu'un avec elle, à présent elle en était sûre. Sa respiration s'emballait, elle ne pouvait plus la contrôler. Bientôt ce fut la sueur dans son dos malgré la température.

Une carcasse bougea à trois, quatre mètres. Un grincement horrible, comme du cuir que l'on tord, sauf qu'il s'agissait de chair froide.

Pointant son arme vers le mouvement, Annabel rompit le silence :

— Je sais que vous êtes là ! Si vous avancez d'un pas, j'ouvre le feu.

Ne montre pas ta peur !

Mais sa voix n'avait pas la fermeté qu'elle aurait souhaitée. Elle déglutit et continua :

— Arrêtez-vous et allumez la lumière. Je vous préviens, je n'hésiterai pas à tirer.

Brrrrrrrrrrrrr...

Rien que la ventilation persistante.

Elle perçut qu'on bougeait sur sa gauche cette fois-ci, tout près. Elle ne se posa plus de questions.

Elle appuya sur la détente. La détonation claqua contre les parois métalliques, un hurlement d'acier, de feu et de mort.

La douleur fut fulgurante.

Annabel sentit qu'on venait de lui frapper le bras et elle réalisa qu'elle avait lâché son arme quand un deuxième coup s'écrasa en plein sur sa bouche, lui arrachant un cri noyé de gargouillis. Elle tomba violemment par terre et eut le réflexe de rouler pour s'écarter. Elle entendit les sifflements des coups qui pleuvaient dans l'air. Son assaillant frappait comme un fou, martelant au hasard dans l'espoir de la toucher. Elle hoqueta et avala le sang qui inondait sa bouche de sa lèvre fendue.

Elle rampa sur un mètre de plus et, d'un geste rapide, elle s'empara du tube lumineux qui gisait dans un coin et le jeta devant elle, en direction des coups. Elle le vit rebondir contre une ombre. Son halo suffisait à apercevoir la silhouette de l'agresseur. Celui-ci se tourna vers elle et commença à s'approcher. Profitant de ce qu'elle était hors du périmètre éclairé, Annabel s'écarta en roulant et se redressa. C'était maintenant ou jamais.

Malgré plusieurs années d'auto-défense dans la police et de boxe thaïlandaise, elle avait l'impression de ne plus savoir donner un coup de poing ou de pied. Tous ses membres étaient creux, vidés de force.

BOUGE !

Elle oublia tous ses cours et laissa son corps parler, et les réflexes reprendre le dessus. Elle se déhancha tandis que son buste se penchait en arrière. Toute sa jambe se détendit d'un geste vif, tel un élastique sur le point de se rompre. Son tibia cueillit l'autre de plein fouet, au visage.

L'homme s'effondra en beuglant.

Annabel fit volte-face et courut à l'opposé, le tibia en feu, puis tâtonna à la recherche de son arme. Elle n'y voyait absolument rien. Courir jusqu'à l'interrupteur était risqué, Shapiro — car elle ne doutait pas que ce fût lui — aurait le temps de fouiller le sol à la recherche du Beretta. Sans compter qu'elle pourrait tout aussi bien s'assommer en se cognant contre une des carcasses pendantes. Soudain, elle se souvint du Colt. Deux foulées supplémentaires en aveugle et elle atteignit la caisse. Elle l'ouvrit maladroitement et poussa l'appareil à tatouer pour sentir la crosse du revolver sous sa paume. Elle actionna le barillet et du bout du doigt découvrit avec angoisse qu'il était vide.

Dans son dos, Shapiro crachait en se relevant. Elle pria pour qu'il ne puisse pas la voir dans l'obscurité. Le tube lumineux était entre eux ; au moins, s'il approchait, elle en serait avertie.

Elle trouva la boîte de balles et entreprit d'en enfoncer une, puis une seconde, en sûreté. Plus le temps pour les autres. Elle ferma le barillet dans un déclic trop sonore à son goût et se retourna au moment où elle sentait les vibrations des pas lourds de Shapiro. Il courait.

Elle s'attendait à voir la masse immense surgir devant son nez, au lieu de quoi elle fut éblouie par la porte du hangar qui s'ouvrait sur la clarté du jour.

Ce salopard se tirait.

Elle respira profondément. Elle était vivante. Elle s'en était sortie. La colère prit la place de l'incrédulité et elle serra la crosse de toutes ses forces avant de se lancer à sa poursuite.

Le cœur de Joshua Brolin s'était brusquement emballé lorsqu'il avait découvert la camionnette de Shapiro dans l'arrière-cour. Il traversait la cuisine pour sortir, et n'avait eu que le temps de se jeter sous l'évier. Il n'avait vu personne, mais cela avait été tellement fugitif, Lucas Shapiro pouvait fort bien se tenir à l'écart, ou être sur le point d'entrer dans la maison. S'il le faisait, il comprendrait que quelque chose n'allait pas car Brolin n'avait pas refermé à clé la porte de derrière.

Un coup de tonnerre trop métallique pour être naturel fit sursauter le détective privé.

Il comprit avec une seconde de retard. C'était un coup de feu dans le hangar !

Il releva la tête pour voir dehors.

Tout semblait calme. Immobile.

Lucas Shapiro se jeta hors du hangar, il chargeait comme un running-back de football américain, une vraie machine de guerre. Le temps que Brolin sorte son arme — cette fois il ne l'avait pas laissée dans le coffre de l'hôtel — et qu'il ouvre la porte, Shapiro s'était engouffré dans sa voiture.

Le moteur rugit au moment où Brolin posait le pied à l'extérieur.

Shapiro ne pourrait jamais faire marche arrière assez rapidement pour rejoindre la contre-allée, puis la rue. Il serait sous le feu du détective bien avant.

Le tueur n'enclencha pas la marche arrière, il écrasa la pédale d'accélération et la camionnette bondit en avant. À travers la clôture du terrain vague qu'elle arracha.

Le feu nourri du Glock de Brolin et du Colt d'Annabel, qui venait de sortir, se déchaîna sur les pneus. Après deux coups, la jeune femme jeta son arme vide et se mit à courir sur les traces du fuyard, prenant soin de contourner largement la zone de tir de Brolin.

Surfant sur la neige et surtout sur les aspérités du terrain, la camionnette rebondit à trois reprises, se soulevant dangereusement, jusqu'à ce que le virage soit impossible, elle heurta alors de plein fouet la dalle surélevée du hangar abandonné. La tôle froissée et le verre brisé percèrent l'atmosphère ouatée de la neige et le moteur se tut.

Annabel était à mi-chemin, elle aperçut la silhouette impressionnante de Lucas Shapiro qui se penchait vers la boîte à gants pour y saisir quelque chose et s'extraire de son véhicule par l'avant, là où le pare-brise avait explosé, afin d'éviter la ligne de mire de Brolin. Elle se maudit d'avoir laissé son arme dans le hangar, mais le temps lui avait manqué pour la récupérer. L'homme se lança en avant, le chrome envoûtant d'un revolver à la main.

Il est armé !

Shapiro continua de traverser le terrain à toute

vitesse. Il atteignit la grille, un nuage de buée gigantesque s'échappant en rythme de sa bouche. Il se tourna et tira plusieurs fois. Il visait vers Brolin qui courait à sa suite, mais il aperçut Annabel du coin de l'œil et tourna de quelques degrés le canon de son arme qui cracha la mort.

La jeune femme se laissa tomber en avant.

Elle planait littéralement lorsque l'énergie d'un projectile lui brûla l'épaule, le sifflement de la balle vrilla ses tympans.

Elle s'effondra dans un tas de détritus. Instinctivement elle porta la main à son épaule. Elle ressentit une brûlure mais la balle n'avait fait qu'effleurer son blouson, déchirant à peine le cuir à la manière d'une lame de rasoir. Elle ne saignait même pas. Ses oreilles sifflaient encore. Elle se redressa tout doucement pour constater que Shapiro avait déjà franchi la grille et courait dans l'allée conduisant au parking du supermarché. Il bifurqua et disparut derrière une palissade.

Merde !

Sans son arme, elle était impuissante face à un type comme lui. Sur sa gauche, elle perçut les claquements de la clôture et vit Brolin qui passait par-dessus pour s'élancer à la poursuite du tueur. Elle jura de nouveau et fit demi-tour pour récupérer son Beretta dans le hangar.

Brolin étendit ses foulées le plus possible, il ouvrit la bouche en grand, manquant déjà d'oxygène. Il s'appliqua à respirer par le ventre et non par la poitrine.

Shapiro courait vite et il avait une bonne avance.

Quand le privé surgit sur le parking, il remercia sa

bonne étoile que celui-ci soit désert, une prise d'otage était la dernière chose qu'il souhaitait. Il essaya de baisser au plus bas son centre de gravité, prit un appui extérieur et cassa sa course sur la gauche en tentant de perdre le moins de vitesse possible. Il poussa ensuite de toutes ses forces sur les muscles de ses cuisses.

Les deux hommes bondirent dans une ruelle, puis une autre avant de dévaler une sente étroite qui longeait une voie de chemin de fer industrielle.

Dans sa vision brouillée par l'effort, Brolin ne voyait plus distinctement Shapiro.

Tout le paysage tremblait, une effroyable secousse sismique.

Ses poumons imbibés de gaz carbonique se dilataient et se contractaient sérieusement, incandescents, menaçant de s'embraser. Brolin banda son corps en avant, poussant encore plus sur ses réserves.

Ses jambes disparurent sous la douleur.

Son souffle se chargea des vapeurs du vertige.

Les fourmillements ondoyaient à présent jusque dans ses bras. Tout son ventre se creusa, comme si une grenade déchiquetait ses entrailles.

La silhouette de Shapiro ondulait dans sa vision trouble, elle se rapprochait.

Il fallait tenir encore un peu. Mais Brolin était sur le point de s'effondrer et de vomir.

Le dernier coup de reins brûla sa gorge, et tout son intérieur s'enflamma. Il n'eut que la force de braquer son arme devant lui.

Le paysage se mit à tournoyer comme si sa tête était projetée dans tous les sens. Brolin ne pressa pas la détente et ralentit sa course.

Les soubresauts de sa respiration fuyante l'empêchaient de viser, aussi il tira en l'air. Il aurait voulu hurler à Shapiro de ne plus bouger, mais il n'en avait plus les moyens, il ne pouvait même plus parler.

En entendant la détonation, Shapiro tomba sur le côté, dans l'herbe où il roula sur cinq mètres. Il n'avait plus la force de poursuivre non plus. Moins préoccupé par la prudence que son chasseur, il fit feu à trois reprises, en visant vaguement dans la direction de Brolin. Celui-ci s'accroupit derrière un arbre, la respiration sifflante, et baissa la tête. Il se retourna pour découvrir que Shapiro avait dévalé la petite pente et longeait un train de marchandises à l'arrêt. Heureusement, le convoi ne risquait pas de partir à l'improviste, il était immobilisé là depuis longtemps parce qu'un de ses wagons avait déraillé.

Brolin jaillit de son abri et descendit la pente à son tour.

Shapiro s'arrêta d'un coup et tira une fois avant de se mettre à couvert entre deux wagons. La balle projeta des cailloux dans tous les sens à trente centimètres de Brolin.

Le privé posa un genou à terre et parvint à retenir sa respiration le temps d'ajuster son tir. Il visa entre les deux wagons. Cinq projectiles cinglèrent leurs parois en produisant une myriade d'étincelles.

Le silence revint s'installer dans la tranchée des rails. L'écho des coups de feu était déjà loin devant et derrière. Brolin resta là, à guetter le moindre mouvement de Shapiro, prêt à tirer. Il fit rapidement le point. Son Glock avait une capacité de quinze balles, il décompta ses tirs. Il devait lui en rester quatre normalement.

Cela faisait presque une minute qu'il attendait ainsi

lorsqu'il remarqua la tache noire qui grandissait sur la neige, entre les deux wagons.

« Les ricochets, comprit Brolin. Mes balles ont ricoché avant de le toucher. »

Il se leva et s'approcha en trottinant, l'arme braquée devant lui. Quand il parvint au niveau fatidique, il se prépara mentalement, et bondit en avant, le museau du Glock pointé sur la zone dangereuse.

Shapiro était là. Son arme aussi.

Le canon noir tendu vers la tête de Brolin.

Annabel était à bout de souffle. Elle avait suivi les deux hommes avec une certaine distance pour finalement les perdre en tournant la quatrième fois. Ils pouvaient être n'importe où dans un périmètre réduit, quelque part entre ces arbres qui bordaient le sentier. Si elle tombait sur Brolin, tout irait bien, mais si c'était Shapiro qui la repérait en premier, elle se ferait descendre comme une vulgaire cible de foire. C'est pourquoi elle avançait pas à pas, guettant tout signe de vie.

Plusieurs coups de feu successifs firent trembler l'air alentour, c'était proche. Cette fois, elle se remit à courir, tout droit. Les traces de pas dans la neige étaient trop nombreuses et confuses pour qu'elle sache qui les avait faites. Lorsqu'elle en découvrit deux qui s'écartaient vers un fossé, elle n'hésita pas une seconde. Plus bas, un train de marchandises patientait dans l'attente de dépannage depuis certainement plusieurs semaines.

Il y eut une dernière détonation.

Double.

Juste sur sa droite, à cinquante mètres.

Elle vit Brolin s'effondrer.

Son corps contracté heurta le sol, il tenait toujours son arme devant lui, visant entre deux wagons. Un voile de fumée s'en échappait.

Annabel puisa dans ses dernières forces pour le rejoindre en sprintant et elle comprit ce qui s'était passé en posant les genoux à terre, aux côtés du détective privé. Les deux hommes s'étaient fait face, chacun mettant l'autre en joue, ils avaient tous deux tiré.

Elle se précipita sur Brolin. Le sang maculait le côté de sa tête. Elle pressa ses deux mains sur la blessure et eut l'idée d'ôter sa casquette de base-ball pour en faire un tampon. Puis elle tourna la tête dans la direction qu'indiquait encore l'arme tremblante du privé.

Shapiro gisait renversé sur la tête d'attelage. Du sang coulait dans la neige depuis sa cuisse et son torse. Sa bouche était grande ouverte, ses dents brillaient doucement.

Un flocon se déposa sur sa pupille inerte.

29

Brolin écarta la compresse improvisée. Sa blessure n'était que superficielle, la balle avait à peine entaillé le bout de la joue pour lui arracher le lobe de l'oreille. Ça n'était pas très beau à voir bien qu'il n'y eût pas besoin de point de suture.

— Il faut se tirer d'ici tout de suite, fut son seul commentaire.

— Restez allongé, je vais appeler mes collègues et...

Il planta ses yeux pétillants d'adrénaline dans les siens.

— Annabel, vous savez ce qu'on vient de faire ? Je suis entré par effraction chez Shapiro ; même si c'était pour trouver des preuves de sa culpabilité, un tribunal ne retiendra qu'une seule chose : je n'avais pas le droit d'être chez lui et c'est ça qui a déclenché son hostilité. Ils n'auront plus qu'à dire qu'il est mort par ma faute.

Et d'une certaine manière c'était vrai. Pourtant, l'esprit de Joshua Brolin n'était plus asservi à la pesanteur de sa conscience depuis qu'il s'était détaché du système ; il avait compris que la conscience n'était que l'instrument vicieux de ceux qui gouvernaient le monde et en érigeaient les lois et les religions. La mort de Shapiro ne pesait dans sa balance personnelle pas plus qu'une plume. À dire vrai, il ne l'avait pas souhaitée, mais n'en éprouvait aucun regret.

— On ne peut p...

— Tout ce qu'on trouvera sera déclaré irrecevable dans ces circonstances si vous et moi sommes sur les lieux. Faites comme vous l'entendez, moi je ne reste pas.

Elle l'observa se relever et courir pour ramasser les douilles qu'il avait semées sur son chemin.

Assise dans sa cuisine, Annabel avait les yeux fermés au-dessus de sa tasse. La vapeur du thé brûlant montait couvrir son visage d'un litham perlé. Elle n'arrivait pas à y croire. Ils avaient fui la scène d'un crime.

Toute sa carrière pouvait basculer. Sur une décision un peu rapide. Sur un élan. Tout ça pour avoir écouté son instinct, pour avoir fait confiance à Brolin.

Malgré cela, elle n'arrivait pas à lui en vouloir. Cela n'aurait été que déplacer le problème pour ne pas en assumer les responsabilités. Elle avait toujours choisi en son âme et conscience, sans pression. Elle se considérait à juste titre comme une fonceuse, s'attirant des ennuis à chaque fois, et comme si elle était incapable de tirer les leçons de ses erreurs, elle recommençait encore et toujours. Cette fois, c'était l'apothéose.

Brolin apparut sur le seuil, un pansement sur la joue et un autre sur le bas de l'oreille.

— Vous avez désinfecté votre épaule ?

Elle secoua la tête sans ouvrir les yeux.

— La balle ne m'a pas touchée, c'est à peine une brûlure.

Il disparut un instant et revint avec de l'alcool et un tampon de coton. Il tira sur le tissu pour agrandir la déchirure, la bretelle du soutien-gorge apparut. Délicatement, Brolin la fit glisser sur le côté du bras et appliqua la compresse imbibée sur la peau pourpre.

— Vous cacherez ça sous un pull, que vos collègues ne le voient pas.

Ce faisant, il observa la lèvre de la jeune femme.

— C'est un peu enflé, rien de troublant, avec de la chance personne ne vous posera de questions.

Après quelques secondes de silence, Brolin reprit la parole, doucement :

— J'imagine ce que vous ressentez. C'était pourtant la seule chose à faire. Nous avons joué un coup de poker, et la chance a tourné, il fallait en assumer les conséquences. Si ça peut vous rassurer, la police ne remontera pas jusqu'à nous. Les douilles que j'ai pu oublier ne les aideront pas, j'utilise du 9 mm, des balles Federal, ce qu'il y a de plus courant. Nous portions des gants tous les deux, et avec la neige qui tombait, on ne nous aura pas distingués. De toute façon, il n'y avait personne. Soyez certaine que lorsqu'on va trouver son corps, la police va aller chez lui, ils découvriront à coup sûr ce qu'il dissimule et feront le lien avec votre enquête. Ils vont songer à un règlement de comptes entre membres de la secte...

— Comment pouvez-vous être aussi détaché ? s'écria Annabel.

La colère et l'incompréhension s'étaient mélangées d'un coup en un cocktail explosif. Brolin pressa une dernière fois le coton sur la blessure de la jeune femme et le jeta.

— Ça ne vous fait rien tout ça ? continua-t-elle. Vous venez de tuer un homme, un assassin certes, mais c'est une vie ! Et vous avez encore du sang-froid pour penser à cette merde et tout prévoir ?

Brolin recula d'un pas. Il la fixa, sans rien dire, un regard posé, presque effrayant de sérénité. Ils s'affrontèrent iris contre iris, âme contre âme.

Annabel baissa la garde la première, sa colère bue par l'intensité des yeux qui ne la lâchaient pas.

— J'ai longtemps pensé comme vous, expliqua Brolin lentement, d'une voix douce. J'ai été formé par le FBI en étudiant les dossiers des meurtres les plus atroces, on m'a appris à force d'horreur comment se mettre dans la tête d'un meurtrier. Et je me suis montré particulièrement doué. Vivez avec cela en tête toute votre existence, on en reparlera. Et puis un jour vous perdez quelqu'un de proche, et là, vous comprenez à quel point la solitude est un abysse insondable.

Annabel frissonna, elle se sentit affreusement concernée tout à coup. Plus fort que les bribes de sa colère, la compassion s'empara de son être.

— Ces deux dernières années, poursuivit Brolin, j'ai travaillé pour des familles meurtries, avec pour seul but de leur apporter des réponses. À deux reprises ma route a croisé celle de kidnappeurs, de violeurs, et l'un des deux était même un assassin. Et vous savez ce qui a été le plus difficile ? De les livrer à la justice. D'accepter qu'ils soient jugés, d'accepter que la société puisse un jour leur pardonner et les remettre en liberté. J'ai voulu les tuer, et je ne l'ai pas fait. Pas par charité ou autre foutaise, mais parce que je n'en ai pas eu le courage. Alors ce qui s'est passé ce matin, je vais vous dire : ça ne me fait rien. C'était dans le feu de l'action. Mon unique déception est qu'il soit parti avec ses secrets.

Il n'y avait aucune lueur dans son regard, pas de passion, pas d'emportement, un simple constat. Ses lèvres pleines se fermèrent et son visage se décontracta, laissant frémir la beauté froide de son détachement. Une force bouillonnante courait autour de sa silhouette, une puissance hypnotique qui ressemblait à un courant électrique propageant des éclairs minuscules. Une personnalité calme et réfléchie enveloppée d'une présence volcanique. Annabel tressaillit sous l'impulsion subite de poser une main sur cette peau, de se blottir tout contre, et même, se surprit-elle à penser, de se glisser nue contre lui. D'avoir sa chaleur en elle. La chair de poule remonta le long de ses bras.

Que lui arrivait-il ? Comme il était venu, le désir disparut en un instant. Elle était humaine, de chair et de sang, et malgré tout son amour pour Brady, son instinct avait fugitivement repris le dessus. Plus tard elle allait s'en vouloir pour cet élan étrange, mais n'était-ce pas la faute de cet « insondable abysse de la solitude » dont parlait Brolin ?

Celui-ci tourna les talons et s'en fut dans le salon.

Elle le rejoignit une heure plus tard. Ils contemplèrent les buildings de Manhattan à travers la baie vitrée, dominant en silence l'horizon gris et blanc. C'est elle qui relança le sujet :

— Je sais que vous n'allez pas arrêter. Malgré ce qui s'est passé, vous ne lâcherez pas prise.

Il demeura la bouche close, parfaitement immobile dans le sofa. Au-dessus d'eux, le dôme de verre laissait filtrer une luminosité cristalline, nappé qu'il était d'une pellicule de neige. Elle continua :

— Je vais vous aider. Je vais faire des copies de tout ce que nous avons, vous y aurez accès, vous pourrez utiliser votre méthode. Je veux en échange que vous me teniez au courant de tout ce que vous trouvez, idée ou autre. Je veux qu'on arrête toute la bande, et surtout ce Bob. On marche main dans la main, en confiance.

Elle pivota pour lui faire face.

Il hocha doucement la tête.

— Vous avez ma confiance depuis le premier jour, lâcha-t-il enfin.

Il posa sa main sur celle de la jeune femme, amicalement.

30

La nouvelle tomba en début d'après-midi. On avait trouvé le cadavre d'un homme, dans une zone où des résidants s'étaient plaints de pétards ou de coups de feu. En inspectant chez lui, les officiers de police concernés trouvèrent un autre cadavre, celui d'une femme, dans le hangar. Et des photos cachées ; la cellule spéciale du 78e precinct fut prévenue.

C'est Jack Thayer qui en parla à Annabel. Le type s'appelait Lucas Shapiro, et il se pouvait bien qu'il fût un des membres de la secte... Dès les premiers mots, elle dut lutter contre un irrépressible sentiment de culpabilité. Elle avait l'impression que tous lisaient la vérité à travers son regard, que son mensonge était su de tous. Lorsqu'elle se retrouva sur les lieux, elle se sentit d'abord très mal à l'aise puis de mieux en mieux. Elle s'étonna de la totale impunité de ses actes, ce qui lui redonna confiance. Avant qu'elle quitte Brolin, ils avaient échangé leurs découvertes, le privé avait espéré que l'on retrouverait le corps très vite, pour que la sœur soit interrogée avant qu'elle ne rentre et ne comprenne qu'il était arrivé quelque chose — dans ce cas elle risquait de disparaître dans la nature.

Quand Annabel arriva, Janine Shapiro était encadrée par deux officiers, elle avait le regard trouble. Personne n'aurait su dire s'il exprimait de la tristesse ou du soulagement.

Annabel monta à l'étage pour voir les photos que Lucas avait accrochées derrière un faux rideau. Brett Cahill était debout devant le mur.

— Spencer Lynch utilisait des polaroïds, Lucas Shapiro développait ses photos lui-même — en voici la preuve —, il ne reste plus que les clichés numériques, commenta-t-il. Par rapport aux photos trouvées chez Lynch, il manque celle de Julía Claudio, je pense que Lynch n'avait pas eu le temps de la faire circuler. Par contre on en a une de plus ici.

Il posa l'index sur un cliché. C'était la fille qu'Annabel avait vue empalée dans le fond du hangar.

— C'est sa nouvelle victime. Apparemment c'est du tout frais, continua Cahill avec une absence totale de ressentiment. On a aussi trouvé un chalumeau dans son hangar, et de quoi faire des tatouages. Thayer est certain qu'il s'agit du meurtrier de la junkie, celle trouvée à Larchmont hier.

Annabel commençait à comprendre.

— Il voulait remplacer la fille qui était impure.

— Quoi ?

Cahill avait tourné la tête, la mimique de son visage témoignait de son incompréhension. Annabel déclama lentement :

— Lucas Shapiro a enlevé une fille il y a quelques jours, il s'est avéré qu'elle était malade, ça ne lui a pas plu, elle était impure ou je ne sais pas quoi, et il s'en est débarrassé. Pour elle, il a changé sa stratégie, elle ne méritait pas qu'on se démène, alors il l'a simplement abandonnée. Mais il avait besoin de satisfaire ses pulsions ou un rite particulier peut-être, j'en sais rien. Alors il s'est empressé d'enlever une autre fille. Celle qui est dans le hangar.

— Oui, c'est possible.

— Quelque chose d'autre ?

— Ce schéma, là. Les trois noms que l'on connaît, Spencer, Lucas et Bob au-dessus de Caliban. On dirait que ça confirme nos suppositions : ils sont trois en tout. « *Car Caliban est notre philosophie* », ils ne sont pas un peu barjos, non ?

— Sauf que « Bob » est écrit en majuscules, fit remarquer Annabel. Et au milieu, peut-être parce qu'il est le leader.

— Ça y ressemble. Tenez, on a aussi ces feuilles-là, celle-ci avec la liste de noms de ses victimes, seize en tout. Et l'autre parle d'un temple. Et de I.dW. On va tout éplucher ici jusqu'à ce qu'on trouve ce que ça veut dire.

Annabel se souvint de ce que Brolin lui avait confié plus tôt dans la journée. Elle savait que des informations sur I.dW. se trouvaient dans l'agenda, mais il lui était impossible de le dire sans que cela éveille des soupçons. De toute manière ils le trouveraient bien assez vite.

Elle descendit les marches et retrouva Jack Thayer en compagnie de Bo Attwel. Ils étaient debout devant Janine Shapiro. Elle était minuscule, son visage était émacié et elle avait les mains d'une poupée, une poupée de personne âgée. Ses prunelles noires fixaient le néant, sans ciller.

— Ces photos là-haut, vous savez ce que c'est ? lui demanda Thayer fermement.

Elle ne broncha pas.

Bo Attwel se tourna vers Annabel et l'entraîna un peu à l'écart.

— Putain, tu as vu ses mains ? lui dit-il. Je te parie dix billets que c'est elle qui a étranglé la fille de Larchmont. J'ai lu le rapport d'autopsie, quelle saloperie ! Si ça se trouve, le frangin ramenait les filles, et c'est elle qui les butait, tu te rends compte ? C'est la famille Adams ici. C'est pire, en fait.

Le contraste entre ses sourcils noirs et ses cheveux gris était encore plus souligné par le faible rayon de soleil qui filtrait par la fenêtre.

— On a une idée de ce qui est arrivé à Lucas ? demanda Annabel avec tout l'aplomb dont elle disposait.

— Pas encore. Il s'est fait buter par balles. Pas de témoin visuel, rien du tout. La sœur ne sait rien, enfin elle ne dit rien. Il y a de fortes chances pour que ce soit un des autres tarés du groupe de Caliban qui soit venu régler un différend. Pour nous ça tombe bien en tout cas. C'est un cadeau tout droit tombé du ciel. En grattant cette baraque jusqu'à l'os on va peut-être trouver de quoi remonter jusqu'à Bob. On a relevé quelques empreintes de pas dans la neige et les balles retrouvées vont nous donner le calibre pour commencer. Par contre, aucun témoin ne s'est présenté.

Si tu savais, pensa la jeune femme. Elle le remercia un peu vite et sortit. Elle avait la nausée, ses jambes la portaient avec difficulté. La culpabilité semblait trouver son équilibre dans la fluctuation, par vagues. Annabel fit plusieurs allers-retours sur tous les lieux, si par la suite on trouvait une trace de sa présence ici, un cheveu ou autre, cela semblerait normal. En voyant tout le monde s'activer sur des indices papier, sur le petit labo photo de la cave ou sur le cadavre dans le hangar, elle respira mieux, un peu rassurée. Ses collègues se focalisaient plus sur cette découverte qu'ils n'espéraient pas et sur les indices en liaison avec le culte de Caliban que sur les motifs de l'homicide, c'était déjà tout trouvé pour eux, ils n'allaient pas perdre plus de temps là-dessus. Elle aurait voulu récupérer la balle qu'elle avait tirée dans le hangar avec son Beretta mais c'était trop risqué. De toute manière il n'y avait aucune raison de faire une comparaison balistique avec son arme, personne ne l'avait vue rôder ici le matin.

Janine Shapiro ne lâcha pas un mot. Elle fut embarquée dans une voiture de patrouille au bout d'une heure. Annabel aida à fouiller à la recherche d'indices supplémentaires avant de rentrer au precinct. Pendant que Cahill et Attwel dirigeaient l'inventaire chez les Shapiro et que Thayer conduisait l'interrogatoire de Janine, elle entreprit de copier tout ce dont ils disposaient déjà. L'un des types qui travaillaient sur les photos de scène de crime était un petit jeune fraîchement engagé. Il lançait à Annabel des sourires chargés autant de désir que de timidité. Elle n'eut aucun mal à lui faire tirer en vitesse des doubles des soixante-sept clichés de victimes trouvés chez Lynch. Pendant ce temps, elle accapara l'une des photocopieuses en frissonnant à chaque bruit de pas dans le couloir.

Brolin avait obtenu des résultats significatifs en peu

de temps et sa manière de considérer l'enquête apportait un éclairage idoine. La jeune femme comprenait à présent pourquoi les polices locales avaient parfois recours au FBI et à ses agents spéciaux, ses profileurs. Elle savait aussi qu'avec Woodbine il était inutile d'essayer de passer par la voie officielle, lui et ses supérieurs voulaient à tout prix que l'affaire soit traitée sur place et sans l'apport de l'accapareur de médias et de crédits qu'était le Bureau fédéral.

En début de soirée, Annabel prit le carton qui contenait les copies et se dirigea vers l'escalier en priant le ciel de ne croiser personne de la cellule d'investigation. Elle parvint à sa voiture sans encombre et soupira en mettant le contact.

Les nuages avaient été balayés à l'approche de la nuit, et la lune rutilait à travers le dôme de verre qui surplombait le salon. Annabel avait décroché toutes les photos personnelles d'elle et de Brady pour les remplacer par soixante-sept visages terrifiés. Tous les rapports s'étalaient sur la table basse, Brolin passait de l'un à l'autre avec une sérénité implacable. Il les avait lus en prenant des notes et se tenait à présent enfoncé dans le sofa, le plaid andin lui tombant à moitié sur les épaules. Il était presque minuit, ils avaient dîné d'une pizza livrée, étudiant les dossiers sans relâche.

— Et ce Thayer, est-il bon pour les interrogatoires ?

— Si Janine Shapiro sait quelque chose, il la fera craquer, annonça Annabel avec plus d'assurance qu'elle n'en avait vraiment. À condition qu'il la persuade de ne pas appeler un avocat tout de suite, et il est particulièrement bon à ce jeu-là.

Elle était assise sur une chaise, face à Brolin, les cernes creusés par la fatigue.

— Pour savoir, elle sait, rétorqua le privé. Elle travaille dans une société d'entretien qui s'occupe notamment de l'église St Edwards, à laquelle elle est affectée. C'est elle qui macule les vitraux de sang.

— Pourquoi ferait-elle ça ?

— À elle de nous le dire, je pense que c'est un moyen d'expier, d'une certaine manière elle est aussi une victime de son frère, oppressée, tyrannisée, il en a fait son esclave. À ce Thayer d'obtenir la réponse.

Il posa ses mains sur ses genoux, se tenant parfaitement droit sur le sofa.

— Vous avez supposé que la secte était constituée de trois membres, continua-t-il. C'est bien ça ?

— Oui, enfin c'est théorique. Tout ce que nous avons trouvé chez Spencer Lynch fonctionnait par trois. À commencer par toutes les photos. (Annabel jeta un bref regard anxieux vers celles-ci.) Disposées en trois « paquets », de trois, quinze et quarante-neuf photos. Il est apparu que les trois premières correspondaient aux victimes de Lynch, et aujourd'hui, chez... Lucas Shapiro, on a trouvé les mêmes photos, dont quinze sont certainement ses propres victimes. En fait, il y en avait même une seizième, dont Lynch n'avait pas reçu le cliché.

— En suivant votre raisonnement, il ne reste plus qu'un seul tueur. Qui a fait quarante-neuf victimes à lui seul, murmura Brolin comme une litanie.

— Rien n'est prouvé, ils sont peut-être plus. En

tout cas, l'hypothèse des trois colle jusqu'à maintenant. Si c'est bien le cas, alors le dernier serait Bob.

Brolin leva les mains devant lui, signifiant qu'il n'était pas bon d'aller plus loin.

— Résumons les liens, dit-il. Spencer Lynch est le dernier arrivé dans le groupe, c'est Shapiro qui l'a recruté en prison. Il a dû sentir une personnalité encline à agir comme lui, avec le temps ils se sont confiés et il a enrôlé le petit. Ils sont convenus d'un lieu de rendez-vous, ou d'échange. Tout ce que la secte de Caliban voulait dire à Spencer passait par une enveloppe scotchée sous un banc de l'église St Edwards. C'est comme ça qu'ils dialoguaient sans prendre de risque. On dirait en effet que ce Bob tire les ficelles, c'est lui qui s'adresse à Spencer : « *Tu dois apprendre à devenir comme nous* », et qui signe la ou les cartes, il lui indique le chemin à suivre pour faire partie de la famille.

Il s'avança vers la table basse pour ouvrir le dossier des victimes ainsi que son carnet de notes.

— Quelles sont vos méthodes pour le moment ? demanda-t-il.

— Il y a deux équipes, Attwel, Collins et les deux détectives du Central s'occupent des victimes, leur identité, leur disparition... Thayer, Cahill et moi sommes sur l'exploitation des indices. Et cinq autres inspecteurs devraient se joindre à nous dans les jours qui viennent. Des types de Manhattan apparemment, ça ne peut pas être mauvais, à nous tous on ne parvient pas à tout exploiter en peu de temps. À cela s'ajoutent tous les officiers dont nous avons besoin à l'occasion. Nous disposons également de l'appui de tous les autres precincts de New York, ils nous épaulent en rassemblant les documents dont ils disposent quand il se révèle qu'une des victimes était de chez eux. L'enquête n'est commencée que depuis six jours, avec l'arrestation de Lynch.

— Vous avez étudié la victimologie ?

Le ton impliquait qu'il en doutait.

— Hum, oui, enfin c'est l'équipe d'Attwel qui rassemble tout ça. Mais c'est un boulot de titan, il s'agit de poser un nom et toute une vie sur une simple photo, et c'est pas des clichés de carte d'identité ! Ils ont déjà bien avancé.

Brolin se leva, le dossier des victimes à la main, il s'approcha du mur de photos. Les soixante-sept regards convergeaient vers lui.

— Et vous n'avez rien remarqué ?

Annabel secoua la tête après un temps de réflexion.

— Pas que je sache.

Il se tourna vers elle.

— Alors regardez les victimes dans l'ordre chronologique.

Annabel haussa les épaules.

— Quoi ? Ça a déjà été fait, vous voulez parler du mode opératoire pour les enlever ? On y travaille, il semblerait que la priorité de nos « amis » soit d'agir sans témoin.

— Ce mode opératoire est intéressant en effet. Il reflète une certaine intelligence, de l'organisation, ces types se préparent à l'avance, ils ne laissent rien au hasard. Mais ça n'est pas exactement ça qui m'interpelle. D'après vos renseignements, il n'y a aucun point commun — jusqu'ici — entre les victimes, et même en essayant de faire des groupes, on ne trouve rien qui les lie. Concluons donc que la secte de Caliban, appelons-les ainsi, choisit ses victimes selon leurs critères à eux, pas par rapport à un point commun. Revenez à la liste chronologique des enlèvements.

— Le plus vieil enlèvement date de juillet 1999. Une femme de vingt-quatre ans, elle vivait dans le New Jersey. Ensuite, il y en a deux en septembre 1999, deux femmes aussi, vingt et un et vingt-huit ans. La première vivait aussi dans le New Jersey, la deuxième dans l'État de New York.

Dans la luminosité tamisée de l'appartement, les yeux de Brolin brillaient d'une lueur presque inquiétante.

— Continuez, fit-il, sans la localité, ça n'est pas ce qui nous intéresse.

— Décembre 99, quatre personnes disparaissent. Toujours des femmes.

— Leur âge ?

— Attendez... Ah, oui : vingt-neuf, dix-neuf, vingt-quatre et trente et un.

— Poursuivez.

— Janvier, c'est au tour de deux hommes et une femme, respectivement vingt-cinq, vingt-deux et vingt-six ans. Rien jusqu'en mars 2000. Mais tout le monde n'a pas été encore identifié. Donc mars, deux enlèvements. Deux adolescents cette fois, dix-sept et seize ans. Ils étaient ensemble, deux amis.

Annabel leva la tête de son rapport pour voir que Brolin l'incitait toujours à énumérer à voix haute les disparitions.

— En avril suivant, un enlèvement, une adolescente de dix-sept ans. Rien jusqu'en juin, en revanche là, ils rattrapent le temps perdu : cinq personnes. Trois hommes et deux femmes.

— Leur âge, fit Brolin, sèchement.

— 41, 47, 38, 44 et... 39, finit-elle par réciter en levant doucement la tête.

Elle commençait à sentir le frisson électrique de la compréhension frétiller dans son esprit.

Brolin ne la quittait pas des yeux, guettant le moment opportun. Il hocha la tête.

— Vous y êtes ? La secte choisit ses victimes par groupes. Ils sélectionnent une tranche d'âge et un sexe. Ils ont commencé avec des femmes dans la vingtaine. Puis deux hommes dans la même tranche d'âge. Après ça, ils décident de jeter leur dévolu sur les adolescents, ça ne dure pas. Puis les personnes d'un âge plus mûr.

— Vous croyez que...

Mais elle savait qu'il avait vu juste.

— Comment a-t-on pu passer à côté de ça ?

— D'abord parce que vous vous êtes centrés sur les événements, sur la vie des victimes, et pas sur ce qu'elles sont tout simplement. Ensuite parce que avec le temps, la secte de Caliban a perdu cette rigueur. À partir de l'automne 2000 ils prennent leurs victimes sans distinction, jeunes ou pas, sans groupe de sexe. Cependant, regardez bien vos fiches, même dans les groupes de victimes qu'ils ont faits au début il y a un sous-ordre. Quand ils ont commencé les enlèvements, c'était des jeunes femmes d'une vingtaine d'années à peu près. Au début, des Blanches, puis ils enlèvent une femme d'origine asiatique, et enfin une Afro-Américaine. On retrouve le même schéma avec les hommes. Ils ont reproduit l'opération à plusieurs reprises. Les femmes blanches et les Afro-Américaines ayant sensiblement leur préférence.

— Pourquoi font-ils ça ?

Brolin leva les mains vers le ciel.

— C'est toute la solution à notre problème ! Trouvez pourquoi ils font ça et vous trouverez ce qu'ils sont.

Annabel survola les clichés sur le mur et se passa une main sur le front.

— Je ne sais pas si c'est une piste, mais l'un de mes collègues avait déjà remarqué qu'il n'y avait aucune personne âgée dans les victimes. Des enfants, des adolescents, mais personne ayant dépassé la cinquantaine.

Brolin brandit son index comme pour souligner l'importance de ce qu'elle venait de dire.

— Oui. À nous de trouver pourquoi. Qu'est-ce qu'une personne âgée ne peut pas faire qu'un enfant ou un adolescent pourrait ? Pourquoi aller jusqu'à quarante-cinq, cinquante ans et pas plus ? On sait maintenant que la secte choisissait ses victimes très minutieusement selon leurs critères : tranche d'âge, sexe et race. Après plus d'un an, ils perdent cette rigueur. Pourquoi ?

Ils fixèrent tous deux les soixante-sept visages qui les imploraient de trouver au plus vite. Annabel remarqua alors l'air troublé de l'ex-profileur.

— Quelque chose qui ne va pas ?

Il redressa la tête immédiatement.

— J'ai un mauvais pressentiment pour ce qui va suivre.

— Un *pressentiment,* vous ?

Brolin secoua la tête, ouvrit la bouche en hésitant, sans trouver les mots exacts.

— Vos collègues l'ont souligné dans le rapport, finit-il par dire. Plusieurs victimes se connaissaient. Trop peu pour que ça fasse un point commun, bien sûr. Au début c'était deux ados qui revenaient ensemble d'un entraînement qui ont disparu, ensuite deux sœurs. Là où c'est troublant, c'est qu'elles ont été enlevées à trois semaines d'intervalle.

— Je sais tout ça, je l'ai lu. Je suis d'accord avec vous, ça fout la frousse, toute cette organisation, mais...

Il darda sur elle ses prunelles flamboyantes qui contrastaient tant avec l'imperméabilité de ses traits.

— Et enfin, ce gamin de huit ans qui disparaît en août dernier et puis sa mère en septembre. Il y a une véritable évolution.

Il marqua une pause avant d'ajouter, plus bas :

— Si vous suivez ce principe, vous voyez où ça nous mène ? Quelle sera la prochaine étape ?

Annabel fronça les sourcils. Des inconnus la plupart du temps, des amis ensuite, deux sœurs, puis fils et mère, et toujours des inconnus au milieu de tout ça. Non, décidément, elle ne comprenait pas où tout ça menait. C'était trop pour être des coïncidences et...

Elle porta instinctivement une main à sa bouche.

— Mon Dieu... Une famille ! Ils vont s'en prendre à une famille entière !

— C'est là en tout cas que leur logique nous mène.

Brolin recula vers le cheval à bascule et entra dans l'ombre.

31

Le givre commençait à recouvrir le pare-brise, tout doucement, nappant les pelouses du quartier d'un voile délicat de cristaux.

L'homme qui était dans l'habitacle froid depuis plusieurs heures vérifia sa montre. Une heure du matin passée. Les deux premières heures d'attente avaient été agréables. Il avait joué avec son imaginaire. À se faire des films de ce qu'il pourrait faire à cette femme qui vivait là. À sa fille aussi. Il avait songé à tout cela en se caressant la joue, puis en pétrissant son sexe à travers son pantalon. Après deux heures, il avait réprimé avec difficulté l'envie de se masturber, il se devait d'être entièrement à son travail. Pas de distraction. Ce genre d'opération devait être parfaitement maîtrisé, avec du sang-froid. C'était si long à préparer.

D'abord il fallait repérer la victime.

Évidemment, celle-ci devait répondre aux critères du moment, mais ça c'était une tout autre histoire. Quoique, depuis un certain temps déjà, il eût tendance à ne plus trop varier. Ce soir-là serait justement une nouvelle expérience.

Une fois les critères établis, choisir sur qui jeter son dévolu n'était plus très dur. Il suffisait d'avoir beaucoup de patience. Détecter les gens les plus routiniers. Car nous sommes tous, à un moment ou à un autre, vulnérables. Et la routine accentue encore cela. Premièrement, il fallait observer, longtemps. Voir qui vivait là, les mœurs, les habitudes... Subtiliser les poubelles pour décortiquer l'intimité des cibles, bien tranquillement chez soi. Tout cela pouvait prendre plusieurs semaines parfois. Quand il apparaissait vraiment trop risqué d'établir un plan d'attaque, il fallait hélas s'en retourner vers quelqu'un d'autre. Fort heureusement, c'était très rare. Car, une fois encore, *nous sommes tous vulnérables.*

Et l'homme assis dans sa voiture ne vivait que pour ça.

Il se plaisait à ressasser son petit discours : « Tous, nous sommes vulnérables à un moment ou un autre. On vit seul, et dans ce cas, la nuit pendant notre sommeil, un type adroit et discret peut s'introduire, c'est rarement une serrure qui l'arrête. Si nous ne sommes pas seuls, nous avons tous des moments de solitude, et avec elle, un degré de vulnérabilité. Parfois celui-ci est au maximum, il suffit de connaître les habitudes de la personne. Le soir, ou tôt le matin quand on n'est pas réveillé, dans son parking, isolé de tous, la nuit en rentrant d'un cours hebdomadaire de sport, ou d'une réunion, en allant courir dans un parc, en allant chercher son enfant chez un copain à minuit. Ou un jour de la semaine, quand il n'y a aucun voisin présent, et que l'on ouvre à celui que l'on croit être l'employé de la compagnie d'électricité... Il suffit de quelques secondes. Une minute tout au plus. Il y a toujours, pour tout le monde, un moment où la vigilance retombe. Et pour un homme malin, bien organisé et expérimenté, ça n'est pas long avant qu'il sache quand et où frapper. Il est alors déjà trop tard. »

Un sourire plissa ce visage d'ordinaire si impassible et *in petto,* il ajouta : « Il peut être partout, derrière chacun de vos pas. Et vous ne le savez pas. »

C'était une bonne synthèse de son mode opératoire. Celui qu'il avait inculqué à ses compagnons. Ils n'étaient pas tous du même niveau, c'était bien là le problème. S'ils avaient tous été comme lui, on n'en serait pas là. Et voilà que les flics s'en mêlaient. Tout ça c'était la faute de Spencer Lynch. Celui-là était une erreur. Il était trop taré pour vraiment comprendre de toute manière. Tout ce qui l'intéressait, cet abruti, c'était la baise. Il enlevait pour torturer, violer et tuer, c'est tout. Il ne comprenait rien. Par chance, il n'était pas initié, il ne savait rien d'eux. De leurs pratiques. De leur but. Lucas avait mal recruté.

Lucas. Que penser de lui ? Les flics de la Grosse Pomme disaient depuis ce midi que Lucas s'était fait descendre dans un règlement de comptes. Avec qui ? Tu parles, ouais ! C'était l'un de ces connards incompétents qui l'avait eu ! Ils maquillaient la bavure ! À bien y réfléchir, c'était plus sûr ainsi, Lucas n'aurait pas parlé mais sait-on jamais. Et sa frangine ? Janine était en ce moment même interrogée, c'était pas le genre à causer, de toute façon elle non plus ne savait pas grand-chose, pas de quoi le compromettre, Lucas n'était pas assez con pour lui en parler. Elle obéissait, un point c'est tout.

Pendant quelques minutes, l'homme dans la voiture fut inquiet. Tout ça sentait le roussi. S'il y avait une tête pensante chez ces flics ? Ils pourraient comprendre. Ils sauraient alors où chercher. *Tu les surestimes, mon ami !* De toute manière, il avait prévu un petit avertissement pour refréner leurs ardeurs. Les conférences de presse stipulaient que toute l'affaire avait débuté grâce à la perspicacité de la détective O'Donnel. Il savait à qui s'adresser...

Il fit le vide pour se concentrer. L'heure approchait.

Il se pencha pour distinguer entièrement la maison. Elle était plongée dans l'obscurité depuis deux heures maintenant. La lumière chez le voisin s'était éteinte une demi-heure après. Tout était calme. On l'attendait.

Il enfila ses gants, mit son sac à dos et sortit dans la nuit.

À chacun de ses pas vers la maison, l'excitation le gagnait en vagues successives, enivrantes. Une fois, chez une autre fille, la porte de derrière était restée ouverte, l'occupante des lieux ne prenait pas la peine de mettre un coup de verrou, ça avait été un jeu d'enfant. Une autre fois, il avait prévu de s'emparer d'un gamin lorsque celui-ci partirait rejoindre ses copains au cinéma comme tous les samedis mais, en découvrant que sa mère planquait sa clé sous une pierre, il avait changé ses plans. Là aussi, ça avait été un plaisir incroyable que d'enlever un gosse en pleine nuit, juste à côté de sa mère qui dormait.

Il s'infiltra sans bruit dans le jardin.

Choisir si possible des maisons sans chien était pratique. Si ça n'était pas le cas, on s'arrangeait pour empoisonner le clébard avant d'intervenir, le coup classique bien que ça puisse éveiller les soupçons. Et sa préférence était de frapper lorsqu'on ne s'y attendait pas.

Il ne lui fallut pas plus de deux minutes pour entrer chez les Springs. Il pensa aux deux gamines qui vivaient là et esquissa un rictus en s'entendant murmurer : « Ça fleure bon les petits bourgeons ici[1]. Hein, petits bourgeons de plaisir... » Sa gorge émit un rire discret, gras au possible, aussitôt étouffé.

Il traversa le salon, lampe à la main, et gravit pas à pas les marches vers les chambres. D'abord s'occuper de l'aînée des filles, elle avait une chambre pour elle toute seule. Ensuite, les parents. Le fiston et la petite pouvaient attendre, hormis leurs cris, ils ne représentaient pas une menace. On était dans la nuit du jeudi au vendredi, et tous les jeudis soir, le père de cette bonne famille allait au squash avec son collègue. Il rentrait vers vingt-deux heures, épuisé. Si le mâle de la maison était en train de dormir, physiquement à bout, c'était l'idéal. Quand la victime faisait du sport, il s'arrangeait toujours pour frapper le soir, quand celle-ci rentrait fourbue, moins vigilante et lucide, vidée de son énergie. Mais pour l'heure, la priorité était à cette petite pute.

Il imbiba de chloroforme le coton qu'il tenait d'une main. C'était simple et tellement efficace. D'autant plus que se procurer du chloroforme était très facile, au pire, si les flics s'en mêlaient, ça ne laissait pas une piste que l'on pouvait remonter. Il fallait penser à ça aussi.

1. *Spring* signifie printemps en anglais.

De son autre main, il s'assura que le Scotch épais était prêt. Couteau au cas où et bombe lacrymogène. Il poussa tout doucement la porte de la chambre et entra sur la pointe des pieds.

Diable, que ces moments-là étaient bons !

Le rideau de la fenêtre n'était pas tiré, laissant la clarté de la nuit nimber la pièce. Chaque battement de cœur imprimait à son corps un tressautement quasi jouissif. Il luttait pour retenir sa respiration, de peur que son souffle ne fasse trop de bruit. Un pas de plus sur la moquette. Puis un autre.

L'ombre s'approcha du lit. Cette garce s'appelait Laurie. Elle avait dix-sept ans et n'en ratait pas une. Une fois, en la suivant, il l'avait aperçue en train de faire une fellation à son petit copain dans sa voiture. Elle se laissait pas toucher le minou en revanche, elle savait comment plaire à un homme celle-là ! Elle allait...

Il s'immobilisa.

Le lit était vide. *Merde !* Il tourna vivement la tête, soudain effrayé à l'idée qu'elle l'ait entendu monter et qu'elle soit derrière la porte. Rien. Nulle part. Elle n'était pas là. En y regardant de plus près, il découvrit que la fenêtre donnant sur le toit de la véranda n'était pas parfaitement fermée. Il y avait un minuscule jour en dessous. *La garce ! Elle s'est fait la malle pour la soirée !* Et il ne l'avait pas vue sortir. Elle s'était tirée par-derrière, hors de sa vue. Les choses se compliquaient. Fallait-il tout laisser tomber ? Il pesa le pour et le contre. Non, après tous ces efforts, ça serait dommage. Il y avait encore le reste de la famille. Et puis, qui sait, cela pourrait faire un défi attrayant pour la suite...

Le troisième rictus — un record pour une seule nuit — se profila sur ses lèvres. Un sourire mauvais.

La présence s'engagea d'un pas ferme vers la chambre des parents.

Elle salua d'un geste langoureux la Camaro qui s'éloignait. Laurie Springs se tourna pour faire face à la maison des parents. Maintenant l'opération consistait à rentrer sans ameuter les troupes. Et Tim avait plutôt le sommeil léger. S'il l'entendait, il ne manquerait pas de tout répéter à maman, avec ce petit morpion, aucune corruption ou menace n'y faisait.

Elle prit une bonne bouffée d'air et passa sous le porche, introduisit les clés dans la serrure et, tout doucement, les fit tourner. C'était le moment le plus crucial. Ensuite, les marches ne grinçaient pas, elle serait dans sa chambre en un clin d'œil.

Elle referma la porte derrière elle en silence et s'adossa dessus en expirant. C'était fait.

Il fallait vraiment qu'elle parte à l'université, là elle pourrait faire ce que bon lui plairait. Sa relation avec Kev devenait de plus en plus difficile. À présent il voulait une nuit entière.

Laurie retira ses chaussures et monta l'escalier en les tenant fermement. La porte de la chambre des parents était entrouverte. Elle glissa devant, se dépêchant de rejoindre son antre.

La fenêtre de sa chambre projetait une lueur nocturne sur la moquette, un long sillon laiteux.

Soudain, Laurie s'arrêta et lâcha ses chaussures.

Dans le trait de lumière, elle vit une grosse tache noire, poisseuse.

Elle resta au-dessus sans savoir quoi faire avant de finir par s'agenouiller. *On dirait du sang...*

T'es pas dans un mauvais film d'horreur, arrête ton délire! Mais elle ne put s'empêcher de tremper un doigt dedans, l'effleurant à peine, une grimace de dégoût peinte sur le visage. Elle releva l'index dans la clarté céleste.

Le liquide épais n'était pas noir.

C'est du sang!

Elle réprima *in extremis* un hurlement.

Pas de panique! C'est juste Tim qui a fait le con et qui s'est coupé. Maman n'a pas eu le temps de nettoyer, c'est tout... Et il s'est fait ça quand? Quand tout le monde dormait, quand tu étais partie? En pleine nuit?

Elle se releva, les jambes flageolantes. Le couloir où elle se trouvait était noyé dans les ténèbres, seule la fenêtre de sa chambre laissait percer un fin rayon de lune. Elle allait y entrer, se réfugier dans son domaine lorsqu'elle stoppa net. La porte de sa chambre était grande ouverte. Or elle se souvenait clairement de l'avoir repoussée avant de partir, au cas où... Quelque chose ne tournait pas rond. Il y avait un problème, elle en était sûre.

Laurie tourna sur elle-même, sans faire de bruit, mais il faisait tellement sombre qu'elle ne voyait rien dans ce couloir. Il était trop long.

Hé, une minute! Si c'est Tim qui s'est coupé dans la journée, pourquoi le sang était tiède?

Elle était sur le point d'entrer dans la chambre de ses parents, et elle sentit sa présence.

Elle n'était pas seule dans ce couloir.

Il y avait quelqu'un, elle percevait sa proximité.

Laurie déglutit de peur et elle eut l'impression que tout le quartier l'entendait avaler. Silence.

C'était comme si quelqu'un émettait un bruit sourd, et ce bruit, elle le captait parfaitement, tout près.

« Maman ? » demanda-t-elle d'une petite voix écrasée par l'angoisse. « Tim, c'est toi ? » Elle ne parvenait pas à donner assez de puissance à ses mots, ils mouraient à peine dépassé le seuil de ses lèvres.

Elle fit un pas en arrière. Vers la lumière, vers sa chambre. *Vers le verrou de ta putain de porte !*

Cela perça l'atmosphère d'un coup.

Une respiration.

Lourde. *Non ! excitée !*

Excitée de plaisir ! hurla une alarme dans l'esprit de l'adolescente.

Laurie fit volte-face. D'un bond.

Elle arracha les fibres synthétiques de la moquette en poussant de toutes ses forces en avant. Tout son corps se détendit dans un seul mouvement. Elle courut, les muscles bandés, sur le point de se rompre.

Son buste dépassa le cadre de la porte.

Puis ses jambes.

Déjà sa main droite fouettait l'air à la recherche de la poignée. Elle perçut le plastique sous ses doigts, s'y accrocha aussi fort que possible et se jeta dans le sens opposé, contre la porte, pour la fermer.

Sa tête explosa dans un scintillement aveuglant.

Un flot de sang jaillit de son nez, une de ses incisives se brisa net sous la rage du coup.

Les ténèbres s'étaient jetées en même temps qu'elle

contre la porte, avec plus de puissance et beaucoup plus de masse.

Laurie tomba à la renverse tandis que son cri était noyé par un jet de salive et de sang. Ce fut d'un coup comme si son cœur était au milieu de sa tête, palpitant contre son crâne et sa face, une chaleur étourdissante s'empara de son visage. Elle voulut se redresser, prendre appui sur ses coudes.

Aussitôt, elle reçut un coup d'une violence inouïe en plein sur le nez. La virulence de l'impact lui arracha tout l'air de la poitrine, son hurlement resta en suspens, sans trouver substance. Un bouillon atroce déferla ensuite sur elle, on lui déversait de l'acide sur les yeux, les joues, dans la bouche, faisant fondre sa peau, ses muqueuses. Il y eut un spasme si brutal que son sternum se souleva une dernière fois.

Cette fois, Laurie sut que c'était fini.

Il essaya de retrouver son calme. Sa respiration allait trop vite. Ses mains étaient si crispées que ses doigts en étaient douloureux. L'exaltation lui faisait souvent ça. Il avait remarqué qu'après l'acte, de nombreuses petites veines rouges avaient éclaté derrière ses oreilles et parfois jusque dans ses yeux. Il reposa le tampon de chloroforme à côté de la bombe lacrymogène et du manche à balai dont il s'était servi pour frapper l'adolescente. Il se pencha vers son visage, un peu troublé. Le gaz lacrymogène se mêlait au sang. Elle était bien amochée.

Il écarta les pans de sa veste et remonta le pull et le T-shirt de l'adolescente. Son ventre était tout plat, d'une peau de satin, lisse et douce. Un vrai délice au toucher. Celle-là, on s'amuserait un peu avec, avant.

Il chercha son pouls. Elle morflerait au réveil, mais sa vie n'était pas menacée, ses blessures n'étaient pas vitales. Elle était *juste* défigurée.

Il se releva et rangea ses affaires dans son sac à dos. Valait mieux ne plus traîner. Il fallait encore amener la voiture sur le côté, y charger toute la famille bien ficelée de Scotch et rentrer à la maison.

Et surtout, demain, il faudrait être en pleine forme pour maintenir les apparences au travail. C'était important.

En fait, c'était même capital.

32

Avec l'arrivée de renforts en nombre, la cellule d'investigation passa à douze détectives pour coordonner l'enquête sur la « secte de Caliban » comme il convenait désormais de l'appeler. Jack Thayer chapeautait l'ensemble, sous le regard anxieux du capitaine Woodbine. Bo Attwel et Fabrizio Collins continuèrent à rassembler les données sur les victimes, aidés dans leur tâche par deux détectives tandis que les nouveaux venus, des flics en costumes trois pièces dépêchés tout droit par le bureau du maire, s'occupaient des témoins : Julía Claudio, qui s'était sortie des griffes de Spencer Lynch, et Janine Shapiro. Pour cette dernière, les choses ne se présentaient pas sous le meilleur angle. Elle continuait de se réfugier dans un profond mutisme, ne répondant aux questions que par de rares hochements de tête.

Ce vendredi matin, Annabel arriva à sept heures, découvrant dans le bocal Thayer déjà affairé à rassembler ses notes.

— On va se promener dans le New Jersey aujourd'hui, lui dit-il sans relever la tête de ses papiers. Ça fait longtemps qu'on aurait dû s'en occuper.

— Et Lucas Shapiro, c'est une priorité, non ?

— Une équipe est déjà dessus, ils fouillent sa maison et épluchent tout ce qu'ils trouvent. C'est Brett Cahill qui les dirige. S'ils mettent la main sur quelque chose on sera prévenus aussitôt. Nous on va à Boonton pour remonter la trace de cette carte postale.

Il agita sous son nez la fameuse carte sur laquelle Bob avait écrit sa petite énigme à destination de Spencer Lynch.

— Ensuite on va rendre une visite à sieur John Wilkes, celui qui ne répond pas au téléphone. Le shérif de Clinton l'a prévenu de notre arrivée.

— Et l'autre, celui qui est parti au Canada en vacances, tu as pu le joindre ?

Thayer haussa les sourcils.

— Ce Wilkes-là est un sacré phénomène. Il ne connaît pas de J.C. dans son entourage, pas très aimable.

— Jack...

Le ton d'Annabel était suffisamment grave pour qu'il s'arrête et l'observe. Elle n'était pas sûre d'elle, comme une fillette qui a peur de se faire gronder. Elle avait mal dormi, très peu à vrai dire, songeant à ce qu'elle avait fait, la fuite de chez Shapiro. Les mots de la culpabilité étaient sur le point de fuser hors de sa bouche, pour qu'elle n'ait plus à porter leur poids. Les yeux gris de son ami ne la quittaient pas.

— Qu'y a-t-il ? (Il contourna son bureau pour venir poser une main sur son bras.) Qu'est-ce qui se passe, Anna ?

Les phrases ressassées toute la nuit pendaient à ses

lèvres, de plus en plus lourdes, elles tiraient vers le bas, prêtes à devenir réelles, à s'envoler pour que, de douleur, elles deviennent soulagement. Elle secoua la tête.

— Rien, c'est la fatigue. Je vais bien.

Elle ravala son amertume, elle ne pouvait pas se permettre de se confier, il était son ami, mais il était également un flic. Elle enfonça ses ongles dans ses paumes et donna le change en esquissant un sourire usé.

Coincée derrière un semi-remorque, la voiture que conduisait Jack Thayer dépassa Jersey City en direction de Newark. Annabel lisait le journal du jour à ses côtés. Ils avaient pour première destination Boonton puis Clinton, à la rencontre du John Wilkes du New Jersey, bien que cela débordât de leur juridiction. Il n'y avait rien d'officiel dans leur démarche, ils ne cherchaient qu'à poser quelques questions pour faire progresser leur enquête. Déplacer la police d'État pour ça n'en valait pas la peine, pensaient-ils. Ce serait un voyage rapide, en quête d'une ou deux réponses, dans le maigre espoir que ce Wilkes-là compte parmi ses proches un J.C.

Ils longèrent des paysages de marais, de sites industriels, de villes plates et mornes bordant l'Hudson. Pendant la traversée de Manhattan et du Holland Tunnel, Annabel avait confié à Thayer qu'elle avait passé la soirée avec Joshua Brolin, le détective privé. Il n'avait fait aucun commentaire, écoutant docilement. Elle lui expliqua toutes les déductions du privé, et surtout ce qu'elles présageaient : l'attaque d'une famille entière. Thayer garda le silence. Qu'il trouve cela tiré par les cheveux ou tout à fait justifié, qu'y pouvait-il faire ? Mettre sous protection toutes les familles du nord de la côte est ? Les miles suivants filèrent sans qu'un seul son vienne perturber le ronflement du moteur.

Plus tard, les conversations se centrèrent principalement autour de Brett Cahill. Annabel le trouvait sympathique, dynamique, moderne (ce qui n'était pas vraiment un compliment dans sa bouche) et plutôt bel homme. Thayer, lui, voyait le jeune loup suffisamment intelligent pour cacher son ambition impitoyable derrière des airs de garçon gentil et bien élevé. Ils finirent par convenir qu'ils ne l'avaient que peu côtoyé pour le moment.

En laissant derrière eux Newark et son ballet aérien, ils s'engagèrent sur l'I-280 et bientôt il n'y eut plus que l'autoradio pour combler le silence. De part et d'autre du véhicule, l'étendue maussade d'une banlieue industrielle étalait ses cachots rebaptisés cité-dortoir pour éviter la polémique.

Leur visite de Boonton se révéla bien décevante. La carte postale était commercialisée dans plusieurs établissements de la ville, en fait il était possible de la trouver dans un certain nombre de musées à travers tout l'État. Elle représentait une vue de Boonton un siècle plus tôt avec le canal Morris, une construction autrefois célèbre et aujourd'hui disparue qui traversait le New Jersey depuis Phillipsburg jusqu'à Jersey City. La carte postale ne se vendait pas beaucoup mais de toute manière, on disposait de réserves. Évidemment, personne ne se souvenait de quoi que ce fût, ni d'un client en particulier. Annabel et Thayer insistèrent toute la matinée sans succès. Bob pouvait l'avoir achetée n'importe où, n'importe quand. Ils mangèrent des sandwichs à la va-vite et reprirent la route en direction du sud, déçus.

Le paysage se transforma en champs vides. De temps à autre, des bosquets sourdaient dans un virage, fiers et gonflés pour les feuillages persistants, arthritiques et désolés pour les caducs. À mesure qu'ils s'enfonçaient dans le New Jersey, des plaques de neige apparaissaient sur les bords de la route, recouvrant le paysage de touches parcimonieuses, tels des nuages froissés qui se seraient écrasés.

Ils quittèrent la grande route pour s'approcher de leur destination : Clinton. La ville était repliée sur elle-même comme une marmotte en hibernation, attendant le soleil pour déployer sa grâce et tout son charme. Thayer s'arrêta à deux reprises pour demander son chemin avant de trouver une allée boueuse qui menait à deux maisons à l'écart de la ville, au pied d'une colline boisée. Jack Thayer gara la voiture sur le bas-côté et ils sortirent dans la fraîcheur, l'air était plus sauvage que celui auquel ils étaient habitués. Annabel longea une palissade en bois qui, de même que la maison, avait subi les hivers en y laissant une grande partie de son éclat. Dans le jardin à l'herbe trop haute, un portique de balançoire rouillait en grinçant dans le vent.

— C'est cette maison-là, désigna Thayer.

— J'en étais sûre. C'est toujours là où il y a le moins de vie, ironisa-t-elle.

Ne trouvant pas de sonnette, ils poussèrent la barrière et montèrent sur la véranda pour frapper à la porte. Un chien aboya à l'intérieur et un grand bonhomme aux cheveux blancs les accueillit. Il faisait un bon mètre quatre-vingt-dix bien qu'il se tînt voûté, ses joues flasques pendaient mollement de chaque côté d'une bouche fine. Ses yeux bleus et vifs fixaient les deux policiers.

— Je peux vous aider ?

Thayer montra sa plaque.

— John Wilkes ?

— Oui, fit le vieil homme, un peu inquiet.

— Je suis le détective Thayer et voici la détective O'Donnel. Nous aimerions vous poser quelques questions. C'est à titre amical, il n'y a rien d'officiel et rien ne vous oblige à nous répondre. C'est très important pour nous.

— Vous n'êtes pas de Clinton, d'où venez-vous ? demanda le vieux géant sans bouger de son palier.

— New York.

— Ah.

C'était l'un de ces « ah » qui en disaient long, un « ah » qui trahit une longue expérience décevante, une série d'ennuis, un « ah » peu encourageant à poursuivre.

— C'est vous qui avez appelé, hein ? reprit-il. Le shérif est venu m'en parler, il m'a dit que vous alliez venir. Je ne décroche jamais quand je fais mes maquettes. Ça me déconcentre.

— Nous enquêtons sur la disparition de plusieurs personnes, monsieur Wilkes, intervint Annabel, il y a des enfants parmi elles. Si vous acceptiez de répondre à nos questions, vous nous seriez d'une grande aide. Ça ne prendra que quelques minutes.

Le vieil homme au regard perçant et aux cheveux ébouriffés les lorgna longuement. Au bout de quoi, il les montra tous deux d'un doigt gigantesque :

— Vous n'avez pas d'autres vêtements ?

Thayer portait l'un de ses éternels costumes en coton, froissé mais propre, tandis qu'Annabel était en jean et pull à col roulé sous son bombardier. Ils s'observèrent, dubitatifs, avant de secouer la tête.

— Bon, tant pis pour vous. Je veux bien répondre à vos questions, mais c'est l'heure de la promenade du chien, et lui, il ne comprendrait pas pourquoi on n'y va pas, police ou pas. Attendez-moi là un instant.

Il ressortit vêtu d'un coupe-vent jaune et coiffé d'une casquette Texaco rouge qui avait plus que vécu. Un labrador beige suivait.

— Allez Norb, sur le chemin !

Le chien se faufila entre leurs jambes et commença son périple en odorama. John Wilkes s'engagea à sa suite sans attendre.

— Il aime pas trop le début alors il cavale un peu, après ça sera plus calme, vous en faites pas.

Ils descendirent l'allée au pas de charge, au loin le bruit d'une moto perça l'air paisible, provenant des bois.

— Monsieur Wilkes, avez-vous déjà vu cet homme ? demanda Annabel en sortant une photo de Spencer Lynch de son blouson.

Le vieil homme au cou décoré de taches de vieillesse secoua la tête.

— Jamais. Il a fait quelque chose de mal ?

— Oui, en effet. Vous vivez ici depuis longtemps ?

Annabel cherchait avant tout à créer un lien de confiance propice à la sincérité, à tisser une intimité factice en quelques minutes.

— Depuis bien avant votre naissance, mademoiselle. Je suis venu à Clinton en 1952, après mon mariage. J'ai tenu la pompe à essence qui était à l'entrée de la ville. Pas celle qu'on voit maintenant, la mienne était plus proche du centre, mais avec les années, Clinton s'est élargie, il a fallu suivre.

Le labrador tourna la tête vers eux une dernière fois et entra dans les bois d'où provenaient les accélérations de la moto, sans doute quelqu'un pratiquant du moto-cross.

Wilkes avait tout de l'homme qui vit désormais seul, Annabel n'aurait su l'expliquer, pourtant elle en était certaine, aussi elle évita de s'attarder sur l'existence de sa femme.

— Vous n'êtes pas originaire du coin ?

— Oh non ! Je suis né dans l'Arkansas, et j'ai grandi en Géorgie. (Il considéra la jeune femme et un sourire moqueur apparut.) Rien que des États de bouseux ! On peut pas dire que je sois citadin dans l'âme.

Annabel s'interrogea sur ce qu'il voulait dire, s'il riait de lui-même ou s'il s'adressait aux deux New-Yorkais avec dérision.

Le trio suivit le chien jusqu'au bout du chemin, aux abords de la forêt, et emprunta ensuite un sentier glissant. Les deux détectives comprirent vite pourquoi Wilkes s'était inquiété à propos de leurs vêtements. Lorsqu'ils furent tachetés de boue jusqu'aux genoux, l'atmosphère se délia sous les rires d'Annabel. En homme galant, Wilkes aida plusieurs fois la jeune femme à passer les obstacles délicats. Celle-ci en profita pour lui demander :

— Est-ce que vous avez dans votre famille quelqu'un dont les initiales sont J.C. ?

Il réfléchit un instant avant de secouer la tête, l'air sincère.

— Non, je ne crois pas. Depuis tout à l'heure vous me posez des questions sur moi, comme si j'étais un suspect, j'ai lu des romans policiers, Hammett, Chandler, je connais les trucs. Mais vous êtes drôlement amicaux, alors si on en venait au fait. Je peux savoir pourquoi moi ?

Ils se trouvaient au pied d'une butte au sommet de laquelle passa la moto à hautes roues crantées dont le pilote était masqué par un casque de compétition. Lorsque l'engin fut passé en hurlant, Thayer se lança dans l'explication de leur présence :

— Eh bien, comme nous vous le disions tout à l'heure, nous enquêtons sur des disparitions, des enlèvements pour être plus précis. L'un des ravisseurs a été appréhendé dernièrement, mais son chef court toujours.

Il préférait résumer la situation ainsi, sans entrer dans les vrais détails, en simplifiant. Il poursuivit :

— Et ce chef a laissé une énigme derrière lui, pour trouver quelqu'un, ou quelque chose, nous ne savons pas. C'est là que vous intervenez.

— Moi ?

Annabel posa sa main sur le bras du vieil homme que les années n'empêchaient pas d'être en très bonne condition physique, comme en témoignait son allure.

— Je vais vous montrer, dit-elle. Mais vous devez me jurer de garder tout ceci pour vous, c'est...

— Très important, je sais. Bon, vous me la montrez votre énigme ?

Annabel lui donna une feuille de papier sur laquelle était recopié le texte original. Wilkes prit des lunettes rectangulaires dans une de ses poches, il la lut et relut une seconde fois, en diminuant la cadence de ses pas.

« ... *dans la famille John Wilkes, tu trouveras JC 115. Petit indice, cette famille-là...* »

— « ... *cette famille-là a charrié sur son dos les entrailles de la terre ! Elle vit au-dessus du Delaware ...* », récita Annabel de tête. C'est avec ça qu'on a pensé aux États de Pennsylvanie et du New Jersey, à cause de toutes les exploitations minières qu'il y a eu et qu'il y a encore. Ensuite, la mention de votre nom nous a guidés jusqu'ici. Alors je vous le redemande, monsieur Wilkes, et réfléchissez-y bien, auriez-vous dans votre famille une personne dont les initiales sont J.C. ?

Le vieil homme s'arrêta et posa une main sur son front sans quitter le papier des yeux.

— C'est comme ces jeux idiots à la télé, commenta-t-il.

Ses lèvres murmurèrent quelque chose pour lui-même, il chercha du regard parmi les arbres, la mémoire en ébullition.

— Vous en avez déjà parlé avec des gens du coin ? voulut-il savoir.

— Non, vous pensez que quelqu'un pourrait nous aider ? Un membre de votre famille ? insista Annabel en pensant à ce J.C.

Wilkes siffla trois fois pour que le labrador revienne. Il tendit le papier à la jeune femme.

— Non. De toute manière ça n'a pas d'importance. Je crois pas que ce soit un homme que vous cherchez, confia-t-il après une hésitation. C'est un train.

Les deux détectives le dévisagèrent.

— Celui qui a écrit cette énigme est un petit futé, continua-t-il. « *Dans la famille John Wilkes, tu trouveras...* » John Wilkes c'est le nom d'un train qui passait dans le New Jersey. Écoutez, à part quelques romans, moi j'y connais pas grand-chose en enquête criminelle et tout ça, mais je pense pas qu'un type qui enlève des gens fasse une énigme tordue, et des John Wilkes comme moi y en a des tripotées, tandis que des trains qui s'appellent comme ça, y en a qu'un seul. Tous ceux de mon âge dans cet État le connaissent.

Thayer laissa échapper un sourire ironique. C'était ce vieux bonhomme qui leur faisait un cours sur leur propre enquête.

Il y avait beaucoup de bon sens dans ce qu'il racontait là.

— Et ce J.C. 115, ça vous dit quelque chose? interrogea Annabel.

— Non, mais si c'est bien de train qu'il s'agit, moi je ne suis pas très calé. En revanche, il y a un type avec qui je joue aux échecs de temps en temps qui se passionne pour les trains, particulièrement pour l'histoire ferroviaire du New Jersey. Il habite en ville, je ne sais pas où, mais j'imagine que Ron, du club de jeux, pourra nous renseigner.

Jack Thayer éclata d'un rire bien sonore cette fois. Une logique à toute épreuve et un amateur d'échecs de surcroît! Ce Wilkes l'épatait de plus en plus.

Le vieil homme siffla encore une fois vers son chien.

— Allez Norb, on rentre à la maison. On a du pain sur la planche.

33

Les pans de sa veste en cuir flottaient dans le vent frais, personne ne semblait le voir marcher sur le trottoir, engoncé dans les grosses mailles de son pull beige. Brolin glissait furtivement de rue en rue. Il aurait pu être n'importe quoi, mais nul n'aurait songé à un détective privé, ex-profileur de surcroît, avec son jean usé jusqu'à la trame et ses cheveux fouettant son visage comme des larmes d'encre.

Il avait passé la matinée à faire son boulot d'investigation, exploitant la piste trouvée chez Lucas Shapiro, celle du temple de Caliban et de ce I.dW., 451 Bond St., que Lucas avait rencontré le 20 novembre dernier. La mention dans l'agenda était claire : « Discret, pose pas question si cash. » D'après la note qu'il avait laissée chez lui, Shapiro et les siens avaient payé 3 000 dollars pour six mois la location d'un local qu'ils comptaient aménager en lieu de cérémonie. Jusqu'à présent, la connotation ésotérique ou au moins spirituelle des meurtres n'était pas apparente, le tatouage n'était qu'un élément de la signature, en revanche la disparition des victimes sans que l'on retrouve leur corps était plus atypique. Que Shapiro ait écrit TEMPLE sur une feuille de papier ouvrait une porte inattendue.

Pas tant que ça, avait conclu Brolin en y songeant. *Un temple à la gloire de ce Caliban, cette espèce d'emblème qu'ils se sont choisi.* Il savait que trouver l'origine de ce terme, Caliban, devenait de plus en plus important. Ils ne l'avaient probablement pas inventé, c'était tiré de quelque chose, une référence particulière. *Caliban dominus noster, in nobis vita...*

En quelques heures, Brolin avait réuni suffisamment d'informations sur I.dW. — Ivan deWilde — pour avoir confirmation que celui-ci n'était qu'un intermédiaire. Il louait des entrepôts pas cher dans des quartiers industriels de Brooklyn et du Queens, dont un certain nombre pour des producteurs de films pornographiques. DeWilde cherchait des bons payeurs qui ne lui attireraient pas d'ennuis et qui payaient si possible en liquide pour que les impôts ne lui tombent pas dessus. Il n'était au courant de rien.

L'adresse indiquée correspondait à un vieil entrepôt délabré qui ne respectait certainement aucun critère de sécurité et ne pouvait donc être loué, dans une portion de Red Hook plutôt désolée. L'idéal pour Bob et sa bande.

En début d'après-midi, Brolin décida de s'y rendre, au moins pour appréhender l'ambiance sinon pour y jeter un coup d'œil rapide. D'après le plan, le bâtiment se trouvait être le dernier de Bond Street, dans le fond d'une impasse donnant sur le canal Gowanus. Brolin n'était pas sans savoir ce que l'on disait de cette zone, qu'elle était le cimetière de la Mafia et que bon nombre de gêneurs avaient les pieds lestés de béton pour nourrir les poissons du canal. Red Hook n'avait pas la meilleure des réputations, même en ce début de vingt et unième siècle.

Brolin descendit Carroll Street depuis le métro, s'enfonçant un peu plus dans le silence à chaque pas. Le coin était assez peu résidentiel, avec des hangars, des entreprises et des enfilades de garages, et des enseignes en anglais, italien ou mandarin. Le quartier se composait de bâtiments plats aux façades maussades, comme si rien ici n'avait le droit de s'élever, pas même les hommes. Les rares passants étaient en majeure partie des hommes au visage fermé, qui regardaient leurs pieds en marchant ; par moments un adolescent sur une moto dévalait une rue à pleine vitesse. Il n'y avait aucune rumeur de conversation, seulement le soupir d'une presse hydraulique au loin ou le couinement d'une grue.

Après dix minutes, Brolin bifurqua sur Bond Street. Une casse automobile jalonnait le canal dont la surface était marbrée par le gris des cieux. Brolin fit un tour sur lui-même, au nord il vit une immense cheminée peinte en vert, blanc et rouge, les couleurs de l'Italie, ce qui lui fit penser à Dante. Dante le poète, pas le tueur. Au-delà, la géométrie brune des tours d'une cité cassait le paysage avec la rudesse d'un carcan social.

Brolin arriva au fond de la rue : une impasse insalubre dont les trottoirs étroits étaient encombrés de palettes pourrissantes et de papiers gras. Le 451 correspondait à un tas de briques rouges grimpant difficilement à trois étages et dont les fenêtres étaient fermées de stores maquillés de « fresques » urbaines. Les deux quais de chargement de l'entrepôt n'avaient plus servi depuis la guerre du Viêt-nam, ils disparaissaient sous les vêtements déchirés et les cartons éventrés, les parois couvertes de tags. Comme pour souligner cette retraite évidente, la carcasse d'une voiture gisait contre l'un des quais, le capot ouvert, les roues sans pneus et les portières peintes d'inscriptions obscènes.

Deux semi-remorques déchargeaient leur marchandise en face, dans un hangar de pièces détachées, quatre individus taciturnes faisant la chaîne, c'était bien plus que ce que Brolin avait croisé depuis le début de sa promenade dans Red Hook. La nuit, la zone devait être absolument déserte, hormis quelques silhouettes sinistres.

Le détective privé contempla l'entrepôt une nouvelle fois.

Shapiro et Bob y étaient venus, y avaient-ils installé ce qu'ils prévoyaient, un temple ? Impossible à dire du dehors. Avec l'arrestation de Lynch puis la mort toute récente de Shapiro, Bob avait certainement abandonné cet endroit, il ne servirait à rien de monter une planque. De toute façon, les flics ne tarderaient pas à y venir.

Brolin recula, il parcourut les derniers mètres d'asphalte. Bond Street se terminait par une barrière affaissée puis un mètre de décharge avant que le Gowanus ne crève la vue de ses eaux méphitiques. Joshua prit son paquet de cigarettes. Il s'assit sur la barrière et laissa divaguer son regard.

Loin au sud, le métro aérien passait sur son fil de béton, en funambule des temps modernes. Juste au-dessus — à moins qu'il ne s'agît d'un effet d'optique dû à la distance — la Brooklyn-Queens Express dominait Red Hook et la baie Gowanus, laissant apercevoir les taches hésitantes de son cortège de véhicules perpétuellement ralenti. Brolin exhala la fumée nocive. À ses pieds, un vélo pendait à sa chaîne antivol, entièrement désossé, il ne restait que le cadre.

Brolin observa avec ironie la tige de nicotine qu'il tenait à la main. Il avait arrêté autrefois, dans une autre vie. Un rêve lointain, aux images troubles de pétales de rose, de saphir riant. Ou plutôt un cauchemar nébuleux, oui c'était cela, un sourire de sang. Il jeta la cigarette dans un bidon en plastique et reporta son attention sur l'entrepôt.

Deux des livreurs s'apostrophaient en échangeant des insultes *amicales.*

Brolin était concentré sur la pierre. Il avait lu tous les dossiers de la police sur la situation, sur ce qui avait été découvert. Les photos, les victimes que l'on ne retrouve jamais, même deux ans plus tard, les tatouages, la prière en latin sur Caliban. Une idée avait germé en lui à son réveil. Une désagréable idée pour ne pas dire plus. Et s'il voyait juste ? Si cette théorie qu'il venait de constituer était la bonne ? Si fou que cela pût paraître. D'abord, il devait s'introduire dans cet immeuble, ensuite il serait toujours temps de repenser à tout cela. Il était inutile d'en parler à Annabel pour le moment, s'il se trompait, il l'alarmerait pour rien.

La priorité était à ce *temple.*

Qu'est-ce que tu fais, Bob ? À quoi tu joues ? Pourquoi tous ces enlèvements et si peu de cadavres ? Et pourquoi un temple ? Vous priez Caliban ?

Il scruta les quatre hommes à une vingtaine de mètres. C'était risqué d'entrer par effraction, de là où ils étaient, ils pourraient le voir et alerter la police. Mieux valait attendre la tombée de la nuit, en fin de journée. Le quartier serait vide, sans témoin.

Il pourrait alors poser le pied chez Caliban.

34

En deux coups de téléphone, John Wilkes localisa son confrère d'échecs, Arnold McGarth, et le prévint de leur venue. Wilkes monta en voiture avec les deux détectives après avoir insisté pour emmener son chien. Ils retournèrent en ville où McGarth possédait une maison au bord de la rivière, à côté du moulin rouge de Clinton. En chemin, Wilkes avait expliqué que son compagnon travaillait à son compte comme expert-comptable, il était ainsi souvent chez lui, Internet lui servant de bureau.

McGarth était de taille moyenne avec de larges épaules et un crâne luisant au milieu d'une couronne de cheveux noisette. Il devait avoir dans les quarante-cinq ans, quelque peu lesté par le temps aux joues et sur le ventre, il portait un pantalon de velours sous une chemise à carreaux et ne s'était pas rasé depuis au moins deux jours. Il les fit entrer dans la chaleur étouffante du salon où brûlait une belle flambée dans la cheminée. La pièce était meublée avec un goût délicat, une collection de bibelots en verre sur des étagères et plusieurs photos de famille confirmèrent à Annabel que McGarth ne vivait pas seul. Le joueur d'échecs leur proposa du café et ne manifesta pas la moindre curiosité à l'égard des policiers. Wilkes l'avait prévenu par téléphone qu'ils étaient sur une enquête importante et qu'ils avaient besoin de son aide, McGarth s'était contenté de leur fixer rendez-vous chez lui, sans montrer plus d'intérêt. Quand il revint de la cuisine avec un plateau, il coupa la chaîne qui diffusait du Schubert, et demanda enfin :

— En quoi puis-je vous aider? John m'a parlé d'une énigme, je tiens à vous prévenir, je ne suis pas un très bon joueur, les échecs sont un simple hobby pour moi, pas une passion.

— Ça n'a rien à voir avec les échecs, en fait c'est votre connaissance des trains qui nous amène, corrigea Thayer en refusant d'un geste la tasse de café qu'on lui tendait.

Annabel prit la parole afin d'expliquer sommairement leur enquête et l'énigme qui les conduisait chez lui. John Wilkes l'interrompit poliment pour exposer ses propres conclusions, ce qui amusa les deux détectives, le vieil homme se prenait au jeu.

— Tu as tout à fait raison, fit McGarth, le John Wilkes est un train, enfin était. Il traversait tout le New Jersey, allant de New York à Pittstown en Pennsylvanie, et il a été arrêté en 1961 je crois, alors que le trafic ferroviaire était en plein déclin. Attendez.

Il se leva et disparut dans le couloir pour revenir avec un livre et un classeur à la main. Il consulta les deux, un ouvrage de référence et ses notes personnelles, pour finalement s'extasier :

— Oui, c'est bien ça, en service de 1939 au 3 février 1961. La locomotive était une Pacific K-5B, à vapeur évidemment, tractant des wagons Pullman.

De la belle ouvrage. Oh, oui ! Un bijou cette machine. Numérotées 2101 et 2102, j'ai tout un tas de documents à leur sujet.

— Et pour la mention JC1 15, ça vous dit quelque chose ? Ça pourrait être du jargon ferroviaire ? questionna Thayer.

McGarth n'hésita pas longtemps.

— Oui, tout à fait. Sur les postes d'aiguillage, les anciens réservoirs à eau, les locaux techniques, enfin dès que possible, on inscrivait les initiales de la grande ville de destination, ou la ville de rattachement de ligne, suivies du nombre de kilomètres depuis ce point. Dans le New Jersey, J. C. correspond à Jersey City. Faites voir cette énigme...

McGarth prit la feuille et lut à voix haute :

— « ... *Petit indice, cette famille-là a charrié sur son dos les entrailles de la terre ! Elle vit au-dessus du Delaware...* »

Il hocha la tête avant de développer, victorieux :

— Les entrailles de la terre, je suppose qu'il parle d'exploitation minière, ce qui est tout à fait logique, à la fin du XIXe siècle et jusque dans les années 1950, il y a eu plein de lignes de chemin de fer exclusivement utilisées pour transporter le charbon et la houille. La majeure partie se concentrait au nord-ouest de l'État mais elles ont toutes été démontées, abandonnées ou rachetées par N.J. Transit, Amtrack et Conrail pour leurs propres réseaux.

Thayer et Annabel s'observèrent, ils avaient du mal à contenir leur excitation. Si ce type disait vrai — et tout jusqu'à présent s'imbriquait parfaitement —, ils allaient faire un bond magistral en avant, vers ce Bob.

En passionné, McGarth continuait sur sa lancée :

— Il ne reste plus grand-chose aujourd'hui de l'immense toile ferroviaire d'autrefois, le rail a décliné pour beaucoup de raisons, dont l'une, et pas des moindres dans la région, est le réfrigérateur ! Vous imaginez ? D'un coup New York n'avait plus besoin de faire venir des tonnes de glace des Poconos, tout le monde en avait chez soi en ouvrant simplement la porte du frigo !

Thayer s'avança au bord du siège, il recentra la conversation :

— Pour en revenir à notre histoire, si je comprends bien, il nous faut trouver une ligne de chemin de fer — qui n'existe peut-être plus aujourd'hui — qui servait au transport de fret, et qui passe à exactement 115 kilomètres de Jersey City, résuma-t-il. Y a-t-il un musée du train dans l'État ?

La réponse de McGarth fut coupée par le déclic de la porte d'entrée. Une femme d'une quarantaine d'années entra, un sac à provisions sur les bras. Elle portait un tailleur vert sur un pull en cachemire écru. Découvrant tout ce monde dans son salon, elle fronça les sourcils et salua brièvement l'assemblée.

— Ces gens sont de la police, Marge, expliqua McGarth.

Marge McGarth s'arrêta sur Thayer et devint toute pâle.

— Que se passe-t-il ? s'affola-t-elle.

— Rien, chérie, rassure-toi, ils veulent quelques précisions sur les trains.

Arnold McGarth balaya l'air de la main.

— Tout va très bien.

Le visage rond de Marge McGarth se relaxa et ses lèvres charnues se plissèrent.

— Bon. Je vous laisse alors, fut son unique commentaire.

Elle soupira et disparut vers la cuisine.

Son mari sembla gêné par l'intrusion de sa femme, il s'excusa auprès de Thayer :

— Désolé, elle est très émotive, je suis sûr qu'elle s'est tout de suite imaginé que vous étiez là pour nous annoncer une mauvaise nouvelle. Pour répondre à votre question, inutile de chercher un musée, j'ai plusieurs cartes.

Il retourna dans son bureau pour prendre les précieux rouleaux et en déplia un sur la table à manger.

— Voilà, celle-ci, bien qu'un peu confuse à déchiffrer, rassemble tous les tracés de voies qui ont existé dans le New Jersey. Nous disions donc, Jersey City...

Il prit une règle et traça un peu maladroitement un semblant de cercle à 115 kilomètres de la ville en question. Puis il suivit du doigt plusieurs lignes, certaines dessinées en rouge, d'autres en noir ou en vert.

— Je crois que nous y sommes, conclut-il en tapotant de l'index un tracé noir. Cette couleur définit les lignes minières, et celle-ci est la seule qui passe exactement à 115 kilomètres de Jersey City, les autres sont des lignes passagères.

Il redoubla d'enthousiasme :

— C'est dans les Skylands, une région de hautes collines, et encore mieux : elle surplombe la rivière Delaware. « *Au-dessus du Delaware* », mentionne votre énigme, non ? Si ça n'est pas ce que vous cherchez, je veux bien être pendu.

Annabel remarqua que la femme de McGarth se tenait à proximité de la porte de cuisine, l'air faussement occupé à ranger ses courses tout en écoutant ce qui se passait dans son salon. La détective ne s'en préoccupa pas davantage, elle savait que les enquêtes policières suscitaient toujours une curiosité indiscrète.

Thayer posa sa main sur le bras d'Arnold McGarth.

— Si vous passez à Brooklyn prochainement, faites-le-moi savoir, je vous dois un restaurant. Annabel, préviens Woodbine, que la police d'État soit prête à nous filer un coup de main, je vais appeler le shérif de... (Thayer vérifia sur la carte.) Du comté de Montague pour annoncer notre venue.

McGarth avait l'index levé, tel un élève timide qui demande la parole. Après un moment, Thayer le remarqua et hocha la tête pour lui intimer de s'exprimer.

— C'est juste que... La ligne en question, eh bien, c'est une ligne abandonnée.

Les yeux de Thayer accrochèrent ceux d'Annabel. Ils pensaient à la même chose. Ils *espéraient* la même chose.

Avoir trouvé la cache de Bob.

Les minutes suivantes s'égrenèrent au téléphone, jusqu'à ce que la situation fût expliquée et le feu vert donné. Le capitaine Woodbine allait joindre toutes les autorités compétentes pour qu'elles soient prêtes. Pendant ce temps, Thayer et Annabel iraient sur place avec le shérif local pour s'assurer qu'ils ne s'étaient pas trompés, l'erreur demeurait possible malgré tout. S'il se révélait qu'ils avaient vu juste, ils avaient pour ordre de ne prendre aucun risque et d'attendre les renforts.

McGarth accepta sans rechigner de laisser sa carte aux détectives, lui et Wilkes donnèrent leurs coordonnées non sans une certaine fierté, conscients du rôle déterminant qu'ils venaient de jouer. Ils saluèrent les deux détectives de la grande ville qui filaient en vitesse vers cette destination mystérieuse, sans savoir ce qu'ils allaient y trouver.

Lorsqu'ils furent sur la route, roulant au-delà des limitations, le ciel se mit subitement à pleurer de la neige, d'abord timidement et enfin sans retenue. Comme s'il cherchait par tous les moyens à empêcher Annabel et Thayer d'atteindre ce point sur la carte.

Semblable à une balle tirée dans du coton, la Ford fusa dans ce rideau opaque, ses deux phares perçant l'inconnu.

35

La luminosité était tombée, une chape terne de grisaille plombait tout l'État. On se serait cru en pleine éclipse de soleil.

La Ford atteignit Montague, à l'extrême nord-ouest du New Jersey, en une heure et demie. C'était un pays de collines et de forêts épaisses à la lisière de la Pennsylvanie. Le shérif Sam Tuttle les attendait, prévenu par le capitaine Woodbine de leur arrivée imminente et du but de leur visite.

Montague était une petite bourgade nichée entre deux monts couverts de bois, un ensemble de bâtisses aux toits pointus avec peu de rues et des commerces centralisés dans l'artère principale. La neige donnait aux quelques enseignes lumineuses un éclat de fin du monde. Les piétons se dépêchaient de rejoindre la chaleur de leur foyer et la plupart des voitures ne circulaient déjà plus.

En voyant Annabel et Thayer entrer dans son bureau avec les épaules et les cheveux trempés, Sam Tuttle courut leur apporter du café bouillant. Il se montra tout de suite coopératif. C'était un petit homme approchant la cinquantaine, au visage rond hérissé par les poils gris d'une barbe de trois jours. Il respirait la gentillesse, et la sagesse.

Faisant écho à leur demande d'un véhicule plus adapté au temps, le shérif Tuttle protesta :

— C'est pas une bonne idée de partir avec toute cette neige, ici faut pas se fier à la météo, ça peut s'arrêter dans une heure comme dans deux jours. Si on se retrouve dans les hauteurs en pleine tempête...

Il haussa les sourcils en portant à la bouche le gobelet que Jack Thayer avait refusé.

— Peu importe, il faut y aller, objecta Annabel. Comme vous l'avez entendu, c'est une affaire primordiale.

Tuttle soupira en posant sur la jeune femme les yeux de celui qui a compris qu'il n'obtiendra rien en insistant.

— J'ai un Cherokee qui nous permettra de prendre les chemins. D'après votre carte, il faudra marcher un peu ensuite. Je ne sais pas ce que vous espérez trouver là-haut, parce qu'il n'y a rien ni personne. Peut-être une cabane ou un truc comme ça, mais personne ne vit en plein hiver dans ce coin-là !

Annabel ne parvint pas à réprimer un frisson glacial en repensant à la carte que Bob avait fait parvenir à Spencer Lynch. « ... *Maintenant tu dois apprendre à devenir comme nous. Invisible. Franchis le pas, montre-toi malin... Cette famille-là a charrié sur son dos les entrailles de la terre...* » Elle songea à ce que Brolin lui avait fait remarquer : Bob allait s'en prendre à une famille. Peut-être était-ce déjà fait ? Elle avait le sentiment que c'était cette famille-là qu'ils s'apprêtaient à découvrir. Et s'ils étaient vivants, quelque part là-haut, déposés dans une cabane, en offrande au nouveau venu ? Spencer Lynch est à l'hôpital maintenant, contra-t-elle. Et alors ? Vas-tu prendre le risque de les abandonner dans le froid s'ils y sont ? Tout ça n'était que supposition, se répéta-t-elle pour se rassurer.

— Prenez tout de même une arme, avertit Thayer, nous n'avons pas la moindre idée de ce qui nous attend. (Il lança un regard à Annabel.) Si nous repérons le moindre risque, la police d'État n'attend qu'un signal pour accourir.

Sam Tuttle fit un geste de la main qui voulait dire « c'est comme vous voulez », tout en penchant la tête vers la fenêtre. S'il y avait un problème, il n'était pas sûr du tout que les renforts puissent faire le chemin dans cette purée de pois. Surtout s'ils étaient à Trenton, siège de la police d'État. Pas sûr du tout.

Les gyrophares projetaient des éclairs bleus et rouges dans la nuée de moins en moins diaphane. Les cieux tout entiers s'effondraient, par une fissure colossale, déversant la poussière soudainement corrompue du paradis. Tandis que les essuie-glaces s'épuisaient en un raclement asthmatique, Jack Thayer contemplait la neige, ces cendres des anges qui recouvraient le monde. Il en appréciait l'ironie, lui qui était féru de littérature, qui dans ses heures de chaos se plaisait à dire qu'il avait trop lu pour croire encore en Dieu. De son siège confortable, il se mit à composer quelques vers, avec dans le rictus de ses lèvres le fantôme blême de John Milton.

Ils ne croisèrent aucune voiture sur Clove Road, les conifères jaillirent sur les bas-côtés et ils s'enfoncèrent dans Old Mashipacong Road pour monter à flanc de colline. Il fallait rouler à vitesse réduite, surtout dans les virages, pour ne pas chasser et risquer de quitter la route pour le ravin ou les arbres. Ils mirent plus de trois quarts d'heure pour atteindre un point qui n'était qu'à douze kilomètres de Montague. Lorsque le Cherokee s'immobilisa sur une aire de repos, il faisait si sombre au-dehors qu'il fallut laisser les phares allumés pour retrouver le départ du sentier.

La morsure du froid les cueillit à pleines dents dès qu'ils sortirent.

Tuttle enfonça sa casquette de shérif sur son crâne et distribua des lampes torches à ses compagnons, il défit la sécurité de son fusil à pompe qu'il emporta avec lui sous le regard de Jack Thayer.

Puis l'ogre de la forêt les avala.

Dès les premiers mètres, ils se sentirent déshabillés par la glace que le vent cracha sur leur peau. Les pieds devinrent engourdis, les orteils douloureux. En quelques minutes leurs mains se transformèrent en appendices lourds, comme remplis de neige tassée, leurs pouces ne parvenaient presque plus à se plier. Par intermittence, un filet glacial cascadait le long de leur dos, leur arrachant des frissons désagréables. Bientôt, ils oublièrent jusqu'à l'existence de leurs oreilles, de leur nez qui cessa de les brûler, et tous les traits de leur visage se raidirent.

Les branches étendaient leurs doigts noueux jusqu'à agripper les bras et les jambes, semblables à une haie de mendiants désespérés. Les trois représentants de l'ordre fendaient la végétation lugubre, leurs lampes torches en guise de coupe-coupe. La frondaison des conifères dessinait une pergola protectrice contre la tempête, le flanc de colline les avait acceptés sous l'aile bienveillante de son duvet, pendant que les bourrasques de neige inondaient le ciel avec violence. Le froid cependant s'intensifiait encore. Les rares flocons qui perçaient le rideau salvateur tombaient avec légèreté, comme des plumes. La tempête transformait la lumière synthétique en poudre d'or. On se serait cru dans un conte fantastique.

Un conte où Annabel gardait à l'esprit que le loup avait rôdé par ici, il pouvait même les épier en cet instant précis.

Dans un virage pentu, un rocher sourdait du sol à la manière d'un dolmen ou d'un totem de pierre, l'index de la terre dressé vers les étoiles. Sam Tuttle s'y accouda et vérifia la carte de Thayer. Il désigna l'épaisseur sinistre des bois.

— Si je me fie à la croix que vous avez tracée, faut quitter le sentier maintenant, on pourra pas l'atteindre autrement. Encore une fois, je ne crois pas que ça soit une bonne idée. Le temps se gâte.

Annabel posa une main sur son épaule et le gratifia d'une moue amicale :

— Nous n'avons pas fait tout cela pour rien, alors en route.

Ainsi que l'avait prédit le shérif Tuttle, le reste de la marche ne fut pas aisé. Entre plantes piquantes et sol glissant, ils eurent leur lot d'écorchures et de chutes douloureuses. À chacune d'entre elles, c'était un peu plus de chaleur qui disparaissait et plus de froid qui s'immisçait autour d'eux. En écartant une branche basse, Tuttle découvrit soudain la trouée qui perçait la végétation comme une déchirure, courant le long des Skylands sur plusieurs kilomètres oubliés. C'était une brèche qui avait dû faire dans les quatre ou cinq mètres de large autrefois et qui désormais se résorbait peu à peu, la forêt cicatrisant cette plaie industrielle à coups de germes et de pousses grandissantes. Le vent s'engouffrait dans ce couloir avec la force d'un train à pleine vitesse. Annabel enfonça la tête dans le col fourré de son bombardier et lança de petits coups de pied dans la neige, jusqu'à ce qu'elle ait confirmation qu'ils étaient au bon endroit : elle déblaya un rail brun, couvert de rouille.

— Nous y sommes presque ! s'écria Thayer par-dessus le vent. Encore un petit kilomètre dans cette direction.

Il s'y engagea, le buste penché en avant. Tuttle tenait son fusil à pompe sur l'épaule, réajustant sans cesse son chapeau pour ne pas le perdre. Pendant qu'ils marchaient, Thayer se rapprocha de son équipière et lui tapota la manche avant de crier dans la tempête :

— Tu sens le hurlement des oracles qui nous pousse en arrière ? On cherche à nous empêcher d'y aller ! Le souffle de Delphes parvient jusqu'à nous, Anna ! La Pythie nous guette de son trépied !

Son rire fut emporté aussitôt dans les turbulences. Annabel ne partageait pas son humeur philosophique, elle le connaissait assez pour savoir que sa verve était stimulée dans ces moments de tension croissante, elle l'avait déjà entendu déclamer des vers là où d'autres auraient prié. C'était Thayer.

Plus tôt qu'ils ne l'auraient attendu, un réduit en tôle apparut sur le bas-côté, cerné de congères. L'atelier était trop petit pour servir d'habitation, à peine de quoi y entreposer des outils. À mesure qu'ils s'en approchaient, la tension désengourdissait les membres que le froid avait peuplés de fourmis.

Lorsque les lettres de peinture décatie apparurent sur le flanc de la construction, Jack et Annabel surent qu'ils étaient sur le territoire du monstre.

JC 114.

C'était immanquable, le point de repère des conducteurs de locomotives à vapeur, des cheminots travaillant à l'entretien de la voie ; en lisant ce hiéroglyphe ferroviaire, ils savaient où ils étaient, et où conduisait cette voie.

— On y est. C'est là, devant, plus très loin maintenant, commenta sombrement Thayer.

Tuttle continua avec le fusil braqué devant lui, la lampe en équilibre dans une main. Le soleil invisible dans la mélasse grise devait être sur le point de se coucher, les ombres s'élargissaient, prenaient de l'assurance et de la profondeur. Bientôt le trio fut cristallisé, les cheveux constellés de diamants fondants et les joues givrées d'une nappe de vieillesse précoce.

Flanqué de deux sapins magistraux, un pont branlant émergea tout d'un coup de la brume virevoltante. Construction bien modeste, de bois et d'acier, enjambant une cavité d'une vingtaine de mètres, sans gardefou, il formait un petit U à l'envers au-dessus du vide.

Annabel se sentit encore moins rassurée à l'idée de passer sur son dos vermoulu. Elle commençait déjà à chercher du regard un autre chemin tout en se doutant qu'il n'y en avait pas lorsque l'œil apparut.

Un vaste trou noir de l'autre côté du pont, l'entrée d'un tunnel.

L'antre de Bob ? se demanda-t-elle aussitôt.

Ne sois pas idiote ! Personne ne peut vivre ici !

Ils tâtèrent du pied les traverses avant de s'y engager, l'un après l'autre, Thayer en tête et Tuttle fermant la marche.

Le bois craquait sous leur poids. À mi-chemin, Annabel prit conscience qu'elle ne distinguait plus rien autour d'elle, rien que l'immensité étouffante du blanc, du brouillard de neige. Son cœur cognait désespérément, il semblait lointain.

Le froid l'engourdissait jusque dans sa poitrine. Elle ne percevait plus ses cuisses.

Une fois sur la terre ferme, de l'autre côté, elle s'accorda une longue expiration de soulagement qui ne dura pas. La gueule béante de la falaise s'ouvrait devant elle, les crocs suintant d'humidité, des canines de glace de trente centimètres menaçant de lui tomber dessus.

La voix de Thayer dans son oreille la fit sursauter.

— Effrayantes ces stalactites, hein ?

Tuttle les rejoignit, grimaçant.

— Le pont est costaud, il a bien supporté les années, remarqua-t-il.

Thayer hocha la tête.

— Si Bob et sa bande viennent ici, il vaudrait mieux en effet.

Les trois lampes se braquèrent vers l'intérieur du tunnel. Ils entrèrent à pas lents, zigzaguant entre les rails et les débris. Des murs pendaient des racines filandreuses par centaines, très vite l'odeur de la poussière les enivra. Ils ne distinguaient pas l'autre issue, le courant d'air frais en était le seul témoin.

Soudain les lampes accrochèrent une masse aux angles menaçants. D'abord une chaîne rouillée, puis une mâchoire d'attelage et enfin l'acier ocre d'un wagon de marchandises.

Des gouttes d'humidité tombaient dans une flaque quelque part.

Le wagon couvert était fermé sur un de ses flancs par une porte coulissante, la corrosion avait déjà bien abîmé sa structure. Il devait être là depuis la fermeture de la ligne, abandonné car trop coûteux à rapatrier, ou un oubli de la compagnie.

Annabel le contourna par la gauche, son cœur battait dans ses tempes désormais. Elle défit la sécurité de son holster et prit son Beretta tout doucement. Elle capta dans son faisceau lumineux les yeux gris de Thayer qui la fixait. Pendant une seconde, elle crut même qu'il riait, il n'en était rien, il fit un mouvement de la tête pour montrer la porte et se glissa sur le côté, prêt à l'ouvrir.

Tuttle à un mètre derrière, Annabel braqua son arme ainsi que la lampe et hocha la tête.

Thayer tira de toutes ses forces sur le montant qui coulissa bien plus facilement qu'il ne l'aurait pensé.

Ils surgirent du néant, avec leurs yeux de déments et leur sourire carnassier. La terreur tomba sur les visages d'Annabel, de Jack et de Sam Tuttle.

En un instant, la mort s'empara d'eux.

36

Avec la tombée du jour et la déferlante de neige sur Brooklyn, le quartier de Red Hook se recroquevilla sur lui-même, à l'abri de ses cheminées, de ses docks et de ses entrepôts. Le bâtiment que Brolin voulait visiter était au milieu de cette mélasse blanche. Lentement, ses briques rouges se fondirent dans la brume suprême, diadème perlé régnant sur la ville pour une nuit. Le détective avait tué le temps en buvant du thé à la menthe dans un bar crasseux, avec dix fidèles à l'année pour toute clientèle. Il écouta les langues claquer sur les vagues de ces mots qu'il ne comprenait pas, au gré d'images qui lui échappaient.

Le début de soirée entamé, il se tenait contre l'épave de voiture, au pied de l'entrepôt où, à n'en pas douter, Bob et sa secte vicieuse avaient officié.

Profitant de la densité de la neige qui flottait dans les rues, Brolin s'engouffra dans cette poussière froide et escalada un des quais de chargement. Pendant la journée, il avait repéré un passage possible sur le côté. La discrétion était sa priorité, et celle-ci n'était maintenant plus un problème grâce aux aléas du climat. Il tâtonna à la recherche du rebord, pour ensuite se hisser vers une corniche un peu plus haute. En quelques mouvements il se retrouva au-dessus des quais, sur le toit. L'ombre massive des étages le surplombait et le protégeait du vent. Accroupi, il se dirigea vers l'autre côté. Comme il l'avait espéré, une cour de béton s'étendait au-delà, une aire de stockage tout aussi vétuste que le reste. Le canal Gowanus avec ses eaux vertes en partie masquées par les vapeurs du ciel fermait l'autre extrémité. Brolin se laissa retomber de ce côté-là, entre les hautes herbes qui jaillissaient dans les fissures de la dalle, et se mit en quête d'une porte qu'il trouva rapidement. Il jouissait à présent de tout son temps, aucun risque d'être vu par un rôdeur.

Armé de son kit de crochetage, Brolin entreprit de faire plier la serrure. Ses doigts n'avaient, dans cet art, rien d'un sésame miraculeux ; c'en était parfois à faire sortir Houdini de sa tombe. Cette fois, il lui fallut pas moins de dix minutes avec ses mains engourdies pour ouvrir la porte de tôle.

Celle-ci se referma avec un bruit sourd sur l'opacité des ténèbres.

Le crayon lumineux de Brolin émit un fin rayon de clarté, tel un minuscule trait blanc au milieu d'un tableau noir.

La poussière flottante irisait dans le faisceau. Une incroyable quantité de caisses en bois était empilée sur la droite de Brolin, se décomposant dans l'humidité. Il avança un peu, entre des cartons mous et des détritus divers. Le plafond grinça.

Brolin se raidit, la main prête à s'emparer du Glock.

Le grincement se répéta, plus étouffé.

En levant la tête il remarqua qu'une partie du toit était constituée de plastique épais, le genre de matériau qui laisse filtrer la luminosité, quand il y en a.

C'est la neige, imbécile, le poids de la neige qui fait ça.

Il reprit son exploration dans une atmosphère de vieux galion : craquements, grincements et humidité. Après avoir fouillé deux grandes salles, Brolin s'engagea dans un corridor étroit, passant de l'entrepôt long et plat au bâtiment haut. Dans un recoin, plusieurs pots de peinture vides étaient entassés. Plus loin, c'était des mètres et des mètres de gaine isolante pour fils électriques, trouée ou couverte de plâtre sec. Le crayon lumineux ne permettait pas d'y voir à distance, le complexe parut subitement immense.

Procède avec minutie, rappelle-toi le Dr Folstom à Portland, elle disait toujours « il faut être technique ». Détache-toi de tes émotions, pas de découragement.

Le visage souriant de Rachel Faulet s'imposa à son esprit. Cette jeune femme qu'il ne connaissait que par les témoignages des autres, par des photos, et qu'il espérait encore en vie, quelque part, pour sa famille.

Pour elle, pour tous les autres. Concentre-toi. Où Bob s'installerait-il, d'après toi ? Non, plutôt, où installerait-il un temple à la gloire de Caliban ?

Il repassa en vitesse toutes les informations qu'ils possédaient sur Bob et sur ce nom : Caliban. Ce dernier restait obscur, un concept étrange, presque une divinité, le psaume en latin était clair à ce sujet. Bob était probablement un égocentrique, comme beaucoup de criminels de son espèce, il ramenait tout à lui, il se faisait passer pour une sorte de gourou.

Quoi d'autre ?

Il a un certain âge. Au moins la trentaine, il a réussi à manipuler plusieurs personnes, les Shapiro et Spencer. Il n'a pas de préjugé concernant la race et le sexe de ses victimes, c'est donc qu'il ne tue pas pour le plaisir sexuel, ou pas seulement, pas directement. Il croit en ce qu'il fait, il a la folie des grandeurs. C'est lui qui a inventé Caliban, tout ce charabia. Il aura voulu quelque chose de grandiose, si c'est ici son temple, il aura préféré une grande salle, plus solennelle. Et il est prudent, pas d'empreinte, on ne l'a jamais vu, il soigne énormément son mode opératoire pour enlever ses victimes, il est intelligent. Un peu paranoïaque, certainement. Il aura choisi une pièce le plus à l'abri possible. En hauteur.

L'immeuble de briques rouges qui faisait partie du site montait à plus de quinze mètres, de quoi se sentir au-dessus des autres, dominant.

Brolin se mit à chercher un escalier. Ce faisant, il sentait son esprit divaguer dans les abysses du Mal, ouvert sur le crime, sur tout ce qu'il avait vu, lu, entendu dans sa vie. Ces milliers de photos de cadavres mutilés, en gros plan sur les chairs béantes, avec rapport d'autopsie, ces corps visqueux, suintant la souffrance à pleins pores. Ces mêmes amas de viande ouverte sous ses yeux, sur les lieux de crime ou à la morgue. Ces bandes sonores qu'il avait écoutées, sur lesquelles les tueurs enregistraient la mise à mort très lente d'une femme ou d'un enfant. Parfois, les vidéos que tournaient ces monstres, où la victime comprenait qu'elle allait terriblement souffrir, qu'elle allait mourir et pourtant continuait d'espérer, jusqu'à ce que son propre sang l'aveugle, et que, dans les heures suivantes, son regard change pour implorer que tout cela cesse, pour que cette mort si effrayante accoure à son secours. Tout cela et bien plus encore.

Il dépassa un sas et entendit le cliquetis d'une chaîne. Puis le hurlement atroce d'une femme. Dans un flash où l'image était rouge veinée d'éclats blancs, Brolin vit une bouche se tordre, le rouge à lèvres étalé sur le menton à force de coups. Le hurlement se prolongea si fort qu'il en devint inhumain. Il n'y a qu'à la lisière de la mort, au Royaume de la souffrance, qu'il est possible de crier ainsi. Et les lèvres commencèrent à se strier. Des marbrures pourpres éclatèrent sous la délicate membrane rose. Les commissures se ridèrent tandis que le hurlement continuait sans fin, et soudain, dans un claquement sec, elles se déchirèrent. Le sillon rouge remonta de part et d'autre sur les joues, grimpa vers les oreilles, bouche démoniaque avide de gourmandises interdites. Des perles de sang apparurent. Le liquide onctueux se mit à couler sur la mâchoire, en une parodie infernale de clown grimaçant.

Un éclair blanc chassa l'image de son esprit. Brolin haletait.

Il subissait ces parasites depuis des années, des violences imaginaires qui remontaient à la surface en *derelicts* incontrôlables. Cela n'avait bien sûr rien à voir avec ces flashs de prescience qu'ont les profileurs dans les séries télé, tout ça n'était que foutaise. Ces apparitions-là étaient bien plus réelles, le fruit de sa personnalité et de ses connaissances. Mais qui n'amenaient à rien, sinon à la folie.

D'un geste énervé, Brolin balaya l'air devant lui. Il ferma les yeux et posa les genoux à terre, le temps de retrouver une certaine sérénité.

Les grondements de l'entrepôt lui parvenaient en écho, provenant d'un couloir sans fin.

Il se remit en route, aspergeant tous les angles de son faisceau. Un courant d'air sifflant rasa ses tempes avant de se taire. Il y avait tant et tant de trous, d'ouvertures rouillées et de fenêtres cassées que cela n'avait rien d'anormal. Le sifflement reprit, saccadé. L'immeuble respirait. Un long souffle pénible.

Pour s'aider, Brolin progressait une main contre le mur, il s'attendait presque à sentir celui-ci se soulever et s'abaisser en rythme, il devinait la chaleur tiède qui revenait peu à peu dans ses parois. Il était dans la gueule de la bête, foulant ses entrailles, il ne tenait qu'à elle de déglutir.

La lampe fit luire une rambarde d'acier. L'escalier.

Joshua l'effleura du bout des doigts et la colonne vertébrale de la bête tressaillit dans un tintement. La respiration sifflante passa dans ses cheveux. Froide.

Il posa un pied sur la première marche et hésita. L'escalier descendait vers les profondeurs, vers les caves.

Bob est avant tout prudent. Il n'y a pas de soupirail en bas, pas de fenêtre, rien pour laisser passer le bruit, ils étaient au calme, à l'abri !

Il fit demi-tour et descendit. Ça ne coûtait rien de commencer par là. Ses pas sur le métal des marches martelèrent l'édifice d'un écho mat. Sous terre, la respiration de l'entrepôt était plus ténue, on s'y sentait plus en intimité.

Une succession de salles, vides pour la plupart. Des conduits serpentant sur les murs, et une énorme chaudière au bout, le cœur endormi de la bête. Brolin redressa la tête.

Il revint en arrière, dans la pièce précédente. Elle n'était pas entièrement vide, contrairement aux autres. Le sol était jonché de cartons ouverts qui recouvraient le ciment à la manière d'un lino plus que rudimentaire. Brolin arpenta les lieux et souleva les morceaux. Quelques insectes écrasés, rien de singulier. Pourtant il sentait qu'il était au bon endroit. Murs aveugles protégés sous terre, au centre d'un dédale pouvant favoriser la fuite, et de surcroît l'atmosphère oppressante était parfaite pour des cérémonies étranges. Brolin n'imaginait pas Bob et ses sbires comme des suppôts de Satan, ils faisaient autre chose, qu'il pressentait de bien plus concret.

Ils avaient disposé les cartons pour qu'ils boivent le sang des carnages.

La lampe posa son œil inquisiteur sur le sol. Tout était tellement pourri qu'il ne subsistait aucune trace décelable. Joshua continua cependant à tout remuer. Jusqu'à déloger plusieurs bouts de papier froissés. Trois boulettes déchirées qui avaient glissé entre deux morceaux de carton. L'une était un tract publicitaire, il n'en restait quasiment rien, impossible à identifier. L'autre...

Un bruit sourd résonna dans le couloir, dans le dos de Brolin.

Cette fois ça n'était pas la structure, c'était plutôt quelqu'un qui se cognait, heurtant quelque chose. Le détective privé sortit doucement son arme et se redressa. Le plus discrètement possible, il longea le mur pour venir dans l'alignement du couloir. Il prit son inspiration et jeta tout son corps dans l'inconnu, lampe et arme brandies devant lui.

Rien.

À pas chassés, il s'avança, il sentait la chaleur du stress l'envahir, inonder sa tête jusqu'à la rendre lourde sur sa poitrine.

Brusquement, une ombre fondit dans la pâle clarté de sa lampe, aussitôt suivie du martèlement métallique de l'escalier. Brolin s'élança. Il espérait que c'était un clochard, quelqu'un qui pourrait avoir été témoin de quelque chose. Au fond de lui brillait un voyant de sécurité, il se pouvait que ce fût une présence bien plus dangereuse...

Il atteignit le bas de l'escalier alors que l'autre venait de le quitter. En un instant, il se retrouva au rez-de-chaussée. Dans le silence. Il retint sa respiration pour écouter. De cette apnée, il sentit tout d'abord la moiteur de sa paume contre son arme.

Il n'y avait aucune trace de l'individu. Les zones d'ombre étaient multiples, partout, et plusieurs chemins partaient de là. Il pouvait être n'importe ou. Il y eut alors un froissement à peine perceptible.

Brolin comprit ce qui se passait tout en s'apercevant qu'il était trop tard.

L'autre était juste derrière lui.

TROISIÈME PARTIE

« Je me rends compte que je suis en train de me concentrer sur tout ceci, ces maisons, ces signes extérieurs de sécurité et de satisfaction, non seulement pour me distraire de ce que je prépare, mais aussi pour me conforter dans mon intention. Je suis censé mener cette vie-là, au même titre que n'importe lequel des fichus habitants de cette fichue route en lacet, avec leurs noms sur leurs boîtes aux lettres élégantes et leurs panneaux rustiques en bois. »

Donald WESTLAKE, *Le Couperet*

37

La mort.

Exhibant ses dents blêmes et ses orbites creuses.

La mort partout, surgissant à n'en plus finir par vagues insurmontables. Voilà ce qui les attendait.

Avant d'ouvrir la porte coulissante du wagon de marchandises, Thayer s'était préparé à peu près à tout sauf à ça. Annabel se rassurait par encouragements timides. Bien sûr, lorsque la porte glissa, le masque de l'effroi passa aussi sur son visage. Quant au shérif Sam Tuttle, il manqua de s'évanouir, il tomba sur une pierre et n'en décolla plus. C'était impossible.

Ils étaient tous là.

Collés les uns aux autres, tous les disparus depuis deux ans, tous ou presque. Ils se tenaient ensemble, en une formidable solidarité, mêlant le bras de l'un et la jambe de l'autre, ils s'étaient trouvé une place avec le temps, et constituaient à cet instant un écheveau improbable. La porte s'était ouverte sur leurs regards vides, ils fixaient presque tous cette petite lumière qui les inondait, lumière presque mythique en ce lieu perdu. Aucun ne plissa les yeux, ni ne détourna la tête pour s'abriter d'un aveuglement éventuel.

Une soixantaine de squelettes habitait cette demeure corrodée.

Les os blafards saillaient en épis, imbriqués dans un formidable labyrinthe mortuaire. Le labyrinthe des os. L'entrée était à leurs pieds, la sortie... il y en avait plus de soixante, conduisant chacune à une vie passée. Accepter le jeu signifiait les trouver toutes. Les crânes ternes ressemblaient à autant de pièges. Parmi les mâchoires quelques bridges ou couronnes s'accrochaient désespérément à la lumière des lampes comme à un lambeau d'existence. Les cages thoraciques faisaient office de grilles, et les vertèbres de ponts. Il y avait dans cette nécropole un parfum âpre de cruauté, une trop grande solitude dans la mort.

Les renforts mirent deux heures pour arriver, une attente interminable à l'entrée du tunnel pour les trois compagnons. Ils virent la voie ferrée disparaître entièrement sous la neige, et l'armature du pont avec elle, ajoutant un fantôme de plus. Il fallut indiquer aux nouveaux venus où marcher pour ne pas risquer la chute. Il faisait entièrement nuit lorsque les techniciens branchèrent les projecteurs au groupe électrogène portable. Le wagon s'illumina dans un embrasement de poussière.

Un radiateur à gaz fut installé pour prévenir les engelures, on s'y relayait pour se réchauffer, parfois plus l'âme que les mains.

La neige continuait de tomber dehors, ils eurent bientôt tous l'impression de se trouver dans une grotte secrète derrière une cascade. Le responsable des techniciens de scène de crime s'appelait Clive Fielding, lui-même avoua qu'il n'avait jamais vu une chose pareille. Les mots Holocauste, camps de concentration et Shoah revinrent à plusieurs reprises parmi la demi-douzaine d'individus présents.

Clive Fielding dirigeait les opérations d'une voix de baryton, en prenant sans cesse des notes dans son carnet. Annabel s'approcha de lui.

— Vous pensez qu'on va pouvoir en tirer quelque chose ? demanda-t-elle en désignant le wagon et sa sinistre cargaison.

On avait coutume de dire dans la police que plus un cadavre était frais plus l'identification serait possible rapidement. Ici cela semblait compromis.

— C'est un sacré puzzle que vous me refilez là. On va mettre sur le coup tous les anthropologues disponibles, et des odontologistes pour les mâchoires et les dents. On verra bien.

— Vous pourrez nous apprendre quoi avec ça ? insista-t-elle.

Fielding lâcha son carnet des yeux et la dévisagea.

— On va déjà étudier os par os pour tenter de rassembler chaque corps et ne pas les mélanger. Pour ça il faudra observer la morphologie générale, leur couleur, leur fluorescence ultraviolette, etc. Ensuite on va établir la taille et le poids de chaque individu, son sexe par examen du bassin mais comme il semble y avoir des enfants ça ne sera pas toujours facile.

Il se pencha vers une mallette et en sortit un fascicule qu'il agita sous le nez de la détective. Dessus était écrit : « *Ischium-pubis index* ».

— On utilise ça pour affiner les résultats. Pour calculer l'âge, jusqu'à vingt-cinq ans on travaille sur les points d'ossification, mais souvent toutes les épiphyses sont soudées un peu avant. On fait appel à l'odontologiste ensuite, qui examine les dents. Vous saurez même s'ils sont gauchers ou droitiers, et leur race...

— Vous pouvez établir leur race ?

— Avec le crâne, et puisque notre pays est le roi du mélange ethnique, on a recours à des logiciels informatiques pour prendre en compte tous les paramètres. Vous savez, la science médico-légale peut tout vous apprendre sur un être humain à partir de son squelette, on va tout utiliser, tout étudier, l'ostéoporose, les sutures crâniennes, les dents, et s'il reste les disques intervertébraux on va même analyser les acides aminés pour vérifier l'âge des corps. Vous voyez, toute une batterie d'examens. Le problème n'est pas ce qu'on *peut* faire, c'est le *temps* que ça prendra, ça peut être long, très long, surtout dans ce cas-ci, trop de corps d'un coup. C'est votre première enquête sur un squelette, pas vrai ?

Prenant la remarque comme un reproche de son ignorance, Annabel hocha la tête tout doucement et fit un pas en arrière. Clive Fielding lui décocha un sourire amical qui se voulait réconfortant et qui disait « chacun son truc » ou quelque chose du même acabit.

— Maintenant, si vous voulez bien, je dois m'occuper des photos, il faut faire des clichés de la scène et compte tenu du nombre d'os, j'ai bien peur de n'avoir pas assez de pellicules.

Fielding jeta son carnet dans la mallette et s'en alla vers un de ses assistants. Annabel était rouge de colère. Elle s'était fait remettre en place sur son terrain : la procédure technique. Elle avait beaucoup lu à ce sujet — les cours de l'académie de police étant très succincts —, pourtant le champ d'étude et de spécialisation demeurait trop vaste. Elle remarqua Jack Thayer qui fouillait le sol à la recherche d'indices, un peu à l'écart. Il se releva en croisant son regard, il haussa les épaules, l'air déçu de ne rien trouver.

— Ils vont y passer la nuit, commenta-t-il. Je conduis l'enquête, rentre te reposer, demain tu me relèveras.

— Comme tu veux. Tuttle doit redescendre à Montague dans une heure, j'irai avec lui.

Après trois quarts d'heure, Fielding fit signe à Annabel d'approcher. Il se tenait à l'entrée du wagon, en équilibre au-dessus d'un humérus, d'un bassin et d'un crâne. Un masque Willson lui barrait le visage pour le préserver de la putréfaction. Il l'ôta d'un geste assuré, apparemment il ne craignait rien. Il tendit la main vers la jeune femme pour l'aider à monter. Celle-ci fut plus prompte et d'un bond se retrouva à ses côtés.

Les projecteurs venaient lécher les corps sur le devant, mais dans cette forêt d'os, tout ce qui se trouvait au fond ou sur les bords restait dans l'obscurité. Annabel posa une main gantée sur la paroi pour s'appuyer. L'air lui parut plus chaud ici, plus lourd. Fort heureusement, il n'y avait pas d'odeur caractéristique.

Fielding arrosa le buisson de membres avec sa Mag-Lite.

— Vous avez remarqué les crânes tout à l'heure ? lui demanda-t-il.

— Comment ça ?

Il demeura silencieux un instant, elle n'avait donc pas vu.

Il l'invita à s'agenouiller avec lui et planta son index à un centimètre du crâne le plus proche. Une rigole sombre courait sur tout le périmètre de la tête.

— On a ouvert la boîte crânienne.

Annabel fronça les sourcils.

— Pour quoi faire ?

— Je n'en sais rien. En revanche, ce qui est d'autant plus perturbant c'est que tous les crânes sont ainsi. Tous ceux que l'on peut voir d'ici. Ce n'est pas tout.

Il montra le sol de son doigt.

— Je m'avance peut-être mais vu la manière dont sont disposés certains ensembles d'os, je pense qu'il y a des corps qui sont là depuis longtemps, plusieurs mois ou années. Chose curieuse, l'absence totale de pupes.

— Les insectes ?

— Oui, l'enveloppe que laissent les larves.

Annabel connaissait les bases de l'entomologie médicolégale. À la mort d'un individu, celui-ci devient immédiatement source de nourriture pour les insectes nécrophages. Ils se divisent en huit escouades successives, chacune ayant un rôle différent. La première se fraye un chemin dès qu'un corps est tiède pour y pondre ses œufs. Parfois, les insectes viennent pondre avant même la mort, disséminant leurs œufs dans les plaies d'un blessé et au bord des orifices naturels quand la victime ne bouge pas. La seconde escouade est attirée par les odeurs de décomposition et de matières fécales. Les graisses rances préoccupent la troisième escouade et ainsi de suite. En sortant de son état de larve, l'insecte abandonne derrière lui une pellicule chitineuse appelée pupe, que les entomologistes prélèvent afin d'établir l'origine exacte de son occupant. Ce travail permet souvent d'établir la date de la mort pour un squelette ou un cadavre en décomposition avancée, et parfois peut indiquer que le corps a été bougé, lorsque les insectes ou les pupes trouvés dessus appartiennent à une espèce ne vivant que dans telle ou telle région.

— Vous voulez dire qu'il n'y a pas eu le moindre insecte sur ces corps ?

Fielding fit craquer ses doigts sous le latex de ses gants.

— Quelques opportunistes, ou des araignées trouvant un refuge idéal, mais pas de ponte. Certes nous sommes en hiver et les diptères ne pondent pas en dessous de 14° en général, ni la nuit d'ailleurs. Mais, je vous le disais, certains corps sont là depuis longtemps. Au moins depuis l'été dernier. Et l'entrée du tunnel n'est pas loin, de jour il ne doit pas faire trop sombre, ça n'est pas ça qui arrêterait une mouche, elles repèrent une charogne à plusieurs kilomètres de distance.

Annabel tourna la tête vers tous ces vestiges d'êtres humains, elle vit une toute petite cage thoracique.

Ce que Fielding impliquait était complètement fou.

Elle posa son dos contre le bord de la porte.

Elle sentait le regard du technicien sur elle. Il finit par dire :

— Oui, mademoiselle, si les insectes ne s'y sont pas intéressés c'est qu'ils étaient déjà comme ça en arrivant ici. Ce ne sont pas des cadavres de chair et de sang qu'on a apportés ici mais des squelettes.

38

Brolin perçut le frisson glacé courir sur sa nuque et dresser ses cheveux. Il s'était fait avoir.

Le type qu'il venait de poursuivre était juste derrière lui. Pour lui confirmer qu'il avait raison, la respiration rapide de l'autre pénétra l'air et remonta jusqu'au détective privé. La sueur rendait sa main peu ferme autour de la crosse de son arme.

Soudain, tout le stress disparut. Il y eut même une esquisse de sourire qui se dessina sur les lèvres de Brolin. Peu importait ce qui allait se passer, ça n'avait pas d'importance, ce qui en avait était d'agir. La piqûre des dernières années lui ôta toute peur et il tourna sur lui-même aussi vite que possible. Dans le même élan, son bras droit monta, brandissant la mort dans son prolongement.

Il découvrit les yeux de l'autre.

Ils le fixaient sans ciller.

Jaunes. Les crocs pointus saillant hors de la bouche.

Brolin se couvrit le visage de la main.

Un putain de chien!

Tout ça pour un bâtard poilu de grande taille qui le

regardait avec curiosité, sans haine, même un peu craintif. Le privé rengaina son Glock et approcha une main de l'animal. Celui-ci se laissa caresser docilement, content d'avoir trouvé un peu de chaleur. Brolin se mit à rire doucement.

La respiration sifflante de l'entrepôt les caressa à son tour, tous les deux. Le souffle aigu, presque mourant.

— Qu'est-ce que tu fais là, toi, hein ? Tu fous la trouille aux visiteurs ?

Après quelques hésitations, le chien se mit à lécher la main, les yeux brillants, à tel point que Brolin eut l'impression qu'il pleurait. Il était maigre, le poil sale, et il frissonnait.

Brolin resta avec cette compagnie surprenante un long moment avant de s'écarter. Il refoula sa sympathie pour la bête, il y avait plus urgent. Il redescendit, suivi du chien, jusque dans la salle au sol couvert de cartons plats. Il retrouva les papiers froissés et s'installa dans un coin pour les déchiffrer. Le chien vint s'asseoir sur le seuil, sans le lâcher un instant du regard.

Le premier était donc un tract publicitaire. Le deuxième était le bas d'une feuille déchirée, une écriture fine et alambiquée y était posée. Le dernier morceau de papier avait trempé dans l'eau croupie jusqu'à en laver tout contenu éventuel. Brolin s'intéressa à l'écriture du second. Les mauvaises conditions en avaient effacé une partie :

« *avec Lucas... distribution et Bob ou Malicia Bents à la Cour des Miracles... le cercle ... ... connaisseurs.* »

Lucas.

Lucas Shapiro. C'était de lui qu'on parlait, ça ne pouvait qu'être ça, pas une coïncidence. Bob aussi était mentionné. C'était dans cette pièce qu'ils venaient, là se dressait leur temple. Le temple de Caliban. Quels en étaient les principes ? Caliban, qu'est-ce que c'était, quel symbole ? Il devenait impératif de trouver la source, l'origine de ce nom. Où Bob l'avait-il puisé ?

Brolin relut le texte. Il avait une nouvelle piste, peut-être la bonne, Malicia Bents. Un élément qui avait échappé à la surveillance de Bob et qui pourrait peut-être le prendre par défaut. De toute manière comment aurait-il pu supposer qu'on remonterait jusqu'à ce lieu et qu'on ferait le lien avec lui ?

Brolin rangea le précieux indice dans sa poche.

Il vit le chien allongé à l'entrée, dans le couloir, la tête posée sur les pattes, les yeux passant de lui aux murs tachés. Brolin fut frappé par l'attitude de son compagnon. Il avait peur de la pièce.

— Tu as vu des choses, pas vrai ? Ou tu les as entendues... Des choses terribles.

Le chien l'observa avec son air triste. Il y avait la désillusion douloureuse de découvrir ce dont sont capables les hommes dans ce regard, songea Brolin. *Arrête, les chiens ne font pas ce genre de constatation...* Mais au fond, il n'en était plus tout à fait sûr.

Quand il se leva, le chien en fit autant. Il remarqua que la gorge de l'animal se soulevait pour déglutir, on l'aurait dit anxieux.

Brolin se retrouva à traverser l'entrepôt avec son ombre à quatre pattes sur les talons. Une fois dans la cour, il se retourna vers lui.

— Désolé, c'est là que nos routes se séparent.

Le détective privé leva la tête vers le mur qu'il devait escalader. Ça ne serait pas difficile.

Le chien déglutit une fois encore, et baissa la tête. Pendant un instant, Brolin en fut surpris, le chien réagissait comme s'il comprenait.

— De toute façon je ne pourrais pas t'emmener, même si je le voulais, je serais obligé de te porter jusqu'au toit et... Enfin c'est impossible. Tu comprends ?

Il lui fit une dernière caresse. Le chien n'avait pas de collier, il était famélique, il devait être affamé. Il déposa un coup de langue timide sur la veste de Brolin.

— Désolé, répéta le privé en le quittant.

Ses doigts gantés rencontrèrent la brique, prêts à escalader.

Le chien s'allongea dans la neige et il émit un petit couinement triste en enfonçant sa tête entre ses pattes.

Un quart d'heure plus tard, Brolin remontait Carroll Street en se fondant dans les ombres du trottoir.

Le chien gambadait joyeusement dans ses jambes.

39

Au milieu de la nuit, l'appartement d'Annabel dans Brooklyn Heights est nimbé d'une aura bleutée. La grande baie vitrée du salon s'ouvre sur Manhattan et sa *skyline* amputée de ses deux totems capitalistes. Le dôme de verre est recouvert de neige que la lune transperce de ses rayons colorés. Brady gagnait bien sa vie, il avait en majeure partie financé cet appartement, et il l'adorait. De même qu'il était comme un enfant avec la voiture, la BMW X5 quatre roues motrices qu'il avait achetée moins d'un an avant de disparaître. S'il fallait des preuves qu'il ne s'était pas volatilisé de lui-même, ces joies en étaient les parfaits témoins, Annabel le savait. L'amour que l'on croit voir briller dans le cœur de son partenaire est sujet à erreur, si cruel que cela puisse sembler. Annabel ne doutait pas des sentiments de son mari, mais pour ceux qui ne les connaissaient pas, il fallait du concret pour ne pas croire à la fuite maritale.

Sur une pendule murale accrochée dans la cuisine, une heure du matin s'affiche paresseusement. Une pâleur d'hiver se reflète avec timidité sur le parquet du salon, et dans cette fraîcheur, on pourrait presque croire que le cheval à bascule bouge lentement. Les vases canopes qui contiennent leur cascade de plantes vertes se dandinent avec paresse au bout de leurs petites chaînes. Soudain, le cliquetis étouffé de la clé dans la serrure, le visage fatigué d'Annabel qui entre dans la pièce, à nos côtés. Bien confortablement assis dans le sofa au plaid andin, nous passons parfaitement inaperçus. D'autant qu'elle n'allume pas. Elle se défait de ses chaussures et traverse la pièce en silence, glissant sur le parquet. Son ombre passe sur le mur où toutes les photos sont accrochées, tous ces visages de souffrance. Annabel jette nonchalamment son bombardier sur une chaise et entre dans la cuisine. Elle dénoue le bouquet de ses cheveux, libérant ses longues tresses qui viennent flotter autour de ses épaules. Elle s'accroupit devant le frigo, ouvre la porte qui illumine d'or ses traits tirés. Elle reste là, à boire du lait à même le carton, adossée contre le mur. Les bouffées amères du souvenir l'enivrent. Elle venait souvent ainsi, boire du lait devant le frigo ouvert, au creux de la nuit, nue. C'était après l'amour. Elle portait la sueur de Brady encore sur la peau, un velours salé de partage.

Du salon, nous pouvons voir la longue silhouette de la jeune femme se déplier sur le carrelage, étendre ses jambes sans fin. La voir se mordre la lèvre et dans le silence de la nuit, une perle douce et brillante couler sur sa joue.

C'est alors pour nous le moment de nous éclipser, il y a dans l'existence d'un être des instants qui ne souffrent aucun réconfort, aucun témoin, ou seul le temps peut panser la douleur. Et par cette porte épaisse, nous disparaissons dans la ville endormie.

... sous les palmiers. Le sable est doré, la mer azuréenne, déversant ses rouleaux d'écume avec tendresse sur le rivage, caressant de sa tiédeur les chevilles d'Annabel. Lui est derrière elle, il rit, c'est inhabituel, et sa main vient se poser sur la hanche de la jeune femme. Une main puissante, rassurante, prodiguant une chaleur enivrante dans son ventre, une sensation qu'elle n'a plus ressentie depuis si longtemps. Elle tourne la tête au ralenti, les tresses se soulevant comme douées d'une vie propre. Il est là, sa silhouette du moins, elle lève la tête et...

Annabel se redressa d'un bond dans son lit, le cœur affolé.

Le téléphone sonnait.

Le souffle court, transpirante, elle distingua les chiffres lumineux du réveil. 3 :12. Elle ne dormait pas depuis longtemps. L'engourdissement et la panique cédèrent la place à une angoisse plus pesante. Un poids dans la poitrine. Qui cela pouvait-il être ? Elle tendit la main vers le combiné et décrocha.

— Oui ?

— Désolé si je vous réveille, on a du nouveau.

Elle connaissait cette voix.

— C'est important, et euh... Enfin je crois que vous devriez venir. En fait, il faut que vous veniez.

Brett Cahill. C'était le jeune inspecteur.

— Quel genre de nouveauté ? demanda-t-elle dans un soupir.

— Eh bien, comment dire ?... C'est le tueur. Il a laissé un message. Bob, je veux dire, il s'adresse à vous.

Cette fois, toute trace de sommeil disparut dans l'esprit de la jeune femme.

— Quoi ? Où ça ?

— Oui, enfin c'est un peu particulier. Disons que le message était... *porté* par une femme.

— Une femme ? Une de ses victimes ? Elle est vivante ?

Cahill hésita.

— Oui. Enfin, à peu près.

— Comment ça ?

— C'est pas quelque chose de descriptible, détective. L'enveloppe contenant le message portait votre nom. Elle était épinglée à même la peau de la fille, sur un sein.

Après un bref silence, Brett Cahill ajouta d'une voix blanche :

— Elle ne cesse de hurler qu'elle a vu le diable, qu'elle était en Enfer.

Annabel ferma les yeux. Elle n'était pas vraiment éveillée, tout allait trop vite, comme un rêve. Un cauchemar.

— J'arrive.

Elle reposa le téléphone sur l'oreiller.

40

Brett Cahill cracha son chewing-gum dans une corbeille en plastique. Il s'étira et fit craquer son dos. Il ne faisait plus assez de sport ces derniers temps. Trop fatigué. Entre ses nuits agitées et ses journées de flic, il avait de plus en plus de mal à gérer. Il devait baisser la cadence s'il voulait tenir jusqu'au bout, travailler moins. Pour ce qui était de son activité nocturne, il ne pouvait rien changer, c'était bien au-delà du besoin, c'était une nécessité. D'ailleurs, se retrouver ici en pleine nuit ne l'arrangeait pas. Il lui faudrait s'organiser pour le lendemain. Tant de choses à faire...

La porte s'ouvrit dans son dos, il secoua la tête pour chasser ces pensées et s'appliqua à se construire un visage de circonstance. Il se tourna et vit Annabel O'Donnel. Ses cheveux ressemblaient à des lianes, et son regard avait l'éclat du fauve en chasse. Elle était troublante.

— Où est-elle ? demanda la détective aussitôt.

Cahill prit son pardessus.

— À Trenton dans le New Jersey. Elle errait sur le bord d'une route quand un routier l'a trouvée. Elle est soignée là-bas.

Ils dévalèrent l'escalier étroit et prirent la voiture d'Annabel, la BMW qui pouvait affronter les routes enneigées. Sur le trajet, Cahill fit un rapport plus complet :

— Elle a été ramassée vers une heure du matin, en hypothermie. Elle est complètement sous le choc.

— Et ce message ?

— Une enveloppe tout ce qu'il y a de plus banal, m'a-t-on dit, mais avec la mention « Détective Annabel O'Donnel NYPD » écrite dessus.

— Il veut s'adresser aux flics qui mènent l'enquête sur lui. Pour le moment, on a fait en sorte que les communiqués de presse indiquent uniquement mon nom, ça laisse plus de manœuvre à Thayer et aux autres.

Annabel se garda de préciser qu'il y avait aussi un peu des conseils de Brolin là-dedans.

Cahill fixa la jeune femme.

— Quoi qu'il en soit, l'enveloppe était tenue par une grosse épingle à nourrice. Plantée dans l'aréole. La fille marchait comme un zombi sur la route, elle ne l'avait même pas retirée. Pour le moment, elle est en soins, les flics locaux nous attendent.

Annabel écrasa la pédale d'accélérateur.

La voiture passa sous la cloche dorée du Capitol de Trenton et fonça jusqu'à l'hôpital. Un policier en uniforme attendait en fumant une cigarette. Il était très grand et aussi musclé qu'un catcheur. Ses yeux verts scrutaient les passants avec une incroyable intensité. Il s'approcha des deux arrivants en leur tendant la main.

— Bonjour, je suis le deputy sherif Hanneck.

Il salua Annabel en la dévisageant.

— Suivez-moi, la fille est au premier. On vient de l'identifier.

— Vous avez été rapides, s'étonna Cahill.

— Coup de bol. Elle était fichée, elle avait piqué une bagnole à Philadelphie, et plus récemment sa mère a prévenu les autorités que sa fille avait fugué. C'était il y a un mois et demi.

— A-t-on une idée de ce qu'elle a fait pendant tout ce temps ? interrogea Cahill tout en sachant que c'était trop tôt pour ce genre de question.

— Non, on va poser des questions à ses amis, on verra bien. Elle habite normalement à Phillipsburg, pas loin d'ici.

Annabel marchait un peu en retrait, écoutant les deux hommes. Elle avait l'intime conviction qu'aucun ami n'aurait vu la fille depuis sa fugue. Bob se plaisait à garder ses victimes auprès de lui. Longtemps. Les photos le montraient, les dates digitales incrustées dans l'image ou inscrites à la main correspondaient parfois à plusieurs mois après la date de l'enlèvement. Les photos de Spencer Lynch et Lucas Shapiro n'avaient pas trop cette particularité, c'était surtout le cas du dernier ensemble, le groupe de quarante-neuf clichés que l'on attribuait à Bob.

— Elle a subi des violences ? demanda-t-elle.

Hanneck se tourna vers elle. Ses yeux étaient très clairs, presque dérangeants.

— Elle n'a pas été violée, en tout cas le toubib qui l'a examinée n'a pas relevé de lésions vaginales, ni anales. Mais il n'a pas... trop approfondi, la fille est dans un tel état. C'est comme si... si on l'avait rendue folle. Comment est-ce possible ?

Personne ne répondit. Dans l'ascenseur, Hanneck poursuivit son exposé :

— On vient tout juste d'avoir les premiers résultats toxicologiques. C'est dingue, elle n'a rien dans le sang, en tout cas aucune substance médicamenteuse susceptible de l'avoir mise dans cet état. Elle porte quelques marques de coups, des ecchymoses, mais rien d'alarmant. Cette fille s'est laissé planter une énorme épingle à nourrice dans le mamelon et l'y a laissée alors qu'elle marchait dans la nuit, complètement à poil.

Comme avec Spencer Lynch, songea Annabel. Les filles sont déshabillées. Sauf que Lynch les droguait, et il les violait. Il les scalpait aussi. Qu'est-ce que Bob leur fait, lui ? Annabel avait l'impression d'étudier un maître et son élève. Un maestro de la mort, qui n'avait besoin d'aucun artifice pour agir, pour semer la souffrance, et son apprenti, débutant qui s'aide de tous les moyens artificiels possibles, en espérant un jour atteindre la quintessence du mal. Bob était un parangon du crime. Annabel n'avait pas cessé d'y penser en se couchant, quelques heures plus tôt. Pourquoi avait-il entreposé des *squelettes* dans ce wagon ? Porter des cadavres et les jeter là pour s'en débarrasser était concevable, mais pourquoi des squelettes ?

— Cette fille a plusieurs ongles retournés, elle souffre de malnutrition également. Si vous voulez mon avis, psychologiquement, elle est foutue.

— Quel âge a-t-elle ? Et son nom ?

— Elle se prénomme Taylor, elle a dix-sept ans.

Annabel serra les poings de rage.

— Dans l'enveloppe, il y avait un message, non ?

Hanneck hocha la tête, sombrement.

— Il est là-haut. Je vous l'apporterai.

Il les entraîna dans un corridor peu éclairé, grouillant de bips électriques jusqu'à une lucarne percée dans une porte. Il pointa son index dessus et s'éloigna. Annabel se pencha vers la pâle clarté du verre. Un visage de porcelaine entouré de longs cheveux noirs, sales et emmêlés, et un petit nez piqueté de taches de rousseur. On avait enveloppé Taylor d'une blouse verte et d'une couverture qui tombait à présent autour d'elle, sur le lit. Elle tremblait plus qu'un ressort au décollage d'un avion. Ses mains tout abîmées vibraient sur ses bras, elle avait les jambes repliées contre le corps. Elle était proche d'un état catatonique.

Annabel poussa la porte et s'approcha. Elle s'assit à côté de l'adolescente, tous ses mouvements étaient lents. Elle demeura ainsi un moment, laissant à Taylor le temps de s'habituer à sa présence, puis posa une main sur son dos et doucement, elle tenta de la rassurer avec des gestes tendres.

Après une minute, Taylor bougea. Elle tourna la tête vers Annabel. Ses yeux sombres ne cillaient pas. Ils étaient brillants, d'un étrange éclat, les pupilles se contractant et se dilatant sans arrêt. Plusieurs tics nerveux se mirent à tirer sur son visage, le menton se plissa, une joue ne cessait plus de monter et de descendre.

Taylor approcha avec difficulté son visage à quelques centimètres de celui d'Annabel. Malgré son état, elle voulait lui parler, semblait-il.

Les paupières clignèrent plusieurs fois, de plus en plus vite avant de disparaître. Puis, avec une férocité inimaginable dans un si petit être, elle ouvrit la bouche et dévoila ses crocs jaunes.

Et elle hurla.

Le gobelet en polystyrène expansé lui brûlait les doigts, Annabel humait le parfum du café. Cahill la scrutait, un peu soucieux.

— Ça va, insista-t-elle.

La fatigue pesait désormais avec dix fois plus de force sur tout son corps.

— Je suis au courant pour le wagon, expliqua Cahill, on a tous été prévenus tout à l'heure. Sacrée nuit, pas vrai ?

Pour toute réponse, Annabel s'adossa contre la cloison et contempla le mur opposé.

— J'arrive pas à comprendre ce type, ce Bob, avoua Brett Cahill. Il est incroyable. Si c'est bien lui qui a buté Lucas Shapiro, c'est un malin. Aucune empreinte. Le légiste a récupéré les deux balles qui se trouvaient dans le cadavre. On va les soumettre à IBIS[1], avec peu d'espoir, au moins si la même arme est utilisée de nouveau, on fera le rapprochement.

Annabel frissonna. Elle n'osa pas regarder Cahill de peur de laisser apparaître son trouble. Heureusement, Brolin avait procédé avec beaucoup d'attention en quittant les lieux. Il avait même emporté la neige où des gouttes de son sang étaient tombées.

1. IBIS : *Integrated Ballistics Identification System* : système informatique développé conjointement par l'ATF (le Bureau des alcools, tabacs et armes à feu) et la société canadienne Forensic Technology pour la comparaison de balles et, plus récemment, qui inclut la comparaison de douilles.

Le deputy sherif Hanneck la sauva d'un stress grandissant. Il vint vers eux, un sachet plastique de grande taille à la main.

— Elle est sous sédatif. Le toubib n'est pas optimiste sur son état mental.

Il se passa une main sur le front et tendit à Annabel la pochette plastique.

— Voilà le message.

Dedans se trouvait une petite enveloppe, et une épingle de la longueur d'une cigarette. L'une des aiguilles était encore colorée de rouge. La feuille imprimée contenait un texte court et une photo de bonne qualité, directement pixélisée sur le papier.

— Tout a été tapé sur ordinateur, la photo aussi est informatique, je veux dire que c'est sûrement du numérique que le type a sorti sur son imprimante. Je suppose que c'est vous qui vous occuperez de l'envoyer au labo pour les empreintes.

Annabel acquiesça, tout en sachant déjà qu'il n'y en aurait aucune, comme d'habitude.

Le texte était laconique mais précis.

Vous avez Lucas, il fera un parfait coupable
pour l'opinion publique.
Alors oubliez-moi, ou ils mourront,
Passez votre chemin, ou ils mourront,
Ne m'importunez plus, ou ils mourront.
Si jamais vous agissez encore une seule fois contre moi,
Ils mourront. Et j'en ai encore d'autres sous la main,
Tous ne sont pas morts, ils attendent, beaucoup d'autres,
À mes côtés. Mais ceux-là seront sur votre conscience.

Annabel ne cilla pas.

— C'est un avertissement, commenta-t-elle. Il veut que nous arrêtions l'enquête.

— Et il a l'air en colère, fit remarquer Hanneck.

Cahill haussa les épaules.

— Quoi, c'est tout ? s'indigna-t-il. Il nous donne des ordres ?

— Il n'a pas apprécié que nous trouvions Lucas Shapiro, rétorqua la jeune femme.

— Il nous prend pour des abrutis ? C'est lui qui a descendu Shapiro, j'en mettrais ma main à couper !

Annabel se contracta. Elle aurait voulu tout dire maintenant, expliquer comment Brolin et elle avaient été chez Shapiro, comment il était mort. À présent, elle était la seule avec le détective privé à comprendre la colère de Bob. D'ici peu de temps, lorsqu'il découvrirait que les flics avaient percé à jour le secret de son wagon macabre, il deviendrait ivre de rage.

Elle tendit le message à Brett Cahill pour qu'il voie la photo.

— En tout cas, le pire est à venir, annonça-t-elle.

Cahill fronça les sourcils et baissa les yeux sur le cliché imprimé.

Il était d'une qualité suffisante pour qu'on y distingue un fond noir, et surtout un homme et une femme d'une quarantaine d'années, ainsi que deux enfants et une adolescente. Ils regardaient l'objectif avec une terreur indicible.

Toute une famille.

41

Le monde de Carly, huit ans, se résumait à cette grotte humide qu'une porte en bois condamnait. De temps à autre, le Monstre lui apportait une nouvelle bougie, il l'allumait et la posait sur le tas de cire qui recouvrait tout un petit rocher désormais. Un jour où la bougie penchait un peu trop, Carly avait voulu la redresser — la lumière de sa flamme était la dernière chose à laquelle elle pouvait se rattacher — et ce faisant, elle s'était renversé un peu de cire brûlante sur les doigts. Cela lui avait fait mal.

Mue par une curiosité perverse, elle réitéra son geste. Le liquide translucide glissa sur le dessus de sa main, piquant plus fort que des orties, et prit une couleur laiteuse en se solidifiant.

Cette douleur devint le seul moyen que la fillette avait de croire encore en quelque chose. Elle lui rappelait qu'elle existait. Quelque part, en Enfer, mais elle existait tout de même.

Roulée en boule sous ses trois couvertures, cherchant à maintenir un cocon de chaleur, Carly songeait à cela. Et au trou dans la porte.

Elle l'avait remarqué depuis longtemps déjà —

mais qu'est-ce que longtemps voulait dire ici-bas ? — même s'il était trop étroit pour laisser le moindre espoir. Il lui permettait au moins de voir dans le couloir. La plupart du temps, les bruits qui en provenaient étaient terrifiants : des cliquetis de chaîne, des grognements lugubres semblables à ceux d'un loup-garou, ou des hurlements atroces. De temps à autre, il s'y passait quelque chose, un mouvement, un passage. C'était rare, et Carly n'y avait pas prêté beaucoup d'attention. Jusqu'à ce que la brûlure de bougie lui redonne une once d'intérêt pour ce qui l'entourait.

Elle entendit un frottement provenant du couloir. Le son mat des pas sur le sol survint alors.

Carly s'emmitoufla dans l'étoffe de coton et s'approcha en silence de la porte. Sa frêle silhouette se cala dans l'angle, tout près du mur, elle posa son œil entre les deux lattes écartées.

Le couloir était creusé dans la pierre, telle une mine. La lumière tamisée d'une torche brillait sur la droite, une torche curieuse, que l'on aurait dite faite d'un long os.

Une ombre s'étendit sur le sol, noyant les reliefs dans sa vague d'encre. Une femme apparut. Le visage émacié et sale, frissonnante, ses longs cheveux emmêlés, elle marchait doucement. Carly lui donnait quarante ans. Elle aurait pu ressembler à une actrice dans un film sur la misère si ses yeux n'avaient eu cette troublante sincérité.

Carly la trouva très belle.

Elle eut tout à coup le désir de se blottir contre elle.

Dans le dos de la jeune femme, surgit le Monstre. Il la poussa sans prévenir si bien qu'elle faillit tomber la tête la première sur la roche.

— Avance, allez. Si tu mangeais, au moins ! Tu ne serais pas dans cet état, pauvre idiote...

Sa voix sonnait toujours aussi cruelle.

Il s'arrêta de maugréer et observa la torche.

— Ça ne tient encore pas, saloperie, soupira-t-il. Hé, attends-moi là, toi.

La femme s'immobilisa devant la porte de Carly pendant que le Monstre se penchait pour fixer l'os de la torche contre le mur.

L'œil de la fillette caressait les mains abîmées de la femme, elle imaginait ce que ces mains pourraient faire dans ses cheveux, la tendresse possible entre ces paumes calleuses.

La femme capta ce regard. Elle tourna la tête vers la porte, et vers ce petit œil qui ne la quittait pas. Aussitôt, elle observa le Monstre et, profitant de ce que celui-ci leur tournait le dos, elle fit deux pas pour s'agenouiller devant l'interstice.

Quand elle vit Carly, le menton de la jeune femme tressauta, il se contracta et ses yeux furent envahis d'une peine vertigineuse. Posant les mains sur la porte, la femme fit un énorme effort pour se reprendre devant la fillette.

— Comm... Comment t'appelles-tu ? chuchota-t-elle, les sanglots couvant dans la voix.

Le petit œil la fixait toujours, plus près que jamais, mais aucune réponse ne vint. La femme passa son index dans un trou de la porte.

— Moi, je m'appelle Rachel.

Elle contrôlait mal l'émotion qui la submergeait mais donnait tout ce qu'elle pouvait pour ne pas le montrer à la fillette.

— Dis-moi comment tu t'appelles, murmura-t-elle de nouveau.

Toujours pas un mot. Au lieu de quoi, Rachel sentit une main fine agripper son doigt. Sa gorge se noua et toute sa poitrine hoqueta, elle n'en pouvait plus, elle avait l'impression qu'elle allait se mettre à pleurer sans pouvoir cesser. Qu'est-ce qu'une enfant faisait là ? Personne n'avait le droit de provoquer un tel regard chez une fillette.

Rachel passa son autre index dans la fente pour caresser la joue de Carly.

La douleur lui arracha un hurlement strident.

Son crâne tout entier s'enflamma ; elle bondit en arrière et roula jusqu'à la paroi opposée.

Le Monstre lui lâcha les cheveux pour lui lancer un coup de pied dans les seins.

Le cri de Rachel fut rauque, mangé par la souffrance.

Le Monstre se tourna alors vers Carly, en deux pas il fut sur elle et pencha sa bouche aux dents grises et ses yeux de fou vers l'ouverture de la porte.

— Et toi retourne au fond. Oublie ça, tu ne la reverras plus. Jamais.

Carly marcha en tremblant jusqu'à la couche qui lui servait de lit. Elle s'enveloppa entièrement dans les couvertures et ferma les paupières.

Ce qu'elle avait été bête d'espérer...

42

Brolin s'éveilla sous les coups de langue de son nouveau compagnon. Il avait dû allonger quelques billets supplémentaires pour pouvoir le faire accepter dans l'hôtel. L'argent n'était pas un problème. Les familles pour lesquelles il travaillait étaient de toutes classes sociales. Certaines ne payaient presque rien, d'autres trouvaient normal d'offrir une prime à quatre zéros au privé qu'ils engageaient lorsque celui-ci leur ramenait leur bambin fugueur en bonne santé.

Quand il sortit de la douche, le chien était là, assis sur le seuil de la salle de bains. Il remuait la queue.

— Toi, tu auras droit à un bain dès que j'aurai un peu de temps et de courage. On va devoir te trouver un nom aussi, à moins que tu n'aies une proposition ?

Le chien se passa la langue sur les babines. Il tenait du labrador et aussi du chien-loup, avec ses oreilles tombant sur son crâne.

Brolin commanda au room-service un petit déjeuner agrémenté d'une grande assiette de bacon. Il posa une main sur la tête de l'animal qui se laissa faire.

— Toi et moi sommes pareils. Sur beaucoup plus de points que tu ne l'imagines, mon ami...

Il déposa une tape amicale sur le dos du chien.

— À partir d'aujourd'hui tu t'appelles Saphir.

Brolin eut un pincement au cœur. C'était la couleur qu'il aimait le plus. Un souvenir lointain. Un regard, les cieux, l'océan...

Il engloutit son petit déjeuner en quelques minutes et donna l'assiette de bacon à Saphir qui la dévora encore plus vite.

Il enfila l'un de ses jeans habituels et son pull préféré : noir avec des mailles larges, pour finalement s'installer à la table de la suite. La grisaille matinale tombait dans le patio et se frayait un chemin jusqu'au long balcon. Au-delà, les ombres entourant la vie du détective privé restaient trop épaisses.

Brolin posa devant lui le bout de papier trouvé dans l'entrepôt.

« *avec Lucas... distribution et Bob ou Malicia Bents à la Cour des Miracles... le cercle ... ... connaisseurs.* »

Il prit son téléphone et composa de tête un numéro sur la côte ouest. Après plusieurs sonneries, la voix pâteuse de Larry Salhindro, son ami et ancien collègue de Portland, résonna :

— Mmm ?

— Larry, j'ai besoin d'un service, un de plus.

— Josh, c'est une habitude chez toi de me réveiller ? Y a un putain de décalage horaire, t'as oublié ? Ici il est... oh putain, il est cinq heures trente, cinq heures du mat, merde !

— Je sais, Larry. C'est important.

— Mouais, comme d'hab.

Le ton de Salhindro qui se voulait jusqu'ici faussement énervé changea, il devint plus intime, plus sincère :

— Josh, faut accepter qu'on ne peut pas vivre vingt-quatre heures sur vingt-quatre pour sauver les autres. Tu as un minimum de vie privée, toi aussi.

Il ne put s'empêcher d'ajouter avec humour :

— Même les flics en ont une !

Il y eut un silence au téléphone. Un silence que les deux hommes comprenaient à sa juste mesure. Un silence qui à lui seul en disait plus que des centaines de phrases.

— Comment te sens-tu ? finit par demander Salhindro.

Brolin imagina sans peine son ami en train de s'étirer dans ce lit qu'il occupait seul pour attraper un paquet de cigarettes.

— Bien. Je me suis fait un nouvel ami.

— Un flic ?

— Un chien.

— Ah.

Le silence revint.

— Alors ? Qu'est-ce qui est si important ? voulut savoir Larry.

— J'aurais besoin que tu me trouves tout ce que tu peux sur une dénommée Malicia Bents. Je pense qu'elle vit à New York ou dans la région.

Brolin épela l'orthographe exacte de la femme mystérieuse qui semblait graviter dans l'entourage de Bob.

— T'es toujours au même fax ?

— Oui. Autre chose, Larry, la Cour des Miracles, ça te dit quelque chose ?

— Euh... Non, c'est pas à Londres ou à Broadway, ça ? On dirait une comédie musicale !

— Non, c'était un quartier dangereux de Paris autrefois, un lieu où se retrouvaient tous les truands et les mendiants. Je me demandais si c'était pas de l'argot, ou le nouveau nom d'un gang, quelque chose comme ça.

— Connais pas, en tout cas. Désolé.

— Larry, pour Malicia Bents c'est assez pressé.

— Je sais. Aussi vite que possible.

Les deux hommes échangèrent quelques banalités, qui n'avaient pas la même saveur insouciante qu'auparavant, et ils raccrochèrent. Brolin réfléchit longuement. La Cour des Miracles. Il ne savait pas grand-chose à son sujet si ce n'est que le quartier portait ce nom à cause des mendiants qui perdaient toutes leurs infirmités dès qu'ils rejoignaient ce coin de la ville, leur repaire. Quel rapport avec la secte de Caliban ? Fallait-il voir le sens ironique ou le mysticisme monarchique du premier degré ? Brolin en était là de ses déductions lorsqu'on frappa à la porte. Il s'approcha prudemment du vestibule.

— Qui est-ce ?

— C'est moi, Annabel.

Il ouvrit la porte sur les traits tirés de la jeune femme.

— Je n'ai pas beaucoup de temps, expliqua-t-elle. La nuit a été longue et je dois retourner dans le New Jersey ce matin.

Brolin inclina la tête, curieux.

— Il y a quelque chose que vous devez savoir, confia-t-elle avec la douceur des mauvaises nouvelles.

Elle lui fit le récit de la découverte du wagon et de

sa funèbre cargaison. Brolin ferma les yeux. Ils venaient peut-être de retrouver Rachel Faulet.

— Rien pour les identifier, je suppose ? demanda-t-il. Ni vêtement, ni portefeuille...

— Non, pour tout vous dire, c'est même pire que ça.

Elle lui parla des corps déjà réduits à l'état de squelettes lorsqu'ils avaient été apportés dans le wagon, elle lui fit un rapport détaillé de tout ce qu'elle avait vu ou appris par les techniciens de scène de crime. Ensuite elle évoqua la jeune Taylor et son message perforé dans la chair. À mesure que les phrases coulaient hors de sa bouche, elle semblait accuser le coup. Assise sur une chaise, elle déversait toute l'horreur de sa folle nuit.

— Je pars pour Phillipsburg. Taylor est originaire de là-bas comme quatre de nos victimes, et plusieurs autres vivaient dans les parages de la ville. Cette concentration pour une petite zone est trop importante pour n'être qu'un hasard. Je vais rencontrer le shérif et quelques amis de Taylor.

Brolin avait écouté sans rien dire.

— J'ai pensé qu'il fallait que vous sachiez tout cela au plus vite, continua-t-elle. Je me tiendrai au courant, si jamais ils identifient quelques squelettes, on ne sait jamais...

— Merci.

Elle allait faire demi-tour mais s'arrêta.

— Vous aviez raison, avoua-t-elle, il s'en est pris à une famille entière cette fois.

Brolin posa une main amicale sur l'épaule de la détective.

— Vous voulez du thé ? Ça vous ferait du bien.

Elle fit signe que non. Brolin planta ses prunelles noires dans celles de la jeune femme.

— Annabel, est-ce que le nom de Malicia Bents évoque quelque chose pour vous ?

Il avait employé son prénom, c'était rare. Sur le coup cela la gêna, elle en conçut ensuite une certaine forme de plaisir. Cette petite proximité naissante ne lui déplaisait pas. Elle réfléchit avant de secouer la tête.

— Je ne crois pas. Pourquoi ?

— Comme ça... Peut-on se voir ce soir ?

Annabel resta coite.

— J'entends, professionnellement, ajouta-t-il devant la surprise de la jeune femme.

Elle se sentit subitement ridicule, elle réalisa que ses joues la brûlaient. Ce qu'elle pouvait être bête parfois ! *Idiote, qu'est-ce qui te prend !*

Brolin lui rendit un sourire amical et expliqua :

— J'aurai du nouveau moi aussi, j'espère.

D'ici là, Malicia Bents aurait peut-être livré ses secrets.

Annabel recula d'un pas et aperçut Saphir au pied du canapé.

— Je n'avais pas remarqué la dernière fois que vous aviez un chien.

Brolin la regardait, brillant de toute son aura. Il accentua son sourire en guise de commentaire.

— Je vous appelle, fit Annabel en quittant la pièce.

Une fois dans le couloir, elle s'en voulut terriblement d'avoir été si gauche. La force qu'il dégageait la troublait encore. Dans l'ascenseur, elle se demanda pourquoi elle était venue. Le téléphone aurait largement suffi. *Non, ça n'a rien à voir avec de l'atti-*

rance! Et elle le pensait. En fait, elle avait eu besoin de le voir, de lui parler. Parce qu'il scintillait dans les ténèbres comme un phare, et qu'après toutes ces émotions passées, Annabel s'était sentie bien seule. Sa présence était apaisante.

Oui, c'était cela, il lui faisait du bien.

43

Larry Salhindro se racla bruyamment la gorge.

— Tiens-toi bien, fit-il. Ta Malicia Bents est un phénomène. J'ai vérifié, il y a deux Malicia Bentz, avec un Z, dans tout le pays, mais aucun nom tel que tu me l'as épelé. Sauf que... Et c'est la meilleure ! Nos amis du service d'inspection d'US Postal[1] s'intéressent également à cette Malicia Bents avec un S.

— C'est-à-dire ?

— Infraction particulière. Je m'explique, il semblerait que des gars d'US Postal aient intercepté un colis suspect il y a quelque temps, je n'ai pas le détail mais c'est en rapport avec une certaine Malicia Bents. Un avis de recherche a été lancé.

1. US Postal : l'équivalent de La Poste française. Le service d'inspection est une branche d'investigation d'US Postal dont les enquêteurs sont des agents fédéraux assermentés qui portent des armes à feu, procèdent à des arrestations, etc. Ils travaillent à faire respecter plus de deux cents lois fédérales en relation avec le courrier américain et tout ce qui gravite autour (comme la sécurité des bureaux de poste ou du personnel, le trafic de pornographie infantile ou de substances illicites...) et, le cas échéant, ils conduisent les enquêtes.

— Quel genre de colis ? demanda Brolin.

— Sais pas, j'ai un numéro de téléphone, un de leurs enquêteurs qui est sur New York, t'as de quoi noter ?

Brolin griffonna le numéro sur un papier à l'en-tête de l'hôtel.

— Donc, officiellement Malicia Bents n'existe pas, pas d'état civil, résuma Brolin, en revanche, elle est recherchée pour un délit postal...

— Voilà. Autant dire que c'est un faux nom.

— Ou une immigrée clandestine.

— Pourquoi pas ?

Brolin remercia vivement son ami et composa le numéro de l'investigateur d'US Postal. En expliquant qu'il était un détective privé travaillant sur l'enlèvement d'une adolescente, il parvint à obtenir un rendez-vous pour déjeuner avec Freddy Copperpot, l'agent en charge de l'enquête sur Malicia Bents.

Il prit son Glock qu'il nettoya minutieusement. Il devait remplacer l'arme au plus vite, elle était responsable de la mort de Shapiro, et donc identifiable par comparaison balistique.

À onze heures, Brolin s'engouffra dans le métro, en compagnie de visages hagards et de présences vitreuses. Au fil des arrêts, le wagon se remplissait de costumes ternes, d'adolescents parlant fort et d'une poignée de touristes songeurs. En passant sur le Manhattan Bridge, le métro survola le miroir gris de l'East River avant de perforer les buildings et d'être avalé par la terre. Brolin descendit dans Little Italy et trouva sans peine Mulberry Street où Freddy Copperpot l'attendait. Des immeubles gris et trapus encadraient des commerces essentiellement tournés vers l'alimentation.

Copperpot était en costume noir et chemise blanche, parfaitement anodin dans la foule des *businessmen,* avec sa barbe taillée court et ses cheveux récemment permanentés. Brolin lui donna la quarantaine. Il tenait un porte-documents en cuir à la main et le privé discerna l'éclat fugitif d'une grosse chevalière. Ils échangèrent quelques banalités, Brolin en profita pour le remercier. Il insista sur l'urgence de son enquête, le temps depuis la disparition de l'adolescente défilait dangereusement. Les deux hommes s'installèrent dans une cantine qui n'avait d'italien que le nom et commandèrent à déjeuner.

— Cette fille, demanda Copperpot en lançant un bref regard vers le pansement sur l'oreille de Brolin, vous pensez qu'elle a été enlevée ?

— Rachel Faulet ? Oui, j'en ai bien peur. Ainsi que je vous le disais au téléphone, j'ai trouvé dans les affaires de Rachel le nom de Malicia Bents, or je ne sais rien d'elle. J'ai pensé à une amie jusqu'à ce que j'apprenne qu'elle n'existe nulle part et que vous la recherchez.

Il n'avait d'autre choix que de mentir, s'il mentionnait le papier dans l'entrepôt, il devrait justifier de sa présence là-bas et donc se compromettre dans la mort de Lucas Shapiro.

— En effet, nous « aimerions lui parler ». Écoutez, je vais être franc, après votre coup de fil j'ai pris mes renseignements sur vous.

Copperpot l'observa en marquant une pause.

— Votre réputation d'ex-inspecteur et de privé

vous dépeint comme un solitaire. Si je partage des infos, j'attends de vous que vous en fassiez autant.

— Bien sûr. Je n'ai pas grand-chose, juste un bout de papier avec le nom de Malicia Bents. (Il se pencha vers Copperpot, l'intensité brûlante de ses prunelles dardée sur celles de l'agent fédéral.) Je veux savoir ce qui est arrivé à Rachel, c'est tout ce qui compte, et cette Malicia a peut-être un rapport avec sa disparition.

Freddy Copperpot se tenait un coude posé sur la table, la tête calée dans sa main, se frottant la barbe nerveusement du bout des doigts. Il réfléchissait, pesant le pour et le contre.

— Bien, finit-il par dire. Tout ça reste entre nous, c'est à l'ex-flic que je m'adresse. Si, au cours de votre investigation, vous trouvez quoi que ce soit sur Malicia, vous me prévenez illico. Je compte sur vous. Vos collègues ont dit que vous étiez un homme de parole, je leur fais confiance.

Brolin cligna des paupières avec lenteur, pour acquiescer. Ainsi Copperpot avait été jusqu'à appeler ses anciens équipiers à Portland.

— Il y a six mois de cela, un employé de poste s'est trouvé confronté à un colis pour le moins atypique. Il préparait les envois en fourgonnette lorsqu'il a vu des gouttes rouges tomber d'une boîte. Tout le côté du paquet était devenu rouge, comme du sang. Il nous a prévenus et nous avons ouvert une enquête de routine. Il y a un trafic monstre vous savez, chaque année cent soixante-six milliards de plis circulent dans ce pays, et quelques-uns transportent de la drogue, du matériel pornographique pédophile, voire des animaux exotiques illégalement introduits à l'intérieur de nos frontières tels des araignées, des scorpions ou des serpents et même des singes enfermés vivants dans des boîtes en carton. Vous n'avez pas idée de ce qu'on trouve.

Copperpot s'interrompit pour laisser la serveuse leur donner leur plat : deux assiettes de spaghettis bolognaise.

— Le colis en question est considéré comme étant First Class, protégé par le Quatrième Amendement de la Constitution, nous ne pouvions pas l'ouvrir comme ça. Nous avons donc tenté de joindre le destinataire, une certaine Malicia Bents. L'adresse correspond à une boîte postale dans une ville du New Jersey. Louée au nom de Malicia Bents. Tous les renseignements donnés se sont révélés bidon après vérification. Cette mademoiselle Bents ne tenait pas à ce qu'on remonte jusqu'à elle. Nous avons alors obtenu un mandat pour déballer le paquet.

Copperpot fixa Brolin et repoussa son assiette.

— Qu'y avait-il dedans ? demanda le privé en se doutant de la réponse.

— De la glace dans du plastique, et au milieu de ça, un foie et un tibia. Après analyse par notre labo, la confirmation est tombée : origine humaine.

Ils se regardèrent au travers des brumes montant de leurs assiettes chaudes.

— L'expéditeur inscrit était bidon aussi. Lorsque la poste entre en possession d'un colis, celui-ci est enregistré et on lui attribue un code-barres pour le traitement informatique et l'acheminement. C'est avec ce code-barres que nous avons pu remonter jusqu'à un bureau de poste de Paterson, New Jersey, lieu d'envoi. Là, rien à faire, aucun témoin, *dead zone*. Nous avons donc monté une planque à Phillipsburg...

— Phillipsburg ? s'étonna Brolin.

— Oui, c'est là que Malicia Bents avait ouvert sa boîte postale.

Brolin se souvint des mots d'Annabel, elle avait parlé de plusieurs victimes originaires de cette ville et de ses alentours.

— Quoi qu'il en soit, ça n'a rien donné. Soit Malicia nous a repérés, soit elle a été prévenue, à moins qu'elle n'ait laissé tomber... Légalement, elle n'existe pas, personne de ce nom sur le territoire.

— Pour ouvrir une boîte postale, il lui a fallu fournir beaucoup de renseignements ?

— Non, c'est très simple, il est même possible de faire ça à distance dans certains bureaux. De toute manière c'est un jeu d'enfant de se procurer des renseignements appartenant à quelqu'un d'autre. L'année dernière, cinq cent mille personnes se sont fait voler leur identité dans notre beau pays ! Vous imaginez ? Les cabinets de médecins ou les écoles ont des fichiers avec noms, adresses, numéros de téléphone et de sécurité sociale, c'est facile de leur en subtiliser plusieurs. Vous avez même des compagnies d'assurances ou des écoles qui se servent des numéros de sécurité sociale comme identifiant. Nos services travaillent avec le Bureau du procureur et les services secrets pour démanteler ces trafics mais c'est un vrai casse-tête. Alors quant à savoir comment Malicia Bents s'est créé son identité, vous pensez !

— Et depuis, l'enquête a avancé ?

Freddy Copperpot tapota de l'index son porte-documents.

— Nous avons fouillé les archives informatiques pour savoir s'il y avait déjà eu des colis envoyés à cette Malicia Bents. On en a comptabilisé trente-sept !

Brolin frémit sur la banquette de Skaï, il était sûr d'avoir vu juste. L'agent fédéral poursuivait, très explicatif :

— Bien sûr, nous ne savons pas ce qu'ils contenaient, mais si c'est du même acabit... D'autre part, nous disposons d'un labo important à New York ; pour les empreintes c'était foutu dans la mesure où avant même que nous prenions possession du colis plusieurs personnes l'avaient manipulé dans la logistique. Alors nous avons eu recours à un expert en documents pour étudier l'écriture de l'expéditeur. Les caractéristiques générales, l'ordonnance, les signes d'accentuation et de ponctuation ainsi que l'étude morphologique des lettres de motricité enfantine ont permis d'établir qu'il s'agissait d'un gaucher, probablement un homme. À propos de l'encre utilisée, c'est une composition banale, matériau colorant et sels ferreux dans une suspension d'acide gallique. L'ATF nous a offert l'accès à sa base de données des encres, plus de trois mille traces chromatographiques d'encres, mais là encore le résultat renvoie à un produit trop courant pour constituer un réel indice. Après six mois d'enquête, nous n'en savons toujours pas plus sur cette mystérieuse femme ni sur son ami l'expéditeur.

Brolin essaya de mettre un peu d'ordre dans son esprit agité. Que pouvait-il déduire de tout cela ? Qu'il y avait non pas un, mais deux membres de la secte de Caliban encore en course ? Cette Malicia et un gaucher, Bob lui-même. *Non, attends ! Souviens-toi de*

Lucas ! Oui, Lucas était gaucher. Brolin se repassa le film des événements, il tenait son arme de la main gauche. Lucas pouvait tout à fait être l'expéditeur du colis.

Se fiant aux indices, ils avaient réduit la secte à trois individus, ce qui n'excluait pas qu'il y eût des éléments mineurs. Comme Janine Shapiro qui assistait Lucas. Et désormais Malicia Bents, l'ombre de Bob.

Malicia Bents, ou quel que soit son vrai nom. Une femme vivant dans la région de Phillipsburg.

Il devait parler à Annabel, lui exposer sa théorie.

Lui faire part de l'horreur contre laquelle ils luttaient.

Brolin se leva précipitamment devant un Freddy Copperpot déconcerté, il déposa un billet sur la table et promit à l'agent de l'appeler bientôt. L'air froid de l'extérieur se glissa par la porte ouverte.

Il devait identifier Malicia Bents et il trouverait Bob.

44

Tandis que, plus au nord, la troisième équipe se relayait pour extraire les squelettes du wagon sous l'œil exténué de Jack Thayer, Annabel était à Phillipsburg, sur Corliss Avenue, dans un petit bâtiment en brique, siège du shérif local. Celui-ci, un certain Eric Murdoch, se tenait face à la jeune femme, l'écoutant avec une attention non feinte. Sur le coup, Annabel avait été impressionnée par le physique imposant du shérif. Murdoch, à trente-six ans, faisait un mètre quatre-vingt-dix pour plus de cent kilos. Autrefois sportif, le shérif s'était lentement laissé gagner par la bonne chère. Mais ses kilos superflus ne suffisaient pas à faire disparaître la masse musculeuse de son corps puissant. Le visage rubicond, les cheveux clairsemés et amorçant un début de calvitie, il avait décidément un physique particulier.

— Il y a trop de victimes dans cette région pour que ce soit un hasard. Bob habite dans le coin, exposa Annabel. Il va falloir écumer les environs, faire des vérifications sur tous les individus qui ont déjà été condamnés pour un délit grave, poser des questions aux voisins des victimes, s'ils n'ont rien vu.

— Je veux bien vous aider, mais j'aimerais pas avoir des ennuis avec les autorités fédérales, vous vous êtes arrangés ?

Il fallait en plus qu'elle tombe sur un bureaucrate. Elle n'était pas du tout sur sa juridiction, et même si Woodbine ou le maire de New York en personne l'appuyaient, il lui fallait respecter les procédures.

— De vous à moi, c'est pas que je les apprécie, confia-t-il, ils se prennent pour les rois, je veux juste éviter les emmerdes.

— On va régler tout ça très vite, faites-moi confiance. En attendant, je vais avoir besoin d'un petit coup de main, vous êtes chez vous et vous connaissez les gens ici.

— Oui... Dites, ce que vous m'avez dit tout à l'heure à propos de Taylor Adams, c'est vraiment ainsi que ça s'est passé ? On l'a retrouvée toute nue avec une enveloppe épinglée sur le corps ?

Annabel hocha sombrement la tête.

— Vous l'aviez déjà vue ?

— Taylor ? Ah, ça oui. On peut même dire que c'était une habituée ! Elle n'arrêtait pas les conneries. Plusieurs fois, c'est moi qui l'ai ramenée chez sa mère quand on la retrouvait complètement ivre dans la rue. C'est pas une méchante fille, elle est juste paumée dans sa tête. Par contre, si on ne fait rien pour l'aider, elle tournera mal...

— J'ai bien peur qu'elle ne soit bien plus calme dorénavant. Je reviens de chez sa mère, elle m'a donné une liste de copains que Taylor fréquentait, qu'en pensez-vous ?

Annabel tendit la colonne de noms au shérif qui s'en empara de sa longue main aux doigts calleux.

— Mmm... Rien d'original. J'en connais deux, dans le même genre qu'elle, les autres en revanche, je ne sais pas qui c'est, des garçons du coin apparemment. Je peux vous poser une question ?

— Allez-y.

— Qu'est-ce qu'il y avait dans l'enveloppe ?

— Rien d'intelligible, mentit la jeune femme. Pourquoi ?

— Je me demandais. Faut être fou pour faire une chose pareille !

— Ou terriblement sûr de soi.

Elle y avait beaucoup pensé en quelques heures. Soudain, elle éprouva le besoin de mettre ses idées à plat, de les exprimer à voix haute :

— C'est un peu comme s'il voulait nous prouver qu'il fait ce qu'il veut, qu'il n'attache aucune importance à une vie humaine. On dirait qu'il veut nous montrer qu'il est si puissant qu'il peut se permettre d'enlever des gens juste pour s'en servir comme messagers. C'est comme s'il n'avait qu'à claquer des doigts pour se fournir. Le monde est son réservoir, il n'a qu'à y puiser. D'une certaine manière, il se prend pour Dieu.

— J'ai lu dans un bouquin que c'était justement ça le problème des tueurs en série, intervint le shérif Murdoch. Ils recherchent la maîtrise totale, le pouvoir, en dépersonnalisant leurs victimes. Je trouve que c'est idiot d'écrire ça, comment peut-on...

Le téléphone portable d'Annabel se mit à sonner. Elle s'écarta pour décrocher, c'était Joshua Brolin.

— Je dois vous voir, c'est important, expliqua-t-il.

— J'ai encore quelques personnes à interroger, les

amis de la fille qu'on a retrouvée cette nuit, et je rentre.

— Laissez tomber, il faut qu'on parle.

— Qu'est-ce qui vous rend aussi sûr de...

— Je serai devant chez vous dans une heure, à tout de suite.

Il raccrocha.

Annabel resta bouche bée un moment avant de rejoindre Murdoch.

— Je... Je vais devoir vous laisser, shérif, vous avez mon numéro, s'il y a quoi que ce soit, n'hésitez pas.

Murdoch haussa ses larges épaules et la jeune femme retrouva son 4 × 4. Elle enclencha le lecteur de compact disc et la mélopée de Miles Davis inonda l'habitacle.

Sur le trajet, Annabel fut appelée par Jack Thayer. Il avait de mauvaises nouvelles. Tout d'abord, plusieurs squelettes présentaient une particularité sinistre : on leur avait découpé la partie supérieure du tibia. Pas tous, mais presque un quart des adultes. Aucun des enfants en revanche. À cela s'ajoutait qu'ils n'étaient pas tous complets, il manquait plusieurs crânes, plusieurs fémurs et cages thoraciques. D'autre part, et ça n'était pas bon signe non plus, les fédéraux avaient fait irruption sur le site. Compte tenu des circonstances — le passage des frontières d'États, les enlèvements à répétition, et enfin la présence de deux employés fédéraux parmi les victimes identifiées —, le FBI revendiquait sa légitimité dans cette enquête. En fait, ils s'étaient bien sagement planqués dans l'ombre des flics et, jugeant qu'ils disposaient de suffisamment d'indices avec la découverte du wagon, ils entraient en scène pour le dernier acte, afin de récolter tous les lauriers. Pour le moment, le Bureau n'avait pas officiellement repris l'investigation à son compte, mais cela n'allait pas tarder, l'intérêt médiatique se faisait de plus en plus pressant à mesure qu'on dévoilait l'ampleur des enlèvements.

Alertées par l'impressionnant dispositif policier qui se succédait sans relâche depuis la nuit, les caméras tournaient à plein régime dans la région de Montague. Si Bob était devant sa télé, il savait que son petit terrain de jeu avait été démasqué. Après l'avertissement de la nuit passée, Annabel craignait son courroux. Elle se mit à maudire tout haut les journalistes puis les G-Men[1]. S'ils s'emparaient de l'enquête, le NYPD ferait pression de toutes ses forces ; c'est eux qui venaient de se coltiner tout le boulot, les nuits blanches et tout le reste...

Écrasé par la fatigue, mais encore plus motivé à ne rien lâcher avec le FBI à proximité, Thayer quitta sa collègue sur quelques encouragements.

Annabel domina la baie grise depuis l'incroyable vue du pont Verrazano et remonta Brooklyn jusqu'aux Heights. Elle descendit de voiture à dix mètres de chez elle. Une main galante lui tint la portière.

— Je viens d'entendre à la radio un certain shérif Tuttle, de Montague, fit Brolin dans son dos. Dans un communiqué de presse des plus laconiques, il annonçait la découverte d'un charnier. Mon petit doigt me

1. Pour *Government-Men,* agents fédéraux.

dit qu'on lui a soufflé ce qu'il fallait dire. Il a heureusement évité tout rapprochement avec votre enquête. Ça ne durera pas, j'en ai peur...

Annabel haussa les épaules. Avec le FBI dans la course, ça n'était plus qu'une question de temps avant qu'ils ne prennent les rênes, les emmerdements médiatiques seraient pour eux. Mais au fond d'elle-même, comme tous les flics impliqués, elle ne supportait pas l'idée d'être dessaisie de l'investigation.

Les pieds dans la neige, elle fit face au détective privé. Ses tresses s'envolèrent dans le vent. Elle remarqua la présence du chien en retrait, qui les guettait avec curiosité — Brolin avait fait un crochet par son hôtel pour le prendre.

— Qu'est-ce que vous avez de si capital à me dire ? commença-t-elle sans plus attendre. J'étais à Phillipsburg avec le shérif Murdoch, vous m'avez raccroché au nez sans vous expliquer, si j'agissais comme vous, j'aurais dû vous planter là et ne pas venir !

Une esquisse d'amusement tira sur les lèvres de Brolin. Elle n'était pas du tout en colère. *Elle a du caractère, c'est tout, et elle ne supporte pas de ne pas avoir le contrôle...*

— Venez, nous allons en parler.

Il l'entraîna dans la rue parallèle à la sienne, une promenade piétonne qui du haut de la colline surplombait toute la baie et Manhattan. Les bouquets de fleurs tricolores et le Stars and Stripes jalonnaient toute la rambarde, avec des photos de disparus dans la catastrophe encore fraîche de septembre. Les attentats, en plus d'une hausse sans précédent des budgets de toutes les agences de renseignements, avaient provoqué un sursaut patriotique incroyable. Tout le pays s'était drapé aux couleurs nationales, même les M&Ms étaient devenus rouge, bleu et blanc.

— Annabel, que pouvez-vous me dire sur ces squelettes trouvés dans le wagon ?

— Hé ! C'est pas pour répondre à vos questions que je suis venue, vous aviez quelque chose d'important à me dire, non ?

Elle se faisait à la présence charismatique de son acolyte, peu à peu, elle parvenait à ne plus se laisser subjuguer. Il demeurait envoûtant, par vagues à l'intensité variable, bien qu'Annabel soupçonnât qu'il en usait à son bon vouloir.

— Je vais y venir. Que savez-vous de ces corps ?

Annabel soupira.

— Très bien. Pas grand-chose, je vous ai tout dit ce matin, ce sont les restes d'une soixantaine de personnes. Hommes, femmes et enfants. On les a amenés là-bas dans cet état, déjà sous forme de squelettes. D'après le technicien, il n'y avait pas ou peu de chair sur les os. Et je viens d'apprendre que plusieurs d'entre eux ont le haut du tibia absent.

Brolin hocha la tête. Comme dans le colis envoyé à Malicia Bents.

— Écoutez, je ne vous ai pas tout dit sur la nuit dernière, avoua Annabel. Le message, celui que *portait* la jeune Taylor. Il m'était destiné, il y avait mon nom dessus. Je ne cesse d'y penser. Suite à vos conseils, j'avais insisté auprès de mon capitaine pour que toutes les déclarations faites à la presse, s'il fallait qu'elles comportent le nom d'un détective de l'enquête, citent le mien. Je crois que ça a marché.

— Vous avez peur ?

Annabel réfléchit un instant, puis elle secoua la tête.

— Je ne crois pas.

— Bob avait besoin d'un interlocuteur dans la police. Vous représentez ceux qui le traquent, ça lui déplaît. Cela dit, il se sent peut-être aussi flatté. Je doute qu'il vous menace personnellement, c'est le système qu'il n'aime pas, vous n'en êtes qu'un pion. Restez prudente tout de même.

Annabel contempla le dénivelé jusqu'aux entrepôts plus bas, et les docks déserts. Elle respira le parfum frais du vent sur son visage.

— Qui est Malicia Bents ? demanda-t-elle. Vous m'en avez parlé ce matin.

— Je pense que c'est la main de Bob. Son bras droit, et son visage d'une certaine manière.

Annabel se tourna instantanément vers lui.

— Comment savez-vous cela ?

Brolin lui fit le récit du temple dans Red Hook, du morceau de papier portant le nom de Malicia Bents, et ensuite de son entrevue avec Freddy Copperpot.

— Si on s'en tient à l'hypothèse de départ, que Bob et sa bande ne sont que trois personnes, alors Malicia est comme Janine Shapiro, un factotum du crime au service du groupe.

— Et si Malicia et Janine ne formaient qu'une seule et même personne ?

— Je n'y crois pas. Il y a beaucoup de culot chez cette Malicia, utiliser avec autant de simplicité la poste pour son petit trafic, avoir l'assurance d'utiliser de faux noms, tout ça ne colle pas du tout avec la personnalité de Janine. Je vois Janine comme l'instrument de son frère, une femme brisée qui vivait dans son sillage. Non, Malicia est une autre femme, plus proche de Phillipsburg où elle recevait ses colis.

Saphir, qui gambadait tranquillement à leur côté, accéléra pour s'engager dans une allée perpendiculaire, ils le suivirent tout en continuant leur échange.

— Pourquoi une femme ? Quelle serait sa motivation ? Janine agissait à cause de son frère, et Malicia ?

— Janine se voyait comme une moins que rien parce que son frère faisait tout pour cela. À force de sévices, elle a fini par découvrir qu'en donnant la mort ou en torturant autrui, elle devenait subitement tout : puissante, crainte, elle avait le pouvoir, c'est ce qui lui a permis d'accepter. En revanche, une part d'elle ne le voulait pas, c'est pour ça qu'elle allait mettre du sang dans l'église, elle cherchait le pardon, ou au contraire à se damner pour ses crimes.

— Attendez, vous avez parlé avec elle ? s'étonna Annabel.

— Non, c'est ainsi que je ressens les choses. Je peux me tromper, bien sûr, ça n'est qu'une interprétation. C'est ainsi que ça se passe dans beaucoup de cas similaires. Pour en revenir à Malicia, j'ai l'impression que nous avons affaire à quelqu'un de plus sophistiqué, de plus volontaire. Tant que nous ne saurons pas pourquoi Bob garde ses victimes si longtemps en vie, j'ai bien peur que nous ne puissions cerner la motivation de Malicia.

— Bob est un taré psychopathe ! rugit Annabel. Il a séquestré Taylor Adams pendant un mois et demi avant de la relâcher avec un message épinglé dans le mamelon ! Il l'a rendue folle ! Elle n'ouvre plus la bouche que pour hurler ou pour dire qu'elle a été en Enfer, qu'elle a été avec les démons. Qu'est-ce qu'il fait de tous ces gens, bordel ?

— J'ai pensé à des esclaves sexuelles au début, mais ça n'a plus beaucoup de sens à l'éclairage nouveau de sa personnalité. Venez.

Brolin entraîna la jeune femme dans Remsen Street qu'ils descendirent en passant sous la Brooklyn-Queens Express jusqu'à la zone industrielle des bords de l'East River. Sur tout le chemin, Saphir s'en donna à cœur joie, reniflant tout ce qui passait à portée de truffe. Le chien semblait avoir trouvé une nouvelle vie épanouissante. Le trio s'enfonça enfin entre deux clôtures d'aluminium, dépassa un bâtiment abandonné et marcha parmi les friches d'un quai de bois complètement usé. Certaines parcelles grinçaient dangereusement, ils les évitèrent et descendirent quelques marches vermoulues pour s'approcher du rivage. La baie s'étendait, majestueuse, comme un désert de mercure où les nuages de plomb miroitaient en passant à vive allure.

— Regardez autour de vous, Annabel, que voyez-vous ? demanda le privé.

Comme elle ne bronchait pas, il insista :

— Allez-y, observez tout autour, dites-moi ce que vous percevez.

Elle le considéra lui tout d'abord, puis tourna le regard vers la crête hérissée des buildings de Manhattan. Ils grimpaient vers les nuages à la manière de fusées titanesques, fourmillant d'activité. En face, la ligne grise du New Jersey et de ses grues était plongée dans une délicate brume d'hiver. Derrière Annabel, la colline montait en pente raide, on ne distinguait plus la terre, ni les arbres, il n'y avait plus que les constructions humaines jaillissant de toute part, qui lui firent l'effet d'une case de Monopoly saturée. La voie express ne désemplissait pas : un ruban polluant et bruyant. La jeune femme avait fait un tour complet sur elle-même. Le clapotis l'attira. Des sacs plastique flottaient sur l'eau, semblables à des méduses industrielles. Plus loin, un bidon vide jouait avec la surface à côté d'un préservatif. L'homme était partout. Le conquérant victorieux d'une terre qui n'était pas en guerre.

Annabel releva vers Brolin un regard blessé. Sa voix fut douce.

— Je ne sais pas... un paysage... morne ?

Brolin cligna lentement les yeux. Ses mèches noires vinrent lui fouetter les joues. Il parla avec une totale absence d'émotion, un simple constat.

— Ça, c'est l'apparence : l'industrialisation, la pollution, mais au-delà vous voyez ce que tout être contemple dès son réveil : la consommation. À outrance. Partout, toujours plus. Les publicités prolifèrent, avec encore plus d'études pour les rendre plus sournoises, pour améliorer leur impact. Ce que vous voyez tous les jours, c'est un monde qui ne vit plus que par le marketing, par l'étude de la communication, et pas dans un but philanthropique, oh non, c'est dans l'idée d'améliorer la consommation. Cette société n'évolue plus que dans ce sens. Dans tous les domaines, même la religion, regardez, aujourd'hui les croyances ne sont plus des convictions, mais des choix ! Les magazines vous dressent des tableaux comparatifs avec les défauts et les avantages de chacune, et on se choisit une spiritualité, quitte à en changer plusieurs fois au cours de sa vie. La religion devient un moyen de mieux vivre, de mieux appréhender sa condition de mortel, on ne vit plus pour un Dieu, on y croit pour soi, et on vous le vend comme une forme d'anxiolytique spirituel, adapté en fonction des goûts.

Annabel s'adossa à l'un des piliers du ponton, attendant de voir où voulait en venir le privé.

— Nous ne nous construisons plus pour respirer un air pur, continua-t-il, pour aimer et jouir du peu de temps que nous passons ici-bas en étant en harmonie avec l'essence de la vie ; non, peu à peu, nous glissons vers un modèle synthétique. Nous nous robotisons ; les êtres se font de plus en plus au travers de ce qu'ils possèdent, du temps qu'ils consacrent à leur emploi avant de disparaître. Regardez, Annabel, regardez autour de vous. Qui écoute-t-on ? Qui dirige cette société ? À qui obéit-on ? Aux consommateurs. Aux productifs. Aux conformateurs. Aux robots de cette terre.

Un sourire amer lui écorcha les lèvres. Annabel secoua la tête, elle partageait le fond de son discours, mais il en rajoutait tout de même, elle l'interrompit :

— N'exagérez pas, on n'est pas dans un film de science-fiction !

— Non, parce qu'il y a un siècle ou deux, un roman qui aurait raconté ce que le monde est aujourd'hui aurait été considéré comme une absurdité, une horreur impossible. Vous trouvez que j'en fais un peu trop, n'est-ce pas ? Pourtant tout ça est vrai. Autrefois, l'homme vivait ou survivait pour avoir des enfants, pour aimer une femme. Les anciens systèmes étaient basés sur une pyramide, en haut il y avait les dominants, peu nombreux, et en bas les dominés. Ces derniers étaient exploités, souvent utilisés comme de la chair à canon, l'espérance de vie était courte, ils cherchaient leur bonheur dans les choses simples de l'existence, aimer et être en vie. L'essentiel.

« *Ceux d'en haut* avaient le pouvoir, parfois peu, parfois beaucoup. Et ils avaient le temps. Le pouvoir et le temps les rendaient exigeants, ils voulaient toujours plus, plus de terres, plus de villes, plus de femmes, plus de dominés, c'était un monde de guerre... Aujourd'hui on a changé tout cela. On a voulu donner un peu de pouvoir à tous, et ce pouvoir s'accroît à mesure que l'on donne de son temps à la société. Et l'homme continue d'en vouloir plus, toujours plus, il tombe dans une spirale frénétique. On a remplacé les guerres quotidiennes par le travail, les batailles font toujours autant de victimes, mais elles sont moins visibles. Ces guerres d'aujourd'hui ne tuent presque plus d'hommes, elles tuent l'humanité.

Brolin marqua une pause, l'eau fit grincer le ponton à côté. Il ajouta :

— Elles font de nous des machines.

Une mouette que le froid n'avait pas chassée lança son approbation stridente et désespérée au-dessus d'eux.

Annabel frissonna. C'était la première fois qu'on mettait des mots sur ce sentiment croissant qui l'habitait. Cette impression que, peu à peu, le monde glissait. Elle se fit pourtant l'avocat du diable :

— Je crois que vous noircissez le tableau, ce monde rend heureux beaucoup d'hommes et de femmes, contra-t-elle.

— Évidemment. Vous connaissez l'histoire de la

grenouille que l'on trempe dans l'eau bouillante, je présume ? Aussitôt mise à l'eau la grenouille en sort d'un bond. En revanche, mettez-la dans de l'eau froide avec un décor qui préserve les apparences pour qu'elle se sente dans son environnement, et faites monter progressivement la température de l'eau, tout doucement. La grenouille ne bougera pas, même lorsque l'eau sera bouillante, et il sera trop tard.

Il engloba d'un geste ample tout le paysage et ajouta :

— C'est exactement ce que nous faisons avec nos existences !

Annabel pouffa, cette fois il allait trop loin.

— Vous savez ce que vous êtes ? fit-elle sans méchanceté. Vous êtes parano et pessimiste. On doit avoir confiance en cette société, en ce système.

Brolin hocha tristement la tête. Elle illustrait avec exactitude ce qu'il venait de dire.

— *Caliban dominus noster*... Souvenez-vous, Annabel. « Caliban est notre seigneur. » Il est le produit de ce nouveau monde. C'est ça que Bob a voulu créer.

Elle releva ses tresses d'une main et les fit passer toutes du même côté pour faire face à Brolin. Celui-ci insista :

— Caliban est le prix à payer de cette société, il est le résidu de ce choix. Dans un système à la perversité latente, il en est l'effet concret.

— Vous y croyez vraiment ?

— Oui. Nous sommes bien parvenus à transformer l'amour en un bien de consommation. Accumuler les ébats, les *proies,* se marier à la va-vite, comme ça, par folie, pour changer aussitôt. Bob est l'enfant de tout cela. D'un monde de *consommaxion.* Un enfant qui a grandi seul, nourri de la violence de la télé, des médias, du cynisme ambiant, et dont personne n'a jamais entendu les cris de peur, de désespoir, de solitude. Il est trop tard maintenant. Bob a grandi avec ce modèle de consommation, où le pouvoir réside dans ce que l'on possède, consiste à se faire soi-même en marchant sur les autres si nécessaire. Et aujourd'hui, Bob nous montre qu'il n'a que trop bien retenu la leçon, il accumule, il collectionne, il a le pouvoir. Il s'est créé Caliban comme emblème, le symbole cynique de nos travers modernes.

Annabel sursauta.

— Quoi ? Vous voulez dire que c'est ça ? Que tous ces enlèvements c'est pour *avoir* !

— Non Annabel, c'est pour *être.* Il a bien compris ce que chaque matin ce monde lui a appris : pour être, il faut avoir. Il faut avoir un numéro de sécurité sociale, avoir le permis, une maison, une femme ou un mari, des enfants, une grosse télé, avoir encore et toujours de nouveaux vêtements, de nouveaux cédéroms, avoir de l'argent sur son compte pour pouvoir partir en vacances, avoir de l'argent pour faire des cadeaux aux autres par *plaisir* ! C'est ça que Bob a compris.

Brolin fixa un banc de sacs plastique échoués, il ajouta :

— Alors il fait encore plus fort, il se hisse au-dessus des autres, lui *a* des êtres humains. Il a des vies entières. À lui.

Annabel fronça les sourcils, elle ne parvenait pas à envisager une motivation comme celle-là.

— C'est complètement dingue !

— D'une certaine manière, pas plus que de donner toute sa vie à une entreprise pour se faire virer à quelques années de la retraite...

Annabel avala sa salive avec peine. Elle se demanda subitement si Brolin pensait vraiment ce qu'il venait de dire. Elle chercha une réponse dans ses prunelles désespérément vides.

— N'oubliez pas les tatouages, reprit-il. Bob marque ses victimes d'un code-barres, il les transforme en biens de consommation, des biens qui lui appartiennent alors.

— Je n'arrive pas à y croire, il doit y avoir autre chose...

— C'est possible, fit-il en haussant les épaules.

— Et les squelettes ? Pourquoi abandonne-t-il les gens comme ça ? Et ce colis dont vous avez parlé, pourquoi s'échangent-ils des morceaux ?

— Quand vous avez un nouveau bien, vous le montrez à vos amis, non ? C'est ce qu'ils font, je suppose. La chair et les organes sont l'essence même de la vie, de l'altérable sur courte durée, les os sont plus persistants, plus minéraux, ils durent. Un morceau de chaque pour caractériser une vie. En fait, je ne sais pas, tout ça n'est qu'une vaste théorie... En revanche je suis sûr que les bases en sont bonnes.

Annabel se laissa tomber sur une grosse pierre. Elle s'assit et caressa le chien, face à l'étendue gloutonne de la civilisation.

— Bon, et comment fait-on pour mettre la main sur Bob maintenant ? interrogea-t-elle, à moitié railleuse.

— Sur le bout de papier que j'ai trouvé, continua

Brolin, il était fait mention de la Cour des Miracles. Vous connaissez ?

Annabel le toisa, une étrange lueur dans l'œil.

— La Cour des Miracles de Babylone. J'en ai déjà entendu parler. Vous pouvez laisser tomber.

Brolin fronça les sourcils. Annabel s'expliqua :

— C'est un mythe, rien de plus, une légende urbaine.

— Comment ça ?

— Vous savez, une légende urbaine, ce genre d'histoires que tout le monde connaît mais que personne n'a vécu, dont il n'existe aucune preuve. Comme, euh... Comme ces alligators albinos qui sont censés vivre dans les égouts de la ville depuis vingt ans et que personne n'a jamais vus. Ce genre de trucs.

— Où puis-je trouver des renseignements là-dessus ?

— Nulle part et un peu partout, je vous l'ai dit, c'est une histoire inventée pour faire peur.

— Annabel, et si ça n'était pas une légende ?

Elle inspira en lui lançant un regard agacé.

— Tous les flics de New York vous diront que c'est des conneries... Mais si vous y tenez absolument, je vais vous présenter quelqu'un qui y croit. La personne qui m'en a parlé, et là, vous allez être servi. Parce que si cette Cour des Miracles existait, ça ne serait rien de moins que l'antichambre de l'Enfer.

Elle lui tendit la main avec un sourire.

Brolin la lui prit et l'aida à se relever.

45

Annabel conduisit jusque Little Nassau Street, à l'est de Fort Greene. Les hautes grues du Brooklyn Navy Yard — les docks — dominaient les immeubles et les hangars du quartier. La jeune femme ne répondit à aucune des questions de Joshua Brolin sur ce qu'était censée être la Cour des Miracles.

Pour un samedi, le coin était peu fréquenté. Des affiches et des graffitis couvraient les murs comme une seconde peau. Un garage ouvert laissait apparaître trois hommes afro-américains qui discutaient en se réchauffant les mains au-dessus d'un fût d'où s'élevaient des flammes dansantes. Sur le mur d'en face, on avait peint à la bombe le visage immense d'un homme, la bouche ouverte comme un four. Annabel longea la fresque et posa un pied dans l'ouverture, au milieu de la bouche, elle adressa un clin d'œil à Brolin et s'enfonça dans le couloir sombre. Le détective privé en fit autant, suivi du chien. Sur la porte du fond, celle-là même qu'Annabel poussa sans frapper, Brolin put lire l'inscription : « *Mae Zappe — Faiseuse de Gargouilles* ». Il n'en conçut que plus d'interrogations.

Ils marchèrent dans un couloir étroit, de pierres

grises, dont le seul éclairage provenait du plafond très bas, entièrement constitué de plaques de verre blanches laissant filtrer la lumière du jour. Il faisait aussi froid qu'à l'extérieur, et Brolin se surprit à voir de la condensation dans son souffle. Contre un mur, un trépied en fer forgé accueillait un cône d'encens fumant. Annabel écarta une cascade de faux lierre qui fermait le couloir à la manière d'un rideau et ils pénétrèrent dans l'antre de Mae Zappe, une caverne nettement plus obscure.

Brolin vérifia que Saphir les suivait, et lorsqu'il regarda de nouveau devant lui, il se trouva face à la mâchoire acérée d'un horrible monstre. Des dents de pierre, des yeux profonds et des pattes puissantes, Brolin pensa aussitôt au basilic. C'était une gargouille de la taille d'un cheval. À dire vrai, la pièce entière était peuplée de gargouilles toutes plus mystérieuses les unes que les autres. Il y avait une précision surnaturelle dans la perfection de leurs traits. Avec des sourires carnassiers ou facétieux, les hydres, gorgones et dragons de ce « musée » attendaient tous sur leur socle qu'un simple coup de baguette magique vienne les délivrer de la rigidité minérale. Les trois silhouettes trouvèrent leur chemin parmi cet échiquier géant pour atteindre le comptoir du fond. Saphir zigzagua la gueule en l'air, les oreilles couchées, on aurait pu croire que le chien sentait le danger réel de ces êtres endormis.

Accoudée au merisier rougeoyant, une vieille femme noire les examinait. Ses yeux ressemblaient à deux perles tombées au milieu d'un lac d'ivoire. Des mèches grises couraient sur sa longue chevelure d'ébène. Brolin lui donna une soixantaine d'années, mais cela pouvait être bien plus.

— Bonjour Mae, lança Annabel en tirant deux tabourets de derrière le comptoir. Je t'ai amené un ami, il a des questions à te poser.

Brolin la salua brièvement. Il remarqua dans le dos de la vieille femme une case de bois clouée au mur. Dedans, un crâne humain accompagnait une bouteille de rhum, de la corde et des bouts d'étoffes de couleurs variées ainsi qu'une petite bougie qui brûlait. Il sentit la main d'Annabel se poser sur son bras.

— On appelle ça des *kay-mistè,* c'est pour recevoir les *lwa,* les « esprits », lui chuchota-t-elle.

Brolin hocha la tête. Mae Zappe recula dans la pénombre, en direction d'une porte, il perçut son regard toujours braqué sur lui.

— Bienvenue, mon garçon, fit la vieille femme.

Elle s'absenta dans la pièce mitoyenne.

— Qui est-ce ? demanda Brolin.

Annabel dissimula la satisfaction que lui procurait la situation. Brolin ne perdait rien de sa superbe, mais il n'avait plus la même imperméabilité à son environnement, elle ne le sentait d'un coup plus aussi insensible, la curiosité brillait en lui.

— C'est ma grand-mère, expliqua-t-elle. C'est à elle que je dois le hâle de ma peau. Et toutes les histoires fabuleuses de ma jeunesse.

Mae revint avec un plateau. Elle leur servit une tasse de café parfumé au rhum et à la fleur d'oranger. Puis elle fixa Brolin.

— Merci, fit-il. C'est impressionnant, toutes ces statues.

Elle n'esquissa pas le moindre geste, ses traits restèrent sans expression.

— C'est vous qui les faites ? reprit-il.

Mae ne bougeait pas. Puis elle échangea un regard complice avec Annabel et ouvrit enfin son visage à la sympathie.

— Les gargouilles ne sont pas faites, elles se font d'elles-mêmes. C'est pour ça qu'elles sont si belles. J'ai parmi mes clients des gens très riches qui dépensent une fortune pour avoir l'une de mes créatures chez eux, ils sont prêts à payer n'importe quelle somme pour bénéficier de leurs ailes protectrices.

Le silence tomba dans l'atelier.

— Mae, ça n'est pas le moment, intervint Annabel.

La vieille femme acquiesça.

— Tu as raison. Allons, pose tes questions, fils. Je vois bien que tu es pressé.

Brolin inspira profondément et jeta un bref coup d'œil vers Annabel.

— J'aimerais que vous me parliez de la Cour des Miracles. Annabel m'a dit que vous connaissiez.

Mae se passa une langue épaisse sur les lèvres avant de boire d'une traite sa tasse. Elle s'écarta et entreprit d'allumer de grosses bougies disposées un peu partout sur des étagères derrière le comptoir. L'éclat ambré se mit à croître, formant un cocon rassurant.

— Pourquoi veux-tu savoir? lui demanda-t-elle.

— J'en ai besoin. Je voudrais retrouver quelqu'un, et sa route passe par cet endroit.

— Cette personne est mauvaise alors. Ou bien morte.

Sans autre explication, la vieille femme prit un sac de farine et l'étala sur le béton froid. Avec l'autre main, elle dessina des arrondis, des traits, jusqu'à former un symbole complexe avec la poudre blanche.

Annabel se pencha vers Brolin pour lui murmurer à l'oreille :

— C'est un *vèvè,* le dessin symbolique d'un *lwa.* Je suppose que celui-ci est un protecteur. Hé, ne me regardez pas comme ça, je vous avais prévenu...

Quelque part dans l'atelier, Saphir émit un jappement craintif et il vint en courant se mettre dans les jambes de son nouveau maître.

— Eh bien, qu'y a-t-il, mon vieux ? Tu t'es fait une frayeur avec l'une de ces gargouilles ?

L'amusement de Brolin se dissipa quand il sentit les frissons de peur en caressant le chien. Instinctivement, il glissa sur son tabouret pour voir toutes les statues. Décidément, elles étaient saisissantes de réalisme. Soudain, un détail dans leur posture lui pinça le cœur. Elles tournaient toutes leur visage dans sa direction. Elles l'épiaient. Ce qui était d'autant plus troublant qu'il n'avait pas prêté attention à ce point commun en arrivant, il lui semblait pourtant que cela devait être frappant lorsqu'on entrait dans la pièce.

Une lubie de la vieille femme... Elle dispose ces œuvres vers elle.

Il rassura Saphir d'une main ferme et s'accouda au meuble de merisier, un peu moins à l'aise.

Quant elle eut terminé, Mae se releva et prit une bougie qu'elle posa sur le comptoir, juste sous son visage.

— Tu crois aux mauvais esprits, mon garçon ? lui demanda-t-elle.

— Hum, non, je suis désolé.

— Alors tu dois te préparer à changer. Parce que si tu vas là-bas, tu en croiseras. Beaucoup.

— Où ça ?

Elle émit un ricanement aigu.

— C'est toi qui es venu me parler de la Cour des Miracles !

— Dites-moi ce que c'est.

Mae plongea ses mains dans sa lourde chevelure et leva les bras jusqu'à tendre ses mèches comme les ailes d'une chauve-souris.

— C'est la perdition.

Elle écarta encore plus les bras et ses cheveux retombèrent en doux frottements.

— C'est là que s'unissent tous les vices de l'homme, continua-t-elle. N'as-tu jamais entendu parler d'un endroit où se rassembleraient tous les parias, où toutes les perversités seraient existantes, où l'on pourrait tout se procurer, tout ce qui est mal ? C'est ça la Cour des Miracles. Un sanctuaire secret de dépravation, un domaine pour ceux qui vivent dans le sang des innocents. Cette ville est la reine des âmes mauvaises, et cette Cour des Miracles en est le cœur, c'est le trône des damnés.

La chair de poule apparut sur les bras de la vieille femme.

— Supposons que je veuille m'y rendre, comment dois-je faire ? demanda Brolin.

Annabel secoua la tête.

— C'est un mythe...

— Non, elle existe ! coupa Mae avec véhémence. Tu n'écoutes pas ce que la rumeur dit, Anna. Tu n'écoutes plus !

Dans leur dos, une petite gargouille tomba sur le sol et se brisa en deux. Mae se raidit.

— Voyez, il y a des sujets qui dérangent les *lwa* !

Brolin contempla les deux morceaux cassés. Il vit

une minuscule corniche en hauteur où devait se trouver la statuette quelques secondes auparavant. *Son socle était trop gros, elle était dans un équilibre précaire,* se rassura le privé, *une vibration du métro ou d'un camion dans la rue aura suffi à la faire tomber.*

— Pourquoi veux-tu aller dans cet antre maudit? interrogea Mae.

Brolin prit soin de bien choisir ses mots.

— Je veux sauver une adolescente. Et je crois que le monstre qui la détient fait partie des suppôts de cette Cour. Si vous connaissez un moyen de trouver ce lieu, dites-le-moi, s'il vous plaît.

Mae posa ses deux paumes devant son visage, en forme de prière.

— C'est vraiment ce que tu souhaites?

Brolin hocha la tête, ses mâchoires se contractèrent.

— Laisse-moi un moyen de te joindre, je vais voir ce que je peux faire, fit-elle à contrecœur.

Brolin écrivit le téléphone de son hôtel. Les flammes des bougies dessinaient sur le comptoir l'ombre de sa tête. Mae plaça une main au-dessus de cette ombre.

— J'espère que tu es fort, avertit-elle, et que ton cœur est pur, car les démons que tu rencontreras sont puissants. Et ils te mangeront l'âme à la moindre faiblesse.

Ses yeux étincelaient.

— Comme ça! fit-elle en fermant le poing d'un coup, comme pour attraper l'ombre de Brolin.

La bougie sous son visage s'éteignit.

46

Brolin et Saphir dînèrent dans la chambre de l'hôtel, le détective privé appréciait de plus en plus son nouveau compagnon. À travers la baie vitrée, New York tout entier scintillait comme une incommensurable guirlande sur un sapin d'acier.

Brolin passait souvent les doigts sur un étrange collier de perles de bois aux couleurs bariolées posé à côté du plateau-repas. Un *pwen,* lui avait dit Annabel, un objet de grande valeur qui devait repousser les mauvais sorts. Mae Zappe le lui avait offert à leur départ.

Son unique chance de retrouver Rachel Faulet ou ce qui en restait — si elle ne faisait pas partie des squelettes du wagon — passait à présent par une vieille excentrique vivant parmi ses gargouilles.

Quelle étrange femme ! En fait, ce qui troublait plus encore Brolin, c'était ce savoir que détenait Annabel sur les pratiques vaudoues. Car c'était bien de cela qu'il s'agissait. Mae s'était finalement noué un foulard rouge dans les cheveux, symbole des serviteurs du vaudou. Annabel démontrait un grand respect pour les croyances de sa grand-mère, sans cependant s'impliquer, et son scepticisme à l'égard des mythes urbains tendait à prouver qu'elle n'avait rien de mystique en elle.

Joshua s'approcha de la baie vitrée, il contempla le patio assombri par la gaze bleue de la nuit.

Ressentait-il quelque chose pour la jeune femme ? Ressentait-il quelque chose pour quelqu'un ? Il posa une main sur la vitre froide. Un embryon d'amitié, peut-être une complicité sincère à long terme... Il secoua la tête. Il se promit alors d'écrire à Annabel quand il serait de retour à l'autre bout du pays, à Portland. Des lettres d'ami, qui la feraient se sentir moins seule aux heures du crépuscule. Le partage d'une autre solitude.

La paume de sa main laissa une empreinte spectrale sur la fenêtre.

Brolin passa la soirée au bar de l'hôtel, à boire des *white russians* en regardant d'un œil absent la télé au-dessus des bouteilles. En reconnaissant les photos des victimes déjà publiées dans le *New York Post,* il manqua de s'effondrer de sa chaise. Il demanda qu'on monte le son.

« ... déclaration publique de l'agent spécial Warren. Les deux affaires semblent donc connectées bien que l'on ignore pour le moment de quelle manière. La multitude de corps trouvés dans les Skylands laisse cependant augurer le pire, on parle même de "charnier" ici. Quoi qu'il en soit le FBI s'est dit prêt à mettre en place tous les moyens possibles pour... »

On y était, le FBI venait d'entrer dans la danse. Brolin eut une pensée pour Annabel, qui devait bouillir de rage. Dans le meilleur des cas, le Bureau demanderait l'appui du NYPD et Annabel et les siens continueraient l'enquête, au service des fédéraux cette fois. Sinon, ils regarderaient de loin...

L'alcool se mit à faire tourner les images, Brolin vit des squelettes en costumes trois pièces et lunettes de soleil se congratuler, il avait la bouche pâteuse. Vaincu par les méandres de la boisson, il monta dans sa chambre et s'endormit sans se déshabiller.

47

Étendue sur son lit, Annabel était vidée de sa colère. Elle avait fulminé pendant deux heures, pour finalement mettre toute sa rage dans les pompes et abdominaux qu'elle venait d'achever. Sans plus d'énergie, elle fixait le plafond en retrouvant une respiration calme. Jack Thayer l'avait appelée pour lui apprendre la nouvelle. Le FBI ne les éjectait pas complètement, ils seraient chargés de l'appuyer dans New York, autant dire qu'ils venaient de se faire passer la muselière et la laisse. Au téléphone, Thayer avait fini par lui parler de Brolin, de toutes ces idées qu'il avait sur Bob, Thayer voulait le rencontrer. Au-delà des mots, Annabel comprit que le flic obstiné qu'il était ne lâcherait pas prise. Il allait continuer. Les orbites creuses de tous ces squelettes pesaient trop fort au moment du sommeil pour qu'on les oublie sur un simple mémo fédéral. Toutes ces photos qu'ils avaient sous les yeux quotidiennement, toutes ces vies. Ça ne faisait qu'une semaine que tout avait commencé, pourtant ils avaient tous l'impression de connaître ces gens depuis des années. Annabel et Jack rencontreraient le détective privé le lendemain et lui proposeraient un marché.

La transpiration sèche tirait sur la peau de la jeune femme en même temps que l'appréhension montait. Elle avait peur que Jack ne découvre ce qui s'était passé chez Shapiro. Elle avait peur de lui en parler, peur de se taire...

Elle se leva, laissa tomber ses vêtements sur une chaise de la chambre, passa en petite culotte devant la vue splendide sur Manhattan illuminé et entra dans la salle de bains. Elle tourna les robinets de la douche et termina de se déshabiller. Face au miroir, son corps lui parut plus ferme que jamais. L'hippocampe qui vivait sur sa hanche lui rendit son regard, sa queue anormalement longue s'enroulait avec grâce dans les courbes de la hanche. Elle se souvint de l'air amusé de Brady la première fois qu'il avait vu le tatouage. « Ma sirène abrite des dragons de mer aux creux de ses charmes ! » avait-il dit en riant.

Elle posa une main sur son ventre plat. Le fin sillon des muscles sourdait à chaque respiration. Elle ne porterait jamais l'enfant de son mari. Ce fameux luxe, un luxe devenu impossible, comme une cicatrice blessante dans les entrailles. Elle avait trouvé son aporie personnelle.

Devinant les larmes monter, elle s'écarta et entra dans la douche. Les vapeurs chaudes l'enlacèrent aussitôt. Elle resta longtemps sous l'eau, savourant l'étreinte du jet puissant, la morsure brûlante qui déliait les tensions, brisait les nœuds. Elle se força à penser à des choses sans importance, et elle se focalisa sur la neige et sa cape qui protégeait la ville. Elle y pensa si fort qu'elle frissonna, s'imaginant un courant d'air glacé qui la surprenait d'un coup.

Toute la pièce était embrumée quand elle sortit de la cabine. Plus épais que le fog londonien, Annabel s'imagina un instant au cœur d'un nuage. Elle se sécha en vitesse et ouvrit la petite lucarne pour tout dissiper. Elle traversa le salon enroulée dans une serviette et se prépara un sandwich avec des pickles, éteignit les lumières et partit s'installer dans sa chambre. Le câble diffusait toujours l'un de ces vieux films en noir et blanc dont elle raffolait.

Elle posa son plateau sur le lit et jeta la serviette par terre.

C'est alors qu'elle le vit.

Ses jambes se mirent à trembler.

48

Il était resté dans sa voiture à méditer longuement.

L'enquête se rapprochait. Heureusement, la prudence avait été sa devise, jusqu'à l'excès. Maintenant il s'agissait de réfléchir et de ne pas se rater. Cette petite pute d'Annabel n'avait rien lâché, et surtout elle avait mis la main sur le wagon. Ça, c'était très mauvais. Dorénavant, il faudrait trouver un autre moyen de procéder. Avant cela, il fallait surtout faire payer à cette *détective* le prix de sa curiosité. Quelque chose qui lui ferait très mal, une humiliation terrible. Et dans ce domaine, il s'y connaissait.

Il ne fallait pas la tuer, plutôt la briser.

Sur le coup, il avait pensé à l'emmener dans son antre. Qu'elle subisse la même chose que Taylor Adams. La rendre folle. Pour ça, il avait inventé un processus incroyable. Plusieurs essais avaient été faits, et tous sans exception avaient donné des résultats exceptionnels. Il avait le pouvoir de rendre dément.

À bien y réfléchir, une idée plus traumatisante encore lui était venue à l'esprit. Ce qu'il voulait c'était la faire souffrir. Qu'elle ait mal.

Et l'idée qui venait de germer dans les eaux obscures de son cerveau était, de loin, la meilleure pour ça.

Il avait le don de cerner les peurs les plus profondes des personnes. Et avec Annabel O'Donnel, il sut comment s'y prendre.

Il fallut s'organiser pour qu'on ne remarque pas son absence, mais ça n'était plus un problème. Préparer son coup fut le plus long, trois heures en tout. Agir ne lui prit qu'une poignée de minutes.

Trouver un moyen d'entrer avant tout. La surprise engendrait la peur, son arme favorite. La simplicité même. La serrure pouvait se crocheter rapidement.

Ensuite préparer sa petite mise en scène, les effets seraient les meilleurs. Lorsqu'il entendit du bruit dans la chambre, ses mains se frottèrent et son ombre se plongea parmi celles du salon.

Pas à pas, il se rapprocha.

Diable, que ça allait être bon !

49

La lampe de chevet projetait un halo pâle dans la chambre.

Tous les sens engourdis une seconde auparavant, Annabel se trouvait d'un coup sur le qui-vive. L'émotion explosait en elle, brouillant sa lucidité comme si elle venait de se relever trop vite après une sieste. Sa vue se piqueta d'une myriade de poinçons noirs, et l'air lui manqua.

Elle était nue, vulnérable, elle ne parvenait pas à détacher son regard du paquet jaune qui se trouvait sur son oreiller.

Exactement là où elle se tenait une heure plus tôt. On venait d'entrer chez elle *pendant qu'elle s'y trouvait* !

Elle réalisa soudain qu'elle était sur le seuil de la chambre, tournant le dos au grand salon plongé dans les ténèbres. Lentement, elle ramassa sa serviette, la plaqua contre elle et contourna le lit. Écrit en gros avec une écriture maladroite sur le paquet, elle lut : « OUVRE-LE MAINTENANT ! » Les lattes du parquet grincèrent un peu dans le salon. Son cœur tripla de vitesse en même temps que sa respiration. *Calme-toi, ça fait souvent ça, c'est la différence de température. Celui qui est venu mettre ça est déjà reparti, il ne prendrait pas le risque de rester.*

Le parquet grinça de nouveau. Plus près, lui sembla-t-il. Tout près, juste derrière le mur. Si c'était lui, il se tenait à quelques centimètres de l'ouverture. Annabel imagina un sourire sadique sur un visage de haine. *Impossible. Il n'est plus là !*

Elle fit encore un pas et atteignit ce qu'elle cherchait : ses vêtements du jour. Elle plongea la main à l'intérieur et tâtonna jusqu'à sentir le cuir de son holster. Elle s'empara de son Beretta avec une frénésie sourde et fit volte-face en braquant le cadre sombre du salon. Elle hésitait. Elle ne savait plus quoi faire. La prudence lui conseillait d'inspecter tout l'appartement et d'allumer toutes les lumières mais s'il se trouvait réellement là, il lui suffisait de l'attendre dans un recoin pour se jeter sur elle et la désarmer.

Appeler Jack.

Elle recula et laissa tomber la serviette. Tant pis. Sans quitter l'ouverture des yeux qu'elle tenait en joue, elle fouilla de son autre main le tas de vêtements. Elle n'avait pas rangé son téléphone cellulaire, il devait être dans la poche de son jean.

La poche était vide.

Elle secoua le pantalon sans résultat.

Oh merde... Merde ! Cette fois il n'y avait plus aucun doute, on avait pénétré son intimité.

Elle vit le paquet du coin de l'œil. « OUVRE-LE MAINTENANT ! »

O.K., c'est ce que tu veux...

Elle tentait de se rassurer en se répétant qu'elle conservait son sang-froid, bien que la peur gagnât en intensité. Elle prit le paquet par un bout et une cassette vidéo en tomba. Dessus, on avait mis un large Post-it avec la mention : « METS-LA TOUT DE SUITE ! » Annabel reconnut une cassette spéciale, dans laquelle était insérée une cassette plus petite, issue d'un caméscope.

Ses membres tremblaient.

D'accord, d'accord, je vais jouer à ton jeu...

Bien qu'elle bougeât très peu, elle haletait et la frayeur lui patinait la peau d'un voile de sueur. Elle se rapprocha de la télé au pied du lit et inséra la cassette dans le magnétoscope. Son arme était toujours braquée vers le salon. Elle s'assit sur le bord du matelas et tira la couverture pour s'en couvrir le torse.

Des bandes blanches apparurent à l'écran.

Puis son salon.

Il était illuminé. L'individu qui filmait tenait la caméra de manière à ce qu'on ne voie rien de lui. Il s'approcha de la chambre.

Annabel ne put s'empêcher de tourner la tête vers le salon.

À l'écran, l'individu fit un panorama complet de la pièce avant de s'arrêter sur le tas de vêtements à côté du lit. Une main gantée surgit sur le bas de l'image et s'immisça sous le pull pour en extraire un portefeuille qu'elle remit aussi vite. La main trouva le téléphone portable d'Annabel et le fit disparaître hors champ. Le cuir réapparut et cette fois elle s'empara du Beretta d'Annabel. La caméra fut un peu secouée comme les tressautements d'un rire mauvais. Et la main vida les balles du chargeur, l'une après l'autre.

Un frisson atroce saisit Annabel.

D'un geste expert, elle fit glisser le chargeur de son arme.

Vide.

Avec le stress, elle n'avait pas perçu la différence de poids.

Le parquet du salon grinça de nouveau. Timidement.

Elle n'en pouvait plus. Elle devinait à quel point l'inconscience aurait le parfum délicieux du calme, mais se laisser aller à ça signifiait la mort. Son souffle était trop fort, elle était en hyperventilation.

La télé continuait de diffuser les images du caméscope. L'individu s'était redressé et sortait de la chambre. Il fit un tour sur lui-même et s'arrêta sur la porte de la salle de bains. On pouvait entendre le bruissement de l'eau d'une douche. Il s'approcha. La main gantée poussa doucement le battant de la porte, et il entra.

Il était entré pendant qu'elle se lavait ! *C'était pas un courant d'air dans ton esprit !* hurla Annabel intérieurement. *Ça n'était pas ton imagination et la neige, c'était lui ! Il était là !*

La caméra se promena sur la moquette et s'immobilisa sur la petite culotte d'Annabel. Elle zooma dessus. Puis remonta peu à peu vers la cabine. Les vapeurs commençaient à ondoyer, rendant l'image moins nette. Annabel se vit alors dans la télé, adossée aux parois de la cabine de douche tandis qu'elle rêvait sous le jet. La peau de son dos et de ses fesses était blanchie contre le verre et nimbée de gouttelettes crépitantes.

La main gantée s'approcha, en une caresse absolument odieuse, elle se posa contre la paroi, à un demi-centimètre des fesses d'Annabel, et fit quelques va-et-vient.

Cette fois la tête lui tourna, elle serra désespérément la couverture contre elle et laissa tomber son Beretta vide. *Ne t'abandonne pas !*

Il était là, tout proche, elle en était sûre.

Les images du caméscope ne cessaient pas. La caméra pivota de 180 degrés et se disposa face au miroir. La condensation le couvrait tellement qu'on ne pouvait voir le reflet de celui qui filmait. L'image fut décalée sur la gauche, la privant de tout espoir d'entrapercevoir l'individu, et l'index de cuir se posa sur la surface. Il coulissa avec assurance pour former des symboles, qui peu à peu devinrent des mots puis une phrase. Le zoom arrière dévoila à Annabel son contenu :

« J'AIME BIEN TES CULOTTES, DANS TON ARMOIRE, SALOPE ! »

L'image fut parasitée et disparut.

Annabel était bouche bée. Elle ne toucha pas à la télé, laissant la neige bourdonnante se réverbérer dans la chambre. Elle s'éloigna de la porte en tirant la couverture sur elle et s'appuya à son armoire. Ses mains moites laissaient des auréoles partout où elles se posaient. Elle prit le tiroir où elle rangeait ses sous-vêtements et le tira d'un geste sec.

Il n'y avait plus rien. On lui avait volé toute sa lingerie.

Un autre mot l'y attendait à la place.

« FALLAIT PAS TOUCHER AU WAGON. ILS TE REMERCIENT POUR ÇA... »

À côté, la même photo que dans l'enveloppe épinglée sur Taylor Adams : toute une famille terrorisée.

Le plus jeune des enfants était entouré en rouge. Annabel perçut quelque chose qui bougeait dans le fond du tiroir, un petit objet. Elle tira un peu plus.

Deux phalanges potelées roulèrent dans la lumière.

Celles d'un enfant.

50

Il avait obtenu ce qu'il voulait rapidement.

Comme à son habitude.

Il avait quitté le salon de cette maison insalubre sans perdre plus de temps. Le petit cadeau qu'il réservait à Annabel en poche.

Sa voiture avait fendu l'air jusqu'à Willow Street où vivait la détective. Son idée avait été d'entrer pendant le sommeil de la jeune femme, mais en patientant dans le couloir de l'immeuble, assis sur les marches, il avait perçu le grondement de la chaudière. Le bâtiment n'abritait que deux appartements, celui du rez-de-chaussée et celui d'Annabel à l'étage, c'était parfait, aucun risque d'être surpris. En collant son oreille au mur, puis à la porte, il crut reconnaître le son de l'eau qui tombe. Dérogeant à ses habitudes, il avait crocheté la serrure pour jeter un rapide coup d'œil à l'appartement. C'était bien ça, elle prenait une douche. Pour l'occasion, toute sa mise en scène lui sembla bien fade, et une nouvelle, plus forte encore, lui vint à l'esprit. Annabel n'allait pas se réveiller avec une cassette vidéo sur l'oreiller qui la montrerait en train de dormir pendant qu'on faisait des gestes obscènes au-dessus de son visage, non, elle allait s'endormir avec !

Il lui avait fallu beaucoup de force de caractère pour ne pas rester davantage. Pour ne pas s'inviter plus longuement en compagnie de la jeune femme. Les deux phalanges avaient roulé hors de leur sachet comme des bâtonnets de crabe. Ce faisant, il avait été tenté d'en faire la collection. Disposer d'un énorme sac plein de doigts humains devait être amusant, et surtout la sensation éprouvée lorsqu'on y plongeait les mains devait être le summum ! Un peu comme Picsou plongeant dans sa réserve d'or, en plus soyeux.

Il avait aussi vite oublié cette idée, il était au-delà de ça. Ce qu'il faisait dépassait l'entendement. C'était la boucle qui se fermait. Il allait transformer l'humanité tout entière.

Les générations à venir allaient sacraliser son image.

À présent, il se tenait sur la promenade piétonne, en face de chez Annabel. L'appartement de la jeune femme dominait un jardin réservé aux occupants du rez-de-chaussée et de là où il se trouvait — contre la rambarde — la baie vitrée du salon était visible.

Elle devait avoir trouvé la cassette. Elle était sûrement terrorisée.

Lui prendre toute sa lingerie avait été une bonne idée. La connotation que cela impliquait, associée au mot « salope », la perturberait à coup sûr. À vrai dire, il s'en fichait pas mal, de ses culottes. Il s'intéressait à autre chose, lui.

Il distingua des jeux d'ombres dans l'appartement. La lumière du salon s'alluma. Elle était là. Simplement vêtue d'un pull descendant jusqu'en haut de ses cuisses. C'était un peu loin pour voir, néanmoins, avec le zoom du caméscope le tremblement de ses bras devenait perceptible. La magie de la technologie.

Il la vit traverser la grande pièce avec une batte de base-ball en guise d'arme. Elle retrouva son téléphone portable sur la table, il n'avait fait que le déplacer, et elle s'en saisit. Comme il aurait été bon de le faire sonner à cet instant ! De lui parler. Sauf qu'il aurait fallu déguiser la voix, on ne sait jamais.

Elle composa un numéro tout en guettant autour d'elle.

Dans la nuit de janvier, il se creusa les reins et son dos craqua. Ces moments-là lui plaisaient particulièrement.

Que c'était bon d'être en vie.

51

Il fallait s'y attendre, dès qu'ils apprirent ce qui s'était passé, les agents du FBI se précipitèrent chez Annabel. Ils s'emparèrent de la cassette, du paquet jaune qui la contenait et des deux phalanges. On posa à la jeune femme tant et tant de questions qu'elle finit par leur dire d'aller se faire foutre. Elle essaya de nouveau de joindre Thayer, sans plus de résultat que plus tôt dans la nuit, lorsqu'elle était sortie de la chambre. En désespoir de cause, elle erra sur Atlantic Avenue, et entra dans l'hôtel Cajo Mansion. Brolin lui ouvrit la porte, tout habillé, le visage autant froissé que le T-shirt. Il était trois heures du matin.

En voyant Annabel il sut que quelque chose s'était passé. Il l'invita à s'asseoir et se servit de la bouilloire électrique du minibar pour lui faire du thé. Elle lui raconta tout. Jusqu'à la main gantée qui caressait son corps au travers de la cabine de douche. Et les doigts de l'enfant. Toute sa peur s'évacua dans ses larmes, dans ses sanglots violents.

À cinq heures, Saphir dormait au pied du lit, Annabel sous les draps, dans les bras de Brolin. Elle dormait contre la chaleur apaisante du détective privé.

Elle le lui avait demandé, l'embarras atténué par la fatigue. Un sommeil amical, de réconfort.

Humant le parfum musqué des cheveux d'Annabel, Brolin respirait doucement.

Il avait les yeux ouverts.

Avec des franges violettes sous les yeux et une barbe de deux jours, Brett Cahill entra dans le salon et jeta comme un frisbee le petit livret sur la table.

— L'enfoiré lit Shakespeare ! clama-t-il.

Il était chez Annabel, quartier général improvisé pour se soustraire à l'autorité du FBI, en compagnie de la jeune femme, de Brolin et de Jack Thayer. Ce dernier se prit la tête des deux mains.

— Et c'est moi qui adore le théâtre ! Je n'ai rien vu, je n'y ai pas pensé. Je suis un païen en Terre sainte !

Brolin s'empara du livret : *La Tempête* de William Shakespeare.

— Regardez la liste des personnages, intervint Cahill.

Brolin s'exécuta. Il trouva en milieu de page ce dont Brett Cahill parlait. CALIBAN : *créature sauvage et difforme.*

— C'est un personnage de la pièce... Vous l'avez lue ?

Cahill répondit par la négative.

— Mais ça ne va pas tarder, corrigea-t-il. C'est un hasard si j'ai fait le rapprochement. En fait, c'est ma femme. Ce matin, quand j'ai appris... (Il jeta un regard embarrassé vers Annabel.) Bref, je me suis mis à maudire tout haut ce Bob et cette connerie de Caliban devant ma femme. C'est une férue de Shakespeare, elle a rédigé un mémoire à la fac, c'est elle qui m'a montré ce texte tout à l'heure.

— Que fait Caliban dans la pièce ? voulut savoir Annabel. Jack, tu l'as lue, non ?

— Oui. Si mes souvenirs sont bons, s'inventer une divinité semblable au Caliban de la pièce n'est pas très élogieux, c'est étonnant ! Caliban est un monstre, fils de la sorcière Sycorax et du diable. Après la mort de sa mère, il était le roi de son île jusqu'à l'arrivée des hommes, des naufragés. Il devient alors leur esclave. C'est une créature fourbe, qui ne veut qu'une chose : récupérer son pouvoir. Mais les descriptions qui sont faites de lui, à tous les niveaux, sont plutôt piquantes, notre Bob aurait pu trouver mieux comme comparaison...

— Pas nécessairement, objecta Brolin. Au contraire, Bob, le tueur, nous a déjà prouvé qu'il était intelligent. Pour réussir ce qu'il a fait cette nuit, il est fort, très fort. En choisissant ce nom, ça n'est pas tant l'apparence qu'il endosse, que la symbolique. Que nous dit la pièce ? Que Caliban est le fils d'une sorcière et du diable et qu'il est prêt à tout pour recouvrer son pouvoir ! Voilà, ça c'est intéressant. Je serais tenté de croire que Bob n'a que peu de respect pour ses géniteurs qu'il considère comme mauvais, et qu'il se sent lésé. Il cherche par tous les moyens à se grandir, à prouver sa supériorité. Pour être honnête, ça ne fait que confirmer ce qu'on sait déjà, des éléments bateau chez ce type de criminel. Au moins nous savons quelle est sa source d'inspiration maintenant.

Les yeux gris de Thayer étaient fixés sur le détective privé. Ils venaient de faire connaissance, et Thayer se posait beaucoup de questions sur cet homme étrange. Sa façon de regarder avec certitude ce qui l'entourait, sans précipitation, sans crainte. Annabel lui avait fait part de toutes les suppositions du détective privé depuis le début, il savait appréhender une enquête avec l'instinct du flic, pourtant il y avait autre chose derrière ce masque, une autre nature, plus sauvage.

— J'ai juste fait un saut pour ça, fit Cahill en désigna le livret de théâtre. Je dois filer, les agents du Bureau m'attendent ce matin, nous allons voir Janine Shapiro, ces messieurs veulent lui parler.

— Comment va-t-elle ? demanda Annabel.

— Secouée. La mort de son frangin l'a retournée. Elle a demandé ce matin à parler avec la personne chargée de l'enquête.

— C'est maintenant que ça tombe ! ironisa Thayer de dépit. Elle ne pouvait pas le faire avant l'arrivée des fédéraux...

— Je vous tiens au courant s'il y a la moindre info, de toute manière.

Cahill les salua et quitta l'appartement.

Thayer se leva et vint se placer juste en face des photos de toutes les victimes des adeptes de Caliban.

— Tu as fait des copies ? demanda-t-il à son équipière.

— Je voulais l'avis de Joshua.

Celui-ci haussa les sourcils en entendant son prénom dans la bouche d'Annabel. Il aimait l'amitié qui se tissait entre eux.

— Et les feds, hier ? Ils ne t'ont rien dit pour ça ?

— Je bosse sur cette affaire, j'ai le droit d'avoir

mes « dossiers » sous les yeux. Ils s'en foutent, de toute manière. Jack, je n'arrête pas de songer à ce wagon et à tous ces gens dedans.

— Pourquoi des squelettes, c'est ça ? Moi aussi j'y pense. Le légiste sur place a remarqué des traces de raclement sur beaucoup d'os. Ce qui signifie que les corps ont été séparés de leur chair à la main, on ne les a pas trempés dans de l'acide ou fait bouillir jusqu'à n'avoir plus que les os, non, on les a raclés, les uns après les autres.

Jack observa tous ces visages sur le mur. Il était fort probable que la majeure partie d'entre eux faisait partie des squelettes du wagon.

— J'ai ma petite idée, finit-il par admettre. Tu te rappelles cette carte de Bob destinée à Spencer Lynch. Dedans, il lui disait : « *Maintenant tu dois apprendre à devenir comme nous. Invisible.* » Et pour ça il lui sortait son énigme qui devait le conduire au wagon.

— Où Lynch aurait dû déposer ses cadavres.

— Ses *squelettes,* ma chère ! Parce que identifier un squelette c'est pas simple ! C'est parfois même impossible. Tant que personne ne trouve le wagon, il n'y a pas de corps, donc pas de meurtre. Et si on met la main dessus, il n'y a pas d'identité sur les os, donc, d'une certaine manière, pas de victime, connue du moins. C'est ça devenir invisible, un tueur sans cadavre. Bob voulait se constituer son cimetière privé et ainsi n'avoir aucun compte à rendre à qui que ce soit.

Annabel fit la moue. Ça n'expliquait pas les boîtes crâniennes ouvertes ni les quelques tibias prélevés. Et puis Bob avait laissé les dents, ce qui était le plus utile pour identifier un squelette, et il y avait l'ADN, plusieurs os du corps humain sont suffisamment gros pour conserver longtemps en eux les cellules nécessaires. Si Thayer voyait juste, ça n'était qu'un bout de la réponse. Annabel considéra Brolin. Il n'avait rien dit depuis le départ de Brett Cahill.

— De toute manière, poursuivit Thayer, Spencer Lynch n'aurait pas trouvé le wagon. C'était loin d'être simple.

— Spencer n'était pas initié, compléta Brolin. Il ne tatouait pas un code-barres. Il les imitait avec son tatouage artisanal sans être membre du groupe à part entière, graver des chiffres c'est l'embryon du code-barres, il avait un côté un peu puéril. Trouver le wagon doit être une sorte de rite initiatique, s'il y parvient, il devient membre du club et gagne son code-barres.

— Ne peut-on pas remonter une piste dans cette direction ? demanda Annabel. Les tatouages ?

Thayer leva la main en signe de protestation.

— Non, Lenhart et Collins on déjà travaillé là-dessus. Bob et Lucas font ça avec du matériel que l'on peut se procurer n'importe où. Il leur suffit d'un modèle sur papier carbone pour reproduire l'original. Faire des traits parallèles c'est pas ce qu'il y a de plus dur.

Brolin fut tenté de confier la piste qu'il détenait, Malicia Bents. Mais Thayer ne manquerait pas de demander comment il en était arrivé là, et la question de l'entrepôt et surtout de sa présence chez Lucas Shapiro deviendrait problématique. Il préféra se taire.

En s'éveillant, Annabel avait proposé à Brolin de se joindre à elle et Thayer pour poursuivre l'enquête.

Jack n'était pas prêt à tout laisser tomber sous prétexte que le FBI était sur le coup, comme il ne cessait de le répéter depuis le début : « Une enquête comme celle-là ne se présente qu'une seule fois dans la vie d'un flic, s'il a beaucoup de chance ou de malchance selon le point de vue. » Il allait défendre tout le boulot qu'ils avaient déjà accompli. Le marché était simple : ils partageaient toutes leurs informations avec le détective privé, en retour ce dernier travaillait avec eux, il leur confiait ses déductions et ses découvertes.

Brolin se pencha vers Annabel.

— J'aimerais avoir le rapport des premières conclusions des légistes concernant les squelettes. Je voudrais savoir s'ils en ont un de sexe féminin mesurant environ un mètre soixante-cinq, fit-il savoir.

Annabel voyait où il voulait en venir. Rachel Faulet. Ses parents devaient le presser de questions, jour après jour.

— Les fédéraux vont certainement retenir toutes les infos, répondit-elle, on les aura avec du retard, je verrai avec Brett Cahill s'il peut obtenir ça plus rapidement.

Le téléphone interrompit tout le monde. C'était le shérif Murdoch de Phillipsburg. Annabel se souvint de son physique d'ancien athlète devenu gastronome avant de poser un visage sur la voix, il l'avait impressionnée.

— J'espère ne pas vous déranger. Comme vous voyez, je fais bon usage du numéro que vous m'avez laissé.

Annabel fut soudain prise de peur à l'idée qu'il ne la drague.

— J'ai bossé pour vous hier, après votre départ.

J'ai été poser quelques questions à tous les amis de Taylor Adams. Vous aviez l'air ennuyée de devoir partir sans le faire alors je m'en suis chargé.

— C'est très aimable à vous, shérif.

— Vous verrez, il n'y a rien de particulier, enfin peut-être qu'un détail vous parlera plus qu'à moi, j'ai tout consigné par écrit.

— C'est parfait, vous pouvez tout m'envoyer ?

Le shérif Murdoch eut l'air déçu. Il finit par accepter, il promit qu'elle aurait l'ensemble dès le lendemain sur son bureau et raccrocha.

— C'est un bon point que nous l'ayons avec nous, fit remarquer Thayer. En espérant que les gars du FBI ne le musellent pas.

Annabel soupira, Eric Murdoch ne brillait pas par sa volonté d'aller à l'encontre des procédures, elle devait donc se résoudre à l'évidence : elle lui avait tapé dans l'œil. Elle détestait devoir user du charme pour obtenir des renseignements, à vrai dire, elle s'en sentait incapable.

Thayer se leva et fit les cent pas devant la baie vitrée, il avait quelque chose en tête.

— Anna, tu as aussi fait une copie des indices que nous avions, la carte postale notamment ?

Annabel alla prendre un dossier cartonné sur une étagère et l'ouvrit. Elle trouva la photocopie recto-verso de la carte entre deux croquis de la planque de Spencer Lynch. Elle la tendit à Jack.

— Non, garde-la. Tu as bien dit qu'il y avait deux Post-it avec la cassette, cette nuit ? Reconnais-tu l'écriture ?

Elle examina la carte qu'avait écrite Bob avant d'acquiescer.

— C'est la même.

— On pourrait tenter de faire une analyse graphologique, non ?

— Le FBI doit être en train de le faire.

— Et alors ? On va rester plantés là, à attendre que ça se passe ?

Ignorant l'énervement de Thayer, Brolin s'approcha et prit la photocopie des mains d'Annabel.

— C'est une carte originale, elle semble vieille, vous avez creusé dans cette direction ?

— Bien sûr, rétorqua Thayer, un peu agacé. En effet la carte n'est pas récente, mais Bob a pu se la procurer un peu partout dans le New Jersey, dans les musées entre autres. C'est une vue de la petite ville de Boonton et du canal Morris qui y passait au siècle dernier. C'est tout. Qu'est-ce que vous vous êtes fait à l'oreille et à la joue ?

— Rien, un problème avec mon chien, éluda Brolin.

Annabel redressa vivement la tête.

— Hé ! Jack, tu te rappelles ce qu'on nous a dit sur le canal Morris justement ? Son point de départ !

Thayer se gratta le nez avec nervosité. Il haussa les épaules.

— Phillipsburg ! continua Annabel triomphante. Le canal allait de Phillipsburg à Jersey City. Ça n'est pas un peu gros comme coïncidence ? Toutes ces victimes enlevées dans la région de Phillipsburg, et cette carte du canal Morris...

Thayer leva ses mains ouvertes devant lui.

— Calme-toi, Anna, tu vas un peu vite, ça m'étonnerait...

Annabel ne l'écoutait plus, elle composait un numéro de téléphone.

— Shérif Murdoch ? Écoutez, j'ai bien réfléchi, n'envoyez pas les comptes rendus, je vais venir. J'en profiterai pour vous poser quelques questions, à propos du canal Morris, vous connaissez ? Si vous pouviez chercher un musée dans votre région qui en parle. Je viendrai en milieu d'après-midi, merci.

— Je peux savoir ce qui te prend ? interrogea Thayer quand elle eut raccroché.

— Rappelle-toi l'énigme, Jack. Le train John Wilkes, JC 115, la voie de chemin de fer abandonnée, et maintenant la carte représentant le canal Morris. Bob s'y connaît bien en moyens de transport anciens. On dirait que tout ce qui servait autrefois à acheminer des marchandises et qui a disparu aujourd'hui n'a aucun secret pour lui. Peut-être travaille-t-il dans un musée, ou bien est-il historien, quelque chose comme ça !

Une petite lueur amusée brilla dans l'œil de Brolin qui s'était fait discret. L'idée d'Annabel se tenait parfaitement.

— Nous avons quatre heures pour faire la liste des musées qui correspondent à ces thèmes, reprit-elle, on va commencer dans les environs de Phillipsburg, pour couvrir tout le New Jersey, et la portion limitrophe de la Pennsylvanie. Ensuite, on demandera au shérif Murdoch ce qu'il en sait.

Brolin se leva.

— Vous ne nous épaulez pas ? questionna Thayer.

— Vous vous en sortez parfaitement sans moi. Je rentre m'occuper de mon chien et passer quelques coups de fil, mentit Brolin.

Le détective privé les salua brièvement.

Midi approchait, et le conseil que Mae Zappe lui avait laissé le matin même était sans équivoque : il devait être à l'heure au rendez-vous.

La Cour des Miracles ne l'attendrait pas.

52

L'étau se resserrait peu à peu autour de Bob. Brolin, pour sa part, restait persuadé que retrouver le maître de la secte de Caliban passerait par Malicia Bents.

Il s'était réveillé le matin même avec Annabel pelotonnée contre lui. Ils n'en avaient rien dit, prisant le silence jusqu'au petit déjeuner pendant lequel Annabel avait exposé la proposition de Thayer : une collaboration entre eux tous dans le dos du FBI. Pendant que la jeune femme prenait sa douche, le téléphone avait sonné, c'était Mae Zappe. Elle lui avait demandé d'être devant sa boutique à midi trente s'il souhaitait toujours en apprendre plus sur la Cour des Miracles, mais il ne devait pas en parler à Annabel. Mae Zappe avait peur pour sa petite-fille.

Brolin bifurqua dans Little Nassau Street, dépassa un terrain de basket improvisé où s'entraînait une bande d'adolescents, et longea les murs sales et décrépis. L'immense visage grimaçant était toujours plaqué sur la façade de l'immeuble. Dans l'encadrement de sa bouche hurlante, une silhouette attendait, adossée dans l'ouverture. Brolin s'approcha vers l'individu qui releva la tête. C'était un Afro-Américain aux yeux méfiants, avec une moustache et un bouc qui soulignaient la dureté de ses traits anguleux, les pommettes pointues et les arcades saillantes. En voyant Brolin s'avancer, l'homme d'une petite trentaine d'années poussa sur ses coudes pour se dégager du mur et vint à sa rencontre.

— Vous êtes l'ami de *manbo* Zappe ?

Brolin acquiesça bien qu'il ignorât ce que *manbo* impliquait.

— La description est assez fidèle. Je m'appelle Nemek. Venez, on reste pas là.

Nemek l'entraîna dans une ruelle un peu à l'écart. Il marcha sans ouvrir la bouche, enjambant les monceaux de cartons et de papiers qui pourrissaient là. Nemek s'arrêta finalement sous un escalier de secours qu'il fit descendre pour permettre aux deux hommes de monter jusqu'au toit d'un immeuble de quatre étages. Le toit était couvert d'un tapis de neige et strié de fils à linge inutilisés qui tissaient une impressionnante toile d'araignée. Nemek s'écarta et sortit une cigarette de sa poche en observant Brolin.

— Qui vous a parlé de la Cour des Miracles ? sonda-t-il.

— Un ami.

Nemek alluma sa cigarette et exhala la fumée qui disparut aussitôt dans le vent frigorifique.

— Qui ?

Brolin soupira.

— Lucas Shapiro.

Les petits yeux de Nemek fixaient le détective privé avec curiosité. Il haussa un sourcil.

— Connais pas. Bon, que les choses soient claires,

mec. J'ai beaucoup de respect pour Mae, et c'est elle qui m'a dit de t'aider. Mae dit qu'il faut te faire confiance.

Brolin entra les mains dans les poches de sa veste en cuir.

— Le problème, poursuivit Nemek, c'est qu'il s'agit pas de dealer un petit paquet d'herbe ici. C'est de la Cour des Miracles qu'il s'agit.

Nemek tira sur sa cigarette et s'avança.

— Je te connais pas, moi. Et si tu déconnes là-bas, va y avoir de la casse.

— Tu n'as rien à craindre, je ne suis pas flic et...

— Hé ! C'est pas à moi d'avoir peur ! *Manbo* Zappe veut que je t'aide et j'ai dit que j'allais faire ce que je peux. Pourquoi tu veux y aller ?

— On peut tout acheter.

Brolin pria pour que ce que la vieille Zappe lui avait dit soit exact.

— C'est vrai. Qu'est-ce que tu veux ?

— Des renseignements, quelque chose de tout à fait dans les cordes de la Cour.

— T'as du fric ? Beaucoup de fric ?

— J'aurai ce qu'il faut.

— Je prends trois cents dollars pour t'emmener.

Brolin tourna la tête et scruta le paysage au loin.

— Je ne crois pas. Cent cinquante suffiront.

Brolin savait qu'il ne fallait jamais accepter trop vite, seul les flics le faisaient, il ne s'agissait pas de leur fric et la bonne cause leur faisait accepter n'importe quoi. Les flics abrégeaient toujours les négociations, pour filer au plus vite vers le résultat.

Nemek sembla apprécier cela, ils trouvèrent un accord à deux cents dollars.

— Il te faudra encore payer pour descendre à la Cour. Aux passeurs. C'est eux qui ont créé la Cour des Miracles, c'est eux qui en assurent la sécurité et qui l'abritent. Ils prennent également 15 % sur toutes les transactions qui s'effectuent à la Cour. C'est comme ça, et là, c'est non négociable.

— Très bien. En matière de sécurité, vraiment aucun risque ? J'ai pas envie de me faire pincer par les flics...

— T'en fais pas pour ça. La Cour des Miracles existe depuis cinq ans et les flics de cette ville qui en ont entendu parler pensent que c'est une légende. Ils n'y croient pas. De toute manière, tu verras par toi-même, personne ne peut la retrouver, même après y avoir été. Il n'y a que les passeurs qui sachent où elle se situe précisément.

— Alors c'est parfait.

Nemek secoua la tête comme s'il trouvait tout cela complètement stupide.

— Putain, j'espère qu'elle sait ce qu'elle fait la *manbo,* marmonna-t-il.

Il vint tout près de Brolin, il allait lui poser la main sur l'épaule lorsque quelque chose dans le regard du privé l'interrompit. Tout à coup, Nemek perdit un peu de son assurance.

— O.K., bon, tu devras pas poser de questions tant que tu ne seras pas à la Cour, c'est d'accord ?

Brolin hocha la tête.

— On n'entre pas armé, ajouta Nemek. Moi je t'accompagne pas, je te parraine et c'est tout. C'est comme ça que ça marche, la Cour des Miracles, un type qui y fait des affaires en parraine un autre et ainsi de suite, ça fonctionne sur la confiance. Si un des deux déconne, en général les deux plongent. Les types qui gèrent ça sont suffisamment organisés pour prendre ou non le risque de t'accepter. S'ils le font, tu fais ce qu'ils te disent, c'est pas des plaisantins, alors joue pas au con. Ils sont réglo, tu n'as rien à craindre pour ton fric si tu fais pas le con, c'est leur business ce truc, pas question pour eux de tout foutre en l'air. Je passe te prendre ici ce soir à dix heures, pour revenir, tu te démerdes.

— Ça me va.

Nemek prit appui sur l'un des fils à linge.

— Elle doit sacrément t'apprécier, la *manbo* Zappe, pour se porter garante de toi...

Bien qu'il le dissimulât, Brolin en était tout autant surpris que Nemek. Il ne pensait pas que l'étrange grand-mère d'Annabel l'ait à ce point dans ses petits papiers, ni qu'elle ait le bras si long.

— Je peux te poser une question, Nemek ? Qu'est-ce que ça veut dire *manbo* ?

Nemek demeura silencieux un moment avant de répondre :

— C'est une prêtresse du vaudou.

Cela expliquait mieux la relation qui existait entre elle et lui, et certainement une large partie de la communauté du quartier. Elle devait être autant crainte pour son savoir que respectée pour les services qu'elle rendait à ceux qui y croyaient. « Étrange culte, se dit Brolin. L'est-ce plus que de vénérer un homme qui marchait sur l'eau ? » Il réprima aussitôt le rictus qui naissait sur ses lèvres.

— Nemek, tu as déjà été à la Cour des Miracles, tu sais ce que c'est réellement, je veux dire, toi-même et pas au travers des racontars des autres ?

La sévérité des traits du jeune homme se fit encore plus marquée.

— Ouais. Et j'y redescendrai plus.

— Pourquoi ? Qu'as-tu fait là-bas ?

Nemek jeta son mégot dans la neige et inspecta Brolin comme si ce dernier ne comprenait rien.

— C'est pas ce que j'ai fait, c'est ce que j'ai vu. Mais bientôt, tu sauras, toi aussi. Cette nuit. Cette nuit, toi aussi tu seras en Enfer.

Brolin frissonna dans le froid mordant qui couvait Brooklyn.

Décidément, l'Enfer virait à l'obsession dans cette ville.

En descendant les marches, Brolin se demanda si ça n'était pas lui qui attirait tout cela. Il se demanda s'il n'était pas lié aux démons de cette planète.

Quelles que soient leurs formes.

53

Les boîtes en carton étaient renversées sur le parquet, avec quelques restes de nouilles chinoises et une canette de jus de litchi. Plusieurs annuaires s'empilaient au milieu. Sur la table basse, l'ordinateur portable était connecté à Internet, projetant son halo laiteux sur Annabel. Jack Thayer était à côté, sur le canapé, le téléphone à l'oreille, agacé de devoir patienter toujours plus parce qu'on était dimanche après-midi, tout tournait avec un temps de retard.

Leur liste des musées ayant un rapport plus ou moins direct avec l'histoire des transports dans le New Jersey comprenait onze adresses, et ils disposaient en plus d'une dizaine de noms de passionnés du sujet.

L'oreille distraitement appuyée sur le combiné, Jack attendait que l'interminable musique d'attente s'arrête et qu'on lui passe son correspondant. Annabel posa sa main sur le poignet de son équipier, un geste dénué de tendresse mais plutôt amical, pour ne pas dire fraternel.

— Hier, dit-elle, tu es le premier que j'ai appelé, lorsque... enfin quand il y a eu cette histoire avec la cassette vidéo.

— Je suis vraiment désolé... J'aurais voulu être là.

— Pour tout te dire, j'ai eu peur. D'habitude tu es tout le temps joignable, et pendant une minute j'ai bien cru qu'il t'était arrivé quelque chose, comme si... Je veux dire, on ne sait pas de quoi est capable Bob.

Thayer eut l'air mal à l'aise. Il se dandina sur place, cherchant une position plus confortable.

— Je... Sincèrement, je m'en veux. Surtout... Anna, j'étais avec une femme hier soir.

— Oh.

Elle se reprocha aussitôt cette réponse idiote. C'était si inattendu de la part de Thayer. Lui le célibataire endurci, l'ermite intellectuel.

— C'est la meilleure des raisons pour ne pas répondre au téléphone, finit-elle par dire devant la gêne de son équipier.

Ils abordaient tous les sujets possibles depuis qu'ils travaillaient ensemble, sauf celui de la vie amoureuse de Thayer. Il avait toujours été très discret.

— C'est une fille très sympa. Je l'ai rencontrée il y a trois semaines. Je ne savais pas comment t'en parler.

— Je suis contente pour toi, Jack.

Il n'eut pas le temps de répondre, la voix de son interlocuteur résonna dans le combiné.

Encore étonnée et en même temps ravie, Annabel entreprit de mettre de l'ordre dans tous les dossiers qui s'ouvraient un peu partout dans l'appartement. Tout de même, trois semaines avec une fille, il aurait pu lui en parler...

Elle décrocha les soixante-sept photos du mur pour tout ranger dans une vieille sacoche en cuir. S'il fallait partir pour prospecter dans le New Jersey, elle comptait sur l'aide du shérif Murdoch pour faire de ses bureaux son nouveau quartier général.

Ils s'affairèrent tous les deux chacun dans son coin pendant un moment.

Thayer était occupé à griffonner les noms de tous les employés de chaque musée lorsque le téléphone d'Annabel sonna. Brett Cahill s'annonça, ainsi qu'il l'avait promis, il ne les lâchait pas.

— Oui, ça bouge ici, commenta-t-il. Les mecs du FBI sont de sacrés numéros, ça m'écorche les lèvres de le dire mais ils sont forts. C'est l'agent spécial Neil Keel qui dirige les opérations, c'est lui qui a interrogé Janine Shapiro. Ce type est un prodige de la rhétorique, il a consulté le dossier de Janine et après deux heures avec elle, à lui parler sans relâche, elle a accepté de déballer tout ce qu'elle savait. C'est pour ça qu'elle voulait le voir aujourd'hui. Ils sont en train de passer au crible tout ce qu'elle a vécu, Keel l'amène tout doucement à son frère, et à Bob, au culte de Caliban.

— Des choses intéressantes ? Des noms ?

— Non, pas grand-chose, grommela Cahill, elle déballe sa vie. *La Petite Maison dans la prairie,* à côté, c'est hilarant. Ils vont reprendre dans pas longtemps. Écoutez, je vous appelle parce que, en revanche, les hommes de Keel ont soulevé un élément important. Un lien entre les crimes, dans le *modus operandi.*

Annabel s'enfonça la main dans les cheveux.

— À côté de quoi est-on passé ?

— Apparemment, 60 % des enlèvements ont été commis dans des conditions climatiques mauvaises. Pendant qu'il neigeait, lors d'une tempête ou lorsqu'il pleuvait.

— Tu es sûr de ça ?

— Hé, c'est pas moi qui ai travaillé dessus ! Keel fait tout éplucher. Faut reconnaître qu'il fallait le trouver ! Mais ça semble suffisamment important à leurs yeux pour qu'ils mettent le paquet là-dessus, je veux dire qu'ils sont en train de faire la révolution à toutes les antennes locales de météo pour savoir quel temps précis il faisait sur le lieu de chaque enlèvement. On dirait que le FBI a percé le secret d'autant de discrétion.

— Et ce Keel ? Comment il est ? Il pose des questions sur nous ? voulut savoir Annabel.

— Non, je crois qu'il est content de ne pas vous avoir dans les jambes. Ses hommes passent voir le capitaine Woodbine quand ils ont besoin de quelque chose, c'est tout. L'agent spécial Keel est le frère jumeau de Yul Brynner, en costume trois pièces, avec la même présence inquiétante et le même crâne lisse.

— En tout cas merci, Brett.

— Une dernière chose. Soyez discrets. Keel est plutôt du genre à vous secouer fortement s'il remarque que vous marchez sur ses plates-bandes. Il suivait l'enquête de très près depuis le tout début, ce type est un requin, il a tout de suite flairé le gros coup, il a attendu le moment propice pour surgir. Il paraît qu'il a tout fait pour être de la partie, un de ses hommes m'a dit que Keel et l'adjoint au maire étaient proches, vous voyez le tableau ?

— Oui, une vraie fresque de Giger. Brett, nous partons pour Phillipsburg, tenez-moi au courant s'il y a du changement, ou si Keel prend la même direction.

En raccrochant, elle ne put réprimer un soupir d'admiration. Bob était décidément très malin. Il recherchait sa victime, puis il devait l'épier jusqu'à connaître ses habitudes. Ensuite, il attendait que la météo se gâte pour se mettre en faction. Il devait avoir en permanence deux ou trois victimes potentielles. Selon le jour où la pluie, la neige ou la tempête se déclarait, il allait vers celle qu'il savait la plus vulnérable à ce moment. Jamais aucun témoin, et pour cause ! Qui prête une réelle attention à ce qui l'entoure lorsqu'il pleut ? On marche la tête engoncée pour que l'eau n'entre pas par le col, la vue est diminuée, on ne flâne pas, on se dépêche, et personne ne voit quoi que ce soit. Quant aux témoins éventuels qui seraient chez eux, s'ils sont tout de même devant leur fenêtre, ils ne distinguent pas grand-chose face à un orage ou à un rideau de neige.

Annabel hocha la tête.

Oui, il fallait bien lui reconnaître ça, à ce Bob. Il était malin. Il était ingénieux et patient. Et lorsque le temps ne s'y prêtait pas — ce qui devait être rare dans la région de New York — il agissait de nuit, dans des coins isolés.

— Ça va ? interrogea Thayer.

— Oui. Je me disais que ce Bob que nous pourchassons est du genre petit génie du crime. Et que le type du FBI qui a repris le dossier n'est pas mal non plus dans son genre.

— Comment ça ?

— Jack, prends les dossiers, je t'expliquerai en voiture. On va demander sa contribution au shérif Murdoch.

Comme pour rire au nez de la jeune femme, l'ombre opaque des nuages tomba sur la silhouette de Manhattan avant de ternir la baie et d'en absorber tous les reflets.

Il se remit à neiger.

54

Les murs étaient couverts d'une peinture verte émaillée, de graffitis salaces et d'entailles peu profondes, d'une porte et d'un miroir, rien d'autre.

Au milieu, une table, et sur l'une des deux chaises, le corps frêle de Janine Shapiro. Ses bras dépassaient des manches de sa blouse beige, semblables à deux os, et ses mains couraient nerveusement sur la table, ses doigts minuscules leur conférant l'apparence de deux insectes tropicaux pliant et dépliant leurs pattes jaunes. Ses yeux marron, en comparaison de sa tête, semblaient beaucoup trop gros et trop lourds, envahissant le maigre espace d'un visage usé.

L'agent spécial Keel entra dans la pièce et claqua la porte derrière lui. Janine sursauta.

Neil Keel venait de passer une heure derrière le miroir sans tain, à l'observer pendant que l'anxiété terminait de ronger les dernières résistances de Janine Shapiro. Il posa une feuille et un stylo devant elle.

— Janine, j'aimerais que nous poursuivions notre conversation.

Il avait mis fin à la séance précédente, plus tôt dans l'après-midi, en constatant que les réticences de

Janine revenaient avec de plus en plus d'ardeur à mesure qu'il lui posait des questions précises sur les agissements de son frère.

— Vous pouvez me lire le texte devant vous à voix haute, s'il vous plaît ?

Janine frissonna et obtempéra.

— « Je désire répondre aux questions qui me sont posées et je ne veux pas d'avocat pour le moment. Ma décision de répondre aux questions sans la présence d'un avocat est parfaitement délibérée. »

— Voilà. Mettez vos initiales et signez.

— Je crois que j'ai déjà signé quelque chose comme ça, rétorqua-t-elle d'une voix à peine audible et tremblante.

Keel inclina la tête de côté, comme une mère attendrie par son enfant.

— Ne vous en faites pas, la rassura-t-il sur un ton amical et chaleureux. Ne vous ai-je pas comprise ? N'est-ce pas moi qui ai décrit longuement ce que vous aviez enduré avec autant de justesse ? Allons Janine, vous le voyez bien, je suis avec vous.

Il se pencha vers elle et lui donna le stylo. Janine baissa les yeux et signa.

— Parfait, commenta Keel en s'asseyant en face d'elle. On reprend ?

Il sortit un petit magnétophone de sa poche de veste et le posa sur la table, pressa la touche « enregistrement » avant d'énumérer son nom et celui de son interlocuteur ainsi que la date et l'heure.

— Je sais beaucoup de choses maintenant, Janine, sur la mort de vos parents, sur la manière dont votre frère s'est occupé de vous, comment il a abusé de vous. Je sais que la victime c'est vous, qu'il vous obligeait à faire des choses... C'est pour ça que vous alliez dans l'église la nuit, vous vous serviez du double que vous aviez pour faire le ménage, et vous étaliez le sang des victimes sur les vitraux pour expier vos péchés, tout ça est désormais clair. Ce qu'il faut à présent, c'est que nous abordions le coupable. Celui qui vous a fait descendre dans cet abîme. Parlez-moi de Lucas. Comment tout cela a-t-il commencé avec lui ?

À l'évocation sommaire de sa vie, Janine réprima difficilement un sanglot. Elle prit sa respiration et entama le récit, doucement, en cherchant ses mots :

— Lucas a toujours été très coureur. Il aimait beaucoup les filles. Enfant, il me demandait de l'aider à attacher mes copines, ça se terminait mal à chaque fois, peu à peu je n'ai plus eu d'ami...

— Je comprends. Lucas, il en avait, lui, des amis ? Par exemple, il voyait des gens ces derniers temps ? Il faisait venir ses amis à la maison ?

— Rarement. En fait, Lucas a souvent voulu être dans un gang quand il était adolescent, il disait que la fraternité c'était beau. Mais il était un peu solitaire, je ne crois pas qu'il aurait pu traîner avec une bande comme ça...

— Il voyait bien des gens, non ? Des proches ? Il sortait avec des copains à lui ?

— Peu.

Keel se massa la gorge, un peu contrarié. Il se rendait compte que les réticences de la jeune femme étaient sur le point de remonter à la surface, après tout le mal qu'il s'était donné pour la faire parler. Il arrêta l'enregistrement d'un geste discret.

— Et ces hommes, vous les connaissiez ? demanda-t-il.

Elle leva vers lui un regard méfiant.

— Je... Je ne sais pas si je veux continuer, peut-être qu'un avo...

L'agent Keel frappa violemment la table du poing.

— Très bien ! s'écria-t-il. Je fais tout pour vous comprendre, pour préparer un procès-verbal à votre avantage, et vous qu'est-ce que vous faites ? Vous vous défilez !

Il se redressa et la domina par-dessus la table.

— Janine, réfléchissez ! Pour l'instant, le rapport d'autopsie de la fille retrouvée à Larchmont indique clairement que ce sont vos mains qui l'ont étranglée ! Si votre avocat est un as, il vous obtiendra les circonstances atténuantes à cause de votre frère, vous échapperez à la peine de mort et vous irez passer toute votre vie derrière les barreaux. Mais si votre avocat est un tocard, alors là... Et croyez-moi, vous n'avez pas les moyens de vous en offrir un bon, les avocats commis d'office, je les connais, moi... (Il lui prit le menton dans la main et la força à le regarder.) Janine, si vous ne m'aidez pas à tout comprendre maintenant, c'est foutu pour vous. C'est maintenant que ça se décide, c'est moi qui vais préparer votre dossier, Janine. Alors aidez-moi à vous sauver.

Il resta ainsi une longue minute, le néon dans son dos projetant sur la silhouette fragile son ombre de géant.

— Lucas n'avait presque pas d'amis, dit-elle enfin. Seulement les gars de son « groupe » comme il disait.

L'agent spécial Keel remit le magnétophone en marche.

— Vous les connaissez ?

Elle secoua la tête.

— Non, mais Lucas disait souvent qu'à eux trois ils pouvaient tout faire, qu'ils étaient le trio unique, oui, c'est ça qu'il répétait toujours, le « trio unique », il aimait bien l'appeler ainsi.

Keel jubila, il savait enfin combien ils étaient.

— Ils étaient donc trois, répéta-t-il, vous en avez déjà vu un ?

— Non, par contre je sais qu'il y avait un nègre. Lucas l'a rencontré en prison, il en parlait comme de son poulain.

Spencer Lynch. Rien de nouveau. Keel serra les dents, se forçant à garder son calme. Il lui fallait une piste sérieuse, pas des précisions.

— Et il y avait l'autre. Bob.

— Bob ? insista-t-il.

Keel se prit à espérer qu'elle aurait des informations supplémentaires sur l'auteur de la carte postale trouvée par les flics chez Spencer. C'était lui qui semblait mener la secte jusqu'à présent.

— Oui, c'est comme ça qu'il l'appelait, c'est tout. Lucas en parlait comme d'un type fortiche. C'est lui, Bob, qui détenait les savoirs de Caliban.

— Et ce Caliban, qu'est-ce que c'est alors ?

Janine tressaillit.

— C'est la puissance nouvelle.

— Un dieu ?

— Non, c'est mieux que ça d'après Lucas, Caliban c'est la jouissance ultime, le pouvoir. C'est le moyen de devenir des surhommes. Lucas répétait sans arrêt une phrase de Bob : « Caliban, c'est la voix des maîtres. »

— Janine, je vais vous poser une question un peu délicate, je vous demande de vous concentrer. Est-ce que vous savez pourquoi Bob aurait tué votre frère ? S'étaient-ils disputés ?

Janine peina à avaler sa salive.

— Non, je ne sais pas. Ils se voyaient très peu, dit-elle d'une voix chevrotante. Lucas me tenait à l'écart de tout ça, je vous l'ai déjà dit, je n'ai jamais vu Bob, ni le nègre.

— Vous ne voyez aucune raison pour que Bob soit en colère contre votre frère ? Lucas ne vous avait rien dit ?

— Non. Rien.

Après une seconde d'hésitation, elle leva l'index timidement.

— Mais ils se sont vus, peu de temps avant. Dimanche dernier. Apparemment, c'était à propos du nègre. Quelque chose qui les embêtait.

L'arrestation de Spencer Lynch. Keel l'encouragea à poursuivre.

— Je me souviens même que Lucas a reçu un coup de téléphone à la maison. Même lui, ça l'a étonné, d'habitude ils n'utilisaient jamais le téléphone de la maison. Je crois que Bob l'a rassuré en lui disant qu'il appelait d'une cabine publique ou un truc dans ce genre. Ils ont parlé pendant plusieurs minutes, et ils se sont donné rendez-vous.

— Où ça ?

— Je ne sais pas. Lucas a écrit l'adresse dans son bloc-notes, je me souviens, c'est moi qui ai été le lui chercher dans la chambre.

Keel étouffa un cri de victoire.

— Janine, pouvez-vous me dire ce que votre frère et ses amis faisaient exactement ?

La chair de poule se mit à envahir les bras de Janine Shapiro. Sa bouche trembla.

Elle ne savait pas grand-chose, des fragments.

Quand elle eut fini, l'agent spécial Keel était aussi livide qu'un fantôme.

Il ressortit de la pièce et fit signe à l'un de ses agents de le rejoindre.

— Walsh, où est l'officier de liaison ?

— Je suis là, dit Brett Cahill en s'approchant.

Keel essuya son crâne chauve avec un mouchoir en tissu.

— Cahill, rendez-moi un service, allez à l'entrepôt où sont consignées toutes les affaires de Lucas Shapiro et trouvez-moi son carnet de notes. D'après sa sœur, c'est un petit calepin dans un étui en cuir. Dedans devrait se trouver l'adresse d'un rendez-vous entre Lucas et ce mystérieux Bob, c'était dimanche dernier, le 20 janvier.

— Bien monsieur.

— Et si vous avez besoin d'une autorisation du district attorney pour faire sortir le carnet, appelez-moi immédiatement, on vous aura ça dans l'heure.

— Compris. J'y vais tout de suite.

L'agent Walsh attendit que Brett Cahill soit dans l'ascenseur pour montrer la porte du doigt.

— Et elle, on en fait quoi ?

Keel se passa la langue sur les lèvres.

— Je veux que le procureur ait un dossier béton

sur elle. Je veux qu'elle ne puisse plus jamais voir le soleil autrement qu'encadré de barreaux.

Neil Keel grimaça. Il avait la poitrine lourde, comme écrasée par une barre de poids.

55

L'après-midi touchait à sa fin, l'encre de la nuit se propageait dans le sillage du crépuscule, vivifiant les ombres de Phillipsburg. Assis derrière son bureau, le shérif Murdoch écouta Annabel lui faire le récit intégral de ce qu'ils savaient sur le culte de Caliban. L'arrestation de Spencer Lynch, la découverte des photos et du psaume en latin, la mort de Lucas Shapiro, le wagon aux squelettes et l'introduction de Bob chez elle. Elle aurait voulu ajouter le nom de Malicia Bents, ce qui était impossible sans impliquer Brolin, voire le lier à la mort de Shapiro.

Au-dessus de l'imposante masse du shérif, le drapeau américain fermait l'angle à côté d'une photo du Président.

D'après Annabel, Bob vivait dans les environs. Il faisait tout ce qu'il pouvait pour être prudent, pour brouiller les pistes. Il n'en demeurait pas moins qu'il lui était impossible de surveiller ses victimes régulièrement pour en connaître les habitudes si celles-ci vivaient très loin de chez lui. Bob traquait ses proies dans un périmètre régulier autour de Phillipsburg.

— C'est peut-être une fausse piste, proposa Murdoch. S'il est si intelligent que ça, il ne ferait pas une bêtise pareille, non ? Je pense plutôt qu'il fait ça pour nous faire croire qu'il est du coin.

— Non, il y a un moment où il ne peut plus tricher, contra Annabel. On sait qu'il prépare ses coups, c'est pour ça qu'il n'y a jamais de témoin, il repère les lieux et les habitudes des gens. Cela nécessite de fréquents allers-retours, il ne pourrait pas se permettre de choisir ses victimes de l'autre côté de l'Hudson, pour ça il y avait Lucas Shapiro et Spencer Lynch, pour lui ce serait trop long, il y passerait ses journées entières, or il a un travail.

— Comment en êtes-vous si sûre ? s'étonna Murdoch. Ce Bob pourrait être un itinérant, il se peut qu'il vive dans un camping-car ou une caravane.

Annabel fit « non » de la tête.

— Il garde ses victimes en vie avec lui pendant plusieurs semaines parfois. En recoupant les dates d'enlèvements et les dates inscrites sur les photos prises par Bob et ses complices, on remarque que beaucoup se chevauchent. Ce qui signifie que pendant certaines périodes il y a trois, quatre, voire cinq ou six personnes détenues en même temps. Les nourrir demande de l'argent, sans oublier un lieu suffisamment grand et isolé ou insonorisé pour les enfermer. Bob dispose de certains moyens financiers, il a un job. Il doit consacrer toutes ses économies à cette « activité », comme une passion, si vous me pardonnez l'expression.

Murdoch dodelina de la tête, impressionné par les déductions de la jeune femme.

— Qu'est-ce que je peux faire pour vous aider ? demanda-t-il.

Thayer, les mains derrière la nuque en repose-tête, fit claquer sa langue.

— Vous savez que notre présence n'est pas officielle, les fédéraux ont repris l'enquête, intervint-il.

— J'ai compris ça, oui. Vous êtes les premiers à me rendre visite, alors quel mal y a-t-il à vous filer un coup de main ? répondit Murdoch d'un air entendu. Tant qu'ils ne sont pas là...

L'animosité entre police et FBI n'était pas une légende, même si Thayer supposait que la motivation de Murdoch se situait plus à l'égard d'Annabel, en témoignait ce long regard qu'il lui lançait.

— Dans ce cas, fit Thayer, auriez-vous des dossiers sur tous les enlèvements qui ont eu lieu dans la région ?

— Ceux qui sont sous ma juridiction, oui.

Murdoch s'affaira dans une armoire en métal jusqu'à en extirper des pochettes rouges. Chacune contenait une photo de la personne enlevée, une déclaration de disparition de la part des proches, un rapport préliminaire et un rapport d'enquête. Il y en avait neuf, dont celle de Rachel Faulet. En voyant la photo de la jeune fille souriante, le regard pétillant, les torsades soyeuses de ses boucles et les taches de rousseur sur ses joues, Annabel songea à Brolin et à son acharnement pour retrouver Rachel.

Elle referma la pochette et fixa Eric Murdoch.

— Shérif, nous allons avoir besoin de vous, il va falloir étudier tous ces dossiers de fond en comble, comme je vous l'ai dit au téléphone nous recherchons des musées sur l'histoire du transport dans le New Jersey, ou des spécialistes.

— Oui, je me suis renseigné en vous attendant. Je

devrais pouvoir vous obtenir des rendez-vous pour demain, notamment un certain Calvin Valentin, un type très calé sur tout ça. Il sera en ville dans la matinée.

— C'est urgent.

— À l'heure qu'il est, Calvin est dans l'avion, il revient de Californie où il a de la famille. Puis-je vous suggérer d'attendre demain pour les musées, c'est dimanche soir, nous aurons de bien meilleurs résultats avec tout le monde si nous attendons lundi plutôt que d'aller chez eux les déranger en famille.

Thayer allait rétorquer quelque chose mais le shérif Murdoch leva la main pour l'arrêter.

— Voilà ce que je vous propose : venez chez moi, je vous ferai à dîner, nous décortiquerons tous ces dossiers dans la soirée. Ensuite, vous pourrez dormir à la maison, j'ai de la place. Et demain, je vous emmènerai rencontrer tous ceux que vous voudrez. Croyez-moi, c'est mon domaine ici, faites-le à ma manière, c'est comme cela que ça fonctionne. Les gens seront plus enclins à collaborer ainsi.

Thayer et Annabel s'observèrent, réticents.

La lueur de la victoire brilla dans les yeux du shérif lorsque Annabel lui dit qu'ils acceptaient.

— Vous allez voir, je ne suis pas champion de la déduction, en revanche en cuisine, je me débrouille pas mal...

Annabel ne l'entendit pas, elle pensait à Calvin Valentin. Elle ne savait pas pourquoi, elle ressentait l'urgence, comme s'il était vital de rencontrer ce Valentin sans plus attendre.

56

Brett Cahill se gara à l'entrée de Gold Street, il savait qu'avec le 84e precinct au milieu, la petite rue était perpétuellement encombrée de véhicules. Il se massa les tempes avant de sortir dans le froid. Il n'en pouvait plus. Il avait besoin de repos. D'une manière ou d'une autre, il fallait qu'il se relâche, il ne tiendrait pas indéfiniment ainsi. Maintenir la façade en journée avec les collègues, et être opérationnel ensuite, pour sa vie nocturne, ça devenait intenable. Il ne pouvait cependant pas laisser tomber, pas ça, c'était impensable. Et il ne le voulait pas. S'il fallait un jour choisir entre ça et son boulot, la décision était déjà prise, il irait trouver l'argent nécessaire ailleurs.

Il marcha sur le trottoir en direction du precinct qu'il connaissait bien puisqu'il y avait exercé un an. Un an dans ce bunker brun aux fenêtres étroites. Il contourna les voitures de patrouille — Ford Crown Victoria blanches nappées de neige, les portières flanquées de la devise « Courtoisie-Professionnalisme-Respect » — jusqu'à la grille en face. Cahill évita le precinct, il savait qu'on l'enverrait de toute manière dans cette annexe de la police où tous les objets saisis chez Shapiro étaient entreposés pendant l'enquête. Un monticule de sacs-poubelles blancs et bleus s'amassait devant l'entrée du 300, un bâtiment gris de cinq étages qui aurait dû être rénové depuis longtemps, comme beaucoup de choses dans la police de cette ville.

Cahill traversa le hall, il ouvrit son pardessus en laine sur un costume impeccable. Tant qu'il avait le temps de passer au pressing récupérer ses costumes, la situation n'était pas critique, plaisanta-t-il en lui-même.

Il montra sa carte et après une brève explication sur ce qui l'amenait, on lui ouvrit la porte d'une réserve au sous-sol, une pièce striée de hautes étagères en acier, noyées sous les documents. Les affaires de Shapiro étaient contenues dans des cartons numérotés de 1 à 36. Faute de temps, l'inventaire n'avait pas encore été fait.

Brett Cahill se retrouva à fouiller boîte après boîte, entre cassettes au contenu morbide et matériel de tatouage. Il y avait bien un agenda, mais pas de carnet en cuir. Cahill pesta à voix haute.

Il retourna à sa voiture pour s'enfoncer dans Flatbush Avenue, longea la masse flétrie et inquiétante de Prospect Park, et traversa le quartier de Kensington vers Parkville pour atteindre la 19e Avenue. Plutôt un cul-de-sac minuscule et paumé qu'une artère commerçante.

En sortant de son véhicule, il vérifia sommairement qu'on ne l'observait pas — l'impasse était déserte — et passa dans la contre-allée de la maison de Shapiro. Il brisa les scellés de la porte de derrière et la força pour entrer. L'agent Keel avait l'air de penser que ce carnet était une priorité, aussi l'inspecteur ne se soucia guère de sa propre infraction, seul comptait ce que contenait le calepin.

Cahill grimpa au premier d'emblée. Il fureta tout d'abord dans la chambre, parmi les objets que les flics n'avaient pas jugé bon d'emporter pour l'enquête. Bredouille et de plus en plus déconcerté, il passa à l'autre chambre. Il en eut vite fait le tour, rien non plus qui pût ressembler de près ou de loin au carnet de notes de Lucas.

Il descendit et passa au crible le salon, soulevant les quelques magazines, vérifiant derrière le sofa... L'atmosphère était lourde, appesantie par les lambris sur les murs, il flottait une entêtante odeur de lavande. Cahill ne pouvait s'empêcher de penser à tout ce qui s'était passé ici, toute cette violence entre Lucas et sa sœur, toutes ces scènes obscènes de torture mentale et physique.

Et puis soudain, il fut là.

À deux mètres de Brett Cahill.

À côté du téléphone, recueillant paresseusement les reflets mornes de la nuit tombante.

Un carnet dans un étui en cuir élimé. Exactement là où il devait se trouver.

C'est pas vrai ! Ils ne l'ont même pas embarqué ! Cahill l'ouvrit et fit défiler les pages jusqu'à la dernière. Des notes concernant des résultats sportifs datés du samedi 19 janvier, la veille de l'entrevue entre Lucas et Bob. Il passa à la page suivante, rien de plus.

Pourtant, il devrait y avoir...

Un bout de papier était déchiré en haut, on avait arraché la dernière page utilisée. Cahill chercha une lampe et alluma celle qui se trouvait à côté de la table.

Il inclina le carnet pour apercevoir les marques qu'aurait pu laisser la pointe du stylo en s'enfonçant dans le papier. Sans plus de résultat.

— Merde, jura-t-il.

Cahill prit son téléphone portable et joignit Neil Keel.

— J'ai le carnet, mais il manque la dernière page, sûrement celle où l'adresse était écrite.

— Tant pis, ramenez-le-moi.

— J'ai regardé si le stylo n'avait pas laissé l'empreinte de son passage sur la page suivante, mais ça ne donne rien.

— Revenez au plus vite, inspecteur Cahill. Je vais vous apprendre à faire parler le papier.

— Et...

— Ne discutez pas et dépêchez-vous. Bob n'a pas hésité à rendre folle une femme et à couper les phalanges d'un gosse pour dire aux flics d'arrêter, alors imaginez ce qu'il va faire en apprenant que c'est le FBI qui le traque désormais.

— Bien, j'arrive.

Brett Cahill raccrocha et posa sa main moite sur la couverture de cuir. Keel avait raison, les médias mettaient en avant la présence du FBI, ce qui allait sûrement décupler la rage de Bob. Il fallait faire vite avant qu'il ne frappe de nouveau. *Ce type est capable de rendre fou une femme qui était saine d'esprit auparavant !* Et il n'avait pas hésité à trancher des phalanges à un gamin. Quelle serait la prochaine étape ? Quelle surenchère dans l'horreur pouvait-il préparer ?

Ce n'était qu'une question de temps avant de le découvrir.

57

Le téléphone sonna pour réveiller Brolin à dix-huit heures, comme il l'avait demandé. Le privé prit une interminable douche pour s'extraire des volutes du sommeil. Il avait fait une sieste en prévision de la nuit à venir, car il n'avait aucune idée de ce qui l'attendait. Il allait plonger dans les ténèbres. C'était le grand frisson, la bouffée d'adrénaline qui précède le premier pas dans l'inconnu.

Il sortit avec Saphir, une longue promenade dans les rues glacées du quartier, autant pour le chien que pour se vider l'esprit. Les buildings couverts de givre ressemblaient à des stalagmites artisanales. Les voitures se croisaient avec nonchalance devant les vitrines illuminées des magasins.

Au milieu de ce ballet scintillant, des passants dont les pas font crisser la neige. Chacun d'eux est chargé d'une existence complexe, d'une perception unique ; en chacun d'eux, une tragédie se joue, dans l'indifférence des autres. Bien ancrés dans les tracas de leur petit monde, ils s'écartent sur le passage de Brolin, à mille lieues de savoir ce qu'il est et ce qu'il fait.

En début de soirée, le détective privé dîna dans sa

chambre, un repas léger, entrecoupé des bâfrements du chien à ses pieds.

À vingt et une heures trente, il prit une liasse de billets qu'il divisa en plusieurs paquets et les disposa en différents endroits sur lui : poches, chaussettes... Il enfonça le chargeur dans son Glock et quitta l'hôtel en direction du métro.

Nemek fut parfaitement à l'heure, il ne laissa pas Brolin patienter trop longtemps au milieu de Little Nassau Street. Une antique Chevrolet rouge avec un toit blanc veiné de rouille s'arrêta à son niveau. Nemek lui ouvrit la porte.

— T'es prêt ?

Brolin lui tendit les deux cents dollars en guise de réponse.

— O.K., puisque c'est ce que tu veux, fit Nemek en allumant un joint.

Ils prirent la direction de Manhattan. Bientôt tout l'habitacle fut empli de la capiteuse odeur de l'herbe. Sans même tirer sur l'objet du délit, Brolin crut pendant quelques minutes que sa vue devenait plus précise, comme si la drogue avait le pouvoir d'aiguiser ses sens.

— Alors, où va-t-on exactement ? voulut-il savoir.

Un sourire sibyllin se dessina sur le visage de Nemek, il barra ses lèvres de son index en signe de silence.

Ils survolèrent l'East River et remontèrent en direction du nord, longeant les eaux noires et placides d'un côté et la crête agressive des buildings de l'autre. Devant eux, la myriade pourpre des feux arrière ressemblait à une procession démoniaque. Ils quittèrent la voie express au niveau de la 102e rue tandis que

Brolin contemplait la masse beige du centre psychiatrique de Manhattan en s'interrogeant sur ce que ses murs abritaient.

En tournant dans la 111e, dans le Spanish Harlem, Nemek ouvrit enfin la bouche.

— Quoi qu'il se passe, tant que ça n'est pas moi qui te quitte, tu me suis sans poser de question, c'est d'accord ?

— Oui.

— Mae Zappe s'est engagée à 100 % sur toi, alors fais pas de connerie. Pour approcher la Cour des Miracles, c'est moi qui vais te parrainer, ce qui veut dire que si tu déconnes, je suis dans la merde. Et si je suis dans la merde...

— ... Je suis dedans aussi, j'ai compris. Ce matin tu as parlé de types qui géraient ça, les passeurs, qui sont-ils ?

— Un gang de Latinos. La Cour des Miracles c'est la poule aux œufs d'or pour eux, alors t'en fais pas, ils ne font pas d'embrouille. Ce qui ne veut pas dire qu'il faut les arnaquer, ils sont dangereux, prêts à tout pour protéger leur business. Moins tu en sauras sur eux, mieux ce sera.

Nemek gara sa Chevrolet un peu plus loin. Dehors, le froid les avala d'un coup, léchant leurs oreilles jusqu'à l'irritation.

Semblable à un aqueduc, la quadruple voie de chemin de fer partant de Grand Central Terminal coupait la 111e rue devant eux, privant la dernière portion de trottoir des lumières de la ville. Juste avant ce tapis d'ombre, un halo rouge et bleu bourdonnait au-dessus d'un groupe d'initiés. Nemek dépassa le peloton pour saluer les deux vigiles devant l'entrée. Pendant qu'ils échangeaient quelques mots que Brolin ne put saisir, ce dernier découvrit le nom du club avec un certain amusement : « OE-DEEP ». On les laissa entrer et descendre un escalier tapissé de moquette rouge, gainé de tissu de la même couleur sur les murs, jusqu'à une plate-forme dominant l'immense fosse où plus d'une centaine d'énervés dansaient avec frénésie. La musique martelait l'atmosphère de ses rythmes assourdissants, chaque coup de basse absorbant momentanément l'oxygène tout en écrasant les poitrines. Le froid se dissipa aussitôt autour de Brolin. Devant eux, un large escalier conduisait à l'interminable piste de danse et à son flot bouillonnant. À droite et à gauche, deux passerelles en métal partaient, l'une pour faire le tour de la salle, l'autre pour dominer les festivités, le tout entrecoupé d'espaces plus larges où des danseuses se trémoussaient sur des plots lumineux face à de jeunes loups beuglants.

— Viens ! hurla Nemek au travers de la musique. On va par là !

Il lui montra un bar sans fin entièrement éclairé de néons colorés. Ils se frayèrent un chemin en jouant des coudes, Nemek dépassa le bar et disparut dans un angle droit. En le rejoignant, Brolin apprécia le spectacle : le couloir était couvert de peinture fluorescente que des lumières adéquates venaient souligner. Il n'y faisait pas très clair, le détective privé dut suivre Nemek de près pour ne pas le perdre dans la cohue. La foule était hétéroclite, tous les styles s'y côtoyaient même si une constante *underground* s'y retrouvait. Les tatouages fleurissaient au point que Brolin se demanda s'ils n'étaient pas en train de remplacer la carte d'identité.

Nemek fila entre des boxes tamisés — leur seul éclairage : un globe violet sur la table, conférant aux silhouettes assises sur les canapés l'air de créatures vaporeuses. Le premier barrage se rencontra devant une porte discrète, en la présence d'un colosse en débardeur, dont le bonnet laissait échapper des nattes d'ébène. En lettres gothiques, il s'était fait tatouer « CRAINS-MOI » sur le bras et, malgré l'obscurité, il portait des lunettes de soleil. En voyant Nemek, il le salua brièvement et posa une main sur la poignée de la porte. Brolin entendit son guide s'adresser au colosse :

— Il est avec moi, je le parraine, il est réglo.

L'autre tourna la tête vers le privé et lui fit un signe de tête avant d'ouvrir la porte.

— Bonne soirée, messieurs.

L'escalier qui suivait était profond et étroit, l'écho de basses plus belliqueuses encore remontait les marches. En bas, des femmes nues exhibaient leur intimité au travers de chorégraphies lascives, elles se tenaient au-dessus du public, sur des plaques de Plexiglas, et jouaient avec cet effet en se frottant tour à tour à quelques centimètres des hommes qui montaient sur des chaises pour pouvoir coller leur bouche sur le plastique transparent. En à peine deux minutes, le temps de traverser la pièce, Brolin surprit deux deals, et vit une jeune femme avaler un cachet en lui adressant un clin d'œil. La présence de femmes ici, parmi les clients, l'étonna bien plus que l'échange quasi libre de drogues.

La seconde salle lui réserva d'autres surprises. Dans la masse des badauds enthousiastes qui s'agglutinaient autour des scènes et des cages, trois hommes et deux femmes surenchérissaient dans une performance de body-piercing. Des anneaux de métal chirurgical leur traversaient la peau depuis les arcades sourcilières jusqu'au creux des genoux. Tous les cinq étaient suspendus au plafond par leurs anneaux, des chaînes pourvues de crochets agrippaient les piercings, tirant affreusement sur la peau. En équilibre parfait à moins de deux mètres cinquante du sol, les cinq suppliciés glissaient dans l'air au moyen de poulies, le public n'ayant qu'à se hisser sur la pointe des pieds et pousser du bout des doigts pour que les corps avancent. La peau sur les cuisses des « artistes » formait trois triangles là où les crochets tenaient tout le poids, de même sur les fesses, le dos et les bras. À chaque poussée on pouvait craindre qu'un des anneaux ne déchire la chair tant la traction était forte sur le satin humain. L'un des hommes qui, lui, était suspendu ventre contre ciel, avait un anneau également planté dans le gland, qui lui dressait le sexe et l'étirait tant qu'il semblait sur le point de rompre. Une femme faisait de même avec ses seins, les piercings fichés dans les aréoles déformées. La foule s'écriait à tout va sous cette apesanteur de souffrance.

Après les toilettes, Nemek serra la main d'un autre garde, en tout point similaire au précédent. Cette fois la discussion dura un peu plus, l'armoire à glace voulant s'assurer que Nemek connaissait bien Brolin, et qu'il s'engageait sans le moindre doute sur sa fiabilité.

Un autre palier franchi, il y eut un nouvel escalier.

— À quelle profondeur descend-on comme ça ?

— Très bas, commenta Nemek d'un air grave.

— Comment se fait-il qu'il y ait autant de sous-sols dans ce club ?

— Hé, c'est New York mon pote ! On murmure qu'il y a plus d'espace au-dessous qu'au-dessus. Sous Manhattan, c'est une autre ville, c'est truffé de souterrains ici ! Les anciens couloirs de métro, les lignes privées abandonnées, plusieurs compagnies en charge de l'acheminement de l'eau ont foré chacune leur propre réseau, la plupart sont oubliés aujourd'hui, et c'est pareil pour l'électricité ou les égouts, plusieurs niveaux différents, plus ou moins vieux, et pour la majeure partie, désaffectés. Et il y a les souterrains creusés par les Indiens, leurs nécropoles et tout ça, et puis les centaines de grottes naturelles, de failles, de fissures... Plus tous les accès d'entretien, des centaines de locaux techniques, et tout ce que je ne sais pas encore. Crois-moi, tu pourrais sillonner toute l'île dans ses moindres recoins à dix reprises sans jamais prendre le même chemin ni avoir à sortir le nez dehors. Autant te dire qu'un mec lâché là-dedans sans carte ni boussole est un mec mort. En son temps la mafia disposait de Red Hook pour se débarrasser de ses cadavres encombrants, maintenant les gangs ont les sous-sols de Manhattan, et on pourrait vider toute la ville de ses habitants avant de les remplir !

Ils furent accueillis en bas des marches par un petit homme en chemise de soie, typé hispanique, la peau de son visage témoignait des ravages d'une petite vérole corrosive.

— ¡ Nemek ! *¿ Cómo estás* ?

— *Muy bien,* Enrique.

— T'as déjà refourgué tout ton approvisionnement ? fit Enrique en frottant son pouce et son majeur en signe d'argent.

— Je viens pas pour moi, je t'amène un client pour la Cour.

Brolin entra dans la lumière et Enrique lui fit un salut de la tête, très retenu.

— C'est un mec cool, je le connais bien, je m'engage sur lui, prévint Nemek.

La mâchoire d'Enrique se crispa.

— Il n'y a aucun souci, surenchérit le guide de Brolin, je le parraine sans crainte, il sait qu'il faut être discret, et il a du fric pour acheter ce qu'il veut.

Brolin s'approcha encore un peu, toute sa prestance se découvrit alors, comme s'il attirait d'un coup toutes les ombres à lui, s'en parant pour souligner la puissance de son regard.

— Et j'ai moi-même besoin de discrétion, fit-il d'une voix calme et assurée.

Enrique scruta le privé de haut en bas puis fit signe à Nemek de le suivre. Ils s'écartèrent et eurent un échange bref, durant lequel Nemek ne cessa de hocher la tête. Enrique parut satisfait et ils revinrent auprès de Brolin.

— C'est d'accord, fit l'homme à l'accent mexicain. Tu descends avec moi. Tu fais ton business et on te largue quelque part dans la ville. Si tu veux revenir un jour, tu le fais avec Nemek, en aucun cas tout seul, si tu te pointes sans lui, je te fous dehors avec les os du bras en morceaux. Si on fait affaire souvent, et que ça marche bien, dans quelque temps tu pourras venir seul, mais tu ne te pointeras jamais avec quelqu'un qu'on ne connaît pas. Ce que lui fait (il pointa son menton vers Nemek), toi tu n'y penses même pas, on n'est pas potes toi et moi, et jusque-là, pas de confiance, donc pas de parrainage. Maintenant si tu veux descendre, c'est cinquante dollars, on ne négocie pas.

Brolin s'acquitta de la taxe et sortit doucement son arme.

— J'ai aussi ça, je ne m'en sépare pas normalement, question de prudence.

— Normalement.

Enrique prit les billets et le Glock puis fouilla Brolin des pieds à la tête. Il lui demanda même de soulever son T-shirt.

— Je n'ai rien sur moi, vous pouvez chercher, pas de micro, pas d'autre arme, pas de balise, rien, je suis *clean.*

— T'en fais pas, mec, c'est juste par sécurité. De toute façon, là où on va, les balises et toutes ces merdes ne fonctionnent pas, ça tu peux en être sûr ! C'est bon, tu peux passer, pour ton flingue, on te le rendra à la sortie.

— Bon, plus besoin de moi, je me tire, prévint Nemek en tendant la main vers Brolin.

— *No es posible,* le coupa Enrique. Tant que ton ami n'est pas parti, toi tu restes. Felipe va te tenir compagnie, allez voir les filles, c'est moi qui offre.

Enrique cria en espagnol et un autre membre du gang apparut, le crâne rasé et deux dents en or arrangeant son sourire. Il parla en espagnol avec Enrique et acquiesça avant de faire signe à Nemek de le suivre.

Lorsqu'ils furent seuls, Enrique se tourna vers Brolin.

— Viens.

Ils marchèrent dans un couloir voûté pour atteindre une pièce d'où provenait une clameur furieuse. Une bonne vingtaine de personnes formait un cercle autour d'une arène minuscule où deux chiens se battaient en grognant et en s'arrachant des morceaux de chair. Les hommes pariaient avidement sur les bêtes.

— Dans une heure ces mecs seront plus excités qu'à leur nuit de noces, railla Enrique. Dans une heure on passe au combat d'hommes, comme au temps des gladiateurs. (Il se tourna vers Brolin.) Tu sais que rien que pour assister à un combat ils sont prêts à payer cinq cents dollars, sans parier, juste pour voir.

En fait, cela n'étonna guère le privé. Il eut soudain envie de répliquer en lui parlant de ce que certaines personnes étaient capables de faire pour se sentir vivre, pour se supporter ou tout simplement pour avoir du plaisir, mais il se tut. Le sujet des tueurs en série n'avait pas sa place ici. Et pourtant... S'il fallait en croire le morceau de papier trouvé dans l'entrepôt, Malicia Bents était venue en ces lieux, avec l'âme de Bob dans son sillage.

Enrique passa dans un couloir en pierre, un boyau étriqué où l'unique lumière provenait d'une série d'ampoules archaïques, grésillantes. Le couloir tenait plus de la fissure de grotte, irrégulier et suintant l'humidité. Le guide tourna à gauche, dévala quelques marches et s'arrêta devant une torchère qu'il alluma à l'aide de son briquet. L'ambre des flammes repoussa à peine les ténèbres en ondulant sur les parois. Enrique s'écarta et brandit la torchère vers le bas.

Une très vieille porte apparut tout d'un coup.

Enveloppée dans un voile de poussière et des lambeaux de toiles d'araignées, son armature de fer absorbait le feu et son bois buvait le courage. Car au milieu, comme s'il était gravé là depuis plusieurs siècles, le visage du diable sourdait en relief. Avec ses cornes menaçantes, ses crocs brillants de fiel et ses yeux déformés.

Enrique tira la poignée et la porte s'ouvrit en délivrant son grincement diabolique.

Les deux premières marches d'un escalier taillé à même la pierre bombèrent leur dos dans la timide clarté.

— J'espère que t'as des *cojónes, hombre,* parce que c'est toi qui descends en premier.

De l'insondable noirceur parvint un hurlement très lointain, mais tellement réaliste qu'il en arracha un frisson à Brolin.

Enrique recula et l'invita à passer.

58

Le shérif Eric Murdoch vivait dans le nord-est de la ville, à la lisière de la civilisation. Il fallait prendre une route bardée de nids-de-poule, franchir un pont qui enjambait un cours d'eau dérisoire, et disposer d'un rayon de braquage très large pour franchir le dernier virage en une seule fois. Annabel et Thayer le suivirent dans leur voiture jusqu'à une maison à l'écart, une vieille construction en bois érigeant ses pignons vers le ciel sans étoile. Les noyers qui la cernaient étendaient leurs branches et ramures dans toutes les directions. Le vent sifflait lugubrement dans le petit bois qui entourait la bâtisse en bas du dénivelé.

— Je suis désolé pour la route, s'excusa Murdoch lorsqu'ils furent sortis des véhicules, la maison est grande et a du caractère, mais si j'ai pu me la payer c'est qu'elle était en mauvais état et surtout desservie par un chemin terrible. Lorsqu'il y a trop de verglas ou de neige, je suis obligé de faire à pied le chemin jusqu'à la grande route et c'est l'un de mes assistants qui passe me prendre !

Frigorifiée par la langue soufflante du blizzard

naissant, Annabel se précipita dans le sillage du shérif, elle garda son épaisse veste pendant quelques minutes, le temps de se réchauffer.

— Installez-vous dans le salon, je vais préparer un vin chaud avant de me mettre aux fourneaux.

Ils entrèrent dans une pièce tout en longueur, avec coin repas devant les portes-fenêtres donnant sur un balcon qui dominait le bois. La décoration était sporadique pour ne pas dire froide et les meubles étaient dépourvus du moindre cachet : table basse avec cendrier et télécommande de la télé dessus, quelques livres confiés à une série d'étagères superposées, ainsi qu'une commode sur laquelle étaient posés un téléphone et une lampe. Pas de photo, pas de plante verte, pas trace d'un animal de compagnie, tout reflétait l'absence, c'était la tanière d'un homme rarement présent. Annabel se demanda s'il était foncièrement célibataire ou s'il avait une liaison avec une femme en ville. *Qu'est-ce que ça peut te faire ?* se réprima-t-elle. Elle ne put s'empêcher de penser avec ironie à cet autre célibataire, c'était à croire que plus les décennies passaient plus il y avait d'âmes seules, comme si l'espérance de vie ne pouvait augmenter sans que notre solitude fasse de même.

Thayer posa la pile de dossiers sur la table.

— Voilà de quoi passer une agréable soirée !

Jack se dirigea vers les portes-fenêtres pour tenter d'apercevoir l'extérieur. Il colla ses mains de part et d'autre de son visage.

— La neige continue de tomber. J'espère qu'on ne va pas se trouver coincés ici demain...

Eric Murdoch réapparut après quelques minutes, il avait passé un pull sur un polo blanc, ce qui lui faisait perdre un peu de cette austérité que l'uniforme lui conférait. Il posa un plateau sur la table et chacun plaqua ses mains contre sa tasse brûlante de vin chaud.

Dans le silence qui suivit, on entendit les grincements nombreux de la vieille maison, et par intermittence, les sifflements monstrueux du vent contre les fenêtres. Dans le couloir principal, le tic-tac d'une horloge tissait dans le néant la toile du temps.

— Vous avez l'air fatigués. Tous les deux, fit remarquer Murdoch.

Jack hocha la tête.

— L'affaire a commencé il y a dix jours. Dix jours sans répit, ça use.

Le regard plongé dans le vin fumant, Annabel n'ajouta rien, même si elle n'en pensait pas moins. Les émotions de cette semaine passée lui avaient fait prendre une décennie de plus.

— Et si vous le trouvez ce Bob, qu'est-ce que vous en ferez ?

La question de Murdoch amusa Thayer.

— Personnellement, j'aurais aimé le conduire au supplice de la roue, cependant je doute que le FBI accepte. Il ira probablement dans le couloir de la mort si l'on parvient à prouver que c'est bien lui. Non, en fait la question n'est pas là. Ce qui devrait tous nous préoccuper c'est de savoir si les victimes qu'il détient seront toujours en vie et si elles sont chez lui. Dans le cas contraire, nous serons dans une mélasse sans fin. Personne ne veut d'une victoire à la Pyrrhus. Imaginez deux secondes que le FBI le coince et qu'on ne trouve personne chez lui. Les feds n'ont pas la réputation d'agir avec douceur, supposons toutefois qu'ils ne le flinguent pas pendant l'arrestation. Si Bob se tait, nous ne saurons jamais où se trouvent ses derniers « otages ».

— Otages ? Vous pensez qu'il s'agit d'otages ? s'étonna Murdoch.

— Non, contra sèchement Annabel. Il enlève tous ces gens pour une raison bien précise, je ne sais pas laquelle, mais il le fait dans un but qui n'a rien à voir avec l'argent ou une garantie pour sa sécurité. Cela dit, Jack a raison, si jamais Bob se fait coffrer et qu'on ne découvre personne chez lui, alors ce sera le début d'un long compte à rebours vers la mort de ses victimes. Car certaines sont vivantes, en ce moment même, j'en suis sûre.

Elle se pencha par-dessus la table pour attraper une pochette cartonnée et en sortit plusieurs photos et des documents dactylographiés.

— Regardez, reprit-elle. Toujours en comparant les dates des enlèvements et celles inscrites sur les photos, on constate qu'il s'écoule souvent plusieurs semaines voire des mois entre l'une et l'autre. Depuis le début, il y a eu en permanence au moins une personne détenue, souvent bien plus. Spencer Lynch n'était vraiment qu'un nouveau venu ; en ce qui concerne Bob, il s'est débrouillé pour conserver des victimes en vie à ses côtés. Où ? C'est la bonne question.

Le shérif Murdoch haussa les épaules :

— Cet après-midi vous m'avez dit que chez Shapiro il y avait une pièce secrète aménagée dans le hangar, ça pourrait être là...

— Non, il y faisait trop froid, nul n'aurait survécu longtemps. Nous n'y avons trouvé « qu'un » cadavre, si je puis dire. Cette pièce servait à Lucas pour ses séances de torture, de viol et sûrement de mise à mort. S'il voulait conserver une personne sans la tuer pendant des semaines, il avait besoin d'un autre lieu. Là où Bob retient toutes ses victimes. Un site isolé de ce genre est déjà difficile à se constituer, il y a fort à parier qu'ils utilisaient le même endroit.

Murdoch croisa les bras sur sa poitrine, les lèvres pincées, il secoua la tête, méditant sur tout cela. Il finit par se lever.

— Je vais m'occuper du dîner. Je vous en prie, installez-vous, n'hésitez pas à en mettre partout, fit-il en désignant la pile de dossiers. Après manger, je vous filerai un coup de main et nous pourrons tout revoir depuis le début.

Pendant que les flocons de neige virevoltaient chaotiquement dans le vent, ils dînèrent d'un rôti de bœuf aux pommes de terre rissolées que Murdoch avait fini par faire mijoter dans le jus de la viande avec des oignons. S'il n'était pas un flic hors pair selon son propre aveu, il fallait bien admettre qu'il avait peut-être manqué une vocation de cuisinier. Ils parlèrent de sujets qui n'avaient rien à voir avec l'enquête, et au fil du repas, Annabel sentit une boule sur son plexus se délier. Les anecdotes sur la trépidante vie d'un shérif à Phillipsburg firent rire aux éclats les deux flics de New York.

Repus, Annabel et Jack acceptèrent de bon cœur le digestif que le shérif leur proposa. Ils le sirotèrent en silence jusqu'à ce que la jeune femme accroche de sa rétine les pochettes contenant les photos des soixante-sept victimes. Elle se leva et en prit plusieurs. D'abord timidement, puis avec plus d'assurance, ils échangèrent leur point de vue sur le mode opératoire, les biographies des victimes, tentant une nouvelle fois de faire des rapprochements. C'était là toute la difficulté. Ils n'avaient pas suffisamment d'éléments pour comprendre, il n'y avait même pas de quoi établir un profil, songea Annabel en ayant l'image de Brolin dans l'esprit. Elle étala devant elle toutes les photos des victimes, en commençant par celles trouvées chez Lynch, et à côté de chacune elle disposa un cliché, donné par des proches, de la même personne avant sa disparition. La jeune détective passa en revue les noms, les âges, elle essaya de comprendre ce qui pouvait bien se passer dans la tête de Bob.

En face, Thayer et Murdoch épluchaient le rapport d'autopsie de la fille retrouvée dans le parc de Larchmont.

Annabel fit glisser son index sur les photos.

Pourquoi toi ? Et toi ? Brolin a vu juste, au début Bob et sa bande enlevaient en respectant un ordre. Une tranche d'âge, puis une autre, une race, ou un sexe, puis deux sœurs, une mère et son fils, jusqu'à une famille. Et au milieu, un peu de tout, en piochant à droite à gauche, comme s'ils ne savaient plus quoi choisir... Pourquoi ?

Elle fixa tous les regards qui s'étalaient d'un bout à l'autre de la table.

Dites-moi...

Annabel examinait les faciès déformés, et les visages souriants correspondants. Elle comparait l'insouciance à la douleur, l'entrain au désespoir.

Elle pouvait presque palper la solution de l'énigme, c'était là, devant elle. Quelque chose qui clochait sans qu'elle parvienne à savoir quoi.

Sa mâchoire s'ouvrit tandis qu'elle comparait les

clichés les uns après les autres avec une nervosité croissante. Et si... ?

Comment avait-elle fait pour ne pas le voir plus tôt ?

Cette subtile altération d'une photo à l'autre.

Attiré par l'agitation subite de son équipière, Jack releva la tête.

— Qu'y a-t-il, Anna ?

Elle prenait les photos deux par deux, les unes après les autres, de plus en plus vite, et elle comparait les dates.

— Anna ?

Elle lâcha celles qu'elle tenait et embrassa d'un seul regard toutes les autres. Ses paupières se fermèrent et se rouvrirent avec une lenteur tout onirique.

— Jack, souffla-t-elle avec difficulté. Je crois que je viens de comprendre. On avait la réponse sous les yeux depuis le début. Regarde les photos, Jack... C'est incroyable...

59

Les mains croisées dans le dos, Brett Cahill assistait, le nez derrière l'immense vitre, à la naissance de l'écriture. L'agent spécial Keel était assis derrière lui, occupé à feuilleter une revue scientifique.

De l'autre côté du verre, dans un des laboratoires du FBI à New York, Diane Bardolino découpait avec minutie la dernière page du carnet de notes saisi chez Lucas Shapiro. Le scalpel traçait son sillon définitif dans le bourdonnement des machines en chauffe. Diane n'était pas particulièrement de bonne humeur, elle avait attendu la fin de journée pour prendre un bon bain chaud lorsque le téléphone avait sonné. Elle avait haï cet instant. Une urgence, elle seule avait les compétences adéquates et était joignable. Elle avait quitté *ipso facto* le tissu-éponge de son peignoir pour prendre la route d'un tailleur et d'une blouse de laboratoire.

Ce morceau de papier avait intérêt à dire tout ce qu'il savait avant qu'elle ne s'énerve.

Elle prit le papier vierge de toute marque et le posa sur un plateau de bronze poreux. Diane appuya sur un bouton dont le témoin vira du vert au rouge. La

Vacuum Box se mit en marche et la pompe aspira le document uniformément pour le plaquer fermement sur le plateau de bronze.

Brett Cahill faisait les cent pas en suivant les différentes procédures.

— Nerveux ? demanda Neil Keel.

Cahill sursauta.

— Je suis tendu. Je ne supporte pas l'idée de voir ce bout de papier tout en sachant qu'il va peut-être nous fournir le nom d'un des plus grands criminels du pays, ou qu'il se pourrait bien qu'il reste lisse comme une assiette de lait.

La lumière des néons se refléta sur le crâne chauve de l'agent Keel.

— Savourez ces minutes, inspecteur Cahill, fit-il avec aplomb. Cet intervalle exquis d'incertitude. Il se peut que dans un quart d'heure nous soyons tout aussi bredouilles que maintenant, il se peut aussi que dans un quart d'heure toute cette affaire soit résolue. Les véritables bonheurs de la vie ne sont pas dans les sourires de joie, mais dans ces intervalles d'incertitude, lorsque notre quotidien peut basculer, mais qu'on ne sait pas encore de quel côté.

Cahill se passa une main dans sa courte chevelure et soupira.

— Qu'est-ce qu'elle fait ? demanda-t-il.

Keel vint se poster à quelques centimètres de la vitre, à chaque expiration un nuage de buée se formait devant ses petits yeux vifs.

— Diane utilise le procédé électrostatique ESDA, Electro-Static Document Analyser. Elle vient d'actionner la pompe aspirante et cette pellicule qu'elle est en train de déposer sur le papier c'est un film de polyester, pas simple à manipuler car d'une épaisseur de seulement 5 microns. Voilà. Diane va ensuite soumettre la feuille à une décharge Corona, on parle ici d'une tension de 5 000 volts ! Ensuite, l'aérosol que vous voyez là va permettre de pulvériser une poudre révélatrice qui va venir s'installer dans les sillons, où notre document offre moins de résistance au courant. Ces sillons sont les infimes marques, invisibles à l'œil nu, que le stylo de Lucas Shapiro a laissées en écrivant sur la ou les feuilles précédentes.

— Un peu comme lorsqu'on frotte la pointe d'un crayon à papier sur une feuille blanche pour en faire apparaître les reliefs... Non ?

— C'est exactement ça, sauf que ce procédé-là permet d'être bien plus précis et de mettre en évidence des déformations dans le papier que vous n'auriez pas pu repérer. C'est un système dont on se sert aussi pour relever certains types d'empreintes digitales. Regardez, Diane a obtenu un résultat sur le film de polyester. Elle le recouvre d'un adhésif transparent afin de figer le résultat et de rendre moins délicat l'usage de ce film. Je ne suis pas expert en la matière, mais on a souvent recours à cette méthode.

Keel frappa deux coups secs contre la vitre. Diane Bardolino fit signe d'attendre un instant. Elle s'en alla à l'autre bout du labo et plaça le film sous une loupe énorme. Elle hocha la tête et fit signe aux deux hommes d'entrer.

— Messieurs, je ne sais pas si c'est ce que vous attendiez, mais voici la dernière chose que l'on a écrite dans ce carnet de notes, une page avant celle-ci.

Elle leur tendit le film qu'elle avait posé sur un support blanc. La poudre s'était accumulée en noir dans les foulages jusqu'à écrire : « OAK'S BAR, BOX 2 — MONTAGUE — 15 H ».

Keel prit le coude de Cahill.

— On l'a. Montague, c'est la ville à proximité du wagon aux squelettes. Vous voyez ce que je vous disais, le vrai plaisir, il était tout à l'heure...

Neil Keel prit son téléphone portable.

— MacNamer ? Prépare tout le monde, on file à Montague, dans le New Jersey, oui, là où on a retrouvé tous les squelettes. Je veux une équipe d'intervention prête à nous soutenir. Départ dans une demi-heure. Démerde-toi.

Se tournant vers Cahill et le fixant droit dans les yeux, il ajouta :

— On le tient, ce fumier de « Bob ».

60

Les marches étaient glissantes.

Elles sombraient sans retenue dans les abysses du monde, chargeant Brolin sur leur dos. Enrique le suivait de près, la torchère à la main pour percer l'épaisseur des ténèbres. À chaque pas, c'était un pas dans l'inconnu. Brolin se tenait aux murs pour ne pas risquer de tomber, la clarté mourait à ses pieds, et il ne voyait devant lui rien d'autre que l'insondable abîme.

Puis il n'y eut plus de marche.

Un couloir creusé à même la pierre partait dans la nuit éternelle en serpentant. Il était aussi bas qu'étroit; Brolin se mit en marche la tête penchée, suivi d'Enrique qui tenait la torchère le plus haut possible. Les flammes léchaient le plafond, y déposant une cicatrice de bave noire. À la première bifurcation, Brolin entendit clairement un cri de souffrance, quelque part devant eux. Un homme à l'agonie.

— Ne fais pas attention à ça, l'avertit Enrique. Allez, avance, tout droit.

Les doigts du détective privé étaient crispés sur le holster vide. Mae Zappe n'avait pas voulu qu'Annabel soit au courant de cette incursion dans le royaume souterrain, elle souhaitait la protéger. Brolin se mit subitement à douter. Et si cet endroit était aussi dangereux que la vieille prêtresse vaudou le laissait supposer ? Il était de toute manière trop tard pour faire demi-tour.

Après une centaine de mètres qui brisèrent le dos de Brolin, Enrique lui fit signe de s'arrêter. Le petit homme passa devant et salua un autre membre du gang qui se cachait dans l'ombre et qui les devança sur quelques mètres jusqu'à une porte entrouverte. Il la poussa et parla en espagnol avec ses compagnons. Du coin de l'œil, Brolin vit la nuque d'un homme sur une chaise, dos à la porte. Du sang gouttait sur le dossier.

Le garde revint et donna à Enrique une lampe torche qu'il échangea contre la torchère.

— C'est reparti, fit-il à l'attention du détective privé.

À peine eurent-ils fait dix pas qu'une voix gronda dans leur dos :

— *¿ Porqué no quieres pagar ? ¡ Hijo de puta!*

Suivit le claquement d'un coup brutal sur la peau et le cri qu'il arracha.

Enrique ne fit aucune remarque, se conduisant comme s'il n'entendait rien.

Il y eut une succession de coudes et de carrefours avant qu'ils ne parviennent à une porte métallique. Enrique introduisit une clé dans la serrure et fit pivoter le lourd battant.

Ils traversèrent une haute salle pleine de conduites, de molettes et de réservoirs. Leurs pas tintèrent sur la passerelle en acier, ils montèrent et descendirent plusieurs escaliers avant d'emprunter un corridor noyé dans les vapeurs d'une canalisation fuyante. Brolin ne laissa pas plus d'un mètre entre son guide et lui pour ne pas le perdre au milieu de cette fumée moite. Il y eut une autre porte lourde qu'Enrique actionna avec une clé et de nouveau des passages étroits et bas. Ils arpentaient les sous-sols de Manhattan, Brolin n'avait déjà plus la moindre notion d'orientation, à force de changer de niveau ou de bifurquer. Pour ce qu'il en savait, ils pouvaient tout à fait se trouver sous Central Park ou sous Ward's Island. Le dernier repère rassurant dont il disposait était le cercle blafard de la lampe torche que tenait Enrique devant eux.

Après une échelle à barreaux incrustés dans le béton, ils zigzaguèrent entre des formes humaines couvertes de sacs plastique ou de sacs-poubelles fétides. L'une d'entre elles grogna sur leur passage et Brolin sentit qu'Enrique était à deux doigts de frapper dedans. Le petit bonhomme à l'accent mexicain se retint en crachant par terre. Une autre volée de marches et un couloir avec des ampoules nues dans l'angle du plafond, une guirlande blême contre les murs gris. Pendant qu'ils suivaient cet accès, le sol se mit à trembler puis le trille strident du métal grinçant enveloppa les deux hommes. Dans un fracas chaotique le métro passait juste au-dessus d'eux, faisant vibrer à tout rompre une grille qui menait à la voie.

Un peu plus tard, Enrique souleva une plaque de tôle ouvrant sur un ancien local technique depuis longtemps abandonné. Une fois en bas, il fit signe à Brolin de se tourner.

— Tu ne dois pas voir le reste du chemin. Je vais te bander les yeux. Allez, ne discute pas.

Brolin s'exécuta et on lui noua un foulard autour de la tête. Il était à présent à la merci complète du gang.

— Tu vois quelque chose ?

— Rien.

Il perçut un important déplacement d'air juste devant son visage et comprit avec un temps de retard qu'Enrique venait d'esquisser un coup de poing qui s'était arrêté à trois ou quatre centimètres de son nez. Un test pour s'assurer qu'il ne voyait vraiment rien.

— Maintenant tu écoutes mes ordres, tu lèves les pieds ou tu te baisses quand je te le dis. En route.

Enrique serra une main autour du bras gauche du privé et ils entamèrent la dernière portion. Ils évoluèrent à droite, à gauche, en bas et en haut pendant ce que Brolin pensa être une demi-heure. À un moment, il suspecta Enrique de lui faire faire volontairement des détours dans la même pièce, simplement pour le désorienter. Ils n'allaient pas très vite mais bientôt Brolin détecta les premières ondées de sueur dans son dos. L'air devenait de plus en plus humide et chaud malgré l'hiver. Enrique s'arrêta soudain pour parler en espagnol. Un autre homme lui répondit avant de s'éloigner doucement. Un garde en patrouille qui signifiait qu'ils se rapprochaient.

Le foulard disparut d'un coup.

Brolin cligna les yeux pour s'habituer à voir de nouveau.

— *Bienvenido* à la Cour des Miracles, déclama Enrique.

De hautes bougies brûlaient dans des niches creusées dans les murs. L'endroit était ancien, les marques de taille et de coups dans la roche étaient à présent émoussées, polies par les siècles. Le couloir était assez large pour que cinq hommes s'y tiennent de front, bien que relativement bas. Brolin n'aurait su en expliquer l'origine, mais outre la nitescence ambrée des bougies, un halo bleuté nimbait les lieux.

Suivant Enrique, le détective privé dépassa le virage et découvrit les premières alvéoles mortuaires. Des cavités abritant les squelettes effrités d'une tribu indienne où l'on avait disposé des bougies par dizaines. Les flammes tremblaient silencieusement entre les crânes et les cages thoraciques, la cire s'accumulant en paquets perlés contre les fémurs et les os du bassin. D'habitude, le duel entre les ténèbres et la lumière se fait sans concession, une bataille rangée et tranchante, sans demi-mesure. Ici les bougies propageaient leur feu sans force, flirtant délicatement avec l'obscurité, se partageant le territoire sans violence, dans le ressac incessant de la danse du vent.

Brolin nagea dans la poussière du sol pour passer sous l'arc en lancette qui débouchait au centre de la nécropole enfouie. Le cercle parfait de cette vaste salle s'achevait avec d'autres alcôves funéraires éclairées de la même manière, par un voile ardent et orangé. Contrastant avec le site, des tables de camping et des sièges pliants accueillaient deux hommes du gang d'Enrique. Tous deux avaient des foulards noirs noués sur le front, et l'air de cruels cerbères plus que de guides touristiques. Un Desert Eagle 357 Magnum et une mitraillette Kalashnikov AK47 reposaient devant eux sur la table, entre des caisses de métal, un livre de comptes et des magazines.

Enrique montra Brolin du doigt et parla espagnol avec ses acolytes qui acquiescèrent sans lâcher du regard le nouveau venu.

Puis Enrique montra un trou béant dans le fond du mur.

— L'entrée se fait par là, tu poses tes questions, t'achètes ce que tu es venu prendre et tu ressors par là aussi et je te ramène à la surface. Hé, les mecs qui sont là-dedans viennent ici parce qu'on assure la sécurité de l'endroit et qu'on y amène la clientèle, ce qu'ils sont ou ce qu'ils font, on s'en fout, d'accord ? Si tu vois des choses qui ne te plaisent pas, tu avances et tu ne fous pas la merde, c'est comme ça ici. Nous on prend 15 % sur toutes les transactions, le reste n'a pas d'importance. Alors tu fais ton business et tu fermes ta gueule, c'est clair ?

— Parfaitement.

— Pour tout ce qui est marijuana, cocaïne, crack et héro, c'est directement avec nous que tu traites.

Brolin fixa l'entrée du marché des vices.

— Je crois que ça ira, merci.

Il s'écarta et vint jusqu'au seuil du passage. Ce qui s'étendait au-delà était encore plus sombre. Il baissa la tête et fit le premier pas.

D'autres tables, des lampes-tempête fonctionnant à l'huile pour seul éclairage, et des visages.

Mal rasés, dents jaunes, yeux fiévreux de sadisme, bien coiffés ou en épis, habillés comme des clochards ou plus soignés, les types qui tenaient leurs « stands » étaient aussi variés que ce qu'ils proposaient.

Le premier avait étalé sur un morceau de tissu des dizaines d'armes blanches, et à côté, pas moins d'une vingtaine d'armes à feu dont deux fusils d'assaut. Brolin fut tenté un instant d'acheter un revolver, car il devait à tout prix se débarrasser de son Glock. Mais les armes vendues ici pouvaient tout à fait être impliquées dans des crimes divers, ça n'était guère mieux.

Quelques foulées plus loin, ils étaient deux assis derrière la table. Deux hommes au crâne rasé, proposant des dagues nazies, probablement authentiques. Au passage de Brolin, le plus jeune — à peine dix-huit ans, jaugea le privé — l'interpella discrètement :

— Elles sont d'époque. C'est des vraies. Regarde, y a même le sigle SS gravé sur la garde, regarde.

Il lui adressa un sourire complice avant d'ajouter fièrement :

— Elles ont servi, tu peux en être sûr, ces petites merveilles ont fait couler le sang des rats, si tu vois ce que je veux dire.

Brolin serra les mâchoires et réprima son envie de répondre.

À côté des dagues, un véritable casque de soldat de la Wehrmacht et quelques bibelots devant les piles de revues néonazies. En s'écartant, Brolin remarqua les drapeaux (avec les svastikas aux branches coudées vers la droite) accrochés derrière les deux nazillons.

La marchandise suivante s'amoncelait sur cinq tables. Entre les gadgets sadomasochistes et les instruments de torture sexuelle, plusieurs cassettes vidéo sans étiquette. Suivant le regard de Brolin, le vendeur s'approcha.

— C'est bien ce que tu crois. Du vrai, et là, ils vont jusqu'au bout.

Brolin leva doucement les yeux vers l'individu frêle qui lui parlait. Une espèce de géant roux aux dents proéminentes, beaucoup trop maigre.

— On dit que le snuff c'est du bidon, que c'est une légende, or là mon pote, t'as la preuve que c'est tout à fait vrai. T'as le choix, j'en ai plusieurs qui viennent d'Asie, de Russie, d'Afrique, et deux du pays, avec de la bonne Américaine qui se fait mettre avant de se faire éclater la tronche. Celle-ci est vraiment hard, attention, les mecs la violent avant de lui trancher la gorge, ça va fort. Il suffit de voir le regard de la fille et d'entendre ses hurlements pour savoir tout de suite que c'est pas de la connerie.

Cette fois Brolin ne put s'en empêcher :

— Pauvre taré...

Il s'enfonça les ongles dans les paumes pour ne pas aller plus loin.

— Oh, ça va ! Tu t'es regardé ? Qu'est-ce que tu fous là, hein ? Tu crois quoi ? Si des mecs sont prêts à buter une gonzesse devant un caméscope c'est qu'il y a des clients, et pas qu'un peu ! Il en faut du monde qui crache son fric pour financer ça !

Brolin s'éloignait mais la voix du grand roux lui parvenait encore :

— Et le porno, hein ? On vit dans un pays où tout le monde crache sur les films pornos, où c'est vu par tout le monde comme la pire débauche, le vice des adeptes de Satan, mais on vit aussi dans le pays qui produit le plus grand nombre de films pornos ! C'est ça l'Amérique mec, c'est ça le puritanisme ! Des moralisateurs en costumes-cravates qui te disent de pas regarder ça pendant qu'ils se font tailler des pipes ! Et le porno c'est l'antichambre du snuff-movie, mon pote... C'est la débauche des blasés de demain...

Dans le coude suivant, Brolin manqua trébucher sur un homme bedonnant, tout à fait le genre d'individu à qui l'on achète une voiture dans un garage. Le genre discret, monsieur Tout-le-monde, un voisin lambda. Brolin s'excusa et l'homme lui fit un grand sourire en tirant un carton devant lui.

— Tiens, ça t'intéresse ? Je monte un réseau internet si tu veux...

Deux polaroïds surgirent dans sa main.

Elles étaient toutes les deux nues, l'une se tenait le sexe en grimaçant, l'autre semblait plus à l'aise, presque habituée. Une main d'homme apparaissait pour prendre un des tétons entre deux doigts.

Les deux filles n'avaient pas plus de dix ans.

D'autres photos montraient d'autres enfants, dans des actes sexuels impensables. Brolin marcha de toutes ses forces sur le pied du pédophile et s'écarta sous un flot d'injures.

Il erra ainsi entre des bacs en plastique contenant des pilules polychromes, des cartes de crédit par dizaines, et aperçut même trois paquets portant la mention « SEMTEX ». Des explosifs.

Il s'immobilisa devant la table d'un personnage étrange. Sans âge, marqué de rides multiples, engoncé dans un gilet sombre avec une montre à gousset enfoncée dans la poche, il observait Brolin derrière ses lunettes rectangulaires avec un sourire confiant. Néanmoins ça n'était pas tant l'homme que ce qu'il proposait qui avait attiré l'attention du détective privé. Des cartes d'identité, des passeports, des permis de conduire, des licences de port d'arme, tous les faux papiers imaginables s'entassaient là, vierges, prêts à servir. Derrière une batterie de tampons, le vendeur avait même installé un voile blanc et un appareil photo pour des instantanés.

— On a besoin d'être quelqu'un d'autre ? demanda l'homme d'une voix haute et sifflante.

Brolin fouilla nonchalamment du bout du doigt parmi les documents proposés.

— Pas exactement. Je cherche des informations.

— Je fais ça aussi. Tout dépend de quoi il s'agit.

— Je cherche à prendre contact avec quelqu'un. Quelqu'un qui a sûrement eu recours à vos services.

— Si vous me donnez un nom, peut-être pourrais-je vous donner un prix.

— Malicia Bents.

Il n'y avait aucune Malicia Bents recensée sur le territoire, c'était soit un faux nom, soit une immigrée clandestine. Dans tous les cas de figure, il lui avait fallu des faux papiers pour ouvrir sa boîte postale à Phillipsburg. Même si elle ne s'était pas déplacée et avait procédé par courrier, elle avait fourni un justificatif d'identité. Et le papier que Brolin avait trouvé à l'entrepôt dans Red Hook était clair : « ... *Malicia Bents à la Cour des Miracles...* », elle était venue là.

Le cœur du privé se souleva lorsque le vieil homme lui dit :

— En effet, je connais. Cent dollars.

Cette fois, Brolin ne négocia pas, il tendit les billets mais ne les lâcha pas.

Le vendeur hocha la tête, amusé, il observa le privé par-dessus la monture de ses lunettes.

— Très bien. Je ne l'ai jamais vue, mais j'ai fait quelques faux papiers pour cette personne.

— À la demande de qui ?

— De Bob.

Les battements cardiaques du privé multiplièrent leur rythme par quatre.

— Qui est ce Bob ?

Le faussaire posa ses prunelles fatiguées sur les billets que tenait encore Brolin.

— Vous payez pour Malicia ou pour Bob ?

Brolin ajouta cent autres dollars sur les précédents.

— Voilà qui change tout. Bob est un des vendeurs qui viennent ici.

Avec l'adrénaline, Brolin sentait la sueur se diffuser partout sur son corps. Il avait également les mains moites.

— Est-il là ? interrogea-t-il vivement.

— Non, pas aujourd'hui, en fait il ne vient pas souvent.

— Il vient pour quoi au juste ? Pour vendre ?

L'autre fit signe que oui.

Pris d'un affreux doute, Brolin se pencha vers le vieil homme.

— Dites-moi, qu'est-ce que Bob vient vendre ici ?

Le faussaire eut tout à coup l'air embarrassé. Il se passa une fine langue sur les lèvres.

— Chacun son truc. Comme vous l'avez remarqué, ici on trouve de tout. Et il y a des acheteurs pour tout. Si dingue que ça puisse sembler, Bob en a un certain nombre, même des clients fidèles.

— Que vend-il ? insista Brolin.

Il n'y tenait plus.

En face, l'individu avala sa salive en grimaçant.

— Il vend de la chair humaine.

61

Annabel n'en croyait pas ses yeux.

— Quoi ? Qu'est-ce que tu veux dire ? s'énerva Jack Thayer. Qu'est-ce qu'on doit comprendre avec ces photos ?

La jeune femme prit deux clichés de la même victime, l'un datant d'avant l'enlèvement, l'autre d'après.

— Compare-les. Que vois-tu ?

Jack se massa le menton en réfléchissant.

— La terreur... Qu'en pensez-vous, shérif ?

Eric Murdoch s'avança pour être plus près.

— Le type, là, est très pâle alors qu'il était plutôt hâlé auparavant, fit-il remarquer. Vous ne trouvez pas ?

— Pas seulement, intervint Annabel. Si je vous dis que cette photo-là a été prise presque trois mois *après* l'enlèvement, vous ne voyez rien qui vous choque ?

L'expression de gaieté qu'il arborait sur la première photo avait été remplacée par la quintessence même de la peur ; mais à part cela, l'homme était similaire en tous points. Les cheveux plus longs, pas coiffés, une barbe recouvrant la peau, mais le véritable changement était dans ses yeux, nulle part ailleurs.

— Sa morphologie ! s'écria Annabel. Il a autant de joues qu'avant son enlèvement, il n'a pas perdu de poids. Et regardez les autres, tous les autres, c'est identique. Ils sont tous au moins aussi bien portants si ce n'est plus. On les nourrit très largement pendant leur séquestration. Bien plus que nécessaire. Jack, si on repense aux tatouages qu'ils ont tous, à quoi cela te fait penser ?

— Une marque d'appropriation ?

— Exactement ! Comme sur des bêtes. Les adeptes de Caliban se constituent un troupeau, Jack, ça n'est rien de moins que ça, un troupeau qu'ils marquent de leur sceau !

Elle réalisa l'énormité de ce qu'elle disait au moment où les mots s'envolèrent de sa bouche.

Les photos de victimes bien portantes, les squelettes dépouillés de leur chair...

En une fraction de seconde tout se mit en place, la corrélation entre la découverte qu'elle venait à peine de faire et la motivation de Bob.

— Ils les engraissent avant de les dévorer ! s'écria-t-elle.

— C'est absurde ! contra le shérif Murdoch.

Il secoua les épaules, presque choqué.

— Enfin, vous y pensez une seconde, poursuivit-il, on est au XXIe siècle, c'est fini les rituels anthropophages !

— Non, au contraire, elle a raison, rétorqua Thayer. Ça explique encore mieux le choix du nom Caliban. Ça n'est pas seulement la pièce de Shakespeare, c'est aussi pour l'anagramme de *canibal.*

Il était consterné. L'anagramme était une évidence qu'il n'avait jamais voulu prendre en compte bien qu'il s'en fût fait la remarque très tôt dans l'enquête.

— Merde, jura Annabel, tu te rends compte, c'est une secte cannibale, Bob dirige une secte de mangeurs de chair humaine !

Elle songea aussitôt à la famille entière qu'elle avait vue sur la photo épinglée par Bob sur un mamelon. Puis à Rachel Faulet. Elle n'avait pas disparu depuis longtemps, il subsistait une chance qu'elle soit encore en vie, dans l'attente d'être dévorée.

Annabel prit son téléphone portable. Elle ne captait aucun réseau ici.

— De mieux en mieux. Shérif, vous permettez que j'utilise votre téléphone ?

— Je vous en prie.

Elle composa le numéro de Brett Cahill, son cellulaire. Il décrocha à la troisième sonnerie.

— Brett, écoutez-moi, je crois que je sais ce que Bob prépare, ce qu'il fait avec ses victimes. Il les mange. Parlez-en au type du FBI, qu'ils...

— Nous avons une piste sérieuse, détective O'Donnel. Pour tout vous dire nous sommes sur la route de Montague, si la chance est avec nous, nous aurons identifié Bob, ou quel que soit son vrai nom, avant le lever du soleil. Une équipe d'intervention est avec nous. Je pense que le cauchemar est fini.

Face à Annabel, Thayer avait l'air soucieux.

— Qu'est-ce qu'il dit ? interrogea-t-il.

Annabel pressa la touche du haut-parleur et la voix de Brett Cahill inonda le salon :

— Plusieurs tireurs d'élite sont prêts à intervenir dès que nous aurons l'identification.

— Bon sang, pensez que Bob a peut-être emprisonné ses victimes autre part que chez lui, s'il est abattu, vous signez leur arrêt de mort ! gronda Thayer.

— Bob est considéré comme extrêmement dangereux, l'agent spécial Keel qui est en charge des opérations a fait de son arrestation sa priorité, il ne risquera en aucun cas la vie de ses hommes.

Après un lourd silence, Cahill ajouta :

— De toute manière, Keel ne pense pas qu'il y ait encore des survivants, il les considère déjà comme tous morts.

62

Deux vans et un fourgon de l'unité d'intervention du FBI fendaient la nuit sur les routes du New Jersey.

Ils déchirèrent le drap blanc qui recouvrait peu à peu l'asphalte, se hissant dans les Skylands, dans le prolongement menaçant des monts couverts de conifères. Quand les fédéraux arrivèrent en trombe à Montague, il était presque minuit. Ils trouvèrent sans délai le Oak's Bar, au moment où le rideau métallique descendait et où les néons retournaient au sommeil.

Neil Keel frappa à la porte en exhibant sa carte. Deux agents l'accompagnaient ainsi que Brett Cahill. Le patron, un ours répondant au nom de Geoff Hewitt, les fit entrer, un peu abasourdi par la présence du FBI chez lui un dimanche soir.

— Monsieur Hewitt, nous avons besoin de votre aide et de votre mémoire, expliqua Keel après une brève présentation.

— Qu'est-ce que je peux... Qu'est-ce que vous voulez ?

— Dimanche dernier, à quinze heures, deux personnes ont eu rendez-vous ici, dans le box numéro 2. Est-ce que cela vous dit quelque chose ?

— Les boxes c'est ça, là au fond, c'est plutôt des tables mais comme elles sont isolées, on les appelle des boxes.

Il désigna une série de six coins repas séparés par des cloisons en bois tout au fond de la grande salle.

— Avez-vous moyen de savoir qui occupait ce box numéro 2 la semaine dernière ? insista l'agent Keel.

— Oh, oui. Je crois savoir mais on va vérifier.

Geoff Hewitt sortit un livre de réservations de sous son bar et le feuilleta.

— Oui, c'est bien ça. Samedi dernier, Bob m'a appelé pour réserver le box pour le lendemain quinze heures. Je ne sais pas pour quoi faire, je ne m'occupe pas trop des affaires des autres, j'ai vaguement souvenir de l'avoir vu le dimanche en question avec un autre type, par contre je ne me rappelle plus à quoi il ressemblait.

— Et ce Bob, vous le connaissez ? Vous avez son nom ?

Cahill pouvait voir que, derrière sa placidité, Neil Keel s'impatientait.

— Oui, il vient de temps en temps, il s'appelle Robert Fairziak, il habite un peu plus bas sur la route de Millville.

Brett Cahill secoua la tête par dépit ou étonnement, il ne le savait pas lui-même. *Et en plus cet enfoiré utilisait son vrai prénom*[1] *!*

L'agent Keel montra une photo de Lucas Shapiro qu'il avait récupérée sur le permis de conduire du défunt.

1. Aux États-Unis, on a coutume d'utiliser « Bob » comme diminutif de Robert.

— Vous reconnaissez cet homme ?

— Ah, oui ! C'est lui, aucun doute, c'est le type qui est venu avec Bob dimanche dernier.

Une minute plus tard, les portières claquaient tandis que les membres de l'unité d'intervention se préparaient en disposant les amplificateurs de lumière sur leur front.

63

Au fond du couloir en pierre humide qui ressemblait désagréablement à une oubliette moyenâgeuse, le faussaire croisa les bras sur son torse. Dans l'obscurité ambiante, la lampe-tempête disposée devant le vieil homme prolongeait les ombres de son visage, donnant à son maigre sourire un dessin sournois.

Brolin accusait le coup.

Il y avait pensé, assez souvent, écartant à chaque fois cette option, la jugeant trop folle.

Le cannibalisme.

Bob vendait la chair de ses victimes à tous les curieux, les amateurs de nouvelles sensations, les esprits pervers ou dérangés. Soudain, les quelques mots qu'il avait trouvés dans l'entrepôt prirent une signification écœurante.

« *... avec Lucas... distribution et Bob ou Malicia Bents à la Cour des Miracles... le cercle... ... connaisseurs.* »

Il vit les blancs se combler tout seuls. Les taches d'encre décantèrent pour reprendre une structure plus fine, précise, pour former des mots.

« *avec Lucas à la grande distribution et Bob ou*

Malicia Bents à la Cour des Miracles pour le cercle fermé des connaisseurs. »

Lucas travaillait dans un abattoir, il achetait de la viande qu'il traitait dans son hangar pour la mettre sous plastique avant de la livrer à des commerces de grande distribution. Se pouvait-il qu'il eût parmi ses clients des amateurs de chair humaine ?

Brolin balaya tout cela dans un coin de sa tête.

— Ce Bob, vous savez quel est son vrai nom, ou à quoi il ressemble ?

— Ici, c'est pas le genre d'endroit où on s'échange nos numéros de téléphone, mon ami, et je suis pas très physionomiste. Il est assez grand, un peu nerveux, cheveux bruns il me semble. Monsieur Tout-le-monde en fait. Hé, je peux savoir pourquoi toutes ces questions ?

Brolin lui rendit son sourire assuré.

— C'est personnel, mais soyez certain que je protège mes sources, d'autant plus lorsqu'elles s'avèrent payantes.

— Ça a l'air drôlement important pour vous. Dites, je sais pas grand-chose sur ce Bob, mais jetez un coup d'œil sur son écriture, ça vous intéresse ?

Avant même d'aborder le sujet, Brolin ajouta quarante dollars de plus sur la liasse initiale.

Satisfait, le faussaire se pencha sous la table et fouilla dans deux caisses en plastique jusqu'à en sortir une carte postale.

— La voilà. Une fois il m'a laissé ça. Tenez.

Brolin la prit du bout des doigts. Une carte ancienne, la photo était en noir et blanc, représentant une ville du début du siècle, avec une charrette sur un pont au-dessus d'une rivière. Au dos, de la même écriture que la carte trouvée chez Spencer Lynch, ces quelques mots : « *Salut Ed, je dois repartir plus tôt que prévu, si un de mes clients se pointe dis-lui que je reviendrai dimanche prochain sans faute. Merci. Bob.* »

Ed, le faussaire, posa son index sur le document.

— Il aime bien écrire sur ces cartes postales, expliqua-t-il, je l'ai souvent vu faire, c'est comme une carte de visite je pense. Il en a toujours un petit stock avec lui.

— Combien pour la carte ?

Ed haussa les épaules, réfléchissant.

Brolin posa trois billets de vingt et le vieil homme eut l'air content.

— Et cette Malicia Bents, Bob vous en a beaucoup parlé ? interrogea le privé.

Se fiant à ce qu'ils savaient de la secte de Caliban, à savoir qu'il s'agissait uniquement de trois individus, Spencer, Lucas et Bob, Brolin avait d'abord supposé que Malicia n'était rien d'autre qu'une aide, une subalterne tout comme Janine Shapiro l'était pour son frère. Mais à présent, son instinct lui dictait d'être plus curieux, il la suspectait d'avoir une position plus importante, d'être une intermédiaire. *Entre quoi et quoi ?*

— Non, il n'en parle pas beaucoup. Il est venu un jour me demander de faire quelques faux à ce nom.

Ses yeux brillaient d'une lueur allègre comme s'il ne disait pas tout, riant de ce qu'il gardait pour lui.

— Et cette femme, vous avez une idée de son apparence ? Vous avez bien vu une photo, non ?

Cette fois, Ed dévoila ses dents tant il s'amusait de la situation.

Sur le ton de la confidence, il se pencha vers Brolin pour lui répondre :

— C'est que, justement, cette femme, cette Malicia Bents, ça n'en est pas une.

— Quoi ?

— Malicia Bents est un homme. Je l'ai bien vu sur les photos que Bob m'a apportées pour faire les faux papiers. C'était un homme grimé en femme, j'en mettrais ma main à couper.

Brolin n'en revenait pas. Pourquoi se cacher derrière le visage d'une femme ? Pour ne pas être reconnu ? Pour brouiller les pistes ?

— Oh, mais il y a encore mieux ! lança le faussaire avec ravissement.

Lorsqu'il comprit qu'il avait toute l'attention de Brolin il parla lentement, presque en chuchotant :

— La principale activité de Bob ici était la vente de chair, mais de temps à autre, il pouvait rendre un autre genre de service. Moyennant un bon prix, il pouvait faire quelque chose de tout à fait différent. Et une nuit où on discutait ensemble, Bob m'a avoué que ça n'était pas lui qui se chargeait de rendre ce genre de service, c'était Malicia. Et ça l'a fait sacrément rire, croyez-moi ! Il n'en pouvait plus quand il m'a murmuré à l'oreille que Malicia...

D'un geste très vif, Ed le faussaire attrapa la tête de Brolin et lui souffla l'information dans le creux de l'oreille.

64

Les trois véhicules des fédéraux quittèrent la route en soulevant des gerbes de neige. Ils rebondirent dans tous les sens sur le chemin qui s'enroulait entre les conifères, s'approchant de la maison de Robert Fairziak dit « Bob ». À moins de cinq cents mètres, dans le dernier virage, ils stoppèrent et tous les hommes descendirent rapidement. Neil Keel donna à Brett Cahill un gilet pare-balles Ultima Ballistic Threat Level II neuvième génération, un must dans le genre, en lui ordonnant de rester derrière, quoi qu'il se passe.

S'enfonçant dans le froid des bois et de la nuit, le ruban létal du groupe d'intervention serpenta jusqu'à cerner la maison au nord, à l'est et à l'ouest.

C'était une construction modeste, tirant vers le chalet, bâtie au sommet d'une petite falaise tournée vers le sud. Elle était parfaitement isolée, et en la voyant, Brett Cahill ne put s'empêcher de penser aux cris. On pouvait faire hurler une personne ici, nul ne l'entendrait. C'était le site *ad hoc* pour se livrer à ses plaisirs morbides.

L'agent spécial Keel disposa son talkie-walkie devant sa bouche :

— Lowels, Martins, en position ?
— Affirmatif.
— Affirmatif. J'ai un visu sur une fenêtre d'où provient de la lumière. Je crois que c'est le salon.
— On ne bouge pas, prévint Keel. Je veux d'abord un aperçu complet de la situation. Les autres, vous distinguez des mouvements dans la maison ?

Une succession de réponses négatives fusèrent dans les crachotements du récepteur. Apparemment, Robert Fairziak était dans son salon, unique source de lumière.

Se tournant vers Cahill, Neil Keel sortit son automatique de sous sa veste.

— Et si Bob n'était pas seul ? demanda Brett.
— Il est seul ce soir, commenta l'agent fédéral, il n'y a qu'une voiture devant la porte.
— Et dans le garage ? La voiture devant la maison est peut-être celle d'invités, la sienne est bien au chaud dans cette espèce de grange...
— Ça m'étonnerait, elle menace de s'effondrer. De toute façon dès qu'on a un créneau, on entre.

Cahill soupira.

Keel dardait sur lui un regard désobligeant, il n'aimait pas l'attitude du flic. La voix à peine parasitée de Martins résonna dans le talkie :

— Il y a du mouvement dans le salon, j'ai vu une ombre passer devant la fenêtre !
— Une seule personne d'après vous ? demanda Keel.
— Impossible à dire. Je pense, oui.

Keel jeta un bref coup d'œil à Cahill.

Martins intervint de nouveau :

— Ah, fait chier ! La lumière vient de s'éteindre.

Je répète, la dernière lumière de la maison vient de s'éteindre.

— On passe en vision nocturne, commanda Keel. On va entrer.

65

Tous les visages sclérosés par la terreur s'étalaient sur la table du salon. Thayer les parcourait un à un, confus. Le shérif Murdoch tirait sur son pull, ne parvenant pas à gérer le stress d'une situation comme celle-ci. De son côté, Annabel demeurait placide en surface. À l'intérieur, elle fulminait de ne pas pouvoir être présente à l'arrestation de Bob.

Elle avait tout donné de sa personne pour cette enquête, elle avait été jusqu'à se compromettre avec Joshua Brolin lors de la mort de Lucas Shapiro. Et elle assistait au grand final comme un vulgaire témoin, elle lirait l'ensemble des faits dans les journaux, dans l'édition du lendemain soir.

L'appel strident de son biper les fit sursauter tous les trois.

Le numéro de téléphone de Brolin s'affichait.

Annabel se leva. Le détective privé avait dû tenter de la joindre sur son propre téléphone, sans succès. Sans demander de nouveau l'autorisation à Eric Murdoch, Annabel s'empara du combiné du shérif et composa le numéro de Brolin.

— Joshua ? C'est moi, Annabel. Qu'y a-t-il ?

— Écoutez-moi, je crois qu'on s'est fait avoir.

Sa voix était plus crispée que d'habitude, il semblait aussi essoufflé.

— Où êtes-vous ? demanda-t-elle.

— Ça serait trop long à expliquer, disons que je viens de revenir à la surface. Annabel, la secte de Caliban, je ne suis pas sûr qu'ils soient seulement trois.

— C'est pourtant ce qui semble le plus logique. Même Janine Shapiro l'a confirmé au FBI, m'a dit Cahill.

— Cette Malicia Bents dont je vous ai déjà parlé, vous vous souvenez ? Elle joue un rôle bien plus important que ce que je pensais. On la maintient dans l'ombre, comme une chimère. En fait, elle n'est rien d'autre qu'un leurre.

— Comment ça ?

Dans son dos, Thayer et le shérif Murdoch fronçaient les sourcils, interrogeant Annabel du regard.

— Malicia Bents n'est pas une femme. C'est un homme qui se cache derrière elle, il se sert de ce faux nom pour rester invisible, afin que nul ne connaisse son existence. Annabel, où êtes-vous ?

— Chez le shérif Murdoch à Phillipsburg, avec Jack Thayer. Qu'est-ce qu'il y a ? Dites-moi.

Brolin hésita un instant à l'autre bout du fil.

— Il y a que j'ai parlé avec un homme qui a déjà vu Bob, finit-il par avouer. J'étais à la Cour des Miracles.

Brolin lui expliqua tout, sans entrer dans les détails. Il lui fit le récit de ce qu'était la Cour des Miracles, de Ed le faussaire qui l'avait « aidé » et surtout de ce que vendait Bob dans ce lieu damné.

— Ça n'est pas tout. Il arrive de temps à autre qu'on vienne voir Bob pour autre chose que de la chair humaine. Parfois, on lui demande des renseignements précis, des informations délicates, le genre d'infos que seul un flic peut avoir. Sur un casier judiciaire, sur une opération en cours, des choses comme ça, rien de grave. Vous comprenez ce que ça implique ? Ed, le faussaire dont je vous ai parlé, m'a dit qu'il avait pas mal discuté avec Bob, et un jour de confidence, Bob lui a avoué que le mec qui se cache derrière Malicia Bents est un flic. Annabel, il y a un officier de police dans cette fraternité de mort, peut-être un homme que nous avons déjà croisé !

Annabel était bouché bée, debout à côté du téléphone.

— Je dois filer, j'ai encore quelque chose à vérifier, annonça Brolin. Si j'ai du nouveau, je vous tiens au courant.

Le cerveau en ébullition, entièrement tourné vers Malicia Bents, Annabel n'eut pas la présence d'esprit de lui faire part de l'arrestation imminente de Bob, il avait déjà raccroché.

— Alors ? sonda Thayer, l'air soucieux.

— C'était Brolin, balbutia Annabel.

Hors du coup, Eric Murdoch demanda doucement :

— Qui est-ce ?

— Un détective privé qui nous file un coup de main, expliqua Thayer.

Le visage de Murdoch s'illumina :

— Ah, je vois, c'est le type qui est venu me poser des questions sur l'enlèvement de la petite Rachel Faulet.

Annabel cligna des paupières et tâcha de se concentrer.

— Il dit que la secte de Caliban n'est pas formée que de trois membres. Il y en a un quatrième.

Elle se mordilla l'intérieur de la joue avant de lancer le plus surprenant :

— D'après lui, c'est un flic.

— Un flic ? répéta Thayer plus qu'étonné. Il a des preuves, ou peut-être un nom, quelque chose ?

— Non, pas encore.

Murdoch les observait comme s'ils étaient devenus fous. Il secouait la tête, trouvant l'hypothèse impossible. Il se leva pour disposer les tasses à café vides sur un plateau et disparut dans la cuisine sans cesser de secouer la tête.

Thayer se mit à faire les cents pas.

— Je sais que les flics de ce pays ne sont pas tous des anges, mais tu ne trouves pas ça un peu exagéré ? questionna-t-il. Enfin, qu'est-ce qui lui fait dire ça ?

— Je ne sais pas. J'ai confiance en lui, Jack. Il est parti vérifier quelque chose, il a promis de rappeler s'il trouvait ce qu'il cherchait.

La jeune femme vint se coller contre la vitre donnant sur le balcon. Dehors, la neige tombait sur les bois, une myriade d'ombres grises se déversant sur fond noir.

— Un flic, murmura-t-elle.

Quel rôle jouait-il alors dans l'organisation ? Qui était-il, que faisait-il ? *Tout tend à démontrer que Bob est le maître... C'est lui qui signe, c'est lui la référence.*

Le froid se propageait au travers des mains d'Annabel, elle les avait appuyées sur la fenêtre. La buée de sa respiration troublait à présent le paysage. Elle recula de quelques centimètres. Elle pouvait voir toute la pièce dans le reflet translucide.

Il y avait un élément différent. Quelque chose qui avait bougé dans le décor.

Jack n'y était plus.

Elle prit conscience subitement qu'il n'y avait plus que le silence autour d'elle.

Plus aucun bruit dans toute la maison, sauf le tic-tac hypnotique de l'horloge dans le couloir.

En un claquement de doigt, les dernières lumières de la bâtisse, celles du salon, s'éteignirent.

Plongeant Annabel dans le monde des aveugles.

Les murs grincèrent un peu.

66

La remontée s'était effectuée selon la même méthode que la descente, Enrique avait bandé les yeux de Brolin sur une moitié du trajet, pour ensuite le relâcher dans la boîte de nuit « Oe-Deep ». Brolin avait ensuite foncé à l'extérieur pour communiquer avec Annabel.

L'excitation et les émotions suscitées par la Cour des Miracles l'avaient poussé à marcher à grandes enjambées. Il était passé sous les voies de chemin de fer qui surplombaient Lexington, pour remonter vers Central Park North jusqu'au Morningside Park. Les clochers de St John the Divine dominaient les arbres du parc du haut de la colline. La nuit conférait à leur architecture déjà complexe un air lugubre. Brolin grimpa la pente en exhalant un nuage congelé et tourna dans Amsterdam Avenue. L'université Columbia et ses hordes d'étudiants avaient suscité la présence de nombreux établissements ouverts jusque tard. Contracté dans sa veste en cuir, Brolin affrontait le froid et la neige en réfléchissant à tout ce qu'il venait d'apprendre.

Ils avaient toujours considéré la secte de Caliban

comme étant composée de trois membres. Les photos trouvées chez Spencer Lynch tendaient dans cette direction, avec trois types de supports différents, tout comme les notes trouvées chez Lucas, il y mentionnait un groupe de trois, Spencer, Bob et lui-même. La présence de Janine Shapiro était un cas à part, elle ne faisait pas partie du groupe, elle n'était que l'instrument de son frère, un pion à sa merci. Il en allait de même avec Malicia Bents, avait longuement supposé Brolin. Elle n'était qu'un outil à la solde de Bob. Or elle n'était pas elle, mais il. Et un flic de surcroît.

Qui est-il ? Et qui est Bob là-dedans ?

Que pouvait-on dire de ce Bob justement ?

Il s'affichait comme le « gourou » de la fraternité. Bien qu'il n'eût jamais approché Spencer, c'est lui qui l'initiait par des lettres que transmettait Lucas Shapiro. C'est encore lui qui s'adressait à Annabel, ne prenant pas la peine de masquer son écriture.

Ne prenant pas la peine de masquer son écriture.

N'était-ce pas là un détail contradictoire avec le reste ? Un individu extrêmement prudent, ne prenant jamais de risques inutiles, ne laissant derrière lui aucun indice, aucune preuve le rattachant aux enlèvements, se pouvait-il qu'il n'hésite pas à se compromettre avec son écriture ?

Le vent projeta les mèches de Brolin devant son visage, elles lui griffèrent les joues avant de disparaître, de nouveau plaquées en arrière.

Réfléchis ! Pourquoi être si prudent, jusqu'à ne laisser aucune empreinte, pas même sur les lettres destinées à Spencer, et dans le même temps ne pas avoir peur d'exposer son écriture ? Qu'est-il ? Sa soif de collectionner les hommes et les femmes en toute impunité témoigne d'une grande assurance, d'une volonté forte, il amasse par désir, et il n'a aucune peur de la police, il les nargue en jouant avec eux. Il se permet de se servir d'un être humain pour transmettre ses messages, un moyen de démontrer sa toute-puissance, et son arrogance. Bob contrôle les autres, Lucas et Spencer, c'est lui qui domine, il est fier, il a soif de pouvoir.

Et malgré toute sa prudence, il ne dissimule pas son écriture, il lui suffirait d'utiliser n'importe quel ordinateur pour ça, pourtant il se sert de cartes manuscrites qu'il laisse un peu partout derrière lui, y compris lorsqu'il s'adresse à la police. Annabel a clairement reconnu son écriture sur les Post-it recouvrant le paquet et la cassette qu'il a apportés chez elle. Bob est-il à ce point narcissique qu'il se sent au-delà de ça ? Qu'il ne craint pas qu'on puisse remonter à lui par ce biais ?

Non, il a démontré qu'il était très malin, dans son mode opératoire, il calcule ses actes, même s'il est vaniteux à outrance, il se contrôle. L'écriture n'est donc pas une erreur.

Qu'est-ce que l'écriture ? Une signature ? Une forme matérielle d'individualité ? Avec les moyens actuels, entre les laboratoires de la police scientifique et les experts graphologiques, il n'est plus possible de contrefaire une écriture avec une parfaite réussite. Et il y avait trop de préparation et d'intelligence derrière tout ça pour que Bob l'ignore. Une extrême prudence à tous les niveaux et la bêtise de tout écrire à la main, laissant dans son sillage un identifiant évident. C'était là le paradoxe.

À moins que...

Brolin s'immobilisa au milieu du trottoir. Les vitrines des magasins teintaient la neige aux couleurs de l'arc-en-ciel.

À moins que ça ne soit fait exprès.

Brolin imagina rapidement le visage lambda de Bob, les armes du crime à la main, toutes les preuves suffisantes pour le rattacher à cette histoire. Et soudain, il imagina une ombre derrière lui, agitant les fils de sa marionnette.

« Et si j'étais le maître d'une secte d'illuminés cannibales. Un homme nourri de pulsions morbides, de désirs de puissance, de contrôle, de maîtrise. Un homme épris de pouvoir et d'ordre, qui aime être respecté, un homme qui est devenu flic pour ça, et pour être au contact du crime, pour voir tous les jours le sang des autres, en exerçant une profession qui alimente mes envies. Mais ça n'est pas tout, j'ai besoin de plus... Peu importe comment tout s'est fait, les rencontres, etc. Je suis avide de pouvoir, mais je suis aussi très prudent, parce que je suis flic je sais qu'il est facile de se faire prendre, qu'il faut être très attentif à ce que l'on fait. Je connais les méthodes de la police, et surtout je suis conscient par expérience que le criminel est à la merci d'imprévus qui peuvent le trahir. Je suis prévoyant, alors je me cache derrière un faux nom, celui d'une femme pour encore plus brouiller les pistes. Mieux encore, je me sers de l'homme en qui j'ai le plus confiance et je le hisse à ma place, et moi dans l'ombre, je contrôle tout, sans prendre de risque. C'est moi qui élabore tout, jusqu'aux méthodes d'enlèvement, me servant de mon expérience de flic, je me cache derrière mon vassal, derrière Bob. Et si jamais l'impossible devait se produire, si la fraternité était démasquée, dans le pire des scénarii possibles, alors on chercherait à tout prix la tête pensante, l'instigateur de la secte de Caliban. Spencer, Lucas, s'ils devaient parler, ils citeraient le nom de Bob, car ils ne connaissent que lui, et l'écriture de Bob le confondrait. C'est de sa main que sont signées les cartes, c'est son écriture qui était chez Annabel, c'est alors Bob qui tomberait. Je n'aurais plus qu'à me faire discret, pour que l'on m'oublie. Éventuellement à faire tuer Bob pour m'assurer de son silence, mais si je l'ai pris lui, c'est que j'ai mes raisons... Oui c'est ça... »

Dans l'avenue déserte, Brolin prit appui contre un feu de carrefour.

Il était sur la bonne piste, il en était certain. Le flic qui se cachait derrière Malicia Bents n'était pas qu'un simple subalterne, c'était lui qui dirigeait tout cela depuis l'ombre. Le coup de l'écriture manuscrite ne collait pas avec le reste, c'était sa porte de sortie, l'assurance que si le groupe de Caliban devait tomber, ça s'arrêterait à Bob. Personne n'aurait jamais dû entendre parler de Malicia Bents.

Malicia Bents... Malicia Bents.

Brusquement, Brolin rebroussa chemin. Il remonta l'avenue à toute vitesse jusqu'à ce qu'il cherchait : une boutique spécialisée dans les confiseries en tous genres, le type de lieu nouvellement en vogue chez les étudiants new-yorkais comme chez les plus jeunes. Le sanctuaire ne fermait pas avant deux heures du matin, accueillant une clientèle en mal de nostalgie enfantine. Attenant à la grande salle, un magasin de jeux présentait ses rayonnages aux chalands de la rue. Brolin s'avança entre les présentoirs bigarrés et entra dans le royaume du jouet où un couple s'affairait à choisir une poupée. New York a cette particularité qu'elle ne vit pas comme partout ailleurs.

Le détective privé entra dans la section des jeux de société. Il trouva rapidement ce qu'il voulait et déchira le film protecteur de la boîte de Scrabble. Il ouvrit le sachet contenant les lettres de l'alphabet gravées sur des jetons en plastique et fouilla jusqu'à pouvoir écrire MALICIA BENTS sur le sol. Il entreprit alors d'extraire des lettres du nom pour reformer d'autres mots. L'idée lui était venue d'un coup, en songeant à Caliban, sous l'éclairage nouveau il se transformait en l'évidente anagramme de *Canibal.* Lettre après lettre, Brolin échafaudait des débuts de phrases, jusqu'à obtenir le premier mot. Les suivants s'emboîtèrent aussitôt.

Malicia Bents était une anagramme.

Celle de *Caliban it's me*[1].

Celui qui était derrière tout ça ne manquait pas d'humour. Son immense égocentrisme et son assurance transpiraient dans ce jeu de mots qui devait le faire jubiler.

Brolin avait vu juste. Bob n'était lui aussi qu'un pion.

Le véritable maître de toute cette mascarade était encore plus dangereux.

Car personne ne connaissait son vrai visage.

1. Littéralement : « Caliban c'est moi. »

67

En entendant l'ordre de l'agent spécial Keel dans son oreillette, Mark Martins prit son inspiration et fit signe aux deux hommes qui l'accompagnaient que l'assaut était lancé.

Il sortit du sous-bois et courut vers la maison en serrant son Heckler & Koch MP5. En moins de trente secondes, toutes les issues de la maison étaient rejointes par un groupe d'hommes armés et dotés d'appareils de vision nocturne ITT Night Enforcer 6015 leur permettant de voir en pleine nuit comme en plein jour.

Le bélier défonça la porte d'entrée au moment même où deux fenêtres volaient en éclats, l'écho du bris de verre résonnait encore dans la maison que déjà cinq hommes en tenue d'intervention investissaient les lieux, sécurisant les angles, pendant que d'autres entraient au pas de course pour aller de l'avant.

Mark Martins faisait partie de la seconde escouade, il s'agenouilla devant l'ouverture du salon, son binôme se positionna juste dans son dos, fouillant toute la pièce de sa visée. Personne. Martins se releva et se précipita jusqu'au mur opposé, tout près de ce qui devait être la chambre. Il était à dix centimètres de la porte ouverte. Sa respiration était haletante, malgré les centaines d'heures de préparation, rien ne valait l'adrénaline et la peur de l'expérience vécue.

Il eut à peine le temps de distinguer la silhouette dans l'encadrement, un mouvement fugitif, et, dans le halo vert de son amplificateur de lumière, il reconnut le chrome d'une arme à feu qui dépassait de la chambre.

Neil Keel vit ses hommes se déployer autour de la maison de Robert Fairziak par petites grappes fluides. Stan Lowels, capitaine du groupe, lui transmettait les informations en temps réel, depuis le cœur de la zone d'investigation.

« *Équipe Alpha en position, bélier prêt, équipe Bravo et Charlie en attente... Go!* »

Les bruits étouffés de la porte qui cède d'un coup, le martèlement des pas sur le sol.

« *FBI-PERSONNE-NE-BOUGE!* »

Les nombreux souffles des hommes de l'équipe, le son d'une lampe ou d'un vase bousculé pendant l'assaut et qui se brise, les froissements de vêtements que les micros amplifient.

« *Bravo, le salon est clair.* »

« *Alpha, la cuisine est claire.* »

Huit secondes depuis l'intrusion.

Keel hocha la tête vers Brett Cahill pour lui dire que tout se passait bien, jusqu'à présent. Ils allaient pouvoir y aller, d'un instant à l'autre Robert Fairziak serait appréhendé.

Une voix que le système de transmission déshumanisait trop pour être reconnue hurla dans le micro :

« *LÂCHEZ VOTRE ARME ! LÂCHEZ-LA !* »

« *SUSPECT ARMÉ !* » cria un autre.

« *Suspect dans sa chambre.* »

« NE BOUGEZ PAS ! LÂCHEZ VOTRE ARME ! PAS LE MOINDRE GESTE ! »

« *Je veux une équipe en position derrière lui, par la fenêtre !* » ordonna le capitaine Lowels.

« *Négatif, capitaine, c'est le versant de la falaise, impossible d'approcher par là.* »

« *J'ai un angle de tir, pleine tête.* »

Vingt secondes.

« *Négatif, on ouvre le feu uniquement s'il lève son arme.* »

« *Bien reçu. Je crois qu'on peut pass...* »

« NON ! ! ! »

Les crépitements des coups de feu saturèrent le récepteur, immédiatement répercutés dans l'air, tout autour de Neil Keel et de Brett Cahill, claquant avec plus de sécheresse encore, avant de se taire.

« HALTE AU FEU ! HALTE AU FEU ! »

Keel prit le talkie-walkie en s'approchant de la maison, voûté comme s'il voulait éviter les balles perdues.

— Lowels, que s'est-il passé ? demanda-t-il.

Il y eut un blanc avant que la réponse du capitaine grésille dans l'appareil :

« *Fairziak est au tapis.* »

— Putain de merde. Des dégâts chez nous ?

« *Négatif, on a tiré avant lui.* »

— J'arrive.

Keel et Cahill rejoignirent le groupe d'intervention. L'odeur piquante de la poudre stagnait dans la pièce. On venait d'allumer la lumière du salon et celle de la chambre. Sur le seuil de celle-ci, Mark Martins était agenouillé au-dessus d'un corps. Une ombre rouge s'éloignait de plus en plus de ce dernier. Martins redressa la tête :

— Il nous faut un hélico pour l'évacuer.

Au ton de sa voix, tout le monde comprit que Robert Fairziak serait mort bien avant que l'hélicoptère ne décolle. Brett Cahill se pencha sur lui. Bob était plutôt maigre, d'un blanc laiteux. Les poils épars de sa courte barbe saillaient sans une implantation homogène, contrastant avec son visage par leur couleur ébène. Il n'était pas coiffé non plus, trois épis se dressaient sans panache sur son crâne. Lentement, il tourna les yeux vers Cahill, l'observant de ses grandes prunelles noires. Il cligna des paupières avec difficulté, sa respiration sifflant au travers de sa bouche ensanglantée. Il examina Brett Cahill comme s'il voulait jauger celui qui l'avait attrapé.

Malgré tout ce que Bob avait fait, Cahill ne parvint pas à cet instant à le considérer comme un monstre, il voyait un homme, à l'apparence fragile, un individu frêle que la vie fuyait peu à peu, et qui allait mourir sous le regard indifférent d'une douzaine de personnes, dans la plus grande solitude.

Brett passa une main sous sa tête. L'homme qu'il tenait avait été un enfant, un martyr, et de ces souffrances, Bob le tueur était né. À ce moment cruel où son existence s'achevait, Bob redevenait cet enfant meurtri, dont l'âme portait plus de cicatrices qu'un corps d'homme n'aurait pu en supporter.

— Ça va aller, ne bougez pas, mentit-il.

Les lèvres pourpres de Bob s'écartèrent. Il souriait.

— Je n'ai pas peur, murmura-t-il dans un sifflement ponctué de gargouillis.

Chaque fois qu'elle se soulevait, sa poitrine émettait un désagréable bruit de succion, un clapotis humide provenant de ses organes à l'air.

— Je n'ai... pas peur... Je ne suis plus seul désormais...

Une fine rigole de sang se fraya un chemin entre ses dents et coula sur son menton.

— Je ne suis plus seul... Jamais...

Ses yeux se voilèrent un peu lorsqu'ils se remplirent de larmes.

— Ils sont avec moi... Tous... Je les ai en moi... maintenant...

Brett frissonna en tenant ce corps poisseux. Le sourire de Bob s'élargit encore plus.

— Ils sont en moi... Je les ai mangés... Ils m'habitent... et plus jamais je ne serai... seul.

Les larmes ne coulèrent pas. Elles n'auraient jamais plus à le faire.

Robert « Bob » Fairziak devint plus lourd, ses membres se relâchèrent, et il ne fut plus qu'un paquet de chair vide de tout esprit.

Brett Cahill resta prostré à côté pendant une minute, puis il se tourna vers le capitaine Lowels.

— Qu'est-ce qu'il y a eu ? interrogea-t-il.

Neil Keel, en charge de l'opération, ne fit aucune remarque, il se contenta de fixer Lowels.

— Il a été surpris par notre intervention, expliqua le capitaine, mais il nous attendait là avec un flingue. On l'a mis en joue et ce crétin est resté là quatre ou cinq secondes à essayer de nous voir. Je crois qu'il a compris que c'était foutu pour lui. Il a voulu qu'on en finisse. Et il a braqué son arme vers Martins, le plus proche, on a alors ouvert le feu.

— Qu'est-ce qui vous fait dire qu'il voulait en finir ?

— Eh bien, je crois qu'il a souri juste avant de mettre Martins en joue. Vous savez, ce genre de sourire amer, il a su qu'on le tenait.

Un des hommes du groupe d'intervention entra dans le salon d'un pas rapide.

— Il y a un escalier dissimulé dans un placard, ça descend vers une cave, je crois.

Keel prit le fusil d'assaut des mains de Martins.

— On y va. Dieu seul sait ce qu'il peut y avoir en bas.

Quatre hommes s'engagèrent à sa suite.

Brett Cahill sortit son arme et, après un léger flottement, il se lança dans leur sillage.

68

Brolin se renversa en arrière, parmi les boîtes de Monopoly.

Ils s'étaient tous fait prendre au jeu des apparences.

Caliban n'était pas un concept.

« *Caliban est notre seigneur...* »

C'était un individu bien réel, le maître de tout cela.

— Hé ! Ça va pas, non ! s'écria un employé en le voyant. Vous ne pouvez pas faire ça, on n'ouvre pas les emballages !

D'un bond, Brolin se retrouva debout, l'aura déployée autour de lui comme une cape gigantesque qui rendit l'employé aphone le temps qu'il disparaisse dans la rue.

Il bouscula deux adolescents qui protestèrent pour la forme, et recomposa le numéro de biper d'Annabel. Elle était injoignable par son téléphone portable, il fallait qu'elle le rappelle.

En enfonçant les mains dans ses poches de veste, il se souvint de la carte postale en l'effleurant. La carte que Bob avait écrite et laissée à l'attention de Ed le faussaire, celle qu'il avait rachetée une heure et demie plus tôt. Elle n'était pas récente, photo noir et blanc, papier jauni. Il se souvint de la carte trouvée chez Spencer Lynch. Même genre, aussi vieille, autre paysage.

Brolin la tourna. En haut était écrit en caractères minuscules : « VILLE DE LEDGEWOOD — ET LE CANAL. 1899 ». Il creusa sa mémoire jusqu'à se remémorer le nom de Boonton. Annabel lui avait expliqué que la carte trouvée chez Spencer n'était plus fabriquée, qu'elle représentait la ville de Boonton traversée par le canal... Il ne parvint pas à se souvenir du nom.

Il arrêta un jeune couple pour leur demander s'il y avait un moyen de se connecter à Internet dans les environs. On lui indiqua le nom d'un bar un peu plus loin sur la 103e.

Brolin le trouva aisément et entra. Une musique disco couvait les tables d'une bonne humeur ambiante. Malgré l'heure avancée de la nuit, la plupart des sièges étaient occupés. Deux femmes au look vampire jetèrent des regards intéressés vers le détective privé. Sans y prêter attention, celui-ci repéra dans le fond ce qu'il cherchait.

Il régla le forfait minimum et s'installa devant un ordinateur. Il disposa la carte postale à côté du clavier et entreprit de se connecter à un moteur de recherche pendant qu'il ôtait sa veste.

Il commença avec « "Ledgewood" + "Boonton" » et le moteur s'emballa jusqu'à ce qu'il affiche trois résultats comprenant les deux noms de ville. En lisant le résumé du deuxième, Brolin fit claquer ses doigts.

« *... partant de Phillipsburg, le canal Morris traverse les villes de Lopatcong... Ledgewood... Boonton...* »

Brolin enfonça son menton dans sa main.

Pourquoi Bob utilise-t-il de vieilles cartes ayant le canal Morris comme point commun ?

Phillipsburg...

C'était dans ces environs-là qu'on constatait le plus grand nombre de disparitions. Caliban et les siens suivaient-ils le canal Morris pour procéder aux enlèvements ? Non, c'était absurde...

Les doigts du détective privé s'agitèrent sur le clavier. Il trouva plusieurs sites internet concernant le canal Morris. Il chercha celui qui lui semblait le plus sérieux, le plus détaillé et trouva une carte du tracé originel du canal. En le suivant de l'index sur l'écran, il confirma qu'il n'y avait aucun rapport entre les enlèvements et les lieux de son passage. De toute manière, le canal avait été abandonné depuis des décennies, la majeure partie de ses voies étaient aujourd'hui détruites ou perdues dans les forêts.

Alors pourquoi Bob se servait-il de cartes postales du canal ? Où se les était-il procurées pour commencer ? Dans un musée ? Y travaillait-il ?

Brolin qui avait tout d'abord pensé qu'il fallait trouver Malicia Bents pour trouver Bob comprenait avec ironie que c'était tout le contraire.

Il fureta dans diverses rubriques du site internet et aperçut l'icône « musée » dans un coin supérieur. La page en question expliquait avec regret que le musée du canal Morris avait fermé ses portes quatre ans auparavant faute de fonds nécessaires à son bon fonctionnement. Vendu aux enchères, le vieux bâtiment et tout son contenu — n'ayant de valeur qu'aux yeux des très rares collectionneurs — avaient trouvé acquéreur en la personne de...

Brolin resta interdit devant le nom qui s'inscrivait en surbrillance sous ses yeux.

Le pire lui vint à l'esprit aussitôt.

Annabel était en danger de mort.

69

Toutes les lumières s'étaient éteintes d'un coup.

Annabel soupira d'énervement.

— Jack, ça n'est pas le moment.

Et ça n'était pas dans son style. Brusquement, elle se sentit mal à l'aise.

— Jack ? appela-t-elle sans forcer.

Le bois de la maison grinça pour toute réponse.

— Hey, Jack !

Cette fois elle n'était plus aussi calme.

— Shérif Murdoch ? Vous êtes là ?

Qu'est-ce que c'était que ça ? Pourquoi tout éteindre ?

C'est une coupure de courant, arrête de stresser.

Alors pourquoi personne ne répond ?

Annabel était à deux doigts de sortir son arme, tout en se sentant ridicule d'avoir aussi peur.

— Il y a quelqu'un ? répéta-t-elle.

Merde, pourquoi ne répondent-ils pas ?

La coïncidence était tout de même troublante. Elle leur annonçait que Bob était sur le point d'être pris, et qu'on savait qu'il y en avait un quatrième derrière tout cela, un flic de surcroît, et ils disparaissaient dans la foulée...

Un flic...

Oh, non ! C'est vraiment pas le moment de devenir parano !

Pourtant, les faits parlaient d'eux-mêmes.

Et pourquoi pas ? Beaucoup d'enlèvements dans un périmètre proche de Phillipsburg, et le shérif Murdoch était un flic. Et...

Soudain toute l'affaire revint en mémoire à Annabel.

Comment tout avait commencé.

Jack n'était plus en service ce soir-là. Il avait entendu la nouvelle, cette fille scalpée retrouvée nue dans Prospect Park, et il avait insisté pour avoir l'enquête. « Une affaire d'enlèvement pour Annabel », avait-il dit.

Et si...

C'était impensable.

Pourtant... Jack vivait seul, il avait dit être avec une femme le soir où l'on s'était introduit chez elle, était-ce vrai ? Et il adorait le théâtre, se pouvait-il que lui n'ait pas relevé le rapport entre *La Tempête* de Shakespeare et Caliban ? Ou l'avait-il fait exprès pour que ça ne se sache pas ? Il avait l'intelligence pour manigancer tout cela. À bien y réfléchir, elle ne savait rien de ce qu'il faisait de son temps libre, Jack disait lire, aller au théâtre, se promener... Était-ce vrai ? Il y avait son attitude depuis le début de cette enquête, à toujours tout suivre de près, son entêtement à ne pas abandonner, même face au FBI. Il lui parlait souvent de sa maison de campagne, où était-ce déjà ? Ah, oui dans le Connecticut, mais elle n'y avait jamais été, non plus qu'aucun de leurs collègues, Thayer était trop solitaire, il pouvait tout à fait mentir. Cette maison pouvait bien se trouver dans les environs de Phillipsburg, c'était plus proche que le Connecticut, il pouvait s'y rendre les week-ends et même le soir en semaine, avec un peu de route.

Oh, non, c'est pas possible, pas Thayer !

Elle entendit un frottement de tissu dans son dos.

Annabel fit volte-face, tout en portant la main à son holster.

Ses doigts détachèrent le clip et se resserraient autour de la crosse quand sa vue fut entièrement bouchée par l'ombre qui s'avança sur elle.

Elle fit un pas en arrière, heurtant la porte-fenêtre.

Son index passa sur la détente et son bras se déplia de sous son pull, amorçant le début de son arc de cercle vers sa cible.

L'ombre tout entière l'engloutit.

Son Beretta parcourait toujours l'air, pas encore dans l'axe pour tirer.

Et le poing rageur de l'ombre s'abattit sur la tempe d'Annabel.

Une première fois.

La seconde fois, la jeune femme entendit son nez se briser sous le choc, et le sang chaud se déversa sur ses lèvres.

Le troisième coup lui fit lâcher son arme et sa mâchoire tout entière l'électrisa. La saveur métallique du sang lui inonda la bouche.

Elle crut qu'elle avait plusieurs dents de brisées quand elle tomba par terre.

Puis, il n'y eut plus rien.

C'était fini.

70

L'installation de Bob Fairziak était somme toute rudimentaire. Il avait construit un placard avec quelques planches d'aggloméré au-dessus de l'escalier qui conduisait à la cave, se créant son propre passage secret. Il avait suffi à Thomas Combie d'ouvrir la porte pour deviner un léger courant d'air. Du bout de sa chaussure, l'officier du groupe d'intervention avait soulevé le morceau de moquette maladroitement ajusté par-dessus les marches et il avait découvert le pot aux roses.

Brett Cahill posa le pied dans l'escalier, ça semblait solide. En revanche, il n'y voyait rien, l'agent Keel était déjà en bas, avec une lampe torche et les hommes qui l'accompagnaient pour sécuriser le sous-sol. Il descendit avec prudence, tandis qu'un des types plus bas lançait :

— C'est pas croyable, mais où on est ?

Et effet, Cahill se le demanda lorsqu'il fit face aux étagères qui couraient à travers toute la cave. Il y avait des menottes, plusieurs paires, du chloroforme, une matraque, de la corde fine et une autre plus épaisse. En face, entre un kit de crochetage de serrure, des gants et du Scotch large, Cahill remarqua une série de bombes lacrymogènes soigneusement alignées.

Les cinq lampes torches arrosaient la pièce aveugle en se déplaçant délicatement, semblables à un ballet de lune.

Cahill desserra son étreinte sur la crosse de son arme et contourna la dernière étagère sans s'y intéresser pour se placer à la droite d'un Neil Keel impassible. L'agent fédéral considérait la table de porphyre qu'on avait montée sur des parpaings. Elle ressemblait à ces anciennes tables de travail sur les docks, là où on vidait les poissons avant de les envoyer dans la chaîne de fabrication et d'emballage de surgelés. À bien l'observer, c'était ce qu'elle devait être. Il y avait même la bonde sur le côté pour évacuer les entrailles et le sang. Sa taille et la rangée de couteaux, scies et sécateur bien propres qui s'étalaient sur une serviette bleue laissaient présager un usage bien plus sinistre. Leurs reflets cruels capturèrent le faisceau lumineux de Keel.

— On a touché le jackpot, murmura-t-il.

Il éclaira un plan de travail encombré d'une authentique pierre à aiguiser, de films plastique isolants destinés à congeler des produits frais, d'un couteau à désosser et même d'un hachoir à manivelle.

Les lampes projetaient leurs rayons rectilignes à la manière de lames d'argent, tranchant l'obscurité et provoquant des scintillements et des miroitements désagréables.

— Oh, non... c'est pas vrai ! souffla un des hommes en reculant vivement.

Keel et Cahill se réunirent autour de lui. Il tendit le

bras vers un énorme bocal poussiéreux en tournant la tête.

Un morceau de papier était scotché dessus.

« *Les yeux sont le reflet de l'âme. Celui qui possède les yeux capture l'âme. Alors il n'est plus seul.* »

Keel souleva le papier.

Le liquide jaune se mit soudain à briller.

Et tous les yeux qui y flottaient firent de même.

Brett Cahill se masqua la bouche avec le dos de la main. Neil Keel était stupéfait.

Son expression de dégoût disparut très vite, remplacée par la réflexion puis l'inspiration.

— Et si... Vous savez ce que c'est, ce que ça veut dire ? fit-il d'un ton qui laissait présager qu'il avait la réponse.

— Que Bob était complètement taré.

— Non, au contraire. Bob n'est pas seulement *Bob,* c'est aussi un homme que nous cherchons depuis plus de sept ans. Je suis prêt à parier mon salaire qu'il est le *tueur des marais.*

— C'est qui, ça ? murmura Cahill.

— De 1995 à 1997, dix-neuf cadavres ont été retrouvés dans les marais de Caroline du Nord. On leur avait découpé les yeux, c'est la seule partie de leur corps qu'on n'a jamais retrouvée. L'enquête a longtemps piétiné, avec notamment la mort de l'agent en charge du dossier, une mort accidentelle dans un crash aérien. Mais curieusement, on n'a plus retrouvé de cadavre ensuite. Les spéculations sont allées bon train, un journaliste a même suspecté l'agent du FBI décédé dans l'avion d'être le tueur, et l'enquête n'a plus jamais avancé d'un iota. De son côté, le Bureau a supposé que le tueur des marais était mort, ou bien qu'il était en prison pour un autre délit, et que le rapprochement n'avait pas été fait. Cinq ans après sa disparition, on dirait bien qu'il vient de refaire surface.

Cahill jeta un autre regard à la petite quarantaine de noyaux blancs dans leur jus épais. Tous ces morts sans identité.

Un gargouillis écœurant le sortit de sa fascination morbide. Il se tourna pour voir un des hommes vomir tout ce qu'il pouvait. Il se tenait devant un congélateur entrouvert. Cahill ferma les yeux un instant.

Mais où étaient-ils tombés ?

En plein dans l'esprit dérangé d'un assassin.

Cette cave était le reflet de ce qu'il était vraiment.

Un autre membre de l'équipe s'approcha du congélateur et se pencha pour voir à l'intérieur.

Sa bouche s'ouvrit pour crier mais rien n'en sortit, sa poitrine se contracta sous son gilet pare-balles pendant qu'il se précipitait pour sortir.

C'était l'antre du diable, un voyage dans l'inconscient d'un dément, d'un psychopathe.

Un coup sourd contre l'un des murs du fond les immobilisa tous.

Cela provenait de la portion qu'ils n'avaient pas encore bien inspectée.

Keel s'approcha en braquant le fusil d'assaut qu'il avait pris à Mark Martins avant de descendre. Ils convergèrent tous dans la direction du bruit pour cribler le mur de halos blancs. Neil Keel la repéra le premier.

Une solide porte de chêne, renforcée d'armature en acier et fermée par quatre verrous.

Quoi qu'on ait mis derrière, on avait tout fait pour que ça ne puisse pas en sortir.

Keel demanda qu'on le couvre et il entreprit de pousser les verrous, les uns après les autres.

Au quatrième, il recula d'un pas et posa la main sur la poignée. D'un hochement de tête, il s'assura que tout le monde était prêt.

Il tira en arrière.

Une insupportable odeur d'excréments et d'urine jaillit depuis le minuscule réduit de terre qui s'ouvrait au-delà.

Soudain, dans la pâleur des lampes, surgit un visage tuméfié.

Ce qui devait être une adolescente, le regard à moitié dilaté par la terreur.

Puis une femme plus âgée entra dans la lumière, et un homme...

Il y avait là toute une famille.

Dont un petit garçon à la main bandée.

71

La souffrance la réveilla.

Annabel avait l'impression qu'un obus venait d'éclater sur son visage, que toutes ses chairs étaient à vif, le moindre mouvement entraînant un os brisé dans la mauvaise direction, déchirant tout sur son passage.

Outre les ecchymoses sur la joue et la tempe, son nez était cassé et elle avait une canine complètement déchaussée, ne tenant en place que par un bout de gencive sanguinolente.

Elle parvint à se hisser sur les coudes. Il faisait parfaitement noir.

En voulant se redresser, elle laissa échapper un cri de douleur. Sa tête était sur le point d'exploser.

— On revient à soi ? fit Caliban au-dessus d'elle.

Il parlait d'une voix fallacieuse, composée un ton trop haut pour être naturelle, on aurait dit une mauvaise imitation du loup parlant à la place de la grand-mère dans *Le Petit Chaperon rouge.*

Annabel le reconnut, ce timbre particulier. Comment ne l'avait-elle pas vu venir ?

— Où suis-je ? demanda-t-elle en se crispant sous les tiraillements de ses blessures.

— Chez moi.

Où était-il ? Ça venait du dessus ou du côté ? Impossible à définir.

Elle serra les poings et se mit en position assise. Elle eut si mal que ses bras et jambes en tremblèrent. Perdue au milieu de ce néant, il lui semblait que tout son corps tournait dans le chaos. L'absence du moindre repère était déroutante.

— Qu'est-ce... qu'est-ce que vous voulez ?

Sa question resta sans réponse. Elle tâta le sol : de la terre tassée. Pourtant elle n'était pas dehors, il faisait bien trop sombre et la présence de murs était palpable, l'impression d'enfermement ne la quittait pas.

Caliban répondit enfin :

— Rien que vous puissiez me donner. Ce que je veux, je vais le prendre.

Annabel tendit le bras vers la droite, dans l'espoir de se faire une meilleure idée du lieu où elle était.

— Vous savez qui je suis, n'est-ce pas ?

Annabel se raidit. Oui, elle l'avait démasqué, et il le savait.

— Oui, murmura-t-elle. Vous êtes Caliban. Vous êtes Eric Murdoch.

Elle devina dans le silence le sourire de ravissement qui dévoilait les dents du shérif.

— Qu'avez-vous fait de Jack ?

— Oh, ce bon vieux Thayer ? J'ai cru comprendre que vous et lui étiez de bons amis... Hum. J'ai peur qu'il ne soit indisponible quelque temps. Juste avant que je coupe la lumière, il est venu voir dans la cuisine ce qui se passait. Disons qu'il s'est pris les pieds dans un plat qui traînait. Oh, mais rassurez-vous, il n'a pas souffert.

Son rire était sec, perfide.

Au loin, Annabel entendit une femme pleurer. Ses gémissements étaient étouffés par la distance, mais il n'y avait pas d'erreur possible.

— Où sommes-nous ? s'affola Annabel dans un souffle.

— Je vous l'ai dit. Chez moi.

— Qu'est-ce que c'était que...

La jeune femme se souvint de toutes les photos, des enlèvements et des séquestrations et elle ferma les yeux.

Elle y était. Au cœur de son repaire. Là où il les gardait avant de les tuer.

— Pourquoi... Pourquoi tout ça ? voulu-t-elle savoir.

— Pourquoi ? répéta-t-il avec étonnement. N'avez-vous donc rien compris ? Annabel, voyons... Vous n'êtes pas attentive, vous ne voyez rien. La première fois que nous nous sommes vus, j'ai tout de suite songé que vous trouveriez toute seule, que vous feriez le rapprochement. Les victimes, Annabel, ce sont elles la clé.

Caliban soupira. Il était divisé entre le mutisme — le désir d'effrayer cette femme par ses silences — et l'envie de partager son génie. Il poursuivit finalement, contrôlant avec difficulté son excitation :

— Prenons les choses autrement, Annabel. Lorsque vous vous promenez dans la rue, que voyez-vous ? Et quand vous faites vos courses au supermarché ? Ou en vacances sur la plage ? Que voyez-vous ?

« Je vais vous le dire, moi. Vous voyez la foule. Les gens. Des troupeaux entiers de consommateurs. Ceux-là mêmes qu'on appelle les humains, vous savez, ceux qui sont au sommet de la chaîne alimentaire, les maîtres du monde. Entre nous, vous trouvez qu'ils font maîtres du monde, vous, tous ces abrutis dans les galeries commerçantes ? À bâfrer, à dépenser tout le fric qu'ils vont devoir retourner gagner dès le lendemain matin. À jeter leurs déchets n'importe où, en vrais parasites sur cette terre.

Annabel s'inquiéta encore plus. Elle n'aimait pas l'énergie qu'il mettait dans son discours.

— Eh bien, c'est assez simple, reprit-il, moi je me promenais un jour parmi cette foule et de tous les observer dans leur petite mesquinerie ça m'a fait vomir. J'ai vomi l'homme, j'ai vomi sa bêtise, j'ai vomi sa prétention.

Annabel ramena ses jambes contre elle. La peur commençait à distiller ses ramures en elle.

— Pour que vous saisissiez bien toute la portée de ce que je fais, dit-il, je vais vous parler un peu de moi, vous voulez bien ?

Que pouvait-elle faire ? Gagner du temps, c'est tout ce qu'elle pouvait espérer. L'encourager à parler. Murdoch était un solitaire, c'était probablement la première fois qu'il était face à quelqu'un capable de reconnaître le talent dans ses crimes. Il n'avait jamais eu l'occasion de partager ses joies, si macabres fussent-elles.

Murdoch inspira lourdement. Son discours était fluide, comme s'il l'avait déjà répété des centaines de fois dans sa tête.

— Depuis que je suis enfant, j'ai toujours aimé la

sensation de contrôle, avoir une certaine forme de pouvoir et être respecté. J'adorais ligoter les autres enfants à des arbres, attendre qu'ils me supplient de les détacher, à un moment, je voyais dans leurs yeux toute la soumission du monde, je savais qu'alors, je pouvais leur demander ce que je voulais. Ça vous étonne que je sois devenu flic dans ces circonstances ? Bien sûr, il y a eu des dérapages, parfois, je me suis un peu emporté, ça m'a créé quelques ennuis, mais il n'y a pas à dire, l'insigne, ça aide pas mal ! Vous voulez entendre comment tout ça a commencé ? Hein, vous le voulez ?

Annabel geignit pour répondre. Elle devait gagner du temps, elle ne savait pas ce qu'il envisageait de lui faire.

— C'est à cause du destin, lança-t-il. Vous y croyez, vous, au destin ? Moi oui. Un peu. En 1997 j'avais de plus en plus de soucis. Je devenais violent, pas grand-chose, mais vous savez comment sont les gens, un tout petit rien et ils s'emballent. Et puis j'avais cette putain de fascination, je rêvais à des cadavres, que je les ouvrais pour voir à l'intérieur, pour les goûter. Ça a toujours été une curiosité pour moi, le goût des autres.

Le silence retomba. Les narines de Murdoch sifflaient doucement comme il respirait dans les ténèbres, songeant à tout cela.

Le ton qu'il employa était plus doux, plus posé, il se laissait peu à peu enivrer par ses propres mots :

— Plus le temps passait et plus il m'était impossible de m'en défaire. Je vous passe les détails, pourtant ça été une obsession, une putain de vraie obsession.

« Et voilà qu'un beau jour d'avril 1997, un agent du FBI se pointe à mon bureau. J'étais shérif dans une ville de Californie à ce moment. Il me dit qu'il enquête sur le tueur des marais en Caroline du Nord. Et, d'après une piste récente, il était possible que ce tueur ait habité dans les environs de ma juridiction quand il était plus jeune. Il voulait qu'on épluche tous les casiers judiciaires datant des dix dernières années en s'intéressant aux affaires de mœurs, les viols, et surtout les mutilations en rapport avec les yeux. C'est ce qu'on a fait pendant quatre jours. Quatre longues journées où je n'ai pas pu m'empêcher de songer à ce tueur étrange, à ce qu'il était, ce qu'il pensait en se levant le matin, un cadavre dans son lit. Quatre jours à le traquer, pour savoir qui il était, pour poser un visage sur mes rêveries. Jusqu'à trouver un dénommé Robert Fairziak. Robert avait eu des problèmes avec la justice au début des années 1990, quand il était adolescent. Il avait séquestré deux auto-stoppeurs pendant une semaine. Il ne leur avait fait aucun mal, il les retenait prisonniers ; *pour ne plus être tout seul,* avait-il dit à mon prédécesseur. Mais ce qui retint l'attention de l'agent fédéral c'était la déclaration d'un des auto-stoppeurs, il disait que Robert lui avait à plusieurs reprises demandé de lui donner ses yeux, et qu'en échange il le laisserait repartir. L'affaire s'était achevée sans bruit, Robert les avait finalement relâchés et il avait été interné pendant dix mois dans un institut psychiatrique. C'est en vérifiant son adresse que l'agent du FBI a su qu'il tenait son bonhomme : Robert Fairziak avait déménagé sur la côte est, en Caroline du Nord. Je me souviens qu'il a fait un vrai bond sur sa chaise quand il l'a su. Il venait d'identifier le tueur des marais. Il a foncé à l'aéroport.

Une fois encore, Murdoch fit une pause, une longue minute sans mot.

— Le soir même, continua-t-il, j'ai appris qu'un avion s'était écrasé, sans me douter que l'agent fédéral était à bord. C'est plus tard, trois ou quatre jours après ça, quand le FBI m'a téléphoné, que j'ai compris. Ils m'ont dit qu'un de leurs hommes était venu me voir et qu'il était mort dans le crash. Et ils m'ont demandé s'il avait trouvé quelque chose. Alors j'ai fait le rapprochement. Dans son excitation, le mec du Bureau n'avait pas pris le temps d'appeler ses collègues, il s'était précipité dans l'avion, avec le nom du tueur des marais en tête. J'étais à présent le seul à savoir. Et là, silence. Je sais pas pourquoi, je n'ai rien dit. Je leur ai expliqué qu'on n'avait rien trouvé, et qu'il s'était empressé de repartir, furieux.

Caliban se tut pour respirer lourdement. Annabel crut le localiser à peu près au-dessus d'elle sur sa gauche. Cependant, dès qu'il se remit à parler, la voix changea d'emplacement, comme s'il tournait autour d'elle.

— J'ai passé une semaine à réfléchir. J'avais le nom et l'adresse d'un tueur en série, vous imaginez ? J'aurais pu être un héros, le shérif qui a fait tomber le tueur des marais. Pourtant, ça ne me faisait rien d'y penser. Cette gloire-là ne m'attirait pas, elle ne trouvait aucun écho en moi. En revanche, j'étais fasciné par ce qu'il était, par ce qu'il faisait.

Annabel imagina sans peine Murdoch la bave aux lèvres, le regard enivré par ses souvenirs.

— Tous les jours je m'imaginais sa maison, à quoi

pouvait bien ressembler son intérieur. Ce qu'un type comme ça pouvait bien faire de ses week-ends, tout ça m'a obsédé. Et je suis parti en Caroline du Nord. Je l'ai espionné, puis je l'ai approché. Je lui ai dit que je savais tout. Que je l'admirais. Je me souviens que nous sommes partis nous promener dans un centre commercial. Et là, en voyant tous ces gens autour de nous, je lui ai dit qu'ensemble, nous pouvions faire mieux.

« Oh, Annabel, le premier a été un massacre, c'était atroce, il se débattait dans tous les sens, son sang giclait à presque deux mètres dans le ciel, à un moment il n'arrivait plus à hurler, c'était un interminable gargouillis, un cri de porc. Mais la première bouchée de chair...

Caliban inspira fortement, le souffle tremblant à l'expiration.

— Quel délice ! D'un coup, tout ce sang n'avait plus d'importance. Au contraire, j'ai aimé manger l'homme que je contemplais. Là, rien ne peut rivaliser avec vous, c'était mieux que le sexe, plus enivrant qu'un orgasme, j'avais le pouvoir absolu sur l'homme, tout d'un coup je me propulsais par cet acte au sommet de la chaîne alimentaire, au-delà des hommes. J'en faisais mon festin. J'étais seul en haut de la pyramide. Annabel, vous ne pouvez imaginer la sensation d'énergie, de puissance que l'on a ensuite à marcher dans la foule, à dévorer des yeux ces hommes et ces femmes en sachant qu'il nous suffit d'un rien pour les faire siens. On ne marche plus, on plane, on sait alors que nul ne vous est comparable. Et ce goût, ma chère... L'exquisité de son raffinement, sa tendreté, aucune viande ne l'approche, croyez-moi !

Inconsciemment, tout votre corps sait qu'il ingère de la chair de la même race que lui, il y a une appartenance, une reconnaissance, la boucle est bouclée.

Annabel réprima un haut-le-cœur.

— Vous êtes... répugnant, gronda-t-elle avec difficulté.

— Oh ! Vous dites ça ? Je suis identique à vous, la seule différence, c'est que moi je suis conscient, je suis attentif, et je ne me nourris pas de l'hypocrisie de votre société ! Regardez donc les élevages de vaches, ces braves bêtes que l'on a chosifiées, les privant d'âme pour notre bonne conscience, rien que de la nourriture sur pattes, substitut à la viande parfaite que serait celle des hommes. On les nourrit de farines animales, or savez-vous seulement que plusieurs de ces farines contiennent du placenta humain ? Savez-vous seulement que le placenta humain et les fœtus sont l'objet de concurrences inouïes entre les laboratoires cosmétiques et pharmaceutiques ? Dans le monde entier, ces grands groupes fabriquent quelques-uns de nos médicaments à base de ces mêmes produits. Des milliers de femmes ingèrent des granules après leur accouchement, un médicament à base de placenta, censé les fortifier, favoriser la récupération.

Cette fois, le ton se fit plus agressif, railleur :

— Ah, je vous entends d'ici, la sceptique ! Vous voulez des exemples concrets ? C'est ça ? Très bien, prenez le Uro Kinase, produit pour les problèmes de cœur, fabriqué à base d'urine humaine. Ou encore à Pittsburgh, plus de dix personnes ont reçu des injections de neurones produites à partir de cellules embryonnaires humaines afin de se remettre d'une attaque cérébrale. Que dire des cures de rajeunissement à base de préparation de fœtus ou de placenta humain à avaler ou à injecter ? Je vais vous dire ce qui vous gêne, ça n'est pas seulement que je tue pour me nourrir, c'est que je mange de la chair humaine, et c'est ça qui vous révolte le plus. Parce que c'est un tabou, pour vous qui vivez dans une société où l'une des principales religions demande que l'on boive le sang de son Dieu et que l'on mange sa chair, vous ne trouvez pas ça un peu ironique ? Et si au lieu d'un bout de pomme, Ève avait avalé un bout de la chair d'Adam, le vrai péché de la chair, une forme de don de soi, un véritable amour ?... Le monde serait différent, soyez sûre ! L'homme est hypocrite, il adapte les codes selon ses besoins, aujourd'hui on a besoin pour sauver des vies de faire des greffes ; n'est-ce pas une forme de cannibalisme ? Il ne passe certes pas par la bouche, mais le résultat est le même !

— Ça n'a rien à voir, les greffes d'organes sauvent des vies ! rétorqua Annabel.

— Tout ça c'est des conneries ! Si demain la population mondiale a besoin de viande pour sa survie, on légitimera le cannibalisme, tout doucement, par paliers. Avec tous les problèmes que l'on rencontre dans la nourriture industrielle aujourd'hui ! On ne peut plus rien avaler sans risquer d'en crever.

Il marqua une courte pause avant de poursuivre :

— La vache folle pour n'en citer qu'une... Maladie qui liquéfie le cerveau tout de même, j'apprécie l'ironie ! « Messieurs, *cérébralisez* moins, bouffez plus, sans état d'âme », pourrait-on lire là-dedans.

— C'est absurde...

Annabel avait du mal à s'exprimer, mais Caliban

vivait son discours, elle devait l'encourager à poursuivre aussi longtemps que possible.

— Ne dites pas ça ! Je ne fais que ce qui sera toléré demain. Je suis un précurseur, c'est tout.

— Pourquoi ces gens ? Vous avez tué des enfants !

Caliban émit un petit rire cynique.

— Pourquoi eux ? Pourquoi pas les autres ? Faites la queue dans votre supermarché et regardez, bon sang ! Je mets tout le monde dans le même panier ! La réponse est dans le choix des victimes, je pensais que vous l'aviez compris... J'ai simplement répété ce que tout consommateur fait en découvrant une nouvelle gamme de produits : j'ai comparé, j'ai fait mes courses ! Les adolescents, les hommes, les femmes, les enfants. J'ai essayé de savoir s'il y avait une différence de goût entre une mère et son fils, entre deux sœurs, entre les races, le sexe et les âges. C'est aussi simple que ça. Du bœuf du Kansas, du veau du Tennessee, on choisit... Et plus récemment, je... je me suis lancé dans la comparaison d'une famille tout entière, commenta-t-il non sans une large dose de provocation.

Le silence qui suivit meurtrit Annabel, elle repensa aux phalanges de l'enfant.

— Je suis certain que vous voyez ce que je veux dire... Je les ai laissés chez mon ami, Bob. Question de place. Le soir où je suis venu vous rendre visite, j'ai fait un crochet par chez lui, afin de couper quelques bouts de doigts... Ah, j'espère que ça vous remue l'intérieur. Je n'ai eu aucun mal à me procurer votre adresse. J'avoue qu'en vous voyant sous la douche, j'ai eu des bouffées de désir, ma chère, votre peau si... tendre m'a grandement tenté. Ç'aurait été idiot de ma part, c'est vrai, toutes ces traces que j'aurais laissées, et puis le viol, moi ce n'est pas trop mon truc, c'était plutôt Lucas, ça.

« Remarquez, j'ai commis une erreur ce soir-là. Si vous aviez été plus perspicace, vous auriez vu que l'écriture sur le miroir n'était pas la même que sur les Post-it. Ce fut peut-être ma seule bêtise, fugace, heureusement.

Annabel secoua la tête. Il était complètement dément.

— Vous êtes taré...

— Ah, pas de ça s'il vous plaît ! Je ne suis pas celui qui a fait le monde tel qu'il est, ne m'en blâmez pas ! Je ne suis qu'un produit de cette société ! Qu'est-ce que vous pensez, hein ? Aujourd'hui, un gamin de ce pays ayant dix-huit ans a assisté à plus de dix-huit mille meurtres à la télévision, en Europe, c'est entre deux cents et trois cents morts par semaine qu'on peut voir sur son tube cathodique. Désormais, c'est la course à la consommation, à l'esthétique, au fric aussi. Une personne ayant de l'argent peut acquérir la beauté, même la jeunesse. Depuis 1999, on peut acheter des ovules sur Internet, on fait ses courses en matant des mannequins magnifiques, avec mensurations, bilan médical, antécédents familiaux à la clé, on peut tout vérifier et on passe commande de leurs ovules ! Le corps n'est plus qu'un accessoire commercial à la solde du marketing. Rien d'autre. Alors pourquoi me priverais-je ? Il faut toujours aller de l'avant, innover, il faut produire, il faut consommer. On m'a élevé là-dedans, pas mes parents, non, la télé, les journaux, les publicités, les panneaux dans les rues, les discours des adultes. Tout, même mes études, a été orchestré dans cette optique. Alors qu'on ne vienne pas me faire de reproches ! Regardez, papa, maman, j'ai réussi ! J'ai fait tout cela, je suis un homme accompli ! Je suis au sommet, je suis au-delà des hommes !

Il s'arrêta le temps de reprendre sa respiration et conclut :

— Et vous... Vous, vous ne valez pas mieux que les autres !

Malgré la douleur, Annabel cracha :

— Pourquoi, parce que je ne mange pas mon prochain ?

Dans la nuit éternelle de ces souterrains, les yeux de Caliban se mirent à briller.

Et son rire devint insupportable.

graisse. Et pour cause. Le chasseur était aussi un gourmet avec ses proies.

En 1998, Murdoch avait acheté, pour une bouchée de pain, le musée du canal Morris qui fermait ses portes. C'était une vieille maison croulante, dont la particularité consistait en son sous-sol. Au moment où le canal existait encore, plusieurs plans inclinés permettaient de franchir les collines. Pour que les péniches puissent être tractées en haut de la pente, une chaîne les entraînait par un ingénieux système de turbines souterraines mues par la force de l'eau, à la manière d'une roue de moulin. La maison qui abritait le musée avait en son sous-sol l'ancienne installation de ce plan incliné, plusieurs salles et couloirs laissés à l'abandon depuis. Un endroit parfait pour Caliban afin de garder ses victimes. En outre, en récupérant les pièces du musée, il avait pris possession d'une importante collection de photos et cartes postales représentant le canal. C'était là toute son erreur. En voulant donner du cachet à ses messages, il avait confié un paquet de cartes à Bob, qui venaient de le trahir.

Brolin dépassa Newark et augmenta encore la vitesse, le trafic à cette heure était quasi nul.

Il enrageait de ne pas avoir un numéro où joindre Thayer, l'équipier d'Annabel. S'il appelait n'importe quel standard de police en expliquant que le shérif d'une petite ville du New Jersey était un dangereux psychopathe, on l'enverrait promener ou on lui demanderait de venir pour faire une déclaration. Personne ne lancerait une patrouille chez un shérif en pleine nuit sur une simple allégation téléphonique venant d'un inconnu. Il ne pouvait pas se permettre de s'arrêter à un poste de police, le temps jouait contre lui.

Soudain, une odieuse bouffée d'angoisse le saisit. Il eut un sentiment de *déjà-vu,* autrefois, il y avait très longtemps, dans un cauchemar qu'il ressassait sans interruption depuis. La mort de l'innocence pour ne pas avoir été assez rapide.

L'aiguille sur le compteur dépassa les 180 km/h.

Il sentait son Glock contre lui. Il n'hésiterait pas à s'en servir. Ce qui serait synonyme de prison. S'il tuait Murdoch, on ne manquerait pas de procéder à l'étude balistique. L'analyse des sillons sur la balle donnerait l'empreinte particulière du canon de l'arme, et le fichier cracherait une comparaison positive avec les balles qui avaient tué Lucas Shapiro.

La croûte urbaine commençait à se déliter, laissant une place de plus en plus importante au paysage naturel, quelques bois, étangs gelés ou champs couverts de neige.

Phillipsburg semblait situé au bout d'un tapis roulant fonctionnant en sens inverse.

Brolin se cramponna au volant et pressa de toutes ses forces sur la pédale.

73

Annabel aurait voulu ne jamais l'entendre.

Elle aurait voulu ne pas entendre le rire de Murdoch. Un cri saccadé de démence. Celui-ci se délectait de son petit effet sur la détective. Il adorait vivre ces instants ; être capable de briser une personne à sa guise, de psychiquement la réduire à néant.

— La vie, Annabel, n'est qu'ironie. Les catastrophes découlent de bonnes intentions, c'est la seule leçon à tirer de l'histoire. Tenez, par exemple, prenez cette pauvre Rachel que votre détective privé recherche partout, comme un bon chien. Vous savez quoi ? Je l'ai choisie elle parce qu'elle est enceinte, et c'est sa sœur qui me l'a dit. C'est une amie, Megan Faulet. Si Megan ne m'avait pas parlé de sa frangine enceinte, Rachel n'aurait jamais été là ! Elle est belle l'ironie de l'existence !

Il se mit à rire de ses sarcasmes qu'il affectait tant. Les gémissements d'Annabel lui confirmèrent qu'elle était presque prête. Dans peu de temps, il lui montrerait tout son génie. Cette formidable invention, ce moyen qu'il avait de rendre fou n'importe qui. Il ne s'était pas justifié de ses actes uniquement par ego, bien qu'il appréciât particulièrement de tout dévoiler à celle qui l'avait traqué, mais c'était parfait pour la mettre dans un état d'esprit fragilisé, pour la déstabiliser.

Il décida d'en rajouter un peu, une dernière fois, pour la porter à bout :

— Je pensais vraiment que vous comprendriez tout avec les squelettes dans le wagon. Je dois bien avouer que ça a été un coup dur pour moi. Maintenant, je suis certain que le puzzle se met en place, non ? Les boîtes crâniennes ouvertes, quelques tibias absents... Toujours pas ? Enfin, Annabel ! Vous connaissez le jarret de veau ? On en fait de très bons avec l'os humain, la partie sous le genou. Allez, finissons en beauté : vous saviez que Lucas travaillait à l'approvisionnement en viande de certains magasins. Il allait au marché aux viandes, il achetait ce qu'il cherchait et rentrait chez lui mettre tout ça dans des barquettes sous plastique. Et si je vous avouais qu'assez souvent, il grossissait sa production avec autre chose que du bœuf ou du veau... Qui dit que vous et beaucoup d'autres n'avez pas déjà eu dans votre assiette un des vôtres... C'est ça l'avantage de l'humain, il n'y a rien à jeter dedans, tout est consommable !

Cette fois, il avait été assez loin dans la surenchère, elle devait déjà hurler à l'intérieur. Il passa à l'action.

Sa voix se fit plus douce, plus grave aussi. Il ne jouait plus.

— Il y a une boîte d'allumettes à votre droite, prenez-la.

Annabel ne l'entendait qu'à peine, elle était sous le choc, mais le changement d'intonation la fit réagir. Elle frissonna. Il fallait qu'elle sorte d'ici avant de devenir folle. Le rire de Caliban l'avait meurtrie, elle y avait discerné l'ironie dont il parlait et s'imaginait le pire désormais. Elle voulait se laver la bouche, se laver la mémoire et toute l'âme.

— Juste sur votre droite. Ne restez pas ainsi, allez, tendez votre bras.

Elle ne voulait plus être dans le noir, elle ne le supportait plus. Annabel tâtonna sur sa droite et trouva le paquet en question. Un léger frottement résonna autour quand elle l'ouvrit.

— Annabel... Tous ces gens que j'ai capturés... Ils... Ils ne sont pas morts, Annabel. Ils sont avec vous. Maintenant. Tout autour de vous. Grâce à moi, à jamais, vous serez ensemble. Tous ensemble...

La jeune femme était à bout de nerfs, elle ne comprit pas qu'il s'agissait d'un avertissement, tout ce qu'elle souhaitait à ce moment, c'était un peu de lumière, un peu de chaleur. Et sortir d'ici.

Elle craqua l'allumette.

L'odeur de soufre se répandit avec le nuage de fumée.

Les ténèbres se replièrent furtivement, relevant leur rideau sur l'horreur.

Annabel leva les yeux en même temps que la flamme se gonflait.

Elle était au milieu d'une pièce circulaire. Étroite et basse.

Ils apparurent tous.

Par dizaines.

Des hommes, des femmes, des enfants. Ils étaient tous là, ou presque.

Les murs étaient recouverts de la peau de leur visage, les robes fragiles de leur esprit se chevauchaient les unes les autres, il n'y avait plus la moindre parcelle de terre ou de brique, tout n'était que peau tendue, lèvres étirées et paupières flottantes. Un patchwork d'êtres humains la cernait, semblable aux juges du jugement dernier.

Annabel se mit à trembler, la flamme diminua.

C'est alors qu'elle remarqua un visage différent. Rebondi là où tous les autres étaient plats. Plus pâle et moins cireux. Les lèvres n'étaient pas d'un violet passé mais d'un noir humide. Elle le reconnut, c'était celui de Rachel Faulet.

Annabel s'approcha.

Et les yeux s'ouvrirent.

Des yeux effroyables.

Annabel lâcha l'allumette et les ténèbres fondirent goulûment sur le caveau.

74

En sortant du virage, les pneus projetèrent une gerbe de neige au loin. Brolin venait de passer le panneau indiquant Phillipsburg. L'ancien musée était à l'entrée de la ville, tout au bout d'un chemin difficilement praticable. Brolin le repéra et s'y enfonça à toute vitesse. Il n'allait pas tarder à savoir si le plan trouvé sur Internet était hors du coup ou non.

Après un pont branlant, la voiture s'embourba dans le tournant en épingle. Le privé n'insista pas et sortit affronter le froid. Les flocons avaient du mal à toucher le sol, sans cesse balayés par un vent tourbillonnant qui sifflait dans les noyers alentour. Brolin se mit à courir, dépassa un tronc affaissé et déboucha au pied d'un talus. La maison était aussi âgée que sur la photo du web. Ses fenêtres réfléchissaient la nuit comme les yeux d'une immense araignée.

Brolin s'empara de son arme et rejoignit l'édifice au pas de course. Il monta sur la véranda et par coups d'œil discrets regarda au travers des vitres. Il faisait noir. Aucune trace de vie.

Il est peut-être trop tard, susurra une voix en lui.

Ou bien ils n'étaient pas là. Il n'avait pas bien

compris ce qu'Annabel lui avait dit. *Non, ils sont là, en bas, sous la maison, dans les cavités qui abritaient autrefois le mécanisme de remontée des péniches.*

Il posa la main sur la poignée de la porte. Fermée. Il allait prendre son matériel de crochetage mais se ravisa. Le temps n'était plus à la délicatesse. Jaugeant la résistance de la vieille porte en bois, Brolin prit un minimum d'élan et fonça dessus. Elle s'ouvrit en craquant et en projetant des esquilles sur tout le seuil.

Il se précipita sur le côté et braqua son Glock face à lui.

Par où accédait-on à ce fameux sous-sol ? Par l'extérieur peut-être ?

Il multiplia les volte-face pour approcher le salon en se couvrant.

De l'autre main, il alluma son crayon lumineux et arrosa la pièce.

Il s'arrêta sur la table.

Les photos des victimes de Caliban la recouvraient. Et surtout, il y avait une paire de menottes et un holster contenant un Beretta. L'arme d'Annabel. Elle était bien là. Brolin sut immédiatement que ça n'était pas la jeune femme qui avait abandonné son arme d'elle-même au beau milieu de la maison. Elle était à présent dans les griffes du monstre.

Il se rapprocha, vérifia le chargeur engagé et rangea son Glock pour prendre le Beretta à la place.

Restait à trouver un moyen de descendre.

Eric Murdoch, bien qu'à cette minute précise il se considérât plus comme Caliban — figure nouvelle d'un cannibalisme reconsidéré —, s'écarta du caveau des âmes. C'est ainsi qu'il avait baptisé son invention. D'habitude, il plongeait un individu dans cette pièce après un long séjour dans l'une de ses geôles, avec une torture mentale régulière, pour briser toute résistance. Il s'assurait que la personne était déjà très perturbée avant de l'enfermer dans le caveau et de l'y laisser le temps qu'il fallait. De là, il ne lui donnait plus à manger que des morceaux de chair, sans en expliquer la provenance. Après avoir tenu un discours troublant sur le cannibalisme, il laissait l'esprit de sa victime imaginer ce qu'il voulait, c'était ça le pire. Affamés, ils finissaient tous par manger. Rares étaient ceux qu'il avait ressortis de là encore en possession de leurs facultés de raisonnement. Taylor Adams en était son meilleur exemple. Et encore avait-il dû prendre des précautions pour ne jamais se montrer à découvert avec elle : Taylor le connaissait, ç'aurait été imprudent dans l'éventualité qu'elle pût un jour parler après sa libération. Il avait tout particulièrement apprécié l'idée de l'épingle dans le sein. Quelle ingéniosité !

Au-delà de cette préparation, ce qu'il préférait c'était le coup des visages. Décoller la peau était un calvaire qu'il avait surmonté avec la pratique. Mais la surprise du visage vivant, ça c'était du grand art ! Et ça ne demandait pas beaucoup de travail. Il administrait un sédatif à l'un de ses *pensionnaires* et l'allongeait sur le ventre sur un brancard roulant. Il lui attachait tout le corps et n'avait plus qu'à laisser la tête dépasser pour amener le brancard dans l'alignement du trou qu'il avait percé dans la porte du caveau des âmes. Celle-ci était masquée par les lambeaux de visages, invisible de l'intérieur. Ensuite il calait bien la tête dans cette cavité, ramenait un peu de peau des visages morts dessus pour dissimuler l'ensemble et n'avait plus qu'à attendre le réveil. Il lui arrivait parfois de venir accélérer les choses, en enfonçant la pointe d'un bistouri dans les parties génitales de l'homme ou de la femme. Ça ne manquait pas de provoquer un bon hurlement, en général suivi de celui du prisonnier du caveau.

Il était décidément très fier de son stratagème.

Les gémissements d'une femme le tirèrent de sa méditation. Encore elle, s'énerva-t-il. Elle était là depuis un mois et ne se calmait toujours pas, chose rare. Bien souvent, les crises d'hystérie et les larmes cessaient dès la deuxième semaine. Celle-là allait payer cher son entêtement. De toute façon il devait faire de la place. Le jeune Asiatique pourrait attendre, Caliban voulait qu'il prenne un peu de poids. La fillette aussi, Carly. Celle-là c'était comme pour les deux autres gamins, il voulait les garder longtemps. Le temps que leur organisme soit entièrement pur, qu'ils soient lavés de toutes les saloperies qu'ils avaient ingurgitées au-dehors, avant de venir chez lui. Il lui suffisait de les sortir de temps à autre pour qu'ils creusent dans la pièce du fond. Creuser n'avait en soi aucune importance pour lui, éventuellement d'agrandir son antre, c'était l'effort qu'ils prodiguaient pour y parvenir qui lui importait. Car ils faisaient du sport, ils s'oxygénaient les muscles, la viande. Avec le temps, il avait remarqué que ses pensionnaires ne rechignaient pas à creuser, ils préféraient n'importe quoi plutôt que de rester inactifs, à penser. En contrôlant l'alimentation de ces trois gamins et en leur imposant un peu d'exercice, il s'assurait que leur corps serait parfait, un élevage 100 % maîtrisé. Succulent.

Caliban s'immobilisa.

Il avait cru entendre un bruit. Il tendit l'oreille vers l'escalier.

Les poils de ses avant-bras se hérissèrent sous l'influence du courant d'air. Rien d'anormal, il y en avait plein ici-bas.

Une porte grinça.

Cette fois, Caliban fronça les sourcils, il attrapa une pioche rouillée et alla se placer dans les ombres d'un angle, au pied des marches.

Joshua Brolin posa un pied sur la première marche, puis la seconde. Elles étaient solides, il accéléra la descente.

L'entrée du sous-sol n'avait finalement rien de difficile à trouver, il avait suivi les flaques de sang dans la cuisine jusqu'à la porte dans le couloir. Le liquide tiède l'avait alarmé, cela voulait dire que Caliban était passé à l'acte.

Armé du Beretta, Brolin éteignit son crayon lumineux en atteignant le bas de l'escalier. Des torches brûlaient contre les murs.

La terre du sol amortissait les pas, ne laissant échapper aucun son.

Brolin avança prudemment.

Sans voir la silhouette massive sortir de l'ombre dans son dos.

Le privé marchait sans précipitation, il était sur le

territoire de Caliban, la moindre erreur pouvait être fatale.

Cinq portes se succédaient sur la gauche.

L'ombre derrière lui se rapprochait.

Soudain, Brolin entendit un sanglot étouffé. Cela venait de la dernière porte. Il y était, c'était là que Caliban enfermait ses victimes. C'était son garde-manger.

L'ombre se déplia, et la pointe de la pioche se dressa.

Quelque chose sur le côté attira le regard de Brolin.

Un œil. De l'autre côté de la première porte, celui d'un enfant. Une fillette. Elle l'observait avec une apathie déconcertante. Brusquement, l'œil tressauta, la peur l'envahit. Elle était terrorisée par ce qui se trouvait derrière lu...

Brolin se jeta en avant, en poussant de tout son poids.

La pioche fouetta l'air là où sa tête se trouvait une demi-seconde auparavant.

Brolin roula jusqu'à se mettre le plus loin possible et se redressa sur un genou. La tête lui tournait. Sa vision se recala sur les repères terrestres, sol, murs, plafond.

Personne.

Il se remit debout sans baisser le Beretta.

Caliban ne pouvait qu'être parti en sens inverse, il l'aurait vu passer sinon. Il progressa sur deux mètres et s'appuya sur la porte de la fillette. Toujours en braquant son arme devant lui, il passa un doigt entre deux lames de bois.

— Hé, murmura-t-il. Ne crains rien, je suis là, d'accord ?

La fillette ne décrocha pas un mot.

Brolin reconnut le bruit de talons claquant contre la pierre. Un escalier. *Ce salopard se tire !*

Il se précipita vers l'entrée du sous-sol.

Dans un angle mort, des marches s'enfonçaient encore plus bas, il ne les avait pas vues en arrivant. Caliban pouvait être descendu également.

Le détective privé opta pour le bas, l'écho semblait en provenir. Il assura son équilibre dans la pénombre avec une main contre la paroi froide.

En bas, un goulet disparaissait dans le noir, noyé d'humidité. Il donna à Brolin le sentiment d'être sur le seuil d'un œsophage géant.

Quelque part en avant, il y eut un bruit d'éclaboussure, comme un pied courant dans une flaque d'eau. Brolin ralluma son crayon lumineux et s'engagea dans le boyau en baissant la tête. Il courut sur plusieurs mètres, serrant la crosse de son arme de toutes ses forces. Du liquide blanc coulait de part et d'autre des murs, l'eau était si calcaire que les mares répandues sur le sol ressemblaient à des assiettes de lait.

Il n'y avait plus aucun son, hormis celui du ruissellement. Au bout d'un moment, le couloir tournait à angle droit, et Brolin crut discerner une faible clarté au-delà. Caliban pouvait tout à fait se tenir derrière le virage, prêt à frapper.

Juste avant le coude, Brolin s'immobilisa devant une longue nappe opaline. On ne pouvait l'enjamber, il fallait sauter, au risque de glisser de l'autre côté et devenir ainsi une cible facile. Elle était étroite, et ne devait pas être bien profonde, jugea le privé. Il posa le pied dans l'eau, tout doucement, puis le suivant et...

Le cliquetis métallique se mélangea aux fluides de la flaque.

Les mâchoires du piège à loup se refermèrent sur la cheville de Brolin en claquant sur la chair.

Il ravala son cri tandis qu'une silhouette terrifiante dépliait ses pattes depuis les ténèbres. Le prédateur fondit sur sa proie en un mouvement crispé. Immobilisé, Brolin ne parvint pas à l'éviter, il reçut le choc de plein fouet dans le sternum. Il crut un instant que sa cheville se déchirait sous la violence de la chute. Son souffle disparut, sa poitrine se creusa, tandis qu'un sifflement étouffé montait de sa gorge. Et son crayon lumineux lui échappa des mains lorsqu'il heurta le sol.

Il sentit aussitôt la morsure de Caliban sur son avant-bras. Cette fois Brolin hurla en pressant la détente.

Sa lampe brillait à présent depuis l'intérieur de la flaque blanche, projetant un halo trop faible pour distinguer quoi que ce fût. Il tira encore. Et encore. Jusqu'à ce qu'il perçoive les informations que son corps lui transmettait. L'oxygène retrouva le chemin de ses poumons.

Il n'y avait plus aucun poids sur lui. Caliban avait fui dès le premier coup de feu.

Brolin se redressa immédiatement, il plongea les mains dans l'eau pour tirer sur les mâchoires d'acier et libérer sa jambe. Des sillons de sang formaient un delta à la surface de la nappe lumineuse.

Il entendit alors l'écho d'un chien que l'on arme. C'était tout proche, à moins de dix mètres derrière le coude.

Le souffle court, Brolin s'empressa de dégager sa

cheville et reprit sa petite lampe. Il grimaçait sous l'effet de la douleur.

En boitant légèrement, il s'approcha de l'angle mort.

Il inspira un grand coup et d'un geste brusque mit en joue ce qui se trouvait derrière.

Après trois mètres, une volée de marches descendait dans une pièce plus grande. Une unique torche enflammait la grotte de sa clarté orange.

Au milieu de la salle, Caliban avait installé des parois de bois pour former une pièce ronde de trois mètres de diamètre. Les planches couraient du sol au plafond, cloisonnant entièrement ce cachot.

Brolin se plaqua contre la roche, visant le silo de bois à quelques mètres. Caliban ne pouvait qu'être derrière cette étrange construction.

Il longea la pierre, s'adaptant aux anfractuosités jusqu'à apercevoir une civière montée sur cadre roulant avec pieds télescopiques. Une forme était allongée dessus, sur le ventre. Sa tête était relevée, en appui sur un coussin, et disparaissait dans ce qui devait être la porte du silo central. Elle était maintenue ainsi par des sangles, si bien qu'elle ne devait voir qu'à l'intérieur de la petite pièce. Brolin se rendit alors compte qu'une de ses cuisses était couverte d'un bandage rouge. Le bandage épousait une forme anormale, il s'enfonçait beaucoup trop dans la jambe.

Il se mordit la lèvre. On avait découpé tout le muscle de la cuisse.

Il fit encore un pas transversal.

Caliban apparut.

Plaqué contre les planches, il tenait son revolver sur la tempe de la personne allongée.

— Non, non, on ne fait plus un geste, lança-t-il à l'adresse du détective privé.

Brolin serra la crosse du Beretta, ses articulations blanchirent.

— Je la tue si vous bougez. Vous savez qui c'est ?

Murdoch se cachait derrière le brancard, protégé par le corps allongé dessus. Il tira le cadre en arrière et les roulettes couinèrent. Le visage se dégagea du trou dans la porte.

Les entrailles de Brolin se soulevèrent quand il la reconnut. C'était Rachel Faulet. Elle clignait les paupières sans s'arrêter. Elle paraissait ne pas être lucide, Caliban l'avait droguée.

— Surprise ! clama Murdoch stupidement. Maintenant lâchez votre arme.

Brolin ne céda pas, la gueule du Beretta toujours dirigée vers le shérif.

— Ne jouez pas au héros, ça a déjà coûté la vie de votre amie Annabel et de son équipier.

L'index du détective privé se tendit sur la détente, il ne manquait rien pour que le coup parte.

— Non, vous ne les avez pas tués, répondit Brolin d'une voix incroyablement posée. Ce serait votre arrêt de mort.

Le sang tiède dans la cuisine.

— Qu'est-ce que vous croyez ? Tout ce que je souhaitais, c'était qu'ils me disent ce qu'ils avaient, où ils en étaient dans leur enquête. Mais votre appel pour annoncer que vous saviez pour Malicia Bents, là, c'était tout autre chose. Je ne pouvais pas laisser cette information se diffuser.

Caliban fut silencieux un instant. De terribles secondes.

— Je suis passé à l'action, ajouta-t-il. Il ne me manquait plus que vous, et voilà que vous vous servez sur un plateau.

Caliban ne laissait dépasser que sa tête et sa main armée, il avait glissé contre la porte pour demeurer derrière le corps de Rachel. Une lueur fiévreuse brillait dans son regard, reflétant les flammes de la torche. Brolin l'avait en ligne de mire, il était sur le point de tirer.

Il se ravisa à cause de la trop forte obscurité, il risquait de toucher Rachel. La sueur glissa sur son front.

— Votre arme ! hurla le shérif. Baissez-la, je ne vais pas me répéter.

Caliban pressa son revolver sur la tempe de Rachel jusqu'à ce qu'un filet de sang apparaisse.

Brolin vit dans le même temps une main surgir par le trou dans la porte et agripper les quelques cheveux d'Eric Murdoch et tirer avec rage en arrière.

Caliban se releva de vingt centimètres pour se dégager en criant.

L'index de Brolin se pressa contre la détente. Le ressort se comprima, lançant le chien en avant. Le percuteur s'abattit instantanément sur l'amorce de la balle qui enflamma la poudre. La balle traversa le canon dans un nuage brûlant et — chauffée par le processus — elle rentra aussitôt et sans difficulté dans le crâne de Caliban pour ressortir de l'autre côté en propulsant des gouttelettes de sang un peu partout dans son sillage avant de se ficher dans le bois.

Le corps du monstre resta en suspens pendant une poignée de secondes avant d'enregistrer le message et de le répercuter dans tous les membres et les organes. Puis il s'écroula.

Le coup de feu avait brusqué Rachel dans sa torpeur médicamenteuse. Elle baissa les yeux vers Brolin, les muscles crispés, si confuse qu'elle ne pouvait ni pleurer, ni hurler.

La main qui avait tenu Caliban disparut du trou. Une voix la remplaça, celle d'une femme désorientée :

— Joshua ? Fais-moi sortir de là...

Annabel fondit en larmes.

75

Le corps sans vie de Jack Thayer fut retrouvé dans une pièce froide du sous-sol. Les réserves de nourriture qui l'entouraient auraient permis à dix personnes de survivre pendant un an.

À condition d'être anthropophages.

Le FBI établit qu'il s'agissait des restes de trente-quatre personnes, abats compris.

Jack s'était approché de la cuisine pour parler à Éric Murdoch qui l'attendait avec un couteau de trente centimètres. Un coup au travers de la gorge lui avait sectionné carotide, trachée et cordes vocales, puis un deuxième lui avait perforé le poumon gauche. Le troisième et le quatrième avaient touché le cœur.

On ne trouva rien chez Eric Murdoch qui expliquât ce que lui et sa bande avaient fait à l'entrepôt de Red Hook, la raison pour laquelle ils l'avaient loué demeura inconnue, on ne put qu'imaginer quelques sombres orgies festinantes.

Le sous-sol qu'Eric Murdoch avait aménagé à sa guise pour en faire son garde-manger était édifiant. Cachots, réserves, salle de découpe et cavités à creuser pour entretenir la forme physique de ses victimes, tout y était mûrement pensé. Il avait aménagé l'ancien complexe hydraulique du canal Morris avec une intelligence diabolique. On découvrit une ingénieuse installation hi-fi dont les haut-parleurs étaient camouflés dans les murs. Caliban s'en servait pour diffuser des sons étranges, des grognements, des cliquetis, tout ce qui pouvait renforcer l'atmosphère lugubre afin de briser un peu plus encore les résistances de ses « pensionnaires ».

Parmi toutes ses affaires, un carnet en mauvais état, à l'abri derrière une pile de revues, intéressa grandement les fédéraux.

Une sorte de journal. Des passages entiers étaient soulignés.

Ils permirent aux agents du FBI de mieux comprendre la personnalité de Caliban. Contrairement à la plupart des tueurs en série, Murdoch n'avait jamais été maltraité par ses parents ou un proche. Son père était sévère, certes, mais pas violent. Une fois ses parents divorcés, Eric avait grandi avec sa mère, une femme gentille, un peu absente. À l'école, il n'avait presque pas d'amis. Il était colérique, intransigeant et égoïste. Il voulait toujours tout contrôler, il voulait que tout se fasse selon ses ordres. Très vite, son comportement l'avait exclu des enfants de son âge qui avaient appris à se méfier de lui, de ses coups tordus, et ils l'avaient haï. Il haïssait les autres en retour, s'enfermant peu à peu dans la solitude. D'où lui venait cette soif de pouvoir, de maîtrise, cette inclination à être fourbe depuis son plus jeune âge ? Pour le moment, aucune science du comportement ne peut l'expliquer, c'est une autre forme de mystère qui plane autour de la genèse des personnalités de tueurs en série.

Trois pages d'une écriture tour à tour serrée puis très large donnèrent aux fédéraux ce qu'ils cherchaient par-dessus tout : un justificatif à cette folie qu'ils pourraient servir aux médias.

Sous le soleil de juin, Eric jouait dans la rue, tout seul, tranquillement installé sur le bord du caniveau. Il écrasait des fourmis, ou les noyait, selon l'envie. En fixant toute son attention sur une colonne d'insectes, il ne remarqua pas qu'il les avait suivis jusqu'au milieu d'un carrefour. C'était un quartier résidentiel, avec très peu de trafic en ce dimanche matin. Il ne releva la tête qu'au bout de longues minutes, prostré à genoux sur l'asphalte, en entendant le rugissement subit d'une moto. Elle arriva à pleine vitesse après le virage, droit sur lui. Le pilote n'eut que le temps de donner un coup de guidon pour éviter l'enfant. Un coup de guidon qui le projeta contre le chêne. Son corps encaissa le choc contre l'arbre et partit rebondir sur la route, une fois, deux fois, trois fois, frappant de tous ses membres le trottoir. L'écho métallique à peine dissipé, Eric vit tout le sang. Il regarda les amas de tissus sanguinolents, encore palpitants, et les geysers pourpres asperger la palissade. Dans son carnet, il écrivit qu'il avait souvent revu cette scène, fixant l'arabesque rouge aux jets profilés dans le ciel bleu statique.

Le pilote n'était plus qu'un tas grouillant, un sac de chair tiède sans tête. Et tout ça était arrivé à cause de lui. C'était lui qui l'avait provoqué.

Eric était rentré chez lui et n'avait rien dit. Il n'y avait aucun témoin et personne ne sut pourquoi cet homme s'était tué ainsi, on parla d'excès de vitesse dans le virage. L'enfant en conçut un étonnement encore plus grand. C'était à cause de lui et il n'en était pas puni. Une heure plus tard, sa mère servit le déjeuner. Eric n'avait pas faim. Le rôti saignant qui refroidissait dans le plat manqua le faire vomir. Il ressemblait exactement à ce qui restait du pilote. Sa mère s'énerva et Eric fut contraint de finir son assiette. À chaque bouchée, il crut qu'il avalait un morceau de cet homme. Il ne l'oublia jamais.

En fait, il en conçut une sorte d'obsession. En grandissant, chaque fois qu'il rencontrait quelqu'un qui lui plaisait, il ne pouvait s'empêcher d'imaginer à quoi il ressemblait à l'intérieur, et quel goût il aurait. Cela dura jusqu'en avril 1997 avec la venue de Harvey Morris, agent du FBI enquêtant sur le tueur des marais. Eric Murdoch écrivit plus tard que ce fut un signe du destin. Par ce crash, les prémices de Caliban naquirent.

Il rencontra Robert Fairziak et ils déménagèrent tous deux pour le New Jersey, à quelques kilomètres l'un de l'autre. Bob Fairziak ne tarda pas à faire un peu de prison, il se fit prendre alors qu'il venait d'entrer par effraction chez une femme, heureusement absente. Lorsque la police l'arrêta, il était allongé sur le lit, il avait habillé le polochon avec les vêtements trouvés dans l'armoire et somnolait contre lui.

Il ne resta que quelques mois derrière les barreaux, le temps pour lui de se lier d'amitié avec Lucas Shapiro. Celui-ci finit par lui parler de la Cour des Miracles, c'était là que lui-même allait acheter des vidéos d'agressions sexuelles, son stimulant. Il n'en fallut pas plus pour que l'association débute, Bob en tête des opérations alors que c'était Eric Murdoch qui tirait les ficelles dans l'ombre. Bob était manipulable, en peu de temps, il devint serviable à merci, soumis à la volonté du shérif. Comme Brolin l'avait souligné, la plupart des duos criminels sont constitués d'un dominant et d'un dominé. Murdoch s'était assuré la fidélité naïve de Bob et lui faisait prendre les plus grands risques, se servant entre autres de son écriture pour le compromettre à sa place si nécessaire.

Les quatre chasseurs — s'il fallait y inclure Spencer Lynch — s'entraidaient. Murdoch, par l'intermédiaire de Bob, établissait les meilleures stratégies possibles pour enlever sans laisser de traces, à savoir : dresser un emploi du temps de la victime potentielle et n'intervenir que lors de conditions climatiques tumultueuses. Chacun trouvait son propre plaisir avec ses victimes mais tous finissaient par consommer la viande et en revendre une partie. C'est Bob lui-même qui convainquit Lucas de goûter à la chair interdite. Manger le fruit du plaisir, c'était devenu pour Lucas le summum du pouvoir, si bien qu'il lui arrivait parfois de mordre à pleines dents la femme qu'il était en train de violer.

Encore une fois guidés par les plans de Murdoch, ils partageaient leur cimetière, ce wagon isolé qui n'aurait jamais dû être retrouvé, qui faisait d'eux des tueurs sans cadavre, invisibles. Et dans cette folle course au mieux-être, ils échangeaient les photos de leurs proies comme on montre à son copain le polaroïd de sa petite amie ou de sa nouvelle voiture.

Tout avait été orchestré par Eric Murdoch dit Caliban, dont le seul témoignage de ce qu'il avait été consistait en un petit carnet abîmé. Si les informations consignées dedans permirent au FBI de conclure qu'Eric Murdoch avait été traumatisé dans son enfance et que sa pathologie criminelle avait découlé d'une longue succession de désillusions, il en alla de même avec Robert Fairziak, Lucas Shapiro et Spencer Lynch. On trouva dans leur vie des douzaines de raisons justifiant leur instabilité.

Il ne fut fait nulle part mention des propos mêmes de Caliban, répétés par Annabel O'Donnel.

En relatant tout ce que Caliban lui avait confié, Annabel ajouta qu'il lui avait avoué le meurtre de Lucas Shapiro dans un délire paranoïaque, mais on ne retrouva jamais l'arme du crime. Fort judicieusement, Brolin avait abattu Eric Murdoch avec le Beretta d'Annabel. La jeune femme mentit avec un aplomb incroyable, l'image de Brolin en tête et tout le magnétisme du détective privé pour l'encourager bien qu'il ne lui eût rien demandé. Il le sut plus tard.

En plus de la famille Springs retrouvée chez Bob Fairziak, on tira de chez Caliban cinq personnes, dont trois enfants. La plus jeune, Carly, n'ouvrit pas la bouche, même lorsqu'elle retrouva ses parents à l'hôpital. Rachel Faulet fut transférée d'urgence en soins intensifs, elle avait perdu beaucoup de sang. Elle s'en tira en grande partie grâce à son envie de vivre.

Brett Cahill eut droit à deux semaines de repos qu'il mit à contribution pour se remettre et surtout aider sa femme à s'occuper de leur nouveau-né. Il ne sut jamais s'il avait bien fait de garder le secret sur sa récente paternité pour ne pas se voir écarter de l'enquête, il était épuisé lors de l'arrestation de Robert

Fairziak et il savait qu'il n'aurait pas tenu longtemps encore. Il rendit visite à Annabel lors de son court séjour à l'hôpital, et lui avoua qu'il était papa d'un petit garçon de quelques jours qui lui avait pourri ses nuits lors de cette tumultueuse histoire.

Quant à Annabel, on l'opéra pour lui remettre le nez en place et elle en fut quitte pour quelques heures de chirurgie dentaire. L'essentiel des dégâts était à l'intérieur.

La mort de son équipier et ami, Jack Thayer, la fit plus souffrir que n'importe laquelle de ses blessures.

Après la disparition de son mari, l'absence de Jack Thayer fut comme un phare que l'on éteint pour la dernière fois aux premières lueurs de l'aube. Condamnant tout un horizon à des nuits sombres et solitaires.

ÉPILOGUE

C'était un jeudi matin.

Une étrange luminosité grise baignait l'aéroport de LaGuardia au travers de ses immenses baies vitrées.

Saphir gémissait dans sa boîte avant d'être embarqué dans la soute. Brolin se pencha et passa sa main au travers de la grille pour le caresser.

— Tout va bien se passer, tu vas voir.

Derrière le détective privé, Annabel demanda doucement :

— Et pour toi ? Tout va bien se passer ?

Brolin vint se placer en face d'elle.

Il irradiait de lui une sérénité troublante. Annabel revit en un flash tous ces face-à-face étonnants, lorsque les gouttes de neige fondue glissaient sur lui avec une élégance incroyable, ou que le vent semblait l'éviter dans la rue. Au fond d'elle, Annabel savait que tout ça n'était qu'une vision fantasmée, et pourtant, il lui arrivait parfois de discerner cette même lueur captivée dans les yeux des autres passants.

Elle percevait la caresse de son regard sur sa peau, il était rassurant. Elle ne le désirait pas, non, pas ainsi. Elle le voulait proche, elle l'espérait intime, d'une intimité fraternelle, de celle qui lui permettrait de s'endormir dans ses bras, sagement.

Comme il ne répondait pas, elle lui prit la main.

— Je ne pourrai jamais te remercier assez. Je te dois la vie.

— Je te dois la liberté.

Elle secoua la tête, tout à coup prise d'une mélancolie inopinée. Derrière eux, le tapis roulant emporta Saphir tandis que le chien jappait en direction de son nouveau maître.

D'un pas lent, ils se dirigèrent vers la zone d'embarquement.

— Tu n'as jamais songé à t'installer à New York ? demanda-t-elle. Tu ne manquerais pas de travail.

— Je ne serais pas bien ici. Cette ville ne me correspond pas, avoua-t-il.

Annabel pouffa gentiment.

— Y a-t-il quelque part une ville qui te corresponde ?

Brolin releva la tête, le regard perdu vers le fond du terminal.

— Je ne sais pas... Pas ici en tout cas.

New York palpite d'une vie perpétuelle, où le moderne côtoie l'ancien, New York est une ville verticale, elle vibre et s'étend. C'est un lieu qui appelle à faire plus, un monde d'extrême, mobile. Il n'y a sûrement aucun autre endroit avec une telle concentration d'individus où l'on se sente aussi seul, aussi vivant. Aussi mortel. Rien n'y est définitif, pas même les certitudes. Il lui en faut toujours plus, elle happe les énergies et rend les âmes vierges à chaque matin. Elle est une drogue, elle octroie à certains la lucidité, à d'autres les paillettes. New York est de strass et de sublime. L'on y trouve ce que l'on y apporte.

Et Brolin n'y avait vu que des ombres.

Devant eux, un garçon d'une dizaine d'années questionnait sa mère sans interruption sur le pourquoi de telle chose et le comment de telle autre. Agacée par trop de curiosité, sa mère lui tendit sa Gameboy pour qu'il se taise.

Mue par une cruelle amertume, Annabel se pinça les lèvres.

— Je crois que j'ai compris ce que tu voulais dire l'autre jour sur la jetée. À propos de Caliban, qu'il était le prix à payer de nos excès, avoua-t-elle en fixant le jeune garçon devenu silencieux.

— Il n'était qu'un engrenage. Un élément vers un autre. Quel sera celui de demain ?...

Le regard du privé était voilé de rancœur.

Ils arrivèrent à l'entrée de la zone passagers, leurs chemins se séparaient au-delà du trait blanc sur le sol.

— J'espère que tu repasseras par New York, un jour prochain... Fais-moi signe alors.

Elle ne voulait pas d'une amitié épistolaire, ni de quelques coups de téléphone distants. Elle savait qu'ils avaient le même regard, qu'ils se plaisaient dans le réconfort de leur présence, d'une chaleur. Ce qu'ils avaient de plus fort, ce qu'ils partageaient le plus, c'était leurs silences. Ces silences que les yeux meublent, que les sourires soignent, qu'une tête sur une épaule épanche aussi bien qu'un long discours.

Leurs deux solitudes se touchaient maladroitement et, dans leur dos, leurs ombres dansaient et dessinaient sur le sol comme si elles se prenaient par la main.

Brolin plongea les doigts dans sa poche et en ressortit le *pwen* que Mae Zappe lui avait confié.

— Tiens, tu rendras ce collier à ta grand-mère en la remerciant pour moi.

— Je pense qu'elle voudrait que tu le gardes.

Même dans le sourire de Brolin, Annabel ne décela pas de véritable joie.

— Je rentre chez moi, là-bas je ne crains pas les esprits, fit-il doucement.

Les perles de bois cliquetèrent dans les mains d'Annabel.

— J'ai été heureux de te rencontrer, dit-il. Peut-être un jour, en d'autres circonstances, nous irons boire une nouvelle bière sous la lune d'une plage.

Une mèche de ses cheveux se détacha et tomba, courbée vers l'extérieur, là où il allait partir.

— J'en serais ravie.

Il effleura son épaule d'un geste tendre et amical. Elle baissa les yeux.

Quand elle les releva, il n'était plus là.

Elle se demanda alors si elle n'avait pas rêvé tout cela, sa présence éthérée, son aura enivrante. Après tout, il avait sûrement raison, là-bas, chez lui, il ne craignait pas les esprits. La peur est propre aux vivants.

Les fantômes entre eux s'en moquent bien.

Joshua Brolin était accoudé à une tablette en plastique, il dominait l'immense salle d'embarquement, avec ces centaines de passagers en attente, les yeux rivés aux prompteurs annonçant les départs.

Il ne s'était jamais senti aussi seul qu'au milieu de tous ces gens.

Il songeait à tant de choses en même temps.

Dans cette foule, il savait que demain, il y aurait peut-être la victime d'un monstre. Il savait qu'il y avait peut-être ce monstre, ici, caché derrière son journal. Combien de Caliban y avait-il encore ?

Et Annabel ? L'idée de ne plus jamais la revoir lui pinça le cœur. Il devrait s'en faire une raison. Loin de savoir que leurs routes allaient se croiser de nouveau, bien plus tôt qu'ils ne l'imaginaient. Pour une tout autre histoire, aux confins du possible, la dernière...

Allongée sur deux sièges, une petite fille guettait le ciel qui s'obscurcissait à l'approche du crépuscule. Brolin eut de la peine pour elle. Pour la fragilité de son existence, pour la vieillesse qui menaçait déjà, tapie derrière les revers de sa jupe sexy à la Britney Spears. Pour sa simple condition de mortelle.

À travers les vitres, il pouvait voir les lumières de la ville, au-delà des pistes, des écailles de civilisation. De leur fébrile tiédeur, refluaient les images de vies anonymes. Toutes ces personnes, toutes ces sources de joies, de pleurs, et de mort. Son estomac se comprima, l'angoisse tenace d'Hamlet l'enivrait, un mal-être stérile. Le cœur serré, les sentiments à l'étroit dans sa solitude d'un soir à l'aéroport, Brolin songea à tout cela et il se dit que l'authentique substance de la lucidité humaine est la tristesse.

En montant à bord de l'avion qui allait le ramener dans son environnement, il laissa la mélancolie se diffuser en lui, il ne servait à rien de lutter contre elle.

Il respira lentement, l'œil rivé au hublot. Il vit un technicien sur le tarmac s'écarter de l'appareil, et se demanda ce que pouvait être sa vie, ses déchirements. Il tourna la tête et contempla le vieil homme dans la

REMERCIEMENTS

Dans l'élaboration de ce roman, plusieurs personnes m'ont aidé, ma famille bien sûr et mes amis, mais aussi Claire dont les critiques auront épargné au lecteur mes débordements. Claire m'a permis de resserrer le réalisme, et je sais qu'elle ne sera remerciée de tous ses efforts que le jour où j'écrirai une belle histoire d'amour. J'y songe...

Ce livre serait différent sans l'apport de Sébastien, mon ombre dans Brooklyn, qui me soufflait des idées pendant nos longues balades en ville, et qui est prêt à tous les risques pour faire les photos de nos repérages. Merci à toi d'être là. Merci aussi à Frédéric, mon lecteur « modèle », qui par la richesse de nos discussions et la pertinence de ses remarques me donne toujours envie d'être meilleur.

On rencontre parfois, dans la vie, des individus à part, qui ne font pas comme les autres, et qui sont exceptionnels. Mon éditeur est de ceux-là, il m'a fait confiance, et tous ses collaborateurs m'encouragent par leur travail formidable; à vous tous : merci.

Enfin, je n'ai pas pris la peine de surcharger ce roman de notes de bas de page pour justifier mes

sources, sachez cependant que la plupart des informations (chiffrées ou non) qui y sont données sont tristement vraies... Au-delà de la fiction, c'est ce qui, moi, m'a effrayé le plus pendant que j'écrivais ce livre.
À bientôt.

Maxime CHATTAM,
Edgecombe, le 17 octobre 2002.

www.maximechattam.com

Chasse à l'homme

(Pocket n° 11836)

Depuis onze jours, trois enfants sont sans nouvelles de leur père, Clark Haines. Inquiets, ils font appel à un détective privé, Elvis Cole, pour le retrouver. D'abord sûr de régler l'affaire très rapidement, Cole doit se rendre à l'évidence dès le début de ses recherches : Clark Haines n'a rien du père idéal. L'investigation de routine va alors se transformer en une enquête à haut risque dans les milieux interlopes de Seattle et Los Angeles, villes de tous les dangers…

Il y a toujours un Pocket à découvrir

Impression réalisée sur Presse Offset par

BRODARD & TAUPIN

GROUPE CPI

29421 – La Flèche (Sarthe), le 31-05-2005
Dépôt légal : mars 2004
Suite du premier tirage : juin 2005

POCKET – 12, avenue d'Italie - 75627 Paris cedex 13
Tél. : 01.44.16.05.00

Imprimé en France